“双一流”建设资金人文社科类图书出版经费资助

文学经典的会通研究

张同胜　著

中国社会科学出版社

图书在版编目（CIP）数据

文学经典的会通研究／张同胜著．—北京：中国社会科学出版社，2018.11

ISBN 978－7－5203－2744－2

Ⅰ.①文… Ⅱ.①张… Ⅲ.①中国文学—古典文学研究 Ⅳ.①I206.2

中国版本图书馆CIP数据核字(2018)第146447号

出 版 人 赵剑英
责任编辑 刘志兵
特约编辑 张翠萍等
责任校对 李 斌
责任印制 李寡寡

出 版 中国社会科学出版社
社 址 北京鼓楼西大街甲158号
邮 编 100720
网 址 http://www.csspw.cn
发 行 部 010－84083685
门 市 部 010－84029450
经 销 新华书店及其他书店

印 刷 北京明恒达印务有限公司
装 订 廊坊市广阳区广增装订厂
版 次 2018年11月第1版
印 次 2018年11月第1次印刷

开 本 710×1000 1/16
印 张 16.25
插 页 2
字 数 258千字
定 价 69.00元

目　录

从印刷术看明代长篇章回小说的成书问题

——以《三国志通俗演义》为中心

引　言

中国文学史一般将《三国志通俗演义》《忠义水浒传》等长篇章回小说的成书时间断定为元末明初。如中国内地各大高校所采用的、最具有影响力的袁行霈主编的《中国文学史》，其第七编“明代文学”绪言中“元明之际”“《三国志通俗演义》《水浒传》的编著”“明代中叶”“《三国志通俗演义》《水浒传》的刊刻和风行”①云云表明，这两部长篇章回小说成书于元末明初，在明代中叶被刊行。其实，这个断定是将小说的来源混同为祖本，从而引发了学术上求真与求实的争议。印刷媒介或许能提供一个新的透视角度，供我们对长篇章回小说的成书问题进行新的思考。

即使是从视觉文化来看，元末印刷品的品相与嘉靖、万历年间长篇章回小说的品相也可谓不可同日而语，前者作品如《甲午新刊新全相三国志故事》（简称《三分事略》）是何其稚拙，后者如《三国志通俗演义》则圆熟规整、丹黄灿然、斐然可观，二者简直就是霄壤之别。仅仅从印刷品相而言，古代中国长篇章回小说似亦不可能成书于元末明初。

① 袁行霈主编：《中国文学史》第4卷，高等教育出版社2003年版，第3—4页。

然而，从印刷媒介的品相对长篇章回小说的成书时间进行揣断，或许不足以慎重。因为，在宋元时期，三国故事是以口述与耳听的形态存在的，长篇章回小说有没有以抄本存在的可能？即使是在嘉靖、万历年间，刊本中的戏曲也远比小说为多，亦表明王朝中国听觉文化远比文字视觉文化更为普遍。

嘉靖、万历年间，是中国通俗文学尤其是长篇小说、戏曲繁荣发达的时期。同时，也是中国印刷术最为发达的时期。如此一来，通俗文学的兴盛与印刷术之间有没有内在的必然联系？关于这个问题，荒木健主编《中国文人生活》曾涉及明代商业出版与文人生活之关系；大木康《明末的独立知识人：冯梦龙与苏州文化》论及明末文人新的生活方式和发言姿态；而陈平原则指出"大众化文类与出版媒介的结合，使得章回小说在明代中期迅速崛起"[①]；石昌渝从绍介和知识普及的角度详谈了通俗小说与雕版印刷的关系[②]等。本文受其启发，但与之不同，从文学文体与媒介技术的角度来探讨诸如《三国志通俗演义》《忠义水浒传》等长篇章回小说的成书问题。

一 古代中国印刷术发展至嘉靖、万历年间为极盛

一般认为，雕版印刷术发明于隋唐时期，因其与佛教（大乘佛教为"像教"，抄经、印经、印像乃功德）关系密切，委实是很有道理的。然而，从佛教东传来看，雕版印刷术肇端于南北朝佛教隆兴、经像需求强烈之时是不是更有可能？此话题与论题较远，兹不详论。姑且依据张秀民的考察，雕版印刷术发明于唐代初年贞观年间。[③] 而通俗小说与印刷术之关系，石昌渝认为："唐代是雕版印刷的初兴时期，雕版印刷的成本高，生产规模也有限，刻印仅限于释经、历书、小学字书、诗集、阴阳

---

① 陈平原：《中国小说中的文人叙事——明清章回小说研究》（上），《郑州大学学报》1996年第5期。

② 参见石昌渝《通俗小说与雕版印刷》，《文史知识》2000年第2期。

③ 参见张秀民《中国印刷史》（上），韩琦增订，浙江古籍出版社2007年版，第9—16页。

五行等书，根本轮不到通俗小说。”[①] 此说极是。

宋代，朝廷藏书大部分是抄写本。例如，宋仁宗嘉祐年间，一次抄书16000余卷，刻印本4700余卷。[②] 再如，景德二年（1005）夏，宋真宗到国子监视察，问及书籍刊刻情况，邢昺回答说：“国初不及四千，今十余万，经、传、正义皆备。”[③] 从而可见，国子监所雕印的是“经传正义”，而无其他诸如以娱乐为主的戏曲或小说。南宋的毕昇，发明了泥活字印刷术。后来，锡、木、铜活字也出现了。但是，由于汉语言文字是方块字，不是拼音文字，从而无从彰显活字印刷术的便利。这一点与德国谷登堡发明活字印刷术一比较，就不言而喻。天水一朝，虽然“右文”为其国策，但是熙宁之前，监管亦甚为严厉，“宋兴，治平（1064）以前，犹禁擅刻，必须申请国子监；熙宁（1086）以后，乃尽弛此禁”[④]。

蒙古族尚武，入主中原后汲汲于税赋，而无关于文事。元朝任用官员实行“大根脚”制度，科举制度被废除。于是，读书人或经商，或做吏，或务农，或进入勾栏瓦舍，不一而足。元朝，对思想意识的管制固然相对来说较为宽松，然而雕印书籍却有审批制度、审查制度，因而“元时人刻书极难”[⑤]。这一时期，“印刷业继续发展，生产大量面向普通读者的万宝全书”；然而，“这些廉价印制的万宝全书，字迹粗陋，纸张粗糙”[⑥]。据现存文献可知，一般说来，元代雕版印刷术雕刻的字体稚拙、拙朴。福建建安李氏书堂刊刻的《三分事略》何其粗陋！当然，一小部分翻刻宋版而成的书籍却是极为精美，但这些是经书。

朱明王朝，经济上以农耕为本，文化上以删节的四书五经为本，明初实行严酷的文化政策，从而通俗文化在明代沉寂长达150年之久。这期间，书籍以抄本为主。明初，宋濂“手自笔录”。明宣宗时，“是时秘阁贮书约二万余部，近百万卷，刻本十三，抄本十七”[⑦]。朱谋㙔贵为龙子

---

① 石昌渝：《通俗小说与雕版印刷》，《文史知识》2000年第2期。

② 参见郑如斯、肖东发《中国书史》，北京图书馆出版社1987年版，第218页。

③ 脱脱等：《宋史·邢昺传》，中华书局1977年版，第12798页。

④ 叶德辉：《书林清话》，上海古籍出版社2008年版，第27页。

⑤ 张秀民：《中国印刷史》（上），韩琦增订，浙江古籍出版社2007年版，第197页。

⑥ ［美］芮乐伟·韩森：《开放的帝国：1600年前的中国历史》，梁侃、邹劲风译，江苏人民出版社2007年版，第333页。

⑦ 张廷玉等：《明史》，中华书局1974年版，第2343页。

龙孙，“著书凡百十有二种，皆手自缮写”。[1] 袁同礼《明代私家藏书概略》云：“明人好抄书，颇重手抄本，藏书家均手自缮录，至老不厌。每以身心性命托于残编断简之中。”[2] 印刷术固然一直在发展，但是抄书仍然是当时传播和接受知识的重要形式。即使是在印刷术发达的嘉靖、万历年间，抄书现象亦比比皆是。到了明末，顾炎武《抄书自序》云：“有贤主人以书相示者则留，或手抄，或募人抄之。”[3]

总的来说，明代中前期，雕刻、印刷的主要内容是五经、佛经、正史、律令等。“明朝雕版印刷的发展意味着当时人可以得到各色各样的新书，如讲营造法则的《鲁班经》，以及那些妇女读物。”[4] 日常实用书籍与儒家经典是雕印的大头。从嘉靖年间开始，小说、戏曲等通俗文学才成为被雕印的对象。嘉靖、万历年间，话本小说、戏曲传奇的雕印云蒸霞蔚，蔚为大观。

明代“官私一再刊行古代名著，有的一书多至四五十版或六七十版，这是为宋代或清代所不及的”[5]。那么，为什么明代的印刷业如此兴旺发达？洪武元年（1368），朝廷令书籍、笔墨、田器不得征税。[6] 从而与此相关的产业就会兴盛，因为利之所在，业之所在。《儒林外史》中的匡超人向牛布衣吹嘘他选的文章，书店能卖掉 1 万部。大木康依据日本江户时代柳亭种彦的《偐紫田舍源氏》曾卖过 1 万部。而假设匡超人所编即使卖掉 5000 部，一部 5 钱，则得 2500 两，利润可谓丰厚。[7] 晚明，连续多年旱涝天灾，庄稼不丰收，于是有人不再投资种庄稼，而是去从事雕版印刷，因为雕印业可以旱涝保丰收，且利润不菲。

明代的内府、经厂、国子监、部院都刻书。藩王府、太监、书院、寺庙、私家宅塾等亦刻书。明代，书坊世家不为少见。如在建宁，刘姓、

---

① 张秀民：《中国印刷史》（上），韩琦增订，浙江古籍出版社 2007 年版，第 284 页。

② 袁同礼：《袁同礼文集》，国家图书馆出版社 2010 年版，第 84 页。

③ 顾炎武：《顾亭林诗文集》，中华书局 1959 年版，第 30 页。

④ ［美］芮乐伟·韩森：《开放的帝国：1600 年前的中国历史》，梁侃、邹劲风译，江苏人民出版社 2007 年版，第 374 页。

⑤ 张秀民：《中国印刷史》（上），韩琦增订，浙江古籍出版社 2007 年版，第 320 页。

⑥ 同上书，第 238 页。

⑦ 参见［日］大木康《明末江南的出版文化》，周保雄译，上海古籍出版社 2014 年版，第 111 页。

余姓从赵宋就开始从事雕印业，在元、明依然为世家。李诩《戒庵老人漫笔》云："今满目坊刻，亦世华之一验也。"[①] 据统计，万历年间民间书坊的数量已经达到近100家，仅苏州有名可考的就有37家，杭州也有24家。

大明朝廷没有进行行政管制，也是有明一代印刷业繁荣的一个原因。陆容（1436—1496）《菽园杂记》云："古人书籍，多无印本，皆自钞录。闻五经印版，自冯道始，今学者蒙其泽多矣。国初书版，惟国子监有之，外郡县疑未有。观宋潜溪《送东阳马生序》可知矣。宣德、正统间，书籍印版尚未广。今各处书版，日增月益，天下右文之象，愈隆于前已。但今士习浮靡，能刻正大古书以惠后学者少，所刻皆古今诗文集，内有无益令人可厌者，如《唐诗品汇》《万宝诗山》《雅音会编》《瀛奎律髓》之类是已。况上官多以馈送往来，动辄印至百部，有司所费亦繁。偏州下邑寒素之士，有志占毕而不得一见者多矣。尝爱元人诏书籍必经中书省看议过，事下有司，才敢刻印。想当时无擅刻者，此法亦好。今日救弊，必须如此才好，而无人及此意者，以其近于不厚欤？"[②] 陆容这段话表明，明代并没有审查制度。不仅如此，中晚明的皇帝在政治上似乎相对来说较为开明，如万历皇帝曾说"言论优容"，不以言治罪。然而，清康熙年间，朝廷明令"坊肆小说淫词，严重禁绝"，这与晚明朝廷的态度形成了一个鲜明的对比。清初建版的衰落，亦可以反证中晚明意识形态的管制较为松弛。

国家雕印业在嘉靖、万历年间极盛。藩刻本亦以嘉靖、万历为最盛，从而表明这一时期印刷的繁荣是全国性的事件。那么，为什么印刷术发达于嘉靖年间？技术的改进，恐怕也是其中的重要原因之一。"随着基督教传入而输入了西方科学，于是产生了一股重技术、尊实用的风潮。"[③] 晚明，雕版印刷术极为发达，活字印刷术之木、铜、锡等活字皆在使用中。不仅如此，还出现了套印术，于是四色本、五色本等在市场上广为流通。刻印工人有了更专业性的分工，写工、画工、刻工都各司其职。

---

① 李诩：《戒庵老人漫笔》，中华书局2006年版，第334页。

② 陆容：《菽园杂记》，中华书局1985年版，第128—129页。

③ ［日］冈田武彦：《明代的文化与思想论纲》，《孔子研究》1991年第2期。

木纸、木墨（松木墨）的改良，也为雕版印刷术的进步作出了贡献。我们说明代的印刷术最为发达，指的是中晚明时期。明代可以私刻，刻工极其廉价。宋代每人每天刻一两页，明代每人每天可以刻数十页甚至一卷书。今日之宋体字应该称之为“明体字”或“明朝字”。

我们一直强调嘉靖、万历年间，是因为这是明代中后期出版业最为繁盛的时期，但这并不意味着天启、崇祯年间出版业不足为人道也。其实，这段时期，长篇通俗小说新出约 80 种，短篇白话小说、时事小说、讲史演义、神魔小说依然兴盛。嘉靖至万历前期，通俗小说的刊刻以建阳为中心。万历中期以后，刊刻中心向江南地区转移，到了天启、崇祯时期，刊刻中心为金陵、苏州和杭州。

二　长篇章回小说在嘉靖、万历年间的勃发

如前所述，《三国志通俗演义》《忠义水浒传》等长篇章回小说，中国文学史将其成书时间断定在元末明初，这其实是不符合历史的实际情况的。其实，《三国志通俗演义》《忠义水浒传》《金瓶梅》《封神演义》《东西汉通俗演义》《隋唐志传》《残唐五代史演义传》《三遂平妖传》《列国志传》《新列国志》等都是嘉靖、万历年间才出现的小说。文学史上所谓“明代长篇小说”，绝大部分指的是这一时期的小说。万历年间，著名长篇章回小说还出版了不同的版本。例如，万历十六年（1588）张凤翼序刻武定版《忠义水浒传》、万历十七年（1589）天都外臣序本《李卓吾先生评水浒全传》、万历四十二年（1614）袁无涯刊《忠义水浒全传》、万历二十年（1592）金陵世德堂刊《新刻出像官版大字西游记》、万历二十三年（1595）《金瓶梅》抄本、万历四十五年（1617）欣欣子序刊《金瓶梅词话》等。

在考证的过程中，明确书籍的名称及其版本是极其重要的。书名的能指不一，所指岂能为一？版本不一，其成书时间岂能相同？不同版本混为一谈，所谈问题岂能明晰？譬如，周邨所谓“《三国演义》非明清小说”① 这个说法其实是有问题的。《三国演义》指的是长篇章回小说，而

---

① 周邨：《〈三国演义〉非明清小说》，《群众论丛》1980 年第 3 期。

作为长篇章回小说的《三国》小说，无论哪一个版本都只能是明清小说。更何况，我们一般所谓的《三国演义》指的是毛纶、毛宗岗批改的《第一才子书三国志演义》，他们生活在康熙年间，他们修改而成的版本不是明清小说吗？确切地说，他们的批点本是清代小说，清代小说不是明清小说？这个道理讲不通。可能，周郇想表达的是《三国志演义》的祖本不是明清小说。然而，即使是后者，也不符合历史事实。因为，从文体上来说，《三国志演义》的祖本只能是《三国志通俗演义》。

《三分事略》或《三国志平话》与《三国志传》《三国志通俗演义》《三国志演义》等既有密不可分的联系，却不是一回事。同样的道理，我们也不能说《大宋宣和遗事》是《忠义水浒传》的祖本。相似文本，不同的书名，或相似文本的不同版本，其所指是存在差异的。尤其是，当我们判断一部文学作品的成书时间时，首先应该确定相似文本的确切书名。以《三国演义》为例来看，作为长篇章回小说的雕印版最早的书名就是嘉靖壬午（嘉靖元年，1522 年）《三国志通俗演义》，而《第一才子书三国志演义》是清代毛纶、毛宗岗父子批点及命名的书名，其点评中间为简便计曾出现简称“三国演义”，而作为书名的《三国演义》主要是今人的称谓。高儒《百川书志》成书于嘉靖十九年（1540），其中所谓的《三国志演义》其实指的是嘉靖元年梓行的《三国志通俗演义》。

明代嘉靖之前有没有长篇章回小说的刊印还是一个值得慎重思考的问题，如众人信以为真的一个幻相：弘治年间首次刊印过《三国志演义》。弘治五年（1492），朝廷征集图书时将“稗官小说”也囊括在内，王齐洲认为此举“刺激了通俗小说的发展”①。其实，当时，通俗小说死水微澜，谈何发展？嘉靖元年《三国志通俗演义》中的庸愚子序极有可能是张尚德等人的伪造，从而王齐洲推论之弘治七年（1494）《三国志通俗演义》的“编写者疑为蒋大器”② 的说法虽然很有启发性，但是还值得作进一步的探析。

---

① 参见王齐洲《〈三国志演义〉成书时间新探——兼论世代累积型作品成书时间的研究方法》，《中山大学学报》2014 年第 1 期。

② 同上。

王齐洲推论蒋大器编写并向朝廷进献了《三国志通俗演义》，该结论似乎值得商榷。因为弘治五年（1492）五月，内阁大学士邱濬在《请访求遗书奏》中云：“臣请敕内阁将考校见有书籍备细开具目录，付礼部抄誊，分送两直隶、十三布政司，提督学校宪臣，榜示该管地方官吏军民之家，与凡官府学校寺观并书坊书铺，收藏古今经史子集，下至阴阳艺术、稗官小说等项文书，不分旧板新刻及抄本未刻者，系内阁开去目录无有者，及虽有而不全者，许一月以里送官。”① 从中可知，第一，蒋大器不可能在一个月之内编撰而成近 90 万字的长篇小说；第二，既然当时没有刻本，那么只能是之前的抄本或写本，而从纸张媒介的保存来看，一则难以保存百年之久，二则正如王齐洲所考，明初不可能出现《三国》写本②，也就是说，当时根本不存在这样一个小说文本，从而蒋大器也就不可能向朝廷进献《三国志通俗演义》。

庸愚子在《三国志通俗演义序》中说：“书成，士君子之好事者，争相誊录，以便观览，则三国之盛衰治乱，人物之出处臧否，一开卷，千百载之事豁然于心胸矣。”③ 从庸愚子的序言可知，《三国志演义》成书之后，首先是以抄本的形态存世的。可是，此说实不可信。嘉靖本卷二十一有尹直赞诸葛亮的诗，这首诗出自尹直所撰《名相赞》，该书有弘治甲子（1504）自序。然而，嘉靖本弘治甲寅（1494）蒋大器序又何以可能？岂有十年前引述十年后才撰写、出现的一首诗？这一历史事实表明庸愚子并非蒋大器，庸愚子或许是嘉靖年间某一文人的自号或托名，更有可能的是编著者出于托古而虚构的一个名号，因为“假托‘古本’、‘旧本’是当时出版者的营销策略”④。

《三国志通俗演义》梓行于嘉靖壬午年，那么小说文本肯定成书于之前。而壬午年是嘉靖元年（1522），因此之前自然只能是正德年间（正德

---

① 邱濬：《重编琼台稿》卷 7《请访求遗书奏》，俞汝楫编《礼部志稿》卷 46 题为《隆重图书疏》，《影印文渊阁四库全书》第 597 册，第 861 页。

② 王齐洲：《〈三国志演义〉成书时间新探——兼论世代累积型作品成书时间的研究方法》，《中山大学学报》2014 年第 1 期。

③ 庸愚子：《三国志通俗演义序》，《古本小说集成》，上海古籍出版社 1994 年版，第 5 页。

④ 王齐洲：《〈三国志演义〉成书时间新探——兼论世代累积型作品成书时间的研究方法》，《中山大学学报》2014 年第 1 期。

皇帝崩至嘉靖年号公布之间有8个月，短短8个月似乎不足以能够编纂而成这部近90万字的长篇章回小说）。王齐洲认为弘治五年（1492）朝廷的征集民间书籍，造成了《三国志通俗演义》的编写。我认为这种可能性不大。十之八九，倒是与明武宗喜读小说有关。“武宗一日要《金统残唐》小说看，求之不得。一内侍以五十金买之以进览”①，民间文人听说此事，为射利计，开始了长篇章回小说的编纂。极有可能，《三国志通俗演义》成书于张尚德之手。嘉靖壬午本《三国志通俗演义》引中有“小书庄”印，而郭勋则有《书庄书目》，从而有人认为张尚德与郭勋有某种关系，“嘉靖壬午本《三国志通俗演义》与武定侯郭勋有着密切的关系”②。

通过对《古今刻书》366种的分析发现，嘉靖时通俗书籍尚未流行；嘉靖之后，以至明末，通俗类书籍大兴。③ 郎瑛云当时出版界“旧书多出”，这些“旧书”是改写、编纂而成，还是真的是完整的旧书，还是完全新编纂而成？嘉靖之后有些所谓的旧书，其实是新编，但是却说“复购得旧本或的本”，尚古的趣味使然。也有一些则是在粗陈梗概的话本底本基础上修改、扩充而成。完完全全的旧书即后人所见长篇章回小说，这种可能性几乎为零。因为从中国出版史来看，“剧本、小说等都是后起的出版物”④。

世风所及，编纂成书比比也。例如，出版坊坊主余象斗一人曾编写过《东游记》《北游记》两部书。风尚、利润之所在，促成了雕刻业的繁荣。《水浒传》十多个版本，即有十余副雕版，但是全像只有一副，那就是双峰堂版。万历甲午双峰堂余文台梓《水浒传》云：“《水浒》一书，坊间梓者纷纷；偏像十余副，全像止一家。”胡应麟《少室山房笔丛》云：“古今著述，小说家特盛；而古今书籍，小说家独传，何以故哉？……夫好者弥多，传者弥众，传者日众则作者日繁。”⑤ 胡应麟还说：

① 王利器：《元明清三代禁毁小说戏曲史料》，上海古籍出版社1981年版，“前言”第10页。

② 刘璇：《〈三国志演义〉嘉靖壬午本与武定本之关系管窥》，《中国典籍与文化》2015年第4期。

③ 参见缪咏禾《中国出版通史》，中国书籍出版社2008年版，第182页。

④ 张秀民：《中国印刷史》（上），韩琦增订，浙江古籍出版社2007年版，第106页。

⑤ 胡应麟：《少室山房笔丛》，上海书店出版社2001年版，第282页。

“今世人耽嗜《水浒传》，至缙绅文士亦间有好之者。……嘉、隆间一巨公案头无他书，仅左置《南华经》，右置《水浒传》各一部；又近一名士听人说《水浒》，作歌谓奄有丘明、太史之长。”① 从中可见，长篇章回小说的鼎盛兴旺与嘉靖、万历年间空前繁荣的印刷业是紧密联系在一起的。

在旧文人眼里，小说、戏曲本为不登大雅之堂、下里巴人之物事。可是，为何在嘉靖、万历年间长篇章回小说勃兴而时事小说甚至作为舆情影响至政治？如著名文人、画家董思白因为《黑白传》而身败名裂、家产被焚。时事小说成为社会舆情的一种重要工具，小说可以干预时事政治、个人出处等。显然，这是因为当时人们的思想观念发生了巨大的变化。具体而言，长篇章回小说在嘉靖、万历年间勃发的缘由是什么呢？

“通俗小说的崛起，王阳明心学是重要条件之一。”② 王阳明心学，在嘉靖、隆庆以后风靡一时，王阳明心学解放了人们的思想。《明史·儒林传》序言云：“嘉、隆而后，笃信程、朱，不迁异说者，无复几人矣。”③ 从而表明，儒家经书的权威性遭到了挑战，甚至是被视为蔑如。王阳明心学认为，心外无物，心外无事，心外无理，求之于内心，心即主宰，从而人人皆可为圣人。为内圣外王计，须致良知。而即使是戏曲“无意中感激他良知起来，却于风化有益”④。

嘉靖“大礼议”事件，促使文人士大夫质疑传统的礼制，从而在某种程度上切实地解放了人们的思想。王阳明心学是对程朱理学的反动，其讲学以及王学左派的倡导，进一步解放了人们的思想。阳明心学之所以风行，思想新颖是一方面，朝廷不干预是不是也起到了作用？印刷业的发达和繁荣，是不是也促进了新思想的传播？

正德、嘉靖以前，社会风尚醇厚。正德、嘉靖之后，整个社会风尚为穷奢极欲，国人追求“适意”“快活”，“有致”“有趣”，戏曲、小说由于具有这些社会功能而获得了广泛的认可。正如汤显祖所谓“稗官野

---

① 胡应麟：《少室山房笔丛》，上海书店出版社 2001 年版，第 437 页。

② 石昌渝：《王阳明心学与通俗小说的崛起》，《文学遗产》2007 年第 2 期。

③ 张廷玉等：《明史》，中华书局 1974 年版，第 7222 页。

④ 王阳明：《王阳明全集》卷 3《语录三》上册，上海古籍出版社 2011 年版，第 113 页。

史”“足以送居诸而破岑寂”①。李贽提倡童心说，反对假道学，追求纯真，认为《水浒传》《西厢记》等为“古今至文”；他特别强调水浒好汉乃“有忠有义之人”②。袁宏道等人提出了“独抒性灵”的主张，“顺从性情之自然，应机而入悟境的祖师禅盛行”。这些新思想提高了小说、戏曲等通俗文学的地位，为其繁荣提供了条件。

受阳明心学、童心说等的影响，文人对通俗小说的态度发生了变化，不仅不再轻视，而且还热心参与通俗小说的搜集和编纂。嘉靖时，洪楩编刊《六十家小说》（今称《清平山堂话本》），可谓是雕印小说之嚆矢。著名文人如李开先、唐顺之、王慎中等都交口称赞《水浒传》，这也是文人审美观改变的表征之一。武定侯郭勋借助于小说的编纂搞政治活动，策划《皇明开运英武传》为其祖先郭英歌颂功德。

明代文人结社，成一时之风气；结社之余，编纂小说。嘉靖中期，陆楫等结社，讲习场屋绳尺之余，“凡古今野史外记、丛说脞语、艺书怪录、虞初稗官之流，其间有可以裨名教、资政理、备法制、广见闻、考同异、昭劝戒者，靡不品骘抉择，区别汇分，勒成一书，刊为四部，总而名之曰《古今说海》”③。此类结社，自然对于小说、戏曲的繁荣具有促进作用。从此，异书秘文也被看作学问。袁宗道《送夾山母舅之任太原序》云：“自有此社，人始知程墨之外，大有书帙；科名之外，大有学问。”

由以上可知，嘉靖、万历年间长篇章回小说的勃兴，是时代性的产物，之前的宋元或之后的清代，都没有出现过如此繁盛的局面。而这种勃兴，是合力的结果，本文为了论述的集中，主要对它与印刷术之间的关系进行分析。

三 长篇章回小说与嘉、万年间印刷术之间的关系

元代，白话俗文学获得了大发展。蒙古族、色目人喜好歌舞，人们

① 汤显祖：《汤显祖诗文集》，上海古籍出版社1982年版，第1503页。

② 李贽：《焚书》，中华书局1975年版，第109页。

③ 丁锡根：《中国历代小说序跋集》，人民文学出版社1996年版，第1784页。

的娱乐方式主要是“说与听”：听戏曲是最主要的活动，其次还有听说平话、听宣卷等。由于统治阶级喜好俗文学，因而元代令人意想不到的则是竟然有俗文学的刊本。“俗文学从写本进到刊本，这在俗文学史上是一个划时代的进步。”[①] 现存元刊小说主要有《大唐三藏取经诗话》《大宋宣和遗事》《新编红白蜘蛛小说》《三国志平话》《武王伐纣平话》《乐毅图齐七国春秋后集》《秦并六国平话》等。然而，平话五种之中，只有《三国志平话》字数最多，但也不过是七八万字。正如石昌渝先生所言，《三国志平话》的叙事，“只能算是一个情节的详细梗概”[②]。无论是叙述艺术还是小说字数，都不能与《三国志通俗演义》同日而语、相提并论，二者不可以道里计。简而言之，除了上引现实生活中实用的万宝全书和经典书籍外，即使是在统治阶级酷爱俗文学的元代，平话、戏曲等通俗文学文本刊刻得也极其少。

长篇章回小说这一文体，形成于明代嘉靖年间，其标志当为《三国志通俗演义》。而人们往往将《三国演义》的源流考镜追溯至《三国志平话》而不是《三国志》。现存较早的《三国志平话》是元代至治年间（1321—1323）建安虞氏书坊新刊《新全相三国志平话》。“所谓新全相，意指新加上人相图画，也就是明、清小说所谓绣像全图，书分上下栏，上栏为图画，下栏述事，如近今儿童所喜爱的连环图画，构图拙朴，古趣盎然。”[③] 到了明代，建阳版刊印的小说依然是上图下文，只是继承元代的版式而没有改进罢了。嘉靖、万历年间刊印的长篇章回小说，绣像全图类将上图比例缩小，将文字部分扩大；再后来，基本上改变了这种上变相下变文的格式，成为以文字为主而时有插图的版式。

如前所述，最早的《三国志通俗演义》梓行于嘉靖元年。而建阳刻《三国》小说，最早是嘉靖二十七年（1548）建阳书林叶逢春刊《新刊通俗演义三国志史传》十卷。此后，《三国》之刊刻，以建阳书坊最为集中。根据石昌渝主编《中国古代小说总目》（白话卷）统计，除却毛宗岗

---

① 石昌渝：《通俗小说与雕版印刷》，《文史知识》2000 年第 2 期。

② 同上。

③ 张秀民：《中国印刷史》（上），韩琦增订，浙江古籍出版社 2007 年版，第 229 页。

本，现存各系统《三国》小说版本共计 43 种，其中建阳刊本多达 26 种。[①] 由于建阳刊本的《三国》除了有（花）关索之外，与壬午刊本相比还有其他文本差异，因此英国汉学家魏安在《〈三国演义〉版本考》中依据串句脱文（homoeoteleuton）认为它们分属于不同的两个子系统。

其实，如果从媒介生态的角度来看，这是一个伪问题，魏安的结论也是一种臆断。因为建阳刊本与壬午刊本的不同，完全可以从建阳书坊主的薄利多销经商策略、以娱乐为导向的雕印作为、求新逐异的视觉文化经济等方面获得解释。嘉靖、万历年间，书坊主的版权意识极为淡薄，因而为标新立异计（此举很好地避免了版权纠纷），各显神通，加减乘除；从而“通过版本文本的比对”，魏安、中川谕、金文京等都发现“没有任何两种版本（覆刻本除外）是毫无文本差异的”，此其一。其二，“没有一个现存版本是嘉靖以前的刊本”[②]。他们的发现是完全正确的，然而，他们的解释却是由于考据的过于烦琐而只见微细不见其大。从第二条发现可以得出，嘉靖壬午本就是《三国演义》的祖本。之前的《三分事略》或《三国志平话》不过是其来源罢了；而元杂剧三国戏也是来源之一。《三国志通俗演义》的成书也是古代文人所惯用的“集撰式”手法，从而形成了一个文本间性的关系。如果从文本内部细读，则发现《三国志通俗演义》取材于元杂剧三国戏的要比《三国志平话》的多得多，如关羽的赤面就源自三国戏而不是《三国志平话》。[③]

集撰的成书方式，也有助于解决“小字注”的争议问题。章培恒等学人依据小字注中的“今地名”之今，考索《三国》小说的成书年代。然而，嘉靖壬午本《三国志通俗演义》中的“今地名”或指宋时地名，或指元时地名，或指明时地名，依据“今地名”来考证成书时间何以可能？“今地名”之今，并不是编次者所生活的“今”，而是编次者集撰小说文本时所摘抄原文献中的成文。也就是说，“今地名”的问题，实际上是古代著述，尤其是小说、戏曲成书方式即集撰式（或曰镶嵌式）使之

① 参见石昌渝主编《中国古代小说总目》，山西教育出版社 2004 年版。

② 王齐洲：《〈三国志演义〉成书时间新探——兼论世代累积型作品成书时间的研究方法》，《中山大学学报》2014 年第 1 期。

③ 参见张同胜《从关羽的“赤面”看〈三国志演义〉的作者问题》，《洛阳师范学院学报》2014 年第 10 期。

然。例如，据魏安考证，“益都路”的注释抄自元代人王幼学的《资治通鉴纲目集览》，并非编次者所加。

明代教育的兴盛和普及远胜过前代，《明史·选举志》（一）记载：“盖无地而不设之学，无人不纳之教。庠声序音，重规叠矩，无间于下邑荒郊，山陬海涯。此明代学校之盛，唐、宋以来所不及也。”① 与元帝国轻视汉文化举业不同，大明王朝重视科举。从而，嘉靖之前，作坊主要是刊印举业文章。“书院之制，创始于唐”②，在明代嘉靖时书院最盛③，这也在客观上促进了雕印业的繁荣。袁栋《书隐丛说》云：“官书之风，至明极盛。内而南、北两京，外而道学两署，无不盛行雕造。官司到任，数卷新书与土仪，并充馈品，称为‘书帕本’。”清王士祯《居易录》云：“明时御史、巡盐茶、学政、部郎、榷关等差，率出俸钱刊书。今亦罕见。”印刷书籍，一次一百部很正常（如书帕本《金瓶梅》一次雕印一百部④），二三百部就较多了。

即以坊刻小说来看，据程国赋的统计，“共有不同地区的 144 家书坊，刊刻小说 270 种，另外，所处地区不详的书坊 39 家刊刻小说 47 种，刊刻地区及书坊名称均不详者有小说 92 种，由此我们得出结论：包括翻刻本在内、包括现存的和已经散佚的，明代坊刻小说共有 409 种”⑤。当代版本学家魏隐儒指出：“坊间刻本，除经史读本和诗文读本意外……还大量地刻印了一些小说、戏曲、酬世变览、百科大全之类的民间读物。”⑥

如前所述，晚明的雕版印刷术大发展，印刷事业大繁荣。而明代长篇章回小说，大多刊刻于嘉靖、万历年间。章回小说创作大繁荣，小说雕印出版也大繁荣。这难道仅仅是巧合？其实不然。那么，它们二者之间的关系是如何的呢？印刷术的大发展促进了晚明小说尤其是长篇叙事小说的繁荣昌盛，促进了书面叙事文学尤其是书面白话叙事文学的发达。而需求是发明之母，是技术改进的动因。长篇章回小说阅读的需求，也

① 张廷玉等：《明史》，中华书局 1974 年版，第 1686 页。

② 蒙文通：《儒学五论》，广西师范大学出版社 2007 年版，第 139 页。

③ 参见张秀民《中国印刷史》（上），韩琦增订，浙江古籍出版社 2007 年版，第 308 页。

④ 同上书，第 239 页。

⑤ 程国赋：《明代书坊与小说研究》，中华书局 2008 年版，第 7 页。

⑥ 魏隐儒：《中国古籍印刷史》，北京工业出版社 1988 年版，第 194 页。

使得雕印工人改进他们的技术。晚明印刷术是中国最为发达的时期，这不谓无由。技术的改良，反过来又促进了长篇章回小说的编纂、刊印和发行。

印刷术的改进是晚明小说繁荣的根本性原因吗？一般说来，新媒介或媒介的改良能够重新建构人们感知的时空结构，然而，由于新生事物的形成大多是合力的结果，因此我们似乎不宜坚持技术决定论。毕竟，人们的思想意识也是极为重要的。例如，当时，李贽提出小说、戏曲都是“至文”，这便是革命性的文学宣言，从而影响了一代人的文学审美观念。正是对文学艺术审美意识的转变，才促成了这一时期戏曲、小说等通俗文学的大量雕印和刊行。

中国古代的印刷术和长篇白话叙事小说，也是嘉靖、万历年间极盛。从印刷术的发展水平来看，只有到了嘉靖、万历年间，《忠义水浒传》《西游记》等长篇章回小说的雕刻刊印才成为现实。而在元末明初，就媒介技术水平而言，是不会有《三国志通俗演义》等长篇章回小说的刊行的。或许有人会说，《三国志通俗演义》《忠义水浒传》等长篇章回小说在元末明初没有刊印本，但是不排除有抄本的可能。

迄今为止，《三国志通俗演义》从未见抄本传世。这是学术界的共识。从媒介生态的角度来看，退一步说，即使是元末明初曾有过一个抄本，到了弘治五年（1492）已有125年之久，也很难被保存下来。即使我们假设元末明初真的曾有过《忠义水浒传》等长篇章回小说的抄本，那么依据明宣德时秘阁储书两万余部的保存情况来看，“至万历三十三年重编《内阁书目》时，已十不存一”①。皇家的保存条件那么好（如《明史·艺文志》序云“装用倒摺，四周外向，虫鼠不能损”），草莽民间的保存条件能比皇家的还好？一般说来，这是不可能的。如是观之，即使是元末明初真有一本《忠义水浒传》，到了嘉靖年间，恐怕也不会保存完整，甚至不能保存下来。遑论正如王齐洲所言，明初根本就不具备像《三国志通俗演义》这样的文学作品问世的政治条件和文化环境。② 如果

① 张秀民：《中国印刷史》（上），韩琦增订，浙江古籍出版社2007年版，第238—239页。

② 参见王齐洲《〈三国志演义〉成书时间新探——兼论世代累积型作品成书时间的研究方法》，《中山大学学报》2014年第1期。

依据小说文本如《三国志平话》或《三分事略》的行文来看，其“叙事简率，文笔粗糙”①，富有“荒诞虚谬的民间艺术作风”②。然而，《三国志通俗演义》所用的语言则是“文不甚深，言不甚俗”（庸愚子语），文白兼用，简洁含蓄，显然是经过文人改造过，从而与《三分事略》中的语言其实迥异。更何况，晚明长篇章回小说主要以白话文的平易畅达和精准表述为特征，从而如《忠义水浒传》编著于元末明初的说法就根本是不可能的事情。即使是今见最早的嘉靖壬午（1522）刻本《三国志通俗演义》的每回标题还只是“单句七个字”，而元末明初就会横空出世成熟的长篇章回小说？如此一来，《忠义水浒传》《西游记》等长篇章回小说只能是中晚明的时代性艺术结晶，而不可能出现在元末明初。

四 结论

从中国印刷术的发展史来看，明代长篇章回小说的具体成书时间应该值得深思，中国文学史中所谓的常识即《三国志通俗演义》《忠义水浒传》《西游记》等成书于元末明初的说法是不符合历史事实的。《三分事略》《大宋宣和遗事》等分别是《三国志通俗演义》《忠义水浒传》的来源，而不是其祖本。从而《三国志通俗演义》《忠义水浒传》等长篇章回小说应该依据其集撰、雕印与刊行的具体时间来确定其成书时间，实为嘉靖初年。《西游记》《金瓶梅》等长篇章回小说成书于万历年间，而不能将其部分来源的素材问世时间确定为小说的成书时间。

（原载《明清小说研究》2017 年第 4 期）

① 袁行霈主编：《中国文学史》第 4 卷，高等教育出版社 2003 年版，第 27 页。

② 涂秀虹、陈旭东：《建阳刻本〈三国〉小说传播衰退原因浅析》，《明清小说研究》2006 年第 4 期。

论孔子“述而不作”的宗教性

引　言

在《论语》中，孔子弟子追忆乃师曾自云：“述而不作，信而好古，窃比于我老彭。”[①] 后人一般将“述而不作”误读为孔子的学术风格。这其实是断章取义、望文生义所导致的，因为忽视了文本中的其他互文性信息，如“老彭”“信”“述”等，而这些信息在文本背后却充满了宗教意义，从而孤立的解读就无视孔子这句话所蕴含的宗教性，进而掩盖了儒家的一个史源。叶舒宪、唐启翠探讨过儒家的神话思想[②]，唐启翠、胡建升等则进一步分析了儒家的圣贤神话和口传文化。[③] 这些论析皆极具启发性，从而本文借径于儒家神话和比较宗教学，试论孔子“述而不作”的宗教性。

一　老彭的意指

春秋时期的人们，为何“窃比于孔丘老彭”？据儒学家的研究，上述引文中的“老彭”主要有两种解释：第一种解释是认为“老彭”为一个人，即彭祖（彭咸）。例如，刘宝楠在《论语正义》里主张老彭、彭祖、老聃等称谓同是一个人；第二种解释是认为“老彭”指的是两个人，如王弼认为“老彭”即“老、彭”，实则指的是两个人：“老是老聃，彭是

---

① 杨伯峻：《论语译注》，中华书局1980年版，第66页。

② 参见叶舒宪、唐启翠《儒家神话论》，《社会科学战线》2011年第9期。

③ 参见胡建升《孔子“多闻阙疑”与口传文化》，《民族艺术》2014年第2期。

彭祖。”据说，殷代有一个贤大夫叫老彭，即彭祖。此人在其他文献中又被称为巫彭或彭咸。彭咸是商王朝的一位贤大夫，有人也将他称为殷之介士，或殷巫，即巫咸。

（一）老彭

关于老彭的相关记载，较早见之于戴德的《大戴礼记》。其中说：“昔老彭及仲傀之教大夫，官之教士，技之教庶人，扬则抑，抑则扬，缀以德行，不任以言。”[①] 何晏在《集解》中引用包咸的话注释说：“老彭，殷贤大夫，好述古事。我若老彭，但述之耳。”[②] 此注指出了老彭的一个重要个性就是“好述古事”，与孔子的自况有一致之处。皇侃在《义疏》里说：“老彭，彭祖也，年八百岁，故曰老彭。”[③] 他解释了彭祖何以被称作老彭，在其高寿。众所周知，作为一个常识，人是不会活到八百岁的。但是，这种说法，却为道家所利用。神仙视域中的彭祖，则是长生久视的表征符号。

东汉班固在《汉书·古今人表》里列“老彭”于仲虺之后，卞随、务光之前；仲虺是商汤的左相，卞随、务光皆为殷代的贤大夫，从而可推知老彭也是商代的官长。《竹书纪年》河亶甲纪记载：“三年，彭伯克坯。”“五年，侁人入于班方。彭伯、韦伯伐班方，侁人来宾。”祖乙纪写道：“命彭伯、韦伯。”从而可知，彭伯曾率军克坯，征伐班方。《国语·郑语》云：“大彭、豕韦，为商伯矣。……彭姓彭祖、豕韦、诸稽，则商灭之矣。”[④]《竹书纪年》也载：“（武丁名昭）四十三年，王师灭大彭。”由是可知，彭伯又被称作大彭、彭祖，此其一。第二，大彭、彭祖都是氏（以封地为氏）。北魏郦道元《水经注》卷二十三云：“彭城，即殷大夫老彭之国也。”老彭、大彭、彭祖乃彭氏世家，在被殷灭之前世世代代袭守彭城。

老彭也是一位“贞人”，也就是巫。在远古，巫掌握着知识或文化的

---

① 王聘珍：《大戴礼记解诂》，中华书局1983年版，第178页。

② 何晏：《四部备要汉魏古注·论语集解》，中华书局1998年版，第31页。

③ 何晏注，孔颖达疏：《论语集解义疏》，商务印书馆1937年版，第85页。

④ 徐元诰撰：《国语集解》，王树民、沈长云点校，中华书局2002年版，第467页。

权力。史官的职责似乎此相关。巫还是行政长官，“盖巫之为官，肇自先王，其来也远，莫究其始”。[①] 巫与王，曾一度为一体，后来关系亦密切，“自古受命而王，王者之兴何尝不以卜筮决于天命哉!”[②] 巫作为智囊，或为指挥战斗出谋划策，或直接领导战争。而商代甲骨文的卜辞中常见“贞人彭”，从而表明老彭乃既是行政头目、军事首脑，又是宗教首领。商代的职业演变，“由巫而史，而为王者的行政官吏。王者自己虽为政治领袖，同时仍为群巫之长”[③]。

（二）巫咸

“巫咸之在殷，则以贤能而显，故后世喜称之焉。”[④] 今本《竹书纪年》大戊纪云：“十一年，命巫咸祷于山川。”从而可知，巫咸是一位巫师，咸可能是其名，而巫是其职业。

屈原的《离骚》里面叙述了民间口述的传说故事，其中就有巫咸，如“巫咸将夕降兮，怀椒糈而要之”。王逸为之作注说：“巫咸，古神巫也，当殷中宗之世。”这里的巫咸就是上文提及的殷代贤大夫，其另一个身份是“神巫”。洪兴祖补注曰：“古者巫咸初作巫。《山海经》：巫咸国在女丑北。……《淮南子》：轩辕丘在西方，巫咸在其北。注云：巫咸知天道，明吉凶。”[⑤] 洪注较为驳杂，其中的巫咸似乎是封国，又似乎是巫师。王夫之在《楚辞通释》中认为：“巫咸，神巫之通称。楚俗尚鬼，巫或降神，神附于巫而传语焉。”[⑥]

司马迁在《史记·天官书》中说：“昔之传天数者：高辛之前，重、黎；于唐、虞，羲、和；有夏，昆吾；殷商，巫咸；周室，史佚、苌弘……”[⑦] 显而易见，重、黎、羲、和、昆吾、巫咸等都是当时沟通天人的知识人，而史佚、苌弘是周代的史官。而这些文化人、天文历法学者

---

① 游国恩：《离骚纂义》，中华书局 1980 年版，第 378 页。
② 司马迁：《史记》，中华书局 1999 年版，第 2435 页。
③ 陈梦家：《商代的神话与巫术》，《燕京学报》1936 年第 20 期。
④ 游国恩：《离骚纂义》，中华书局 1980 年版，第 378 页。
⑤ 洪兴祖：《楚辞补注》，中华书局 1983 年版，第 36—37 页。
⑥ 王夫之：《楚辞通释》，上海人民出版社 1975 年版，第 18 页。
⑦ 司马迁：《史记》，中华书局 1999 年版，第 1153 页。

都具有宗教的意味。

历数文献中与“彭咸”相似相关之人，大致有“巫咸”“巫彭”“老彭”“彭铿”“彭祖”“篯铿”“彭翦”等。汪瑗认为这些相似的称谓指的是同一个人，他说：“曰彭咸、曰彭铿、曰彭翦、曰老彭、曰篯铿，其实为一人也明矣”，其论证的路径是“考其德而论其世，稽其姓而辨其名”①。

司马迁《史记·五帝本纪》说彭祖是尧、舜十臣之一，这是因为大彭氏存在中国历史极为长久，此家族经历几世几劫如“历虞夏至商”依然存在，“八百年”或许是夸大，但几百年却是事实，导致后人误将“氏”的存在当作彭祖这一个人的存世。《世本》说彭咸“在商为守藏史，在周为柱下史”，这是由于那个历史时代政教合一，行政首领同时又是宗教首领，而无论是守藏史还是柱下史，他们都是从巫发展而来。即巫、卜、祝、史，皆为当时的知识阶层或精神领袖，从而巫咸亦是古文化的守望者。何以守望？“述而不作”也。

（三）老聃

如前所述，亦有将老彭考证为老聃者，“盖聃，周之史官，掌国之典籍，三皇五帝之书，故能述古事而信好之，如《五千言》”②。姚鼐在《老子章义》序中也认同这个看法，他说：“老彭者，老子也。……彭城近沛，意聃尝居之，故曰老彭。”③ 老聃为春秋时宋国彭城人，幼时学道于商容，历任甘国礼官、周柱下史、周征藏史等职。

史从巫而来。上古时期，氏族酋长身兼神职，即还是巫师长。守藏史是管理书库的，殷代守藏史管理卜骨、卜甲。老聃做过周柱下史、征藏史等职，也是与卜、祝、巫一类。金克木说得好，他认为：“《周礼·春官》中将‘大史’‘小史’‘内史’列于‘大卜’‘占人’‘大祝’‘司巫’之后。司马迁说‘文史星历介乎卜、祝之间’，这虽是汉朝人的话，

---

① 汪瑗：《续修四库全书·集部·楚辞类·楚辞蒙引》，上海古籍出版社 2013 年版，第 275 页。

② 王应麟：《困学纪闻》，翁元圻等注，上海古籍出版社 2008 年版，第 932 页。

③ 姚鼐：《老子章义》，《新编老子集成》，宗教文化出版社 2011 年版，第 779—780 页。

但也可见记‘史’的人和行‘卜’的人是一类。”[①] 从而可知，老聃之于周礼，恐怕也是“述而不作，信而好古”。况且，老聃也崇尚祭祀，如《道德经》云：“子孙以祭祀不辍，修之于身，其德乃真。修之于家，其德乃余。修之于乡，其德乃长，修之于国，其德乃丰。修之于天下，其德乃普。”[②] 因此，无论老彭指的是老聃一人还是老聃、巫彭两个人，对“述而不作”整句话的宗教意义来说不是至关重要的。

重要的是，儒、史、卜、祝、巫他们对历史传承物的态度和做法几乎是一致的。《吕氏春秋·先识览》曰：夏太史令终古因桀暴虐，携其图法，出奔如商；殷内史向挚见纣王惑乱，载其图法，出亡之周；晋太史屠黍见晋公无德，以其图法归周。[③] 无论是太史还是内史，他们共同的作为是看见国君无道，危及大道，于是就携带“图法”出逃。此即《荀子·荣辱》所谓“三代虽亡，治法尤存”的原因，也就是说先王的图法之所以能够传世，就是因为得益于太史或内史的精准保存和神圣传承。

“史之述”与“文之作”在行文上是截然不同的，这是由文与史的体例不同所决定的。“文士撰文，惟恐不自己出。史家之文，惟恐出之于己，其大本先不同矣。史体述而不造，史文而出于己，是为言之无征，无征且不信于后也。”[④] 史的笔法即使是到了后世，依然带有其宗教性的“述”的特征。从这个角度来看，孔子自述的“述而不作”无疑是有着史、巫等宗教传统的。

（四）“窃比于我老彭”

孔子为何自谓“窃比于我老彭”呢？这是由于孔子与老彭之间有其共同性与共通性，概括地说，就是“述而不作，信而好古”。邢昺对《论语》中的注疏说：“老彭于时，但述修先王之道而不自制作，笃信等而好古事。”[⑤] 先王，在老彭的时代，既是政治领袖，又是宗教首领，因而所谓修先王之道，其中就包括恪守宗教祭祀仪式的规约，一说礼即来自祭祀仪

---

① 金克木：《比较文化论集》，三联书店 1984 年版，第 59 页。

② 陈鼓应：《老子今注今译》，台湾“商务印书馆”1978 年版，第 182 页。

③ 参见吕不韦《吕氏春秋新校释》，陈奇猷校释，上海古籍出版社 2002 年版，第 955 页。

④ 章学诚：《文史通义新编新注》，仓修良编注，浙江古籍出版社 2005 年版，第 405 页。

⑤ 阮元校刻：《十三经注疏》，中华书局 1980 年版，第 2481 页。

式，应该是有其道理的。那么，孔子为何用了一个“窃”字呢？邢昺解释说：“孔子言，今我亦尔，故云比老彭，犹不敢显言，故言窃。”① 依据《论语》的文本，从事例来看，孔子与巫、史的相通之处主要有哪些呢？

文言文简晦，有时候还缺少语境，从而就会出现歧义的现象。就以“天”这个字来说，其意义就很丰富。人们认为，庄子较早地阐述了“天人合一”的思想。其实，笔者的理解是庄子坚持天人二分，“牛马四足，是谓天”，此乃自然状态也；“落马首，穿牛鼻，是谓人”，此乃文化状态也。如此一来，二者“合一”何以可能？从而说明，后人对原文的理解，应该重构其语境；否则，就会见仁见智。就像钱穆，他在《庄老通辨》中认为《论语》中的“天”，是“大体皆为一理想上有意旨、有人格、有作为之上帝”的意思，从而得出“孔子仍为遵守古代传统素朴的上帝观念者”或“孔学重知天命”的结论来。② 这种阐发，其着眼处便是宗教的维度。

宗教角度的阐释，是不是就是牵强附会呢？似乎不宜如此决绝。例如，《论语》记载：“子疾病，子路请祷。子曰：‘有诸?’子路对曰：‘有之。诔曰：“祷尔于上下神祇。”’子曰：‘丘之祷久矣。’”③ 从而可知，孔子固然遵从周礼而“敬鬼神而远之”，但是在日常生活中，他还是经常祈祷的，这就带有巫史的性质。

古印度种姓制度中的至高层婆罗门源于梵，那么“梵”是什么意思呢？《薄伽梵歌》的翻译者张保胜认为，“梵（Brahman）的原义是‘祈祷’。”印度人为何热衷于祈祷呢？因为“古代印度人认为‘祈祷’能使人意和天意相通，能使天神给人们降福祛祸”。正是由于这个天人相通的原因，印度人对于“梵”的崇拜愈演愈烈，“到了梵书时代，人们相信可以依靠祭祀祈祷来影响诸神。后来‘祈祷’本身被推到宇宙本源的地位。”④ 印度是一个宗教的民族，从而“在神格上，‘梵’被称为‘梵天’”，此处的“天”是神的意思。在梵书时代，掌握着神权话语权的婆

---

① 阮元校刻：《十三经注疏》，中华书局1980年版，第2481页。

② 参见钱穆《庄老通辨》，三联书店2006年版，第27页。

③ 何晏注，孔颖达疏：《论语集解义疏》，商务印书馆1937年版，第100页。

④ 毗耶娑：《薄伽梵歌》，张保胜译，中国社会科学出版社1991年版，第23页。

罗门建立了包括“祭祀万能”在内的三大纲领。与印度人的祈祷祭祀相比类，有助于理解孔子、子路对祛病进行祈祷的宗教性功效。《论语》的上述文字又表明，即使是晚至春秋时期，人们依然信奉祈祷的效力，这显然是宗教信仰的遗留。

二　信而好古

章太炎在《诸子学略说·原儒》中对“儒”的界定是：“儒者，术士也。”[①] 他认为，儒源自巫。他论证道：“太古始有儒，儒之名盖出于需。……明灵星舞子吁嗟以求雨者谓之儒，故曾皙之狂而志舞雩，原宪之狷而服华冠，皆抗节不耦于同世辟儒，愿一返太古，忿世为巫，辟易放志于鬼道。”[②] 从中得知，章太炎将儒的源头追溯到了“巫”。

“信而好古”中的“信”是一种虔诚的相信，具有信仰的性质。孔子所信，具体而言是周礼。《大戴礼记》认为，礼有三本，分别是天地、先祖、君师，依次为性之本、类之本、治之本，从而“礼，上事天，下事地，宗事先祖，而宠君师，是礼之三本也”。[③] 孔子又曰：“礼，必本于天，殽于地，列于鬼神。达于丧、祭、射、御、冠、昏、朝、聘。”[④] 从中我们得知，周礼的仪式化、伦理化、政治化，本身就含有宗教性色彩。孔子对周礼的信仰中含有对天地、先祖和君师的虔心，这就自然而然地涉及宗教问题。西周的礼乐系统，包含着天、地、鬼神的文化记忆，从而孔子“好古”之谓，亦必然承续着内在的宗教性。

古印度《摩奴法论》明确规定，婆罗门的社会宗教职能就是：学习《吠陀》圣典、讲授《吠陀》圣典、祭祀神祇、替他人祭祀神祇、布施他人和接受他人布施。[⑤] 婆罗门，始终控制着祭祀规范的知识系统及其严格标准。祭祀仪式的程序乃至于每一个细节都被婆罗门以口头方式留存、传授下来。上文论述了祭祀之于印度人宗教信仰的神圣性，而如何才能

---

① 章太炎：《诸子学略说》，广西师范大学出版社 2010 年版，第 91 页。

② 同上书，第 92 页。

③ 戴德：《大戴礼记》，吉林大学出版社 1992 年版，第 72 页。

④ 阮元校刻：《十三经注疏》，中华书局 1980 年版，第 1414—1415 页。

⑤ 参见《摩奴法论》，中国社会科学出版社 1986 年版，第 12 页。

保证祭祀的神奇效果呢?"他们非常严格地履行这项义务，因为只有做到准确，祭祀的效果才可信赖。"[①] 为何要求祭祀仪式细节的"准确"？宗教的信仰，体现在"人们为了保证有效性便加强了对准确性的关注"[②]。怎样才能保证"准确"？"述而不作，信而好古。"从而在宗教生态环境中，恪守准确性和本真性的"述"要比"作"重要得多。

信仰在宗教生态中是至高无上的，它直接决定着宗教社团的权力地位和生活形态。印度种姓制度的"起源就被记载在吠陀仪式手册中，在该制度中人们是按照对仪式的虔诚度来划分等级的，最虔诚的婆罗门被划入最上层"；吠陀献祭宗教的主要特征之一，便是"准确性对保证祭祀的有效性至关重要"[③]。婆罗门是特权阶层，其特权源自对知识文化的世袭和垄断，其方式千百年来是通过父子或师徒一字不差地口耳相传。其间，准确性是其社会特权的根本保证。

从类比和例证的角度来看，"印度传统奉《梨俱吠陀》为圣典，认为一字一音不可更易，从大约三千几百年前保存到今天"[④]；而从英国广播公司 BBC 录制的纪录片《印度的故事》（*The Story of India*）中又可知，祭祀的仪式和知识被婆罗门家族世世代代父子口耳相传，由于"一字一音不可更易"，所以如火祭仪式上的宗教祷词都被保存了数千年之久，犹如鸟兽的声音，其意义今天虽已不能识别，但作为无上神圣的权威没有人做任何更动。而"仪式就是中国的所谓'礼'"[⑤]，孔子"信而好古"，对于西周之礼文，认同其权威性，敏而好学，深信不疑，不做更易，如其所是地进行"述而不作"，这毫无疑问是具有宗教性的。

如前章太炎所言，儒本求雨之术士，源自巫。因此，虽然春秋时期儒已有所发展，但是职业化的惯习总是生成了一种"信而好古"且"述而不作"的传统。作为好学不倦的孔子，"吾从周"的原因是周"郁郁乎文哉"，而其中的"文"乃"周鉴于二代"之文，即其中既有人文，亦有神文，甚至是鬼文。从现存文献可知，夏王朝与商王朝都具有宗教性。

---

① ［英］休·汉密尔顿：《印度哲学祛魅》，王晓凌译，译林出版社 2013 年版，第 18 页。

② 同上书，第 19 页。

③ 同上书，第 22 页。

④ 金克木：《比较文化论集》，三联书店 1984 年版，第 7 页。

⑤ 同上书，第 75 页。

大禹之禹步，实乃巫师长祷神祭鬼仪礼中常用的一种步法。而殷民族"佞鬼"，其文化之鬼文更是不言而喻。

无论是神文还是鬼文，归根到底是一种巫祭传统的文化。"夏、商文化的核心部分就是巫祭和鬼神，从国家大政到生活琐事，都要问诸鬼神，按鬼神的意旨行事。"[①] 自然，"周鉴于二代"，虽以礼仪机制为中心建立起一套维持社会秩序、等级区隔的人文体系，与之前的神文、鬼文之文化不同，然而，规训等级化的礼乐亦是一种社会仪式，巫祭传统犹如幽灵一样依然存在于其中。在仪式上，礼仪与祭祀是相通的。孔子所说的"祭如在，祭神如神在"是什么意思呢？"祭祀是一种仪式，神灵或祖先在仪式表演中起道具作用。"为什么呢？因为"祭祀本带有巫术性质"。[②]而孔子对于古代文献尤其是周礼的好古而信，表明了他在人文世界中的宗教情感倾向。

在《论语》中，子曰："加我数年，五十以学《易》，可以无大过矣。"[③]《易》即《周易》，与《连山》《归藏》都是"卦"书，是太卜、筮人等必学之书。然则，至圣孔子为何也要学习《易》？《史记·孔子世家》记载："孔子晚而喜《易》，序彖、系、象、说卦、文言。读《易》，韦编三绝。"[④] 可见孔子是多么以学《易》为乐！孔子是如何认识《易》的呢？"子曰：'夫《易》何为者也？夫《易》开物成务，冒天下之道，如斯而已者也。'……是故蓍之德圆而神，卦之德方以知，六爻之义易以贡。圣人以此洗心，退藏于密，吉凶与民同患。神以知来，知以藏往，其孰能与于此哉！古之聪明睿知，神武而不杀者夫。是以明于天之道，而察于民之故，是兴神物以前民用。圣人以此斋戒，以神明其德夫。是故阖户谓之坤，辟户谓之乾，一阖一辟谓之变，往来不穷谓之通，见乃谓之象，形乃谓之器，制而用之谓之法，利用出入，民咸用之谓之神。是故《易》有大极，是生两仪。两仪生四象。四象生八卦。八卦定吉凶，吉凶生大业。是故法象莫大乎天地；变通莫大乎四时；县象著明莫大乎

① 过常宝：《楚辞与原始宗教》，东方出版社 1997 年版，第 8 页。

② 金克木：《比较文化论集》，三联书店 1984 年版，第 123 页。

③ 杨伯峻：《论语译注》，中华书局 1980 年版，第 75 页。

④ 司马迁：《史记》，中华书局 1999 年版，第 1559 页。

日月；崇高莫大乎富贵；备物致用，立成器以为天下利，莫大乎圣人探赜索隐，钩深致远，以定天下之吉凶，成天下之亹亹者，莫大乎蓍龟。是故天生神物，圣人则之；天地变化，圣人效之；天垂象，见吉凶，圣人象之；河出图，洛出书，圣人则之。《易》有四象，所以示也。系辞焉，所以告也；定之以吉凶，所以断也。”[①]《周易正义卷首·第二论重卦之人》云：“按《说卦》云：‘昔者圣人之作《易》也，幽赞于神明而生蓍。’”[②]《周易》最初就是一部占卜的书，是通过蓍、龟等手段以通神，以神意来指导生活、生产或斗争等。孔子之于《易》，也不过是“序”而已，是“谨守其数，慎不敢损益也”，换一种现成的说法就是“述而不作”，即述天意、神意和圣意，在这一点上与史、巫可谓是殊途而同归。《易传》云：“子曰：‘后世之士疑丘者，或以《易》乎？吾求其德而已，吾与史、巫同涂［途］而殊归者也。’”[③] 这句话可以补证孔子“序”《易》的借径之意图。郭西安认为：“孔子意在从《易》中谈德行仁义，与史、巫是为殊归，但从通过揭秘—解密来显明天道这一功能和进路而言，确然可称‘述而不作’之‘同途’了。”[④] 由是可见，好古之信，无论是何种意图，其借径、仪式、手段和符号等都与宗教性内通。

三 述而不作

何谓“述而不作”？《说文解字》曰：“述，循也。”述的本义即遵循，后引申为继承、传旧。作即别创、新创，有新义生成。从而述而不作即“遵循、继承而不改创”。[⑤]“述而不作”在孔子述学、讲学过程中可谓是一以贯之，如“毋我”“毋意”的强调，也是“述古而不自作，处群萃而不自异，惟道是从”（何晏语）述意识的体现。

据考，“述而不作”这个词语最早不是出自《论语》，而是出自司马

---

① 吕祖谦编：《晦庵先生校正周易系辞精义》，中华书局1985年版，第42—46页。

② 阮元校刻：《十三经注疏》，中华书局1980年版，第8页。

③ 刘彬：《帛书〈要〉篇校释》，光明日报出版社2009年版，第45—46页。

④ 郭西安：《缺席之“作”与替补之“述”——孔子“述而不作”说的解构维度》，《中国比较文学》2015年第2期，第45页。

⑤ 周远斌：《“述而不作”本义考》，《理论学刊》2006年第1期。

季主之口。司马迁在《史记·日者列传》中称引司马季主的话为卜筮者辩护，原句说：“述而不作，君子义也。”① 并以伏羲作八卦、周文王演三百八十四爻而天下治、越王勾践放文王八卦以破敌国霸天下等传说或事件例证了卜者之卜筮的功绩。

余英时从天人关系的角度论证了孔子身上留有巫文化的印痕。余英时认为古代礼乐传统中“弥漫着巫文化的信念和实践”。巫者，通灵者也，是信念的媒介。而孔子“对天作为道德根源的深刻信仰和为天传道的使命感都是从礼乐传统的宗教根源中生长出来的”。② 余英时很有见地，指出了礼乐传统的巫宗教根源。天人关系的界定，是儒家价值体系的逻辑起点。汉儒“天人感应”之“察天象以明人事”仍然继承了天人关系的结构，宋儒以道德心性为本体的“天人一体”也依然回应天人关系这一儒学最为根本的问题，从而可知，在儒家思想体系中，天人关系极为重要；而其中“天”的指向，则一直回响着其巫文化的渊源。

古代中国礼乐制度既然内含巫文化底蕴，那么关于它的信仰和阐释就不可能不规约着解释的理路。杨乃乔认为，“述而不作，信而好古”是儒学的诠释学立场，它客观要求读者解读六经的时候，只能采取一种“述”即遵循圣意的态度以避免过度诠释或错误诠释。“这种诠释学立场是在血缘宗法制的信仰论与目的论上守护周公的礼乐制度，而实质上，却在绝对的话语权力上把孔子营造为周公礼乐制度的代言人，并且进一步铸造了孔子在原始经学信仰上兴作而起的圣人形象。”③ 由圣而神，内在的通达之路便是宗教性信仰。

况且，礼乐制度也规定了人们行为的规范和限度。《礼·中庸》规定：“非天子不议礼，不制度，不考文。”为什么呢？因为“议礼、制度、考文，皆作者之事，然必天子乃得为之”。也就是说，“礼之始也则自天子出”。孔子亦曰：“天下有道，则礼乐征伐自天子出。”礼必自天子出，因为只有天子才享有制礼、制定制度和考文的权力，此等新创谓之

---

① 司马迁：《史记》，中华书局 1999 年版，第 2437 页。

② 余英时：《论天人之际：中国古代思想起源试探》，台北：联经出版事业公司 2014 年版，第 166—167 页。

③ 杨乃乔：《中国经学诠释学及其释经的自解原则——论孔子“述而不作，信而好古”的独断论诠释学思想》，《中国比较文学》2015 年第 2 期。

“作”。又云：“虽有其位，苟无其德，不敢作礼乐焉；虽有其德，苟无其位，亦不敢作礼乐焉。”这就是说，只有有德有位的圣人（如皇帝）才能够进行礼乐之作。孔子在春秋时期有其德而无其位，被后世儒生称为“素王”，因而他克己复礼、恪守周礼的规约也不敢“作”，而只能“述”。

孔子反对“不知而作之者”。他反思自己，认为从未“不知而作之”，多闻，多见，“择其善者而从之”。[①] 孔子是“述而不作”的，叶舒宪对“述而不作”的理解是“坚持祖述前人”，践迹前人，亦步亦趋，传承为是，即“严格遵守口耳相传的定制，不提倡另辟蹊径，也不推崇独树一帜”[②]。

西哲曾说过，文化研究的对象不是文化，而是具体的历史语境。唐启翠从礼乐仪式的语境和文字考古来追寻“述而不作”中“述”与“作”之初义。她进而认为，“述”与“作”的语境就是口传文化祝祷神灵的仪式语境，具体而言，“述”的语境“偏于卜筮祝祷技艺和仪式性言行信守与遵循、践行”；而“作”的语境则“偏于契刻、铭刻、建造等仪式性制作传统”。在口述和仪式这个神圣语境中，礼乐知识系统得以承传。[③] 也就是说，“述而不作”的历史语境是具有宗教性质的仪式语境；在此语境之中，仪式的准确性是第一重要的，客观上不允许有任何更改，即务必遵循传统，恪守成礼。

胡建升界定了口传知识文化生态中“述而不作”的价值观，认为圣人忠实于口述媒介的文化传统，在口说耳听记忆学习的过程中，他们不会对圣典、圣意进行任何歪曲。[④] 这一发现极具价值和意义，因为在人类的口述文化语境中，无论是神圣性还是宗教性，首先要求的都是祭祀仪式和祷告语词的精确性。这与口述传统中的说唱艺术还不完全一样，后者依据不同的时间、场合和受众会进行即时性的表演，从而存在诸多不完全一致的版本。与此对照，就会发现“述而不作”却能够保存圣典的

---

① 杨伯峻：《论语译注》，中华书局1980年版，第73页。

② 叶舒宪：《孔子〈论语〉与口传文化传统》，《兰州大学学报》2006年第2期。

③ 参见唐启翠《“述而不作”与“圣贤”神话》，《文艺理论研究》2012年第2期。

④ 参见胡建升《孔子“多闻阙疑”与口传文化》，《民族艺术》2014年第2期。

准确性、完整性和权威性。

原初宗教与神话是姊妹，它们都是神话时代的主角。原初宗教具有“口述性”的特征，它依靠声音的媒介讲述神话，神话具有宗教真实性，也就是说由于信仰而相信它是真实的。休斯顿·史密斯说：“他们口述的内容，也就是那看不见的神话，使他们的眼睛能自由地去细察其他神圣的预兆。”[①] 口述性，一方面固然是口头传统或口头文化的产物，另一方面则亦是宗教的准确性的内在要求使然。

秦家懿、孔汉思指出，作为世界三大宗教河系之一的中国宗教，其核心形象是圣贤，从而古代中国宗教是一个哲人宗教。[②] 也就是说，古代中国不是没有宗教，而是有一种与闪米特人、印度人皆不同的宗教，有人也称为儒教。因此，儒家的道统从传说中的尧、舜、禹到汤、文、武、孔等体系，便构成了一个典型的圣贤宗教。古人对圣贤言行的尊崇和恪守，也体现了其中内在的宗教性。

如果我们总结和归纳世界文化源头中述者与文献之间的关系，就可以发现“述而不作”是一种跨文化的世界文化现象，它们“都根源于一种宗教的或类宗教的精神崇拜”[③]。这种精神崇拜与信徒对先知、上帝或圣贤的内心敬仰一脉相承。在外在形式上，就展现为对神圣寄托物的完整性维持和维护上。

结　语

综上所述，孔子“述而不作”的自谓，其实是他遵循先王、史巫之道，恪守先人古道的精确性、真实性和权威性，是儒之卜、巫、史传统的一脉相承，从而具有潜在的和内在的宗教性。

（原载涂可国主编《中国文化论衡》2017 年第 2 期）

① ［美］休斯顿·史密斯：《人的宗教》，海南出版社 2001 年版，第 398 页。

② 参见秦家懿、孔汉思《中国宗教与基督教》，三联书店 1990 年版。

③ 徐杨尚：《“述而不作”：中西文化对话中的“错位性误读”》，《盐城师专学报》1997 年第 1 期。

作为方法的方音

——以“面如重枣”中“重”的读音为中心

一　问题的提出

在《三国志演义》中，关羽“面如重枣”中的“重”应该读作 chóng，还是读作 zhòng？无论是读作“重（zhòng）枣”还是“重（chóng）枣”，它们究竟为何物，人们也不能作出能够令人信服的解释，仅仅是种种猜测而已。

或曰，重枣中的重应该读作 chóng，意思是重阳节时的枣子，因为此时的枣子颜色由青色变作暗红色。其实，这是主观臆想。众所周知，大枣一般在 9 月中旬开始采摘，而农历九九重阳节是在 10 月，此其一；其二，我们一般也不将重阳时的枣称作“重枣”。

一说，山西的枣子又叫“泡红”“重枣”，关羽在这里吃的是重枣，卖的也是重枣，连喝的水也有重枣味，久而久之就成了重枣脸。① 这其实是愚昧的乡贤溢美之谈，关羽的重枣色脸，岂能是吃晋地的枣吃出来的？如果真是这样，那么千百年来晋地的枣依然在，怎样就只有关羽吃出来重枣色脸呢？

时至今日，人们依然不清楚何谓“重枣”。譬如，京剧里关羽的脸谱“面如重枣”，然而由于大家并不理解何谓重枣，以及重枣究竟应该红到什么程度，于是脸谱的红色就深浅不一。

---

① 参见申文《略谈戏曲脸谱与民间文化习俗》，《中国戏剧》2009 年第 1 期。

《汉语大词典》（卷十）将“重枣”解释为“深暗红色的枣子”，并引用宋代无名氏《百宝总珍集·江猪牙》诗句“江猪犹如重枣色，象牙粗细有两般”为例进行说明。[①] 诗歌出自宋代，且吟咏的对象是江猪，江猪或指江豚，或指长江边的野猪，从有牙可知诗句中的江猪指的是后者。吟咏江猪的一般说来是长江流域的人，而这个地区的人对于重枣之重的方音是读作 zhòng，读作 chóng，还是读作 zhēng？

今日以普通话读音诵读古代文学作品中的方音，便会出现不通或难以理解的问题，这个问题便是音景中的方音问题。本文以《三国志演义》中关羽“面如重枣”之“重”的读音为中心，尝试着论述文学音景中的方音可以作为方法来解决文学风景中存在的问题。

二 对“面如重枣”的溯源

如上所述，迄今人们依然不知道所谓“重枣”究竟为何物，只是大概猜想它是一种红色的枣子。想从实物获得其准确读音的路径是走不通的，那么，“重枣”中“重”的方音问题是不是可以通过考镜源流的路径来进行考察呢？

在《三国志通俗演义》嘉靖本中，关羽“身长九尺三寸，髯长一尺八寸，面如重枣，唇若抹朱，丹凤眼，卧蚕眉，相貌堂堂，威风凛凛”[②]。而我们进一步追根溯源，可以发现在元至治新刊《新全相三国志平话》中，关羽“生得神眉凤目，虬髯，面如紫玉，身长九尺二寸”[③]。无独有偶，元杂剧三国戏中，亦有关羽“面如紫玉”的描述：在无名氏《刘关张桃园三结义》中，屠户向张飞描述关羽外貌时说：“他生的面如紫玉一般相似。”[④] 紫玉似是黑红色的暗喻。

而现存的绝大多数元杂剧三国戏中，关羽则是“面如挣枣红”。由此可知，小说中关羽的“面如重枣”，来自元杂剧“面如挣枣红”。例如，

---

① 《汉语大词典》，汉语大词典出版社 1991 年版，第 38 页。

② 罗贯中：《三国志通俗演义》（嘉靖本），上海古籍出版社 1980 年版，第 5 页。

③ 古本小说集成编委会编：《三分事略·三国志平话》，上海古籍出版社 1990 年版，第 12 页。

④ 王季思主编：《全元戏曲》第 7 卷，人民文学出版社 1999 年版，第 486 页。

关汉卿《关大王独赴单刀会》云："关公髯长一尺八，面如挣枣红。"[①]无名氏《关云长单刀劈四寇》说，关羽"生的面如挣枣色，卧蚕眉，长髭髯"[②]。在郑光祖《虎牢关三战吕布》第一折中，关羽自云："家住蒲州是解良，面如挣枣美髯长。"[③] 等等。

由以上可知，"面如重枣"，源出"面如挣枣（红）"。可是，何谓"挣枣"？《关汉卿戏曲选》解释道："挣枣——或作'重枣'、'蒸枣'，形容关羽的脸色紫红，像枣子一样。"[④] 王季思等《元杂剧选注》："挣枣：或作'重枣'，形容关羽脸色红得像枣子一样。"[⑤] 这种解释没有涉及"重"或"挣"，只是依据上下文和语言生态进行了描述与归纳。刘洪强等从民族学的角度出发，认为"挣枣"指的是用酒泡过的枣，这样的枣很红且饱满。因而关羽"面如重枣"就是"面如挣枣"，指其面饱满红润[⑥]；这一说法也是望文生义。

"重枣"作"挣枣"，难以自圆其说；人们也不解其中味道。而"重枣"作"蒸枣"，却是有着内在的关联。然而，"重"读作 zhòng 或 chóng，"蒸"读作 zhēng，它们是否通假？汉语言中有一个原则是音同义近，然而"重"无论是读作 zhòng 还是读作 chóng，似乎都与蒸（zhēng）相去甚远。如此一来，"重枣"与"蒸枣"的相通之处在哪儿呢？其实，"重枣""挣枣""蒸枣"都是方音"zhēng zǎo"的同音异字写法，因此"重枣"之重应该读作"zhēng"。当今方言中仍然有将"中"读作"zhēng"的，从而亦可旁证之。

三　作为方法的方音

音景（soundscape）又作声景或声境，是声音景观、声音风景或声

① 王季思主编：《全元戏曲》第1卷，人民文学出版社1999年版，第64页。

② 王季思主编：《全元戏曲》第7卷，人民文学出版社1999年版，第605页。

③ 王季思主编：《全元戏曲》第4卷，人民文学出版社1990年版，第407页。

④ 人民文学出版社编辑部主编：《关汉卿戏曲选》，人民文学出版社1958年版，第61页。

⑤ 王季思等：《元杂剧选注》，北京出版社1980年版，第83页。

⑥ 刘洪强、赵鹏：《"面如重枣"、"钻其核"、"相公"及"沽旱"释义》，《济宁学院学报》2015年第4期。

音背景的简称。[①] 音景的研究迄今尚处于滥觞，从而一方面拓展了学术研究的新视域，另一方面则尚有诸多值得商榷的地方。如有学人将音景称为声音幕布，认为所谓音景不过是故事之背景。其实，音景不仅仅是背景，它还在实际上参与意义的生产，甚至还可以作为一种方法以解决文本中的诸多困惑或难题。

音景世界龙吟凤鸣，后人多有不解之处，或出自异民族语言的音译，如犁鞬、犁靬、黎汗、丽靬、骊山、骊靬等皆为“一音之异译”[②]。音景世界中另一种情况，便是方音或土语之文字留存。1928 年，黎锦熙指出：“五代北宋之词，金元之北曲，明清之白话小说，均系运用当时当地之活语言而创制之新文学作品。只因向来视为文人余事，音释阙如，语词句法，今多不解。”[③]

在方言小说里，一种情况是：“方言里最重要的一部分是只有声音写不出字体的，即使写出也全无意义的。”[④] 另一种情况是方言中的记音字现象。古代白话文学艺术中，记录方言多用俗字，或多用同音替代字。记音字，即借字，它是同词异形，采用谐音字，这一用字现象在方言小说里较为普遍。中国白话小说使用方言，需要记音，而同音假借的方言记字，具有不稳定的特征。[⑤] 方音的文字记录，具有同音无定字、一字多形、没有统一书写形式等特点。在古代白话文学作品中，音无定字这一现象颇为普遍，从而如果从方法论的角度来探析其间的问题，往往能够解决一些悬而难解的问题。

依据方音，综合考虑，“挣枣”“重枣”显然是“蒸枣”的同音异字的写法。那么，元杂剧、平话中为何会出现此等同音异字现象？其实很正常，因为元杂剧是金院本之余，其中颇多类似的借字写法。元杂剧具有世界性，女真、契丹、蒙古、渤海、汉等不同民族乃至于不同种族的语言接触极为频繁，汉语言是当时的国际交流语言之一，从而借字或多个音译现象就出现了，如“莎塔八”“锁陀八”“锁胡塌八”“锁忽

① 参见傅修延《论音景》，《外国文学研究》2015 年第 5 期。

② 蒙文通：《儒学五论》，广西师范大学出版社 2007 年版，第 97 页。

③ 黎锦熙：《中国近代语研究提议》，1928 年 10 月《新晨报副刊》。

④ 林守庄：《〈何典〉序》，北新书局 1926 年版，第 3 页。

⑤ 参见潘建国《方言与古代白话小说》，《北京大学学报》2008 年第 2 期。

塌把”等都是蒙古语“酒醉”的音译，而“强盗”“贼”却有“虎刺孩”“忽刺孩”“忽刺海”等诸多写法。[①] 在元杂剧中，“胡由”多和“鬼”连用，写作“鬼胡由”“鬼狐由”“鬼狐犹”“鬼胡油”等，皆为对蒙古语的音译，可是借字却不同。[②] 酒在元杂剧中被写作“答剌苏”“打辣苏”“打剌苏”“打辣酥”“答剌孙”等。[③]“哈喇”“阿剌”都是杀的意思。而“安答”又写作“岸答”。吃挣，又写作意挣、呓怔等。“劳承”“牢成”“牢诚”“牢承”等都是戏曲中表示“殷勤、体贴”之意词语的写法。“搬调”又可以写作“般挑”“搬挑”“般挑”等。在元代，“合”“哈”“黑”等字，“某”“谋”“马”“玛”“麻”“末”等字，在翻译中是相通的，所以“马哈麻”即可看作“马黑某”等的不同译语。“马泊六”“马八六”“马百六”“马伯六”等都是撮合者同音异字的写法，可是读者如果以当今的普通话来诵读，却离真相甚远。……类似的现象不胜枚举。

字形相似而错误的亦不在少数，且不说鲁鱼豕亥，就以“面如重枣”来看，就有“面如垂枣”之错误：明酉阳野史《三国志后传》第二十七回有“面如垂枣”的叙述。曾良撰文以为，“面如垂枣”就是国字脸，盖垂枣比较饱满，两端都略鼓出，像人的饱满的天庭和下巴。[④]“面如垂枣”当是“面如重枣”之形误。

然而，如果说“面如熏枣”亦是“面如重枣”之误，则似乎不然，因为在现实生活中，确实存在一种叫作熏枣的食品，色黑红，与关羽“面如紫玉”的颜色倒是颇为一致。在朱鼎臣本《三国志史传》中，关羽“身长九尺，须一尺八寸，面如熏枣，丹凤眼，蛾蚕眉，相貌魁伟”[⑤]。平民百姓以现实生活中的日常现象作比喻，也是司空见惯的，如《诗经·硕人》庄姜“手如柔荑，肤如凝脂，领如蝤蛴，齿如瓠犀，螓首蛾眉”等。以此类推，元代人们以“蒸枣”来比喻关羽面之赤，也是情理之中

---

① 参见包双喜《元杂剧蒙古语词小议》，《民族语文》2002 年第 2 期。

② 参见方龄贵《元明戏曲中的蒙古语》，汉语大词典出版社 1991 年版，第 472 页。

③ 同上书，第 236 页。

④ 参见曾良《明清通俗小说语汇研究》，江西教育出版社 2009 年版，第 102 页。

⑤ 罗贯中：《三国志史传》（朱鼎臣辑本），中华全国图书馆文献缩微复制中心 1995 年版，第 5 页。

的事情。

由以上可知，“面如重枣”中的“重”无论是读作 chóng，还是读作 zhòng，从意义上来说，皆不通。从这两个读音而来的解释，也是望文生义和胡猜乱想。音景特别是方音作为方法来看，“重枣”其实是“蒸枣”的写误，或者如上所说“重”“挣”“蒸”是同音异字。从而“重枣”中的“重”应该读作 zhēng，即“蒸”的读音。以上解决关羽“面如重枣”中“重”的读音这个问题的关键，在于还原文学音景中的方音事实，从而表明，方音可以作为一种方法，以此来解释文学作品中的困惑，解决其间的问题。

方音一旦转换成文字，音声便不在场。汉语言文字是表意语言，是象形方块字，不是表音的字母语言。汉语言不是以音为中心的听觉语言，而是以形为中心的视觉语言。白话章回小说受到勾栏瓦舍中说书即“说—听”这种声音结构系统而来，自然就保存了若干民间口语中的方音。还有一些文人模仿或记录了乡土方音，这些文人有的不过是三家村教书先生，而有的方言俗语或土语土话又一时没有一个贴切的字词，于是只好以别字替代，这种方式所编创的小说称之为方音小说或方言小说，因此同音异字现象较为普遍，从而方音可以作为方法，被用来还原以解决其间的困惑或问题。

四　同音异字写法的类型学意义

方音的现象，在白话文学作品中具有普遍性，而同音异字现象或记音字现象又是小说文本中难以回避的事实，从而方音可以作为方法，来解决诸多似是而非的疑难问题。也就是说，方音作为方法来解决古代中国白话文学作品中的疑惑，具有类型学的普遍意义，而不是绝无仅有的文学现象。

例如，在《金瓶梅》中，西门庆有一个伙计，名叫韩道国，绰号“韩捣鬼”。如果不从方音来听，“韩道国”无论如何也不是“韩捣鬼”的谐音，从而“捣鬼”之作为绰号预示故事情节的展开之功能就会丧失，而其人物身份的表征也就无从谈起。这个问题的症结就在于“国”在某些地方读作 guǐ，而不是 guó。再如，《金瓶梅》第七十七回：“西门庆家中，这些大官儿在他屋里坐，打平和儿吃酒。”“打平和”又作“打平火”。《邯郸县志·风土志·方言》云：“醵钱饮酒曰打平火。”《二刻拍案惊奇》卷二二写道：“公子不肯，众人又说不好独难为他一个，我们大家凑些，打个平火。”亦作“打平伙”。《二刻拍案惊奇》卷五：“而今幸得无事，弟兄们且打平伙，吃酒压惊。”从而可知，“打平和”中的“和”应读作“huǒ（火）”，这也是一个方音问题。

《醒世姻缘传》第十回：“只是那晁大舍里里外外把钱都使得透了，那些衙门里的人把他倒也不像个犯人，恰象是个乡老先生去拜访县官的一般，让到寅宾馆里，一把高背椅子坐了。”这里的“寅宾馆”当是“迎宾馆”。第二十二回，晁夫人不愿种晁源坑蒙拐骗积下的田地，让原主以原价赎回，并当场要众人领回文书。但是麦其心、武义、傅惠三人借口以文书为凭向辽东参将借钱，骗回文书，图赖晁夫人。西周生依据人物的性格“谐事取名”，有着明确的寓意。“武义”谐“无义”；“傅惠”谐“负惠”；“麦其心”谐“昧其心”。麦，明母麦韵；昧，明母队韵。次浊入声麦韵混同去声队韵。如果我们按照普通话的发音来读“麦其心”，那么“昧其心”的意思就表达不出来，因为方音中“麦”读作“mèi”。

《醒世姻缘传》第四回：“晁大舍说道：‘拿茶来，吃了睡觉，休要割拉老鼠嫁女儿！’”沂水、莒县等地读“割”为“gā”音，不读作“gē”。依音用字，词无定形是方言词语的特点，“割拉”有时也写作“哈喇”。如《聊斋俚曲集·翻魇殃》第七回：“你原是大人家，急仔没人敢哈喇，去了就是眼目大。”董遵章《元明清白话著作中山东方言例释》将“哈”标音为“gā”是正确的，不读作“hā”。元杂剧《村乐堂》第三折中的“和和饭”应该读作“糊糊饭”。财帛中的“帛”，方言读作“bài”①，等等。因此，只有以方音读用方音写成的文学作品，才能得其颊上三毫之神韵，还原其真实的音景。

《历代史略鼓词》中的“教他爹乱了宫人制作着反，只这开手一招一着便不佳”中的“着反”，通“造反”。张祥晋《七音谱》曾提到：兖州、邹、峄之人言“州为邹”“身为森”“收为搜”等。《澹圃恒言·百戒》云：“干父即亲父，儿子王小祜。父是光嘴巴，儿是闹腮胡。”这里

---

① 魏连科：《〈金瓶梅〉方言俗语臆释》，《河北学刊》1993年第5期。

的“闹腮胡”即“络腮胡”。

敦煌诗文中的别字异文略举几例：以酬代仇、以嬉代诗、以幸代信、以将代姜、以济代季、以尽代近、以幸代辛、以俊代峻等。[①]《汉将王陵变》云：“但愿汉存朝帝阙，老身甘奉入黄泉。”“甘奉”应为“甘分”，“分”与“奉”在唐五代西北音中声韵相同，盖抄录者于抄写过程中误将“分”写成了与其同音的“奉”字，即“奉”实乃“分”之同音借字，从而此处的“奉”应读作“分”。[②]

其实，不唯有古代中国文学中存在方音叙事的问题，现当代文学中亦然。例如，毛泽东诗词中的出韵现象，有的就是源自他用韶山话通押。[③] 而中国现当代小说中，诸如《海上花列传》《何典》《玄空经》《马桥词典》《丑行或浪漫》《受活》等方言小说，亦存在着本文所论述的同音异字写法的问题，从而该问题便具有类型学的意义。

五　结语

综上所述，方音在文学艺术中是一种具有普遍性的现象，无论是中国古代文学作品还是中国现当代文学作品，方言文学为一不容忽视的重镇，而其间的同音异字写法也是一难以否认的事实，从而方音可以作为研究方法来还原方言文学里当初的音景世界，进而解决阅读经验中的疑惑或难题。

（原载《中国古代小说戏剧研究》第13辑）

---

① 参见丁治民、赵金文《敦煌诗中的别字异文研究——论五代西北方音的精见二系合流》，《温州大学学报》2009年第3期。

② 参见项楚《敦煌变文语辞校释》，载胡竹安等编《近代汉语研究》，商务印书馆1992年版，第136页。

③ 参见尹喜清《毛泽东诗词中的方音现象》，《湖南科技大学学报》2015年第2期。

金箍棒、金刚杵与橄榄棒

引　言

孙悟空的原型，固然有哈奴曼与无支祁或二者的混血儿之争，但正如鲁迅所言，艺术形象的原型取材不一，乃碎片的百衲衣。从武器来看，无支祁没有武器，而哈奴曼的武器则是金刚杵。那么，孙悟空的武器金箍棒这一意象又是缘何而成的呢？

前贤时俊，一般以为，孙悟空的金箍棒源自之前西游故事中的铁棒、生金棍、金镮锡杖或金刚棒等。但对于金箍棒与赫拉克勒斯的武器橄榄棒之关系及其源流变迁，从未见有所涉及。本文试从比较文学影响研究之角度，对其进行简略的梳理和论析。

一　金箍棒的源流变迁

关于金箍棒原型的探析，迄今主要有以下五种说法。

（一）性器寓意说

关于金箍棒，小说《西游记》第三回叙述道："（孙）悟空十分欢喜，拿出海藏看时，原来两头是两个金箍，中间乃一段乌铁；紧挨箍有镌成的一行字，唤做'如意金箍棒'，重一万三千五百斤。"①

在小说中，金箍棒，又名金箍如意棒、金箍铁棒、如意棒、灵阳棒、

① 吴承恩：《西游记》，上海古籍出版社2009年版，第20页。

铁棒、棒等。而其中的“如意”“灵阳棒”等称谓，是晚明情色泛滥的留痕。“如意金箍棒”与晚明的情色社会思潮密切相关。它是性器的象征，主要体现在两点上：一为“如意”，有“如意君”为例证；一为“金箍棒”与性器之外形的类比相似上。石鹏飞认为：“‘棍’者，男根也。故俗称无妻之男为‘光棍’。‘棒’，亦是男根。”①

如意金箍棒可随人意变粗或变细、变长或变短，这与男根何其相似！孙悟空的这个宝贝武器被命名为“如意金箍棒”，按照弗洛伊德精神分析的观点，金箍棒的心理象征意义是很明显的，它是男根的象征，是孙悟空心理能量的源泉，也是齐天大圣里比多（libido）之所在。金箍棒，作为自然本性——情欲的象征，正是靠着它，孙悟空才大闹龙宫、大闹地府和大闹天宫的，大败十万天兵天将，取经路上用它捉妖降魔的。

从这个角度来看，金箍棒的原型应为湿婆。② 论证的主要依据为：湿婆，前身是印度河文明时代的生殖之神“兽主”和吠陀风暴之神鲁陀罗，兼具生殖与毁灭、创造与破坏双重性格，呈现各种奇谲怪诞的不同相貌，其中林伽（男根）是湿婆最基本的象征。古印度在六七千年前就有林伽即男性生殖器崇拜。公元前3000年至2000年，“人们往往以男性生殖器为礼拜对象，并视之为湿婆的表征”，湿婆是宇宙的创造本原，“他的表征为一硕大的男性生殖器。据说，大梵天和毗湿奴缘此物分别向上、下而行，以探寻其顶端和根部，结果徒劳而返”③。湿婆的武器为三叉戟、弓和巨棒等，其中之一是棍棒。湿婆的一个儿子室健陀（又名鸠摩罗）是战神。金箍棒是棍棒自不待言，孙悟空历经九九八十一难终成正果，被如来封为斗战胜佛：这些似乎皆与湿婆有关。

不仅金箍棒被解读为男根，而且连孙悟空也被视作男性性器。在《西游记》中，孙悟空又被称作“心猿”。北宋石泰著有《还源篇》，其中的诗句充满了性象征，如“意马归神室，心猿守洞房。精神魂魄意，化作紫金霜”（第十五首）。日本学者中野美代子认为：“‘神室’是鼎器

① 郭莹：《说“光棍”》，《文史知识》2002年第10期。

② 参见张同胜《〈西游记〉与“大西域”文化关系研究》，中国社会科学出版社2013年版，第147—150页。

③ ［美］布朗：《印度神话》，克雷默主编《世界古代神话》，华夏出版社1989年版，第288—289页。

的异称，在房中术中指子宫，加之洞房指女人的寝室或新婚夫妇的房间，我们就会明白心猿和意马的真实含义了。另外，马亦称‘乾马’，从纯阳卦的乾来看，此处显然是作为男性的代名词来使用的。《还源篇》第十首中还有一句‘乾马驱金户’，此处的金户一词意指子宫口，由此也可以了解到大致情况。”中野美代子进而认为：“在《西游记》中，常常称孙悟空为心猿，这不仅因为他是一只活泼的猴子，而且借用了宋、元时代炼丹术著作中的‘心猿意马’一词。”[①] 显然，中野美代子认为“心猿”指的是男性生殖器。

“铁戒箍”束缚孙悟空妄心，在《西游记》杂剧中，“（观音）［看行者科］通天大圣，你本是毁形灭性的，老僧救了你，今次休起凡心。我与你一个法名，是孙悟空，与你个铁戒箍、皂直裰、戒刀。铁戒箍戒你凡性，皂直裰遮你兽身，戒刀豁你之恩爱，好生跟师父去，便唤作孙行者。……”[②] 使得“定心”的宗教哲理介入进来，从而使“心猿”朝着文学形象的象喻性符号迈进了一步。铁戒箍，即金戒箍。金箍棒之金即铁，故金箍棒又名铁棒。铁戒箍，是戒凡性的。金箍棒是隐喻，如果棒乃男性性器之隐喻，那么金箍棒就是戒性定心之孙悟空的隐喻，从而在小说中，孙悟空是不好色的。或者也可以这样说，金箍棒即孙悟空之皈依佛教后的表征性符号。

（二）铁棒和生金棍说

除却情色的隐喻，金箍棒最近的流，即来自元代的平话《西游记》。孙皓、段晴认为，金箍棒的“原型是《西游记平话》中的铁棒和《西游记杂剧》中的生金棍。在故事的骨架上，《西游记》龙宫取宝故事对佛经中大海寻如意宝珠的故事有所袭取，成了《西游记平话》中的铁棒演变为《西游记》中如意金箍棒的关键情节”[③]。

金箍棒源流的考镜，从相关文本的内在叙述来看，可能更有说服力。

---

① ［日］中野美代子：《西游记的秘密》，王秀文等译，中华书局2002年版，第78—79页。

② 杨景贤：《西游记》，《全元曲（杂剧篇）》（二），学苑音像出版社2004年版，第3959页。

③ 孙皓、段晴：《论“如意金箍棒”的原型及演变过程》，《南京社会科学》2009年第8期。

在《西游记》平话中，孙悟空的武器为铁棒。据《朴通事谚解》影印本，"《西游记》热闹，闷时节好看有。唐三藏引孙行者到车迟国，和伯眼大仙斗圣的你知道么？……孙行者师傅上说知，到罗天大醮坛场上藏身，夺吃了祭星茶果，却把伯眼打了一铁棒。小先生到前面教点灯，又打了一铁棒"①。从中可知，在平话《西游记》中，孙行者的武器乃铁棒。

杨景贤《西游记》杂剧是最早的写唐僧取经故事的戏曲，在小说《西游记》的成书过程中具有重要的意义。现存六本二十四出，其第三本第十一出《行者除妖》，写到了孙悟空的兵器叫生金棍。"行者云：'我不是别人，大唐国师三藏弟子。你放心，随我师父西天取经回来，都得正果朝元，却不好来？若不从呵，我耳朵里取出生金棍来，打的你稀烂。'"② 生金，就是生铁。生金棍即生铁棍。

棍棒作为武器，在《西游记》中多有出现。如牛魔王使用一根混铁棍，木叉使用一根铁棒，狻猊精的武器是一根闷棍。玉兔精则使用一条碓嘴样的短棍，本是她在广寒宫捣玄霜仙药的捣药杵。黄眉怪的那条狼牙棒，本是个敲磬的槌儿，是他在天上做弥勒佛祖的童子时使用的工具。

蔡铁鹰认为，金箍棒的原型来源于佛经故事。在《佛本行集经》卷十三《捔术争婚品》中叙述了净饭王的弓和悉达太子施弓的故事，其情景与孙悟空向龙王讨棒的情节颇为类似。敦煌写卷《庐山远公话》中提到树神"状如豹雷相似，一头三面，眼如悬镜，手中执一等身铁棒"以及长叩三下，山间鬼神俱至造寺的叙事，则是中国文学将铁棒作为法器的先例，两者的结合可能就是金箍棒的原型。③

艺祖赵匡胤，其棒打四百州之棍，不是木棒，而是铁棍。蔡絛《铁围山丛谈》记载："太上皇以政和六七年间，始讲汉武帝期门故事。初，出侍左右宦者，必携从二物，以备不虞。其一玉拳，一则铁棒也。玉拳真于阗玉，大倍常人手拳，红锦为组以系之。铁棒者，乃艺祖仄微时以

① 《奎章阁丛书》第八，京城帝国大学影印本，1943 年，第 16 页。

② 杨景贤：《西游记》，《全元曲（杂剧篇）》（二），学苑音像出版社 2004 年版，第 3962—3963 页。

③ 参见陈玉峰《〈西游记〉的兵器、法宝与法术研究》，硕士学位论文，山东师范大学，2010 年，第 17 页。

至受命后，所持铁杆棒也。棒纯铁尔，生平持握既久，而爪痕宛然。”[①]

元平话和杂剧中孙悟空的铁棒，与大宋开国皇帝赵匡胤手里的铁棍关联极其密切。同一时期的水浒故事，不是也有赵匡胤“一条杆棒等身齐，打四百座军州都姓赵”[②] 的叙述？况且，佛经中的大力明王、金刚手秘密主等的护法武器即金刚棒，而皇帝自东汉以来大多以转轮王自视，从而铁棒便成为其间的契合点。

（三）金镮锡杖说

张锦池考察了世德堂本《西游记》成书前有关取经故事的文献资料后提出，金箍棒的原型为金镮锡杖。[③] 据《大唐三藏取经诗话》，大梵天王赐给唐僧的宝物有三：隐形帽、金镮锡杖和钵盂。在“过长坑大蛇岭处第六”，唐僧遇到白虎妖怪的时候，金镮锡杖被猴行者变作了一个夜叉，“头点天，脚踏地，手把降魔杵”[④]。降魔杵，就是金刚杵。金刚杵有“密宗假之以缥坚利智，断烦恼伏恶魔”的说法，因此又有降魔杵之名。

《大唐三藏取经诗话·入九龙池处第七》叙述道：“被猴行者骑定馗龙，要抽背脊筋一条，与我法师结绦子。九龙咸伏，被抽背脊筋了，更被脊铁棒八百下。”[⑤] 从而可知，孙悟空的前身猴行者尚没有任何武器，他是用唐僧的金镮锡杖来降妖，而在这里，金镮锡杖化身为一铁龙，后出西游故事中的铁棒是否受到了它的影响？

关于金箍棒的原型为金镮锡杖的说法，孙皓、段晴提出质疑，认为：“事实是，在《取经诗话》中这样交待法师玄奘得到金镮锡杖的来历……是赐给玄奘自用的，与金箍棒毫无关系。另外，从形制上看锡杖与孙悟空所使用的金箍棒有很大区别……而与孙悟空的兵器金箍棒在外形上则有较大差距。”[⑥] 如此一来，认为金箍棒的原型为金镮锡杖似乎与真相相

① 蔡絛：《铁围山丛谈》，中华书局 1997 年版，第 3 页。

② 施耐庵、罗贯中：《水浒传》，上海古籍出版社 1995 年版，第 1 页。

③ 参见张锦池《西游记考论》，黑龙江教育出版社 2003 年版，第 139 页。

④ 李时人、蔡镜浩校注：《大唐三藏取经诗话校注》，中华书局 1997 年版，第 17 页。

⑤ 同上书，第 21 页。

⑥ 孙皓、段晴：《论“如意金箍棒”的原型及演变过程》，《南京社会科学》2009 年第 8 期。

去甚远。

（四）“金刚棒和金镮锡杖的混合物说”[①]

日本学者矶部彰从佛教原典特别是密教经典出发，认为密教里面不动明王的形象影响了《西游记》中孙悟空的形象，并且推论出金箍棒似也可看作金刚棒和《大唐三藏取经诗话》所说的金镮锡杖的混合物。

其实，日本学者认为不只是金箍棒是出自密教，就连孙悟空的原型也来自佛典。日本学者认为《大唐三藏取经诗话》中的猴行者，乃是由佛教典籍（主要是密宗典籍）中的猴形护法神将转化而成。太田辰夫认为，猴行者有“八万四千铜头铁额猕猴王”的称号，而这个称号中的“八万四千”，正是佛典中常用的数目术语；而“猕猴”这一称呼也是值得注意的，佛典中有很多“猕猴”故事，这些猕猴崇敬三宝，喜听佛法，与中国传统猿猴故事中那些被称为“猿”的反派角色完全不同，穿白衣的猴形神将在汉译佛典中也曾出现过（如《药师十二神图》中即有），这和猴行者“白衣秀士”的形象是一致的。[②] 矶部彰说，日本12世纪撰写的佛典中的《觉禅抄》卷三《药师法》中，十二护法种将之一的西方申位安底罗大将，“猴头人身”，原图并注明“白衣”二字，可能是“白衣秀士”的最初原型。他还认为，与玄奘关系密切的大慈恩寺中有一幅大悲观音像，在《伯宝抄》的《千手观音法杂集》中观音的扈从护法即为大猕猴摩迦罗，在玄奘——观音——大猕猴护法神——猴行者之间应该存在着一条值得思考的线索，猴行者很有可能来自佛教密宗的典籍。[③]

蔡铁鹰也认为孙悟空的探源应该将目光转向西北地区，就以金箍棒而言，他认为：“中国传统文学中似乎从未发现较为接近孙悟空金箍棒的法器或武器，而现在猴形神将肩上的长棒，使我们觉得它们之间的联系

---

① ［日］矶部彰：《“西游记”の演变史》，东京创文社1993年版，第234页。

② ［日］太田辰夫：《西游记研究·大唐三藏取经诗话》，日本研文出版1984年版，第25页。

③ 参见［日］矶部彰《日本〈西游记〉中孙行者的形成》，日本《东洋学集刊》38号，1977年，第106—110页。

几乎没有疑问。”[1] 从而蔡铁鹰认为金箍棒与佛教中的猴将有关联，而金箍棒则从猴将的长棒而来。

孙悟空在小说《西游记》中最后被如来封为斗战胜佛，而之前的猴行者、孙行者本质上都是唐僧的护法。而西游故事又本是从佛教俗讲、勾栏说话和杂剧中得以丰富发展起来的。于是，金箍棒的追根溯源，自然应该从佛教传法中去寻觅。

印度两大史诗《摩诃婆罗多》和《罗摩衍那》的故事本通过佛教东传随之来到中土，因而金箍棒的原型探析转向佛教原典，在思路上无疑是正确的。但是，将护法金刚的武器金刚棒与说话艺术中的金镮锡杖相结合，却是不伦不类。

（五）金刚棒说

《佛说出生一切如来法眼遍照大力明王经》云：“佛以右手安慰众生。次佛右边四臂大力明王，左手向佛顶礼，右手执拂，左上手执金刚索，右上手持金刚棒。彼眼如朱，发如炽火，如焰上耸。”[2] 大力明王的武器为金刚棒，孙悟空身上似乎亦有大力明王的影子。除了武器相似，孙悟空的眼睛也与之相似：火眼金睛。

“时金刚手秘密主如佛所现，过于东方二十一恒河沙等世界，一切魔王悉尽降伏。身赤，眼碧，四牙外出，颦眉，怒目，发竖如朱，有大威德，右手持棒，左手持金刚。龙为庄严，虎皮为衣。”孙悟空的造型，其中之一为虎皮裙，从而与金刚手秘密主“虎皮为衣”相关？

“尔时魔王绕佛三匝退坐一面，白佛言：‘世尊云何名大力？’佛告魔王：‘如来名大力，法藏名大力，法名大力，法眼名大力，大乘名大力，金刚手名大力。’尔时魔王赞金刚手秘密主言：‘善哉，善哉，秘密主。我从今向去不敢恼乱一切修行之者。誓归三宝佛法僧众。’”孙悟空被称为大力王菩萨，与此有关吗？

而在《续藏经》中的《瑜伽焰口注集纂要仪轨》部分，则有如是之说：“准诸仪轨经，乃是降魔之具，即金刚枝，或金刚棒。右有一日字，

① 蔡铁鹰：《西游记的诞生》，中华书局2007年版，第121页。
② 《佛说出生一切如来法眼遍照大力明王经》，《大正藏》卷21，第207页。

左有一月字，表二自性。金刚顶瑜伽他化自在天理趣会普贤修行念诵仪轨云：'右日左成月，流散金刚光。入门而顾视，诸魔咸消散。'地藏菩萨请问法身，赞云：'以大力升进，执持智慧棒，一切无明，普遍碎坏。'"①

在印度佛教典籍中，如来的护法无论是大力明王还是金刚手，皆手持金刚杵。然而，在汉译佛经中，金刚杵都变成了金箍棒。这一变化，其实是值得细思的。

除了以上金箍棒探源的五种说法之外，周汝昌认为，金箍棒的原型是"荆觚棒"②。这是从字音上进行推测而来的一种想法。通过梳理金箍棒的来龙去脉可知，荆觚棒从未出现在其源流正变的历史中，它从未与金箍棒形成一种互文性的关系，因而它不可能成为金箍棒的原型。

二 赫拉克勒斯的武器：从橄榄棒到金刚杵

（一）橄榄棒

野生橄榄起源于小亚细亚，最初在叙利亚，后来扩展到希腊。公元前3000年左右，橄榄在古希腊克里特岛开始人工栽培，后扩展到希腊大陆，橄榄树被希腊人称为圣树。据希腊神话，智慧女神雅典娜和海神波塞冬争夺对雅典的保护权。宙斯决定，谁能为雅典带来最有益的礼物，谁就享有雅典的保护权。波塞冬创造了马，雅典娜则让雅典的土地长出了橄榄树。凯克罗普斯作出判决，雅典归雅典娜。雅典娜成为雅典的保护神，而橄榄也成为雅典的圣树。

据说，橄榄树还与古希腊神话中的大力神赫拉克勒斯有关联。赫拉克勒斯在萨伦湾发现了一棵野生橄榄树，他从橄榄树上砍下了一根木棒。后来，他把木棒靠在赫尔墨斯神像旁，这根木棒在地里生根发芽了。从此以后，奥林匹克运动会上，赛跑的优胜者就被戴上橄榄枝编成的桂冠。

---

① 《瑜伽焰口注集纂要仪轨》，《续藏经》第104册，新文丰编审部1983年版，第948页。

② 周汝昌：《"金箍棒"的本义和"谱系"——古代小说中的民俗学研究举隅》，《陕西理工学院学报》1984年第2期。

在古希腊艺术世界中，“赫拉克勒斯造型里有三大元素：狮头盔、狮子皮和棒子”①。“戴着狮头盔，披着拖条尾巴的狮子皮，狮子的两个带爪前肢交叉系在胸前，就变成了赫拉克勒斯在希腊艺术里的一个招牌造型。”②“另一个招牌造型兽赫拉克勒斯手里拿着一根棒子，据说这是用地狱长出来的橄榄树枝做成。他把树枝砍下，做成一头大一头小的棒子，上面还留着许多没砍尽凸起的枝杈。这个棒子成为他无坚不摧的武器，也成为他造型里最具代表性的配件。”③ 因为此橄榄棒之橄榄枝是从地狱里长出来的，所以它象征死亡或死神的力量。在某种意义上可以说，它是夺命棒。赫拉克勒斯完成了十二件功绩，其中橄榄棒功不可没。

在古希腊神话中，橄榄棒成为赫拉克勒斯身份的表征。一提起橄榄棒就想起赫拉克勒斯，反之亦然。武器与其主人合二为一，武器与使用者的一体化，似乎具有普遍性。在古今中外的文学世界里，一提起某武器就想起其使用者的现象比比皆是，如金箍棒与孙悟空，九齿钉钯与猪八戒，青龙偃月刀与关羽，丈八长矛与张飞，橄榄棒与赫拉克勒斯，等等。

（二）金刚杵

犍陀罗，是印度西北边陲的一个地区。犍陀罗在波斯帝国的统治之下，一直延续到亚历山大大帝于公元前327年至前326年征服波斯。阿育王改信佛教之后，犍陀罗人也都成为佛教信徒。但是，这一地区大多数时候被外族统治，从而形成了多文明交融的文化。

东西方文化的交融，使得犍陀罗文化兼具异质性文化特征。赫拉克勒斯随着亚历山大和罗马皇帝的开疆拓宇也传到了犍陀罗地区，其艺术造型发生了在地化之转变。犍陀罗艺术是宗教艺术，是古希腊、罗马雕塑艺术与印度佛教思想的结晶。佛陀最早的形貌，取自古希腊太阳神阿波罗。早期犍陀罗艺术中的夜叉和金刚力士，借用了希腊海神波塞冬与

---

① 邢义田：《立体的历史：从图像看古代中国与域外文化》，三联书店2014年版，第170页。

② 同上书，第162页。

③ 同上书，第162—163页。

智慧之神阿西娜和爱罗神的外形[①]，后来借用了大力神赫拉克勒斯的形貌。

大乘佛教又称作像教，以图像来说法。由于犍陀罗艺术与大乘佛教关系密切，因此赫拉克勒斯“以变身后的造型出现在佛祖的身旁，身份也变换成佛陀的护法金刚——金刚神”[②]。犍陀罗出土的石雕像、泥塑像，如邢义田《立体的历史：从图像看古代中国与域外文化》（以下图示的出处，皆指此书）中的图37、图39 和图40，赫拉克勒斯的狮头帽或狮子皮依然在，但是橄榄棒却一律换成了佛教中的金刚杵。[③] 印度佛教中的护法金刚，手中拿着印度特色的法器即金刚杵。然而，在西域的变相中，却又有带棒护法金刚。它们可能就是孙悟空及其金箍棒艺术造型的“中介”。

（三）赫拉克勒斯及其橄榄棒到了中土

大乘佛教以图像说法，它在东传的过程中，犍陀罗艺术风格也随之而来，其中尤以西域今新疆的造像和石窟受其影响为甚。最早的作为金刚神的赫拉克勒斯变相，也出现在新疆克孜尔石窟。其中第一七五窟的金刚神（图43），头戴兽头帽，手持金刚杵。邢义田认为此造型源自犍陀罗。[④] 橄榄棒是赫拉克勒斯身份辨认过程中的标志之一。新疆克孜尔石窟第七十七窟壁画（图45）中牧牛人手中的棒子，据邢义田院士的考证，认为是赫拉克勒斯的“招牌棒子”[⑤]，即橄榄棒。

赫拉克勒斯，以护法金刚或乾闼婆的身份随着佛教造像艺术自南北朝到唐代，二三百年间由西亚、中亚、新疆传播到甘肃、陕西、四川、山西、河南、河北等地。赫拉克勒斯造型的三大元素，在东传的过程中有变异，如狮头帽变为虎头帽；有分离，如四川出土的“带棒护法金刚”

① 参见［英］约翰·马歇尔《犍陀罗佛教艺术》，王冀青译，甘肃教育出版社 1989 年版，第 53、73 页。

② 邢义田：《立体的历史：从图像看古代中国与域外文化》，三联书店 2014 年版，第 185 页。

③ 同上书，第 185—187 页。

④ 同上书，第 189—190 页。

⑤ 同上书，第 191 页。

手持橄榄棒（一头粗一头细，表面凹凸不平），但是没有头戴狮头帽或狮子皮；有保留，如麦积山石窟第四窟前廊正壁上的天龙八部之一（图50），戴着兽头帽，手里拿着棒子。

在中土的雕塑或画像中，赫拉克勒斯变身为金刚神，其武器是金刚杵，而带棒护法金刚则手持橄榄棒。也就是说，金箍棒可能既受到金刚杵又受到橄榄棒的影响。更何况，希腊陶瓶图像中的橄榄棒，有的画得短而粗，在赫拉克勒斯的手中，与印度金刚杵之一种即独股杵颇为相似（如图9.3 赫拉克勒斯陶瓶局部[①]）。但不管如何，有一点是确定无疑的，那就是佛教的传播。而这一点对于孙悟空及其武器金箍棒的原型研究则是至关重要的。

金箍棒为何两头皆为金箍？金刚杵、橄榄棒都是一头大、一头小，而金箍棒则具有平衡美、对称美。这大概是由中国人的审美观所决定的。

三　金刚杵：金箍棒与橄榄棒的接榫

金刚杵是古印度的一种兵器，由于质地坚固，象征坚固、摧毁二德，这种兵器具有鲜明的民族性。古印度神话中，因陀罗是雷雨神，雷杵是他的武器。这里的雷杵，如同权杖，其形状为一棍子的形象。后来，他成为战神、天神之王，武器也由雷杵变成了金刚杵。因陀罗的功绩之一是，他用金刚杵杀死了妖蛇弗栗多。据印度神话，因陀罗曾把金刚杵插入迪蒂的子宫，这似乎表明金刚杵即男根的表征？

在印度神话中，把金刚杵作为武器的并非只有因陀罗，还有许多其他神祇，如神猴哈奴曼、帝释天、护法韦陀、执金刚神（“持金刚杵者”）等。

密教自称金刚乘，金刚源于金刚杵。金刚杵是密宗的法器之一，有独股杵、三股杵、五股杵、九股杵、普巴杵和羯磨杵等。婆罗门教中的因陀罗后来演化为佛教中的帝释天，金刚杵也成为护法金刚力士的武器。

---

① 参见邢义田《立体的历史：从图像看古代中国与域外文化》，三联书店2014年版，第163页。

在印度神话中，常见持独股杵诸尊有大力金刚、帝释天、金刚持菩萨等。①

7世纪，随着巫术和部分婆罗门教融入佛教，从此开始了金刚杵在密宗中的广泛使用。根据出土的金刚杵可知，独股金刚杵、三股金刚杵和五股金刚杵在唐代传入了大理、中原等地。② 千寻塔和弘圣寺塔等皆出土了大黑天的独股金刚杵。大黑天是大自在天即湿婆的化身。《苏悉地经》云："行者手持三股杵，则不为毗那夜迦所障难。"而其中的湿婆、行者很容易引起与孙行者的联想。随着密宗传入西藏、大理、汉地和蒙古等地，修法、造像、法器包括金刚杵等也被传播到了这些地方。金刚杵与密宗可谓是如影随形。

在印度故事的叙事中，金刚杵触目可见。然而，汉语言文学世界里，除了受佛教影响的作品，很少见到金刚杵的踪影。在小说《西游记》中，除哪吒这位途经佛教从西域而来的神灵使用降妖杵或降魔杵之外，十八般武器诸如刀剑叉鞭枪斧等样样皆有，唯独没有金刚杵，从而也表明了金刚杵的异域性。

中国古代常见的武器，以十八般武器为主。汉武帝于元封四年（前107）筛选出18种类型的兵器：矛、镗、刀、戈、槊、鞭、锏、剑、锤、抓、戟、弓、钺、斧、牌、棍、枪、叉。三国时吕虔将十八般兵器重新排列为九长九短。九长：戈、矛、戟、槊、镗、钺、棍、枪、叉；九短：斧、戈、牌、箭、鞭、剑、锏、锤、抓。据《五杂俎》和《坚瓠集》，十八般兵器为弓、弩、枪、刀、剑、矛、盾、斧、钺、戟、黄、锏、挝、殳（棍）、叉、耙头、锦绳套索、白打。《水浒传》写到的十八般武器是：矛、锤、弓、弩、铳、鞭、锏、剑、链、挝、斧、钺、戈、戟、牌、棒、枪、扒。如上所列，皆未见金刚杵的踪影。

接受的在地化问题，是由接受者前有结构所决定的。在地化是源文化与异文化的融合生产过程，在本质上是事件化。于是，文化在传播和接受过程中都会发生变异。如果符合接受者的审美意识，异文化就会被

① 参见《佛教的持物》第23册，中国社会科学出版社2003年版，第20页。

② 参见金远《中国古代金刚杵的发现及其源流考》，硕士学位论文，吉林大学，2006年，第35—36页。

接受、被归化；如果不符合，就会被遗弃或被异化。随着佛教被传入中土，除了极少数原有人物手持金刚杵得以保留之外，中土对金刚杵似乎有点隔。赫拉克勒斯的橄榄棒在东传的过程中也发生了变异，至犍陀罗成为金刚杵。

公元前4世纪，亚历山大大帝东征至印度西北部，也将古希腊文化传播至那儿，促成了犍陀罗佛教艺术的生成。如前所述，赫拉克勒斯东传至印度，成为护法后其武器橄榄棒转化为金刚杵，这里的金刚杵是独股杵，一头粗，一头细，俨然他的橄榄棒的外形。从犍陀罗到克孜尔石窟壁画中的金刚力士图像，表明赫拉克勒斯的形貌从古希腊人演变为当地人，而其武器也从木棒转化为金刚杵。①

密教受印度教性力派影响，崇尚男女性的结合，提倡男女和合之胜乐。作为密教法器之一的金刚杵，也是男性性器的象征。印度古文献《百道梵书》称男根为“酥油金刚杵”。《百道梵书》云：“因为酥油就是金刚杵，天神用酥油金刚杵打击自己的妻子，使她们弱下去。”在印度密宗金刚乘中，般若（prajna）代表女性创造活力，方便（upaya）代表男性创造活力，分别以女阴的变形莲花（padma）与男根的变形金刚杵（vajra）为象征，通过男女交欢的瑜伽方式亲证般若与方便融为一体的极乐涅槃境界。② 如此一来，金箍棒的性器象征，与金刚杵便在象征意义上相通且完全一致。

金刚杵、金箍棒和橄榄棒，三者在外形上虽然不大一样，但是功能是完全相同的，都起到了降伏妖魔的作用：金刚杵在密教中主要是用来降魔除妖的，孙悟空的金箍棒也主要是用来降妖伏魔的，赫拉克勒斯用橄榄棒降服了许多妖怪。

馀 论

由以上可知，孙悟空的武器金箍棒的原型追根溯源，可至赫拉克勒斯的武器橄榄棒，其中介是金刚杵。从而可进一步推知，孙悟空在西天

---

① 参见霍旭初《龟兹金刚力士图像研究》，《敦煌研究》2005年第3期。

② 参见王镛《印度美术史话》，人民美术出版社1999年版，第153页。

取经路上的降妖伏魔，是不是也受到了赫拉克勒斯十二件英雄事迹的影响？赫拉克勒斯的十二件大功又被称作十二件苦差，分别是剥下尼密阿巨狮的兽皮、杀死九个头的大毒蛇、生擒赤牝鹿、活捉厄律曼托斯野猪、在一天之内把奥革阿斯的牛圈打扫干净、射杀怪鸟、驯服克里特岛上的公牛、制服食人马、夺取女王希波吕忒的腰带、制服疯牛、摘取赫斯珀里得斯的金苹果、制服冥王的看门狗刻耳柏洛斯。这些英雄事迹，与孙悟空保护唐僧西天取经路上降服老虎、大蛇、母鹿、野猪、金翅鸟、大青牛、龙马、大白牛以及大闹地府等何其相似尔！赫拉克勒斯天生神力，被誉为“大力神”。孙悟空在《西游记》中被称为“大力王菩萨”。诸如此类，二者所具有的惊人的相似性，很难不令人想到其内在的影响关系。那么，孙悟空这个艺术形象似乎亦曾深受赫拉克勒斯的潜在影响。譬如，孙悟空的金箍帽是否受到了赫拉克勒斯造型的影响？似乎亦有可能。因为据大夏银币上坐姿握棒的赫拉克勒斯的头像（图 22）可知，赫拉克勒斯的头部没有狮头帽，而是一个金环。① 由金箍棒和橄榄棒之间的关系，似乎可引申出一个有意义的课题来。

（原载涂可国主编《中国文化论衡》2016 年第 2 期）

① 参见邢义田《立体的历史：从图像看古代中国与域外文化》，三联书店 2014 年版，第 174 页。

《金瓶梅》的元代文化记忆

细读《金瓶梅》，会遇到诸多极为突兀的现象和问题。在小说所描述的晚明日常生活图景里，时不时地发现元代文化记忆的印痕。这固然是由于这部小说本是“集撰”成书，从而形成了时光留影中的斑斓。当然，也不排除它背后的柳暗花明、曲径通幽以及微言大义。兹将其中大致的元文化区块予以勾勒，希冀引起学人进一步的探讨和深入的思考。

一　收继婚

“收继”一词，始见于《元典章》《通制条格》和《元史》等。收继婚，又称逆缘婚、接续婚、继承婚、烝报婚、转房婚、挽亲等，指的是父死之后，儿子娶其从母为妻；或者兄弟死，同辈弟兄收其妻；或伯叔死，侄儿妻其伯母或婶母。收继婚是人类婚姻史上出现的一种婚姻形态，也是我国游牧民族习惯法的一个重要内容。收继婚在春秋时期汉民族中虽然确实曾因礼崩乐坏而偶尔出现过，但由于礼乐文明的传统从未成为汉民族一种重要的婚姻形式。

《金瓶梅》成书于晚明，而大明法律严令禁止收继婚，犯者“绞罪”，这是常识。然而，在这部小说中，收继婚却并非绝无仅有，而似乎较为普遍，从而就值得我们予以注意。韩道国死后，他的老婆王六儿改嫁韩道国的弟弟韩二捣鬼。武松遇赦返乡杀潘金莲之前，却是先以“娶”乃嫂照看迎儿为名将潘金莲买回家。西门庆与花子虚结拜为兄弟，花子虚被气死后，他的妻子李瓶儿自愿嫁给西门庆为第六房小妾。……收继婚似乎是名正言顺，大家都习以为常，不以为忤，如此看来，此种社会风气，很难说是重建汉唐礼仪的大明王朝还是晚期的真实反映，而极有可能是元代风尚。

何以言之？因为蒙古、契丹、女真、匈奴、鲜卑等游牧民族都实行收继婚。元代，朝廷号召诸民族各“从其俗”。《成吉思汗大札撒》规定：“父亲死后，儿子除了不能处置自己的生母外，对父亲的其他妻子或可以与之结婚，或可以将她嫁与别人。”蒙古“国俗，父死则妻其从母，兄弟死则收其妻”。这种婚姻方式被称为收继婚，但这里面又分为同辈收继和异辈收继。“父亲死后，儿子可以继承父亲的妻子，只有生身母亲例外”，这种收继称为异辈收继。在这种婚姻关系中，“他们不能和自己的妹妹结婚，但他们的兄弟死后，可以娶嫂和弟媳为妻”①，称之为同辈收继。

元代，朝廷对汉人收继婚的态度有一个变化过程：元初默许，后来合法化，再后来严格禁止。但受蒙古族强势文化的影响，也有很多汉人实行收继婚。大元后期，朝廷虽然禁止，但是由于种种原因，收继婚依然存在于汉人的婚姻事实之中。其实，这一影响甚为深远。据说，在某些深山老林或偏僻陬隅，依然存在转房成婚。

或云，西门庆与花子虚乃结拜兄弟，他娶了花子虚的妻子不应算作收继婚。结拜兄弟固然与血缘兄弟不同，但在汉民族伦理文化生态中，即使是结拜兄弟，收继婚也难以令人接受。譬如，《三国演义》中就有这样一个明显的例子。赵范与赵云结拜为异姓兄弟，并意欲将他已成为寡妇的嫂子嫁给赵云，结果吃了赵云一拳头，从而二人反目成仇。赵云拒婚的理由就是，既然与赵范是结拜兄弟，如果娶了义弟赵范的寡嫂，那就是乱伦，从而猪狗不如。把这两个事件作一对照，其间的文化意蕴不言而喻，从而昭显出《金瓶梅》所书写的收继婚，留有元代的文化记忆。

二　喇嘛僧

喇嘛是藏传佛教术语，是对藏传佛教僧侣的尊称，意谓上师。蒙哥

① 陈开俊等译：《马可·波罗游记》，福建科学出版社 1982 年版，第 63 页。

时期，福裕与道士李志常辩论胜出。1244年，阔端皈依喇嘛教，藏传佛教开始在蒙古地区传播。1253年，忽必烈皈依喇嘛教。1258年，佛道论证，八思巴夺魁。1281年，张宗演、祁志诚、李德和等道士“乞焚去道藏”。从此，喇嘛教在元帝国占有了极为特殊的地位。

密宗以欲为乐，提倡“男女双修”。藏传佛教密宗盛行于中国，是从元时期开始的。金刚乘尤其是性力崇拜从印度传入元帝国，对朝野生活风尚产生了重要的影响。达仓宗巴·班觉桑布《汉藏史集》记载：“八思巴总计为尼泊尔、印度、汉地、西夏、蒙古、高丽、大理、维吾尔、合申等地的比丘和比丘尼、沙弥和沙弥尼四千人受戒剃度，为四百二十五人担任过受戒的堪布。上师又派他的亲传弟子弥、持律论师却吉衮布到蛮子地方，一年之中为九百四十七人受戒剃度，由这些弟子又传出无数比丘、僧伽，使得佛教在江南大为兴盛。”[①]《金瓶梅》叙事空间虽然是清河，然而从文本的叙述来看，小说主人公生活体验的环境则主要是江淮地区。从这一则记载来看，元时期大江南北藏传佛教盛行一时，从而《金瓶梅》中的和尚为喇嘛僧也就不足为怪了。

《金瓶梅》第六十五回“愿同穴一时丧礼盛，守孤灵半夜口脂香”中就有藏密宗僧人做法事的一段描写：“话休饶舌，到李瓶儿三七，有门外永福寺道坚长老领十六众上堂僧来念经。穿云锦袈裟，戴毗庐帽，大钹大鼓，甚是整齐。十月初八日，是四七，请西门外宝庆寺赵喇嘛等十六众来念番经，结坛，跳沙，洒米花，行香，口诵真言，斋供都用牛乳茶酪之类，悬挂都是九丑天魔变相，身披璎珞琉璃，项挂骷髅，口咬婴儿，坐跨妖魅，腰缠蛇，或四头八臂，或手执戈战，朱发蓝面，丑恶无比。午斋已后，就动荤酒，西门庆那日不在家，同阴阳徐先生往坟上破土开矿去了。后晌方回，晚夕打发喇嘛散了。”[②] 从这段叙述可知，李瓶儿四七时做法事的就是喇嘛僧。

元、明两个朝代中，喇嘛僧的活动地域有所不同。元代，藏传佛教是国教，喇嘛僧相继为国师，享有荣华富贵，其豪横甚至压过皇亲国戚。而汉僧则望尘莫及，如朝廷法令规定汉僧不得穿红衣。朱元璋借助于白

① 尹伟先：《维吾尔族与藏族历史关系研究》，甘肃文化出版社1999年版，第197页。
② 兰陵笑笑生：《金瓶梅》，香港太平书局1982年版，第1815—1816页。

莲教发展了政治势力，建立大明王朝后，番僧退回至青藏高原、蒙古草原，从而中原地区主要活动着汉僧。然而，从小说文本来看，西门庆在清河县做法事，而宝庆寺里的和尚竟然是番僧，而不是汉僧。这似乎与大明王朝时期的法事事实不完全一致。

《金瓶梅》叙事中的和尚不唯有番僧，而且还有天竺国来的胡僧。他给了西门庆房中术之药，告诫他不可多用。结果，西门庆与王六儿用药交媾。回到府中，潘金莲又给他连服了三粒，导致精液喷射，继之以血水。西门庆之早死，是由于纵欲；而胡僧之药，则是其纵欲暴死的帮凶。因此，"'胡僧药'对《金瓶梅》一书写人叙事与主旨的表达，都起着某种关键性的作用"[①]，而这个胡僧之于西门庆乃至于《金瓶梅》而言，寄寓着因果报应的佛家意识，潜伏着轮回不休的叙事结构，即武大郎死于潘金莲喂灌的砒霜毒药，而毒死武大郎的共犯西门庆死于潘金莲喂灌的胡僧之药。

晚明时期，《金瓶梅》这部小说中的喇嘛僧、胡僧，给读者留下了深刻的印象，让人觉得事出蹊跷而不寻常。从而表明，《金瓶梅》中的喇嘛僧与胡僧之书写，保留了元代藏传佛教文化的记忆。

三　寡妇财产

妇女在财产支配权上，不同的民族有所差异。蒙古族习俗，出嫁时的嫁妆是属于妇女本人的。蒙古妇女出嫁时，在"举行婚礼的当天早晨，女方的蒙古包前，视家庭经济条件，拴着数目不等的牛、马；圈着数目不等的羊，这便是女方分配给新娘的一部分财产"[②]。这也就意味着，蒙古妇女在出嫁时还会分得父母的一部分财产作为嫁妆。如果改嫁，那么，"财产要跟人走"[③]。蒙古族寡妇改嫁时，还要将属于自己名下的一批财产带到新夫家中。[④]

---

① 杜贵晨：《中国古代小说以"物"写"人"传统的形成与发展——以"紧箍儿""胡僧药"与"冷香丸"为例》，《河北学刊》2012 年第 3 期。

② 《青海省藏族蒙古族社会历史调查》，青海人民出版社 1985 年版，第 149 页。

③ 罗布桑却丹：《蒙古风俗鉴》，赵景阳译，辽宁民族出版社 1988 年版，第 67 页。

④ 参见秦新林《元代收继婚俗及其演变与影响》，《殷都学刊》2004 年第 2 期。

且不说《金瓶梅》中的寡妇再嫁、三嫁之寻常见而实不寻常，即以寡妇改嫁时其财产随身走，便表明与汉家婚姻的不同。《金瓶梅》中的孟玉楼、李瓶儿等再醮时都是携带着财产进入西门府的；李瓶儿嫁到西门府后，其财产也归她本人支配。西门庆在迎娶孟玉楼时“将妇人床帐、装奁、箱笼，搬的搬，抬的抬，一阵风都搬去了”。而在西门庆死后，孟玉楼再次改嫁给李衙内时，《金瓶梅》叙述道：“十五日，县中拨了许多快手闲汉来，搬抬孟玉楼床帐嫁妆箱笼。月娘看着，但是他房中之物，尽数都交他带去。”显而易见，这与汉民族寡妇改嫁时财产的处理有所不同，似乎是受到了蒙古婚姻习俗的影响。

以蒙古婚俗反观汉族习俗，《金瓶梅》的相关叙事便能得到通洽的解释。第十四回“花子虚因气丧身，李瓶儿送奸赴会”中李瓶儿道：“‘……虽然老公公挣下这一分家财，见俺这个儿不成器，从广东回来，把东西只交付与我手里收着。……’妇人便往房里开箱子，搬出六十锭大元宝，共计三千两，教西门庆收去，寻人情上下使用。”女子主内管家，也是游牧民族的习俗之一。李瓶儿嫁给西门庆后，作为丈夫的西门庆想要用李瓶儿的钱时也要向李瓶儿支取，这便是蒙古文化中妇女可以独立支配自己包括嫁妆在内的财产的文化投射。

在第六十四回中西门庆的贴身小僮玳安对傅伙计说：“俺六娘嫁俺爹，瞒不过你老人家是知道，该带了多少带头来？……把银子休说，只光金珠玩好、玉带、绦环、鬏髻、值钱宝石，还不知有多少。”诸如此类的转述，可见李瓶儿结婚时的嫁妆之丰厚以及享有蒙古贵族妇女占有嫁妆的权利。妇女作为其财产的占有者和支配者，很多时候她与其所有之财产便被视作一体，留住了妇女，也就留住了妇女的财产，这可能是游牧民族收继婚的缘由之一。而妇女一旦嫁入某一宗族，其宗族为了“种”的延续和“财”的占有便形成了这种有限的带有浓厚氏族部落遗痕的改嫁方式。

汉家婚姻，即俗语所谓的“嫁鸡随鸡，嫁狗随狗”。妇女出嫁之后，其嫁妆一般属于夫家，或者是两人共有。而如果再嫁，《大明会典》（卷十九）中规定：“其改嫁者，夫家财产及原有妆奁，并听前夫之家为主。"[①] 即便是妻子先于丈夫而死，也要求"寡妻缺席的时候，一个寡妾就要担当起同样的职责，即延续宗祧并保护家产"[②]。这样的规定是汉族长期以来的习惯婚姻法，小说的相关叙述显而易见与之迥异。

从汉民族与蒙古族寡妇财产的所属可知，《金瓶梅》中李瓶儿、孟玉楼等改嫁时对财产的处理，显然具有蒙古族的特征，而不是汉民族的特性，这又证明了《金瓶梅》的婚姻叙事，也带有深深的元代文化烙印。

四 方言方音

人们一般将《金瓶梅》的方言归之于山东方言，其实，此山东方言也不是土著的山东人的方言方音，而是元末明初军户移民的方言方音。史学家赵世瑜认为"在明初移民的浪潮中，军户的迁移占有相当大的比重"[③]。而元代军户有蒙古军户、探马赤军户、汉军户和新附军户等。1217 年，成吉思汗命木华黎攻打金国，从兀鲁兀、忙兀、札剌亦儿、弘吉剌、亦乞烈思五个蒙古部落的各千户、百户中，挑选矫捷有力的士兵组成五投下探马赤军。这支部队颇立战功，驻屯中原。灭金以后，蒙古国多次在原金国民众中签军，被签发出军的人户称为汉军户。汉军户并非只是汉族人，而是还有女真人、契丹人、奚族等，因为元代将会说汉语言的原金国统治区的所有人称为"汉人"。元灭南宋，南宋军队归附后被称为新附军。从而可知，移民到山东的军户，汉族人固然有，还有蒙古人、色目人、女真人、契丹人等，但是似乎以探马赤军户为主。

《〈金瓶梅〉中的内蒙古西部方言、方音及习俗》认为"《金瓶梅》中的许多词语与现在内蒙古西部地区的方言相同，个别词语的读音也与内蒙古西部方音相同，一些特殊习俗至今还保留在内蒙古西部民间"[④]，这个发现很有意义，然而作者关于它的原因分析却是错误的。该文认为，

---

① 李东阳：《大明会典》第 1 册，广陵书社 2007 年版，第 350 页。

② 同上。

③ 赵世瑜：《祖先记忆、家园象征与族群历史——山西洪洞大槐树传说解析》，《历史研究》2006 年第 1 期。

④ 张简：《〈金瓶梅〉中的内蒙古西部方言、方音及习俗》，《内蒙古电大学刊》1995 年第 3 期。

如上所引之雷同处，是由于“明末以来有大量移民迁徙至内蒙古西部地区，因而，这一地区保存有明末山东方言”。

其实，并不是明末移民造成的，而是明初全国范围内大移民造成的。所谓的山东方言，其实并不是山东土著人的方言，而是山东人所说的“从大槐树那儿”移民而来的军户的方言。大槐树传说的祖先记忆，实质上是明初汉化的蒙古人、色目人、女真人等军户移民后所编造的一个谎言。1983 年，李毓珍认为：“凡是自称由大槐树迁出的人，都是蒙古族。元朝败退时可能有一些在内地过惯定居生活的人，不想走了。但汉人要‘杀鞑子’，怎么办？于是想一个借口，说是由大槐树移民站迁来的（大槐树移民站的确有过），随便张、王、李、赵取一个汉姓，换一个地方定居下来。所以都说不来自己的‘原籍’，也说不来自己的父祖，都是自己立祖。”[①] 从而内蒙古西部地区的方言、山东方言本质上都是汉化的蒙古人的方言。因此，从方言和民俗来看《金瓶梅》就会发现，它是元代民族融合的汉语言的词汇、语法和语音之记忆。

“在元曲中，多将‘们’用作‘每’，明代初期仍然用‘每’，到了明代中叶，书面语已基本上固定用‘们’，这已为学术界所肯定。而《金瓶梅》成书于明中叶以后，却多处仍用‘每’字”，毛德彪认为“这是因为在苏北方言中，‘每’音更近口语”[②]。对这一现象的解读极为重要，但是毛德彪的解释其实是不确切的，因为一方面，即使是今天某些地区特别是交通不发达的地方仍然保留着元代的方言方音，另一方面，从“每”音的历史来看，它倒是证明《金瓶梅》集撰成书的一个极具说服力的例子。

如果我们将山东方言与元杂剧文本对照，就会发现其中的诸多语词都有着惊人的相似。而方言的一致性，并非仅仅是山东地区的语言（山东在明初之所以需要移民就因为齐鲁大地上几不见人迹），而是元代甚至还可以上溯至辽金时期民族语言交流的成果。从这个角度来说，从“山东方言”“吴语”“徐州方言”“扬淮方言”等方言属性来断定《金瓶梅》的作者，在方法论上就存在问题。因为这部小说本是“集撰成书”，文本

---

① 林中元编：《迁民后裔话迁民》，山西新闻出版局，2002 年，第 56—58 页。

② 毛德彪：《也谈〈金瓶梅〉的方言》，《临沂师专学报》1995 年第 4 期。

内部互文性的来源实多，而所谓的方言往往又不具有绝无仅有的独特性，从而难以作为确证。但是，所有这些地方的方言方音，却具有一个共同的特征，即都是元代汉语言的活化石。

五 取名

《金瓶梅》中人物的取名，极具艺术特色，更具有文化底蕴。小说人物中无姓氏而只有名字的不在少数，如玳安、平安、书童、画童、琴童、棋童、春鸿、春燕、惠祥、惠元、惠秀、玉萧、小玉、兰香、小鸾、元宵儿、中秋儿、如意儿、翠儿、迎春、绣春、秋菊等。他们是奴婢，身居社会底层，但这不是他们没有姓而只有名的理由。就像春梅，她姓庞，是有姓的。而来保、来安、来旺、来兴、来友、来昭、来爵等奴仆，他们的“来”本来为姓，历史上实有来歙、来护儿、来恒、来济等人。但是，由于《金瓶梅》中人物的取名采用隐喻用意之法，从而上述来保等人之来与其说是姓，倒不如说是“见景生情”，因情生义。在《金瓶梅》中，主子称呼奴婢为“孩儿”，这一称谓体现的显然是一种身附关系。因此，需要从另一个角度理解《金瓶梅》的起名艺术。

从姓名习俗来看，汉民族特别讲究姓氏。姓氏制度早在西周就已经很完备，其目的是保持血统的纯正和维护阶级的秩序。因此，在西周初期，周礼规定：只有贵族女子才有姓，男子和平民、奴隶女子等皆没有姓。王国维《殷周制度论》云：“而同姓不婚之制，实自周始，女子称姓，亦自周人始矣。”① 又有避讳制度，对尊者、长者和贤者要讳其名。

然而，游牧民族由于实行族外婚，一般没有姓，或云部落首领的氏即其姓，但他们彼此之间可以直呼其名，并不避讳。如大家熟悉的铁木真、努尔哈赤、阿骨打等都是名，而不是姓。游牧民族如乌桓人“氏姓无常，以大人健者名字为姓”②。《契丹国志·族姓原始》记载：“契丹部族，本无姓氏，惟各以所居地名呼之，婚嫁不拘地里。”③ 叶子奇《草木

① 姚淦铭、王燕编：《王国维文集》，中国文史出版社 1997 年版，第 53 页。

② 范晔：《后汉书》，中华书局 1999 年版，第 2015 页。

③ 叶隆礼：《契丹国志》，齐鲁书社 2000 年版，第 170 页。

子》云："历代讳法之严如此。至于元朝，起自漠北，风俗浑厚质朴，并无所讳，君臣往往同名。后来虽有讳法之行，不过临文略缺点画而已，然亦不甚以为意也，初不害其为尊，以至士大夫间，此礼亦不甚讲。"①这些文献的记载，都表明游牧民族彼此之间是直呼其名的，而不讲究姓氏的称谓。

再如，"满族在姓氏上有个特点，就是有姓但是彼此不叫姓而只叫对方的名，即只称名，不称姓。满族这一习惯，不仅清代如此，就是以前各朝代，虽族名有过几次变称，如肃慎、挹娄、勿吉、女真，但对姓名的称谓习惯，却千百年相沿而未改。如金代前期的阿骨打、吴乞买，是名字，而姓完颜氏；南京副都指挥使习泥烈，是名字，而姓马延氏，等等。就是到清末也仍称名不称姓，如吉尔洪额、明惠、裕禄，等等"②。简而言之，满族"称名不举姓"。满族文化深受蒙古族文化之影响，这已不是一个值得质疑的问题。从这个角度来看，《金瓶梅》中没有姓的名是不是受到了游牧民族尤其是蒙古族文化的影响？

在取名文化上，《金瓶梅》中的官哥、孝哥、郓哥等，也值得玩味。以"某哥"起名，并非始自元代，但是却大都与游牧民族有关。如唐代有僧哥（唐文化深受鲜卑族文化的影响），元有蒙哥（与蒙古语语音有关），清代有福格、常格（与满洲语语音相关）等。金启孮认为，"那时营房里的孩子，小名多叫什么格"③。满族人管姐姐叫"格格"，管哥哥叫"阿格"，清时期满洲与汉族文化相互影响相互交融，笔者怀疑，汉人给孩子起名"某哥"，是受到了游牧民族起名中"ge"这个音的影响。我们似乎可以推测，受游牧民族起名习俗的影响，汉语言中的"某哥"或"某格"也带上了民族文化融合的痕迹，从而官哥、孝哥等称谓便带有元文化的气息。

结　语

《金瓶梅》所叙述的社会，似乎纯粹是一市民经商的社会，里面几乎

---

① 叶子奇：《草木子》，上海古籍出版社2012年版，第46页。

② 李学成：《满族姓名初探》，《辽宁广播电视大学学报》2002年第1期。

③ 金启孮：《北京郊区的满族》，内蒙古大学出版社1989年版，第13页。

没有农民的相关叙述。西门庆经商，已经雇用专门的经理。而这些经理有的或全部是“回回”，如韩道国，从姓名来看，是汉人。但是，小说中直呼其为“韩回子”。他说话滔滔不绝，满面春风，固然具备商业经理的素质。而从他弟弟韩二“紫面黄发”之“黄发”也可推知，他与乃兄韩道国俱为“回回”。对于韩道国妻子王六儿与西门庆的关系，夫妻俩的态度也表明他们礼仪仪式观念淡薄，与汉民族伦理道德之意识截然不同。

其他诸如西门府“骡马成群”（第一回），西门庆给夏提刑送的礼物是一匹黄马，三纲五常、贞节牌坊、三从四德、父母之命媒妁之言等不见踪影似乎亦能表明礼教之欠缺或松弛，如此等等，都表明了鲜明的时代特色和民族特色。吴丽娱认为礼是中华文化最为基本概念，甚至可以说是中华文化的本体。如果从礼这个角度来观照《金瓶梅》，就会发现它其实是对礼的无情的嘲讽和彻底的挖苦，它是一种纵欲的狂欢，是酒神的疯癫，而与汉文化的理性精神是格格不入的，虽然它的幌子是伦理道德文化下对淫欲的劝诫。

要之，《金瓶梅》中诸如收继婚的司空见惯、喇嘛僧做法事、寡妇改嫁财产跟着走、元方言方音、在称谓上称名不举姓等元文化的记忆及其书写，表明了《金瓶梅》实乃“集撰”成书，亦暗示《金瓶梅》与元代的平话、戏曲、宗教等存在互文性关系。这一现象的发现，对于《金瓶梅》的版本考察、成书方式、文化研究等都有着重要的价值和意义。

（原载王萍主编《中国古代小说戏剧研究》第12辑）

民族、宗教与地理

——陶渊明“不能为五斗米折腰”新释

引　言

《晋书》列传第六十四云：（陶潜）“以亲老家贫，起为州祭酒，不堪吏职，少日自解归。州召主簿，不就，躬耕自资，遂抱羸疾。复为镇军、建威参军，谓亲朋曰：‘聊欲弦歌，以为三径之资可乎？’执事者闻之，以为彭泽令。在县，公田悉令种秫谷，曰：‘令吾常醉于酒足矣。’妻子固请种秔。乃使一（按：《宋书》为“二”，县令公田为三顷，《宋书》所述为是）顷五十亩种秫，五十亩种秔。素简贵，不私事上官。郡遣督邮至县，吏白应束带见之，潜叹曰：‘吾不能为五斗米折腰，拳拳事乡里小人邪！’义熙二年（按：据《归去来兮辞》序，应为义熙元年），解印去县，乃赋《归去来》。”①

史书上陶渊明“不能为五斗米折腰”这句话，有不同的版本，如何法盛《晋中兴书》云：“陶潜为彭泽令，督邮察县，吏入白：‘当板履就谒。’潜曰：‘吾不能为五斗米折腰向乡里小人。’于是挂冠而去。”②《宋书》卷九十三《陶潜传》记载：“郡遣督邮至，县吏白：‘应束带见之。’潜叹曰：‘我不能为五斗米折腰向乡里小儿。’即日解印绶去职。”③

---

① 房玄龄等：《晋书》，中华书局1974年版，第2461页。

② 何法盛：《晋中兴书》，上海辞书出版社2000年版。

③ 沈约：《宋书》，中华书局1974年版，第2287页。

《晋中兴书》为南朝刘宋时期何法盛所撰，相去东晋虽然不远，但陶渊明说这句话的时候，似乎仅有县吏在场，后人何以得知？假若得知，也是从县吏口中传出，非流言而何？况且，这几个版本亦有些微差别，表明历史文本也是叙事之一种，其真实性带有撰写者对事件的理解。《晋书》为唐代房玄龄等所编纂，距离陶渊明辞官时已有240多年，因而只能依据前人书写的文本袭用：从而表明准确的说法似乎无从确考；不仅如此，陶渊明是否说过这句话似亦未可知；即使他当时说过类似的话，其本意是否确如后人所误读的那样又是一回事。

但据历史文本来看，陶渊明"不能为五斗米折腰"这句话的具体说法不一，其含义也一直被误读，后人将它作为陶渊明光明峻洁人格的有力证据，历经几多皴染、想象和拔高，塑造了一位高洁的文人形象，这个形象成为后世文人士大夫政治上不得志时归隐的楷模。晚至天水一朝，陶渊明便"成为一种具有象征意义的文化符号，代表着清高、气节、真淳，也代表着回归自然的人生追求，以及对自然美的追求"[①]。

除却极少数的质疑者，如南宋韩驹，他认为"《传》言（陶）渊明以郡遣督邮至，即日解印绶去。而渊明自叙，以程氏妹丧奔武昌。余观此士既以'违己交病'，又愧役于口腹，意不欲仕久矣。及因妹丧即去，盖其孝友如此。世人但以不屈于州县吏为高，故以因督邮而去。此士识时委命，其意固有在矣。岂一督邮能为之去就哉？躬耕乞食且犹不耻，而耻屈于督邮，必不然矣"[②]，绝大多数后人对陶渊明"不为五斗米折腰"歆羡而敬仰，他的高风亮节于是成为文人士大夫所寄托的精神家园和安身立命之慰安。每当政治上或仕途上不如意时，他们便以陶渊明为高标，以求得内心深处的平和。譬如，李白诗云："安能摧眉折腰事权贵，使我不得开心颜！"韩驹诗云："休官昔愧陶彭泽，受禄今惭邴曼容。"鲜于必仁曲词云："五斗微官，一笑归来。"盍志学曲词云："一个小颗颗彭泽县儿，五斗米懒折腰肢。"等等。

陶渊明之傲骨挺立，对名利的鄙夷不屑，以及归隐田园安贫乐道，成为中国文化史上的一种象征符号和精神财富，其被误读的价值和意义

---

① 袁行霈：《古代绘画中的陶渊明》，《北京大学学报》2006年第6期。

② 袁行霈：《陶渊明笺注》，中华书局2013年版，第324页。

自当不容否认。但是，历史的真相究竟又是如何的呢？从学术求真的角度来看，仍有示其本相之必要。况且，迄今为止对陶渊明“不能为五斗米折腰”的解释，尚无令人信服的逻辑论证，因此本文从民族、宗教和地理等角度试作一探讨。

一 陶渊明乃溪族

陶氏家族居住鄱阳郡内，是溪族居住之地。溪族的“溪”又作傒，原为“谿”。《淮南子·椒真》高诱注：“溪子为弩所出国名也。”溪子即溪族人。《后汉书·南蛮传》李贤注引干宝《晋纪》曰：“武陵、长沙、庐江郡夷，槃瓠之后也，杂处五溪之内。”杜佑《通典》云：“按《后汉史》，其中黔中、长沙、五溪间，则为槃瓠之后。”郦道元《水经注》云：“武陵有五溪，谓雄溪、樠溪、酉溪、潕溪、辰溪。”居住在五溪地区的少数民族，总称为五溪蛮。陈寅恪《魏书·司马睿传——江东民族条释证及推论》云：“此支蛮种所以号为溪者，与五溪地名至有关系。”① 溪人散居南方诸州，往往聚族居住于溪洞之中，保持血缘宗族关系，其酋豪被称为“洞主”。洞内溪人除向洞主服役外，多逃避官府徭役。溪人主要散居于南朝之寻阳、豫章、鄱阳、武陵、吴兴、始兴、安成等郡。②

据《晋书·陶侃传》载，陶侃与同乡、豫章国郎中令杨晫同乘一车去见中书郎顾荣。吏部郎温雅却对杨晫说：“奈何与小人共载？”③《晋阳秋》亦记载：“时豫章顾荣或责羊晫曰：‘君奈何与小人同舆？’”此处的“小人”指的是陶侃，并非谓其人品卑劣，而是谓其社会地位卑贱；蛮夷之人。溪人的语言、体形与汉人有别。徐坚《初学记》卷十九云：“南方之奚，形如弩臁，言语嵝厉，声音骇人，唯堪驱鸡。”陶侃少时曾在鄱阳湖与浔阳一带为渔钓贱户，在汉人士大夫看来，正是“小人”。陶侃不仅被视作“小人”，入仕后又被中州冠带诋为“溪狗”，此皆与其族属相关。

---

① 陈寅恪：《魏书·司马睿传——江东民族条释证及推论》，《金明馆丛稿初编》，上海古籍出版社 1980 年版，第 80 页。

② 参见刘美崧《陶渊明族属辨溯》，《南方文物》1992 年第 2 期。

③ 房玄龄等：《晋书》，中华书局 1974 年版，第 1769 页。

《世说新语·容止篇》写道，东晋咸和三年（328），苏峻作乱；庾亮、王导受命辅佐幼主，温峤劝庾亮去拜见陶侃以借兵戡乱。庾亮怕见陶侃，温峤便说："溪狗我所悉，卿但见之，必无忧也。"无独有偶，《南史·胡谐之传》记载："（胡谐之）就梁州刺史范柏年求佳马，接使人薄。使人致恨，归谓谐之曰：'柏年云：胡谐是何傒狗？无厌之求！'谐之切齿致忿。"陶侃、胡谐之为何被称作"傒狗"？《后汉书·南蛮传》云：高辛氏为了奖励功犬槃瓠，将小女儿嫁给了他，他们在溪洞里生活。后来，他们生育了六男六女，自相婚配，繁衍子孙，成为溪族。他们是盘瓠之后，以"犬"为图腾，好著五色衣服，制裁皆有尾形。因而汉人士大夫将槃瓠后裔蔑称之"傒狗"。陶侃、胡谐之被称作"傒狗"，源自他们皆为溪族人欤？

据陈寅恪先生考证，陶侃、陶渊明乃"溪族人"[①]。陈寅恪、周一良两位先生关于"溪族"的考论还有：溪人尚武，拳捷善斗，如陶侃父子部曲及卢循、徐道覆领导的始兴溪子；六朝时溪人夙为天师道信徒，即五斗米道信徒，等等。[②]

二 "五斗米"即五斗米道

陶渊明"不能为五斗米折腰"，后人对于其中的"五斗米"的解读主要有如下几种理解：第一种是"五斗米"为县令的年薪、月薪（一个月的食量[③]）或日薪[④]；第二种指的是督邮的俸禄[⑤]；第三种是当时的江州刺史五斗米道教徒王凝之[⑥]；第四种是陶渊明种植在公田里的尚未收割的

---

① 陈寅恪：《魏书·司马睿传——江东民族条释证及推论》，《金明馆丛稿初编》，上海古籍出版社1980年版，第79—84页。

② 参见刘美崧《陶渊明族属辨溯》，《南方文物》1992年第2期。

③ 参见缪钺《陶潜"不为五斗米折腰"新释：附论东晋南朝地方官俸及当时士大夫食量诸问题》，《历史研究》1957年第1期。

④ 参见杨连发《"五斗米"探源：陶渊明诗二首备课札记》，《中学语文教学》1987年第7期。

⑤ 参见李昭君《陶渊明"不为五斗米折腰"新解》，《人文杂志》1999年第3期。

⑥ 参见陶渊明《陶渊明集》，逯钦立校注，中华书局1979年版，第209—210页。

秫米。[①] 而尤以“日薪”为众人所认可。然而，关于日薪的解释，却是县令俸禄之“钱米各半”，即其中每月 15 石，1 石为 10 斗，这样正好每日“五斗”。然而，“五斗米”是东晋时县令的日薪吗？

据历史学家杨联陞先生的考证，东晋“县令年俸米应在四百斛至二百六十斛左右”，“魏晋南朝，大体沿用汉制，县令年俸千石至六百石(石即斛)，是法定标准”，“又中国历代官俸，收入不限于粟米”。据《宋书·陶潜传》，萧统《陶渊明传》《南史·陶潜传》等可知，陶潜为彭泽令时，还有公田三顷。考证过程，兹不具引，但其结论，则是五斗米作为县令陶渊明的日薪是根本讲不通的。[②] 更何况，即使退一步说，以人情物理来看，谁会以一日之薪俸而“折腰”？

其实，知人应论世，当依据具体的时空环境进行辨析。脱离具体历史条件之下的臆想，往往抓不住肯綮。联系陶渊明作如是言的历史情境来看，这里的“五斗米”指的是“五斗米道”。它是道教的一个派别，又被称作米道、鬼道、正一道、正一盟威之道等。在东汉顺帝时期，由张道陵在四川鹤鸣山创立。五斗米道以老子为教主，基本经典是《道德经》。信徒多为贫苦农民，因尊张道陵为天师，所以又称“天师道”。

陈寿《三国志·张鲁传》记载：“张鲁，字公祺，沛国丰人也。祖父陵，客蜀，学道鹄鸣山中，造作道书，以惑百姓。从受道者，出五斗米，故世号米贼。……鲁遂据汉中，以鬼道教民，自号‘师君’。其来学道者，初皆名‘鬼卒’。受本道已信，号‘祭酒’。各领部众，多者为治头大祭酒。……不置长吏，皆以祭酒为治，民夷便乐之。”[③] 这段记载，道出了五斗米道的由来，以及五斗米道政教合一的实践。

《三国志·张鲁传》注引《典略》说：“熹平中，妖贼大起，三辅有雒曜。光和中，东方有张角，汉中有张修。骆曜教民缅匿法，角为太平道，修为五斗米道。……为鬼吏，主为病者请祷。请祷之法，书病人姓名，说服罪之意。作三通，其一上之天，著山上，其一埋之地，其一沉

① 参见韩国良《陶渊明“不为五斗米折腰”新证》，《雁北师范学院学报》2004 年第 1 期。

② 参见杨联陞《论东晋南朝县令俸禄的标准》，《杨联陞论文集》，中国社会科学出版社 1992 年版。

③ 陈寿：《三国志》，中华书局 1999 年版，第 197—198 页。

之水，谓之三官手书。使病者家出米五斗以为常，故号曰五斗米师。”①从中可知，五斗米道，入教者“出五斗米”，而治病也“出米五斗”，因而“五斗米”似可为五斗米道之简称。

长江以南峻岭深林之地，是诸多少数民族生活和居住的地方，原始巫风本来就炽盛。五斗米道创立并弘道后，民众多信奉鬼道，民有鬼族之分，地有鬼城、鬼市之名，巫有鬼帅、鬼卒之称。如前所述，陶渊明是溪族，而溪族世代信奉天师道，即五斗米道。②

天师道的兴起与传播多在滨海地区。③汉末由太平道领导的黄巾起义被镇压，唯有巴蜀一带的五斗米道在张鲁政教合一的组织中留存并得以盛行。张鲁投降曹操后，被封为万户侯，五斗米道上层组织迁徙到邺城。西晋五胡乱华，他们又随着朝廷南渡，随后将龙虎山发展成为天师道的大本营。

东晋时，“王与马共天下”，而琅琊王氏世代信奉五斗米道。不仅如此，江南世族多信奉五斗米道。长江以南丛林溪洞之中，有许多少数民族，溪族是其中之一，他们大多信奉五斗米道。东晋时期，五斗米道传人杜子恭在江南弘法，他还废除了入道者即鬼卒必须“出五斗米”的规定。其弟子孙恩、卢循在东晋末年看到朝廷朝纲不振，从而组织五斗米道教徒发动起义，几乎颠覆了东晋朝廷。义熙元年（405）八月，陶渊明出任彭泽令时，孙恩领导的教民暴动（399—402）虽已被镇压，但正是“卢循之乱”（403—411）的时候。

三 “乡里小人”指的是溪族五斗米道之教徒

陶渊明曾祖父陶侃官至侍中、太尉、荆江二州刺史、都督八州诸军事，封长沙郡公，但先被温雅称作“小人”，后被温峤骂作“溪狗”。陶

---

① 陈寿:《三国志》，中华书局1999年版，第198页。

② 参见陈寅恪《魏书·司马睿传——江东民族条释证及推论》，《金明馆丛稿初编》，上海古籍出版社1980年版，第79—84页。

③ 参见陈寅恪《天师道与滨海地域之关系》，《金明馆丛稿初编》，上海古籍出版社1980年版，第1—40页。

渊明将素未谋面的督邮称为“乡里小人”，这是何故？

督邮，是“官名。汉置，郡的重要属吏，代表太守督察县乡，宣达教令，兼司狱讼捕亡。唐以后废”。督邮为何被陶渊明称作“乡里小人”？据历史学家周一良先生的批注，“乡里不但指同乡，亦指同种族之人”。[①] 例如《北史·李元忠传》，“神武曰：‘尔乡里难制。’”再如《魏书·元祯传》，“（元）祯告诸蛮曰：‘尔乡里作贼如此，合死以不？’蛮等皆叩头曰：‘合万死。’”因而陶渊明所谓“乡里小人”中的乡里，实际上指的是他的“同种族之人”，即溪族。

至于小人，“在晋代，士族阶级把家中的奴仆、府中吏役和普通百姓等庶族阶层都视为‘小人’”[②]。其实，何止在晋代，历朝历代，民皆被看作“小人”。例如，孔圣人口中的“小人”，不就是如此吗？老百姓有时也以“小人”自称。五斗米道教徒大多是贫民、奴客或蛮夷，因而汉人士大夫将其皆看作“小人”。陶渊明汉化程度较深，因此也将此等人称为“乡里小人”。“小人”，除了指没有社会地位的贫贱者外，另一个意思是人格卑鄙无耻者，试想陶渊明之前没有见过督邮（“吏白应束带见之”可以证明之），不会意谓后者；且从“乡里”推知，这里的“小人”并不涉及人格问题。

况且，《晋书》卷66记载：“（范）逵过庐江太守张夔，称美之（按：陶侃）。（张）夔召（陶侃）为督邮，领枞阳令。”[③] 从中可知，陶侃由于范逵的说项而做过“督邮”。而陶侃是陶渊明的曾祖父，陶渊明很敬重乃曾祖。如果就像有人认为的“乡里小人”指的是督邮，那么陶渊明骂“督邮”为“乡里小人”，其奈乃曾祖陶侃何?!

如前所述，陶侃、陶渊明系溪族人。而《资治通鉴》卷115记载：义熙六年（410），何无忌自寻阳（今九江）引兵拒卢循，参军殷阐曰：“（卢）循所将之众，皆三吴旧贼，百战余勇，始兴溪子拳捷善斗，未易轻也。”胡注：“始兴溪子，谓徐道覆所统始兴兵也。”始兴，是溪族聚居地之一。当年，陶侃出任广州刺史时，就在始兴驻兵，并率领其部曲戡

---

① 周一良：《周一良批校十九史》，国家图书馆出版社2013年版，第24页。

② 郑荣基：《陶渊明不得志与其出身的关系新探》，《广东民族学院学报》1994年第3期。

③ 房玄龄等：《晋书》，中华书局1974年版，第1768页。

定了杜弘、温邵之乱。而从《晋书》可知，孙恩之乱时曾掳掠三吴八郡士庶“二十余万”民众入海，其中不乏溪人。陈寅恪先生认为，“卢循、徐道覆之部众，乃孙恩领导下之天师道宗教军队。……溪族夙为天师道信徒，宜其乐为其同教效死也”[①]。

陶渊明所谓“不能为五斗米折腰，拳拳事乡里小人”，主要针对的是五斗米道的地下活动，即不赞同“溪子”意欲推翻朝廷的武装暴动，从而将其称为“乡里小人”。

四 何以“不能事乡里小人”

袁行霈《陶渊明与晋宋之际的政治风云》说：“他在政治漩涡里翻腾过，他的进退出处都有政治原因。把他放到晋宋之际的政治风云之中，才能看到一个真实的立体的活生生的陶渊明的形象。”[②] 的确如此，要想准确地理解陶渊明，应该探寻他所生活的“政治风云”或生态环境。

从时间来看，据《晋书》可知，陶渊明“义熙二年”（406）（袁行霈先生认为是义熙元年[③]，从陶潜诗文来看，元年为是）辞去彭泽令归乡，而此时正是以卢循为首的五斗米道教徒酝酿第二次起义之际。

孙恩和卢循领导的五斗米道起义，史称“孙恩之乱”（399—402）和“卢循之乱”（403—411）。隆安五年（401），孙恩被击败后“远迸海中”。元兴元年（402）孙恩复寇临海，被太守辛景讨破之，穷促中投海自尽，被信徒称为“水仙”，“投水从死者百数”。余众推举孙恩的妹夫卢循为主。

东晋元兴二年（403）正月，卢循等寇东阳；八月，攻永嘉。元兴三年（404），卢循率众攻陷广州，又命其姐夫徐道覆攻占始兴郡。次年，卢循派使者向东晋朝廷进贡。当时朝廷新平桓玄之乱，无暇他顾，只好任命卢循为广州刺史、徐道覆为始兴相。

---

① 陈寅恪：《魏书·司马睿传——江东民族条释证及推论》，《金明馆丛稿初编》，上海古籍出版社1980年版，第83页。

② 袁行霈：《陶渊明研究》，北京大学出版社1997年版，第106页。

③ 参见袁行霈《陶渊明笺注》，中华书局2013年版，第438页。

卢循、徐道覆虽然接受了朝廷的任命，但依然阴谋准备再次起事，如徐道覆设计积蓄船材一事："初，道覆密欲装舟舰，乃使人伐船材于南康山，伪云将下都货之。后称力少不能得致，即于郡贱卖之，价减数倍，居人贪贱，卖衣物而市之。赣石水急，出船甚难，皆储之。如是者数四，故船版大积，而百姓弗之疑。及道覆举兵，案卖券而取之，无得隐匿者，乃并力装之，旬日而办。"① 从而可推知，从405年到410年这6年间，卢循、徐道覆等一直在积极地准备再次起义。如上引徐道覆在始兴组织木材商贸，为其在10天内就建造了一批大战船打下了基础。以此类推，督邮去彭泽，也有五斗米道前去组织暴动的可能性。

早在陶侃入仕京都时，其时孙秀位居将军，"以侃寒宦，召为舍人"。孙秀与陶侃皆出身于五斗米道。由于孙秀的提携，此后陶侃得以与士大夫交际，跻身士流。陶侃之后裔多按五斗米道命名，如绰之、袭之、谦之等，其中袭之、谦之为父子。陈寅恪先生认为陶渊明"平生保持陶氏世传之天师道信仰，虽服膺儒术，而不归命释迦也"。②

《晋书》记载："孙恩，字灵秀，琅琊人，孙秀之族也。世奉五斗米道。恩叔父泰，字敬远，师事钱唐杜子恭。"③ 从中可知，孙氏、陶氏世代信奉五斗米道，而两大家族又是"通家"。孙恩、卢循等人组织"溪子"起义，极有可能联系包括陶渊明在内的陶侃后裔。甚至，陶渊明之出任彭泽令，除了乃叔帮忙外，不排除五斗米道亦从中斡旋之可能。因此，当卢循再次起事前，便安排五斗米道教徒在江州四处接洽联络。而此时陶渊明出任彭泽令，并不坚信五斗米道，而是转为儒教了。陶侃虽然信奉天师道，但显然已"儒化"；在他改封长沙郡公后，曾"遣谘议参军张诞讨五溪夷，降之"。五溪夷乃陶侃"乡里"，他都征伐不赦，从而看出他忠于朝廷的立场和儒家的理念。其后裔陶渊明亦然④，"帝乡不可期，富贵非我愿"，因而没有为五斗米道折腰的必要性。于是，陶潜弃官

① 房玄龄等：《晋书》，中华书局1974年版，第2635页。

② 陈寅恪：《陶渊明之思想与清谈之关系》，《金明馆丛稿初编》，上海古籍出版社1980年版，第196页。

③ 房玄龄等：《晋书》，中华书局1974年版，第2631页。

④ 参见徐声扬《陶渊明之思想"实外儒而内道"说质疑》，《九江师专学报》1990年第3期。

归乡，远离是非之地。

设若彼时陶渊明一直做彭泽令而不归隐，他的处境将会是如何呢？以张茂度与王凝之来看，他要么投降义军，要么被义军杀死。《宋书·张茂度传》记载："卢循为寇，覆没江州。茂度及建安太守孙蚪之并受其符书，供其调役。循走，俱坐免官。复以为始兴相，郡经贼寇，廨宇焚烧，民物调散，百不存一。"[①] 这是一种情况。《晋书》卷八十《王羲之》记载："（王）凝之，亦工草隶，仕历江州刺史、左将军、会稽内史。王氏世事张氏五斗米道，凝之弥笃。孙恩之攻会稽，僚佐请为之备。凝之不从，方入靖室请祷，出语诸将佐曰：'吾已请大道，许鬼兵相助，贼自破矣。'既不设备，遂为孙（恩）所害。"[②] 这是第二种情况。

据《晋书》，义熙二年（406），陶渊明弃官归乡。而据《归去来兮辞》，义熙元年（405）十一月，陶渊明以到武昌奔丧为由自免去职。义熙四年（408），陶渊明所居住的草庐被火焚尽，一家人住到了船上。这场火未必不是"乡里小人"所为。后来，陶渊明之所以居住在南村，是因为那儿多"素心人"。陶渊明《移居二首》其一云："昔欲居南村，非为卜其宅。闻多素心人，乐与数晨夕。……"[③] 在陶渊明看来，汲汲于富贵者，痴迷于仙道者，不安于本分者，如始兴溪子辈，肯定不是"素心人"。

由是观之，陶渊明"不能为五斗米折腰，拳拳事乡里小人"实在是当时的政治风云使然，也是他明哲保身的必然举措，而无关乎气节或傲骨。

五 "彭泽"的地域问题

据《晋书》，从地理位置来看，卢循领导和组织的五斗米道教徒起义，正是以"寻阳"（今九江）作为暴动的中心地带。而卢循率领的教民军队与朝廷军队交火的主要战场，也是以"寻阳"为核心区域。从历史

① 沈约：《宋书》，中华书局 1974 年版，第 1509 页。

② 房玄龄等：《晋书》，中华书局 1974 年版，第 2102—2103 页。

③ 袁行霈：《陶渊明笺注》，中华书局 2013 年版，第 91 页。

来看，江州尤其是寻阳地处要冲，是兵家必争之地，也是魏晋南北朝时期朝廷的战略重地。

晋惠帝元康元年（291），分扬州之豫章、鄱阳、庐陵、临川、南康、建安、晋安，荆州之武昌、桂阳、安成十郡为江州，设置江州刺史。其治所先在豫章，后来或治桑（今江西九江西南），或治半洲城（今九江市西）。隋文帝开皇九年（589），改柴桑县为寻阳县，治所在湓口城（今九江市），从此定治于湓口城。

东晋温峤为江州刺史时，将江北寻阳移于江南。庾亮“临终表江州宜治寻阳……治湓城，接近东江诸郡，往来便易”。湓城（故址在今江西九江市），东晋南朝时为江州治所，是沿长江镇守之军事要地。

六朝时期，江州被称作“中流襟带”（萧子显语）、“国之南藩，要害之地”（万斯同语）。东晋时期，权势之争主要体现在江州的制衡地位，而朝廷与卢循之间的斗争也体现了江州的战略地位。[①] 六朝时期，江州刺史一职在战时由武将兼任，和平时期则由皇亲国戚出任，从而也印证了江州重要的战略地位。

卢循、徐道覆领导的五斗米道教徒起义，与朝廷军队争战的核心地区是江州之九江地区。义熙五年（409），刘裕率军北伐南燕。徐道覆劝卢循趁机袭击其后方。义熙六年（410）二月，卢循、徐道覆率军北上，三月进攻豫章，江州刺史何无忌战死。荆州战役失利后，徐道覆逃至湓口（今江西九江县西）。建康战役失利后，“（卢）循谓道覆曰：‘师老矣！弗能复振。可据寻阳，并力取荆州，徐更与都下争衡，犹可以济。’因自蔡洲南走，复据寻阳”。义熙七年（411），江州战役中，卢循依然是以寻阳为根据地。[②] 从410年这几次战争来看，可发现义军的根据地或进可攻退可守的军事要地就是“九江”，而彭泽位于九江东北角上，北濒长江，东邻安徽东至县，南与鄱阳、都昌毗邻，西连湖口县，北与安徽宿松、望江隔江相望，素有“七省扼塞”“赣北大门”之称，从而又旁证了陶渊明弃官彭泽令归乡与当时五斗米道组织及其活动有着密切的不可忽视的联系和关系。

---

① 参见张承宗《六朝时期江州的战略地位》，《苏州大学学报》1993年第1期。

② 参见房玄龄等《晋书》，中华书局1974年版，第2634—2636页。

陶渊明的曾祖陶侃本为鄱阳郡枭阳县（今江西都昌）人，后徙居庐江寻阳（今江西九江西）。《晋书》卷六十六记载：陶侃，“本鄱阳人也。吴平，徙家庐江之寻阳”[①]，“望非世族，俗异诸华”[②]，表明其出身寒素，以及少数民族习俗。陶渊明是浔阳柴桑人，因而陶渊明所谓“乡里小人”之乡里，兼有“同种族之人”与“同乡”之义。义熙元年（405）八月十五至十一月，陶渊明做彭泽令。考虑到卢循、徐道覆正在积极组织教民暴动以及彭泽的战略地理地位，不排除“乡里小人”前来联络陶渊明起事或寻求支持的可能性。

或曰，如果陶渊明是五斗米道教徒，那么他就不会逃归家乡，因为教徒有其责任和义务。其实不然，如王凝之本五斗米道教徒，但是他不战不降，结果被教民杀死。王凝之也是“不为五斗米（道）折腰”者欤？

结　论

综上可知，陶渊明“不能为五斗米折腰，拳拳事乡里小人邪”并非后人所误读的“有气节”“有骨气”或性情真淳，而是他为避祸保身不得不辞官罢了。这里的“五斗米”指的是五斗米道，“乡里小人”指的是溪族五斗米道之教徒，确切地说，指的是当时正在谋划暴动反抗东晋朝廷的“溪子”。因此，陶渊明所说的“不能为五斗米折腰”意谓他不赞成当时的卢循之乱。

（原载《济宁学院学报》2018 年第 1 期）

① 房玄龄等：《晋书》，中华书局 1974 年版，第 1768 页。

② 同上书，第 1782 页。

《论语》英译中的误译问题

据统计,《论语》的英译本（包括全译本和节译本）迄今共有 50 种。[①] 而总有读者或译者对译文进行质疑，认为存在一些误译。对于这个问题，虽然不无从中英语言的差异、文化的冲突或意识形态等方面的探讨，但还鲜有从意义的生成这个角度对误译现象进行探析，因此有进一步探讨的必要。

一　误译与前见

一个人的前见包括其意识形态、价值理念、民族文化等。根据伽达默尔哲学诠释学的观点，前见不是理解过程中应该去除的东西，也是根本去除不了的东西；前见是理解何所向的积极因素。正是前见，才是导致理解何以可能的重要因素之一。[②]

一个人的前见分为正确的前见和错误的前见。正确的前见导向正确的理解，而错误的前见必然导致错误的理解。[③] 因此，问题不在于我们应该去除或能否去除前见，而是应该有意识地从事情本身出发反思前见的有效性和事实性。对于翻译者前见的反思，包括对他的民族文化、价值理念、意识形态和宗教思想等进行反思。

---

① 参见杨平《〈论语〉英译的概述与评析》,《浙江教育学院学报》2009 年第 5 期。

② 参见［德］伽达默尔《真理与方法》，洪汉鼎译，商务印书馆 2007 年版，第 362—395 页。

③ 同上书，第 406 页。

（一）民族文化

"翻译不是在真空中进行的。译者作用于特定时期的特定文化之中。他们对自己和自己文化的理解，是影响他们翻译方法的诸多因素之一。"①

以《论语》的英译而论，辜鸿铭认为西方的基督教传教士和汉学家歪曲了儒家经典的原义，糟蹋了中国文化，并导致西方人对中国人和中国文明产生了种种偏见。为了消除这些偏见，辜鸿铭决定自己动手翻译。1898 年，他在上海出版了英文版《论语》（*The Discourses and Sayings of Confucius*：*A New Special Translation*，*Illustrated with Quotations from Goethe and Other Writers*）。虽然辜鸿铭服膺于中国的传统文化，但他翻译的《论语》却多将中国文化归化为西方文化，用英美读者熟悉的概念、意象或思想来翻译中国作品，如将舜、禹比作西方的"Isaac and Jacob"，将"太庙"译作"the State Cathedral"即国家大教堂等。辜鸿铭还将颜回比作圣约翰、将子路比作圣彼得、将尧比作亚伯拉罕等。对于夏代，辜鸿铭也用此归化的译法，说"夏朝之于孔子时代的人就如希腊历史之于现代欧洲人"②。辜鸿铭翻译《论语》多引用歌德、爱默生、卡莱尔、阿诺德、莎士比亚等的话来注释原文。

辜鸿铭虽然是一位文化保守主义者，但由于他采用了归化的译法，所以其《论语》的译本就消解了大量的中国文化特色。譬如，辜鸿铭有意识地不翻译《论语》中的专有名词，这对于句子意义的理解固然影响不大，但是却把其中的民族文化色彩丢弃了。

辜鸿铭《论语》译文还将物质文化相关的语句采用了归化的译法，这样也消解了其中的文化因素，如将"天"翻译为 God（上帝）：《论语》中的"天将以夫子为木铎"，辜鸿铭的译文是 God is going to make use of your teacher as a tocsin to awaken the world。而美国汉学家安乐哲则将"天"音译为 Tian，因而上句就被翻译为 Tian is going to use your Master as a wooden bell-clapper。辜鸿铭采取的是意译和归化的译法，而安乐哲采取了直译和异化的译法。再如，《论语》中的"乡人傩，朝服而立于阼阶"，

① Lefevere，*A Translation*，*History & Culture*，London：Routledge，1992，p. 14.

② 辜鸿铭：《辜鸿铭文集》下卷，黄兴涛等译，海南出版社 1996 年版，第 359 页。

辜鸿铭翻译为：In his native place on the occasion of the Purification Festival, when the procession of villagers passed his house, he would always appear in full uniform on the steps of his house, standing on the left-hand side of the house。而安乐哲的译文为：When his fellow villagers were performing the nuo ritual to exorcise hungry ghosts, dressing in his court robes he would stand in attendance as host at the eastern steps。

安乐哲翻译《论语》，多采用异化手法，因为其目的是“用中国哲学自己的眼睛来解读中国哲学经典”。在与罗思文合著的《〈论语〉的哲学诠释》一书中，安乐哲说：“我们总是预设了自己文化经验中所熟悉的东西，而忽略了其他一些重要材料，恰恰正是它们，展示了作为文化之源的具有可比性的行为，只有当我们注意到积淀与中国人生活方式和思维模式中的那些非同寻常的理念时，我们才能抵御文化简化论的大举进攻。”①

在《论语》的翻译过程中，译者的民族文化作为其前见，总是参与到翻译的过程中——不管译者是有意识还是无意识，也不管他们反思这一点还是不反思，并在与文本视域的文化融合后形成一种既不同于源语言文化又不同于译入语文化、既有源语言文化又有译入语文化的第三态的文化，因此译作也就是这种第三态文化的体现。

（二）价值理念

众所周知，中西方的价值理念在许多方面是很不相同的。由理雅各翻译的《论语》文本亦可知，理雅各的价值理念与中国的就有所不同，因此他对《论语》中的一些价值观就感到疑惑。例如在《论语》中，孔子称赞说：“孟之反不伐。奔而殿，将入门，策其马，曰：‘非敢后也，马不进也。’”理雅各在脚注中反问说：“But where was his virtue in deviating from the truth? And how could Confucius commend him for doing so?”（偏离事实，何德之有？孔子怎么会以此来表扬他呢？）②

孔子从道德的谦让不伐出发赞叹孟之反的谦虚，而这在提倡实事求

① 安乐哲、罗思文：《〈论语〉的哲学诠释》，余瑾译，中国社会科学出版社 2003 年版，第 2 页。

② James Legge (trans.), *The Four Books*, Shanghai: The Chinese Book Company, p. 71.

是且真性情的西方价值观熏陶下的理雅各看来，是何其虚伪！因此，理雅各很不理解孔子何以表扬这个虚伪的孟之反呢？显然，中西方价值观之不同，导致直面同一历史现象而得出不同的理解。

（三）意识形态

20世纪80年代后期，随着翻译研究的文化转向，意识形态与翻译之间的关系研究才开始引起关注。以色列学者安德烈·勒菲弗尔《翻译、改写以及对文学名声的操纵》认为翻译是对原文的改写，翻译不能真实地反映原作的面貌，是为权力服务的有效工具，这是因为它始终都受到诗学、意识形态和赞助人三个方面的操纵。

徐珺认为勒菲弗尔的操纵三要素中，意识形态最为重要，因为诗学与赞助人都涉及意识形态问题，是意识形态的具体体现。[①] 因此，翻译过程中的改写和增删都受到了意识形态的影响，《论语》的英译自然也不例外。人既然是历史中的人，既然是社会各种关系的总和，既然总受到他所生活时代的意识形态的灌输和影响，那么他们理解《论语》，就不会不打上理解者意识形态的烙印，从而其译本必然会受到其意识形态的影响，这是毋庸置疑的。

（四）宗教思想

《论语》最早在欧洲刊印的西文版本是1687年在巴黎出版的拉丁文本《中国哲学家孔子》（*Confucius Sinarum Philosophus*），由比利时耶稣会传教士柏应理主持编译，参编者有意大利耶稣会传教士殷铎泽、比利时耶稣会传教士鲁日满、奥地利耶稣会传教士恩理格等17名传教士。柏应理为此书写了一篇长序，说这本书是为了传播福音所做，以使到中国的传教士对中国文化有所了解。因此，他们对《论语》等书的翻译，是从基督教的角度作了重新的阐释。[②] 该书分别于1688年、1691年被翻译为法文和英文。

---

① 参见徐珺《汉文化经典误读误译现象解析：以威利〈论语〉译本为例》，《外国语》2010年第6期。

② 参见张西平《传教士汉学研究》，大象出版社2005年版，第141—142页。

理雅各认为，儒家的四书阐述的道德教诲与基督教四福音的教义惊人的相似，他把孔子看作一个宗教祖师和上帝的信使，把儒学看作中国古代的宗教，“我们理解儒学与理解旧约和新约的基督教教义没有什么两样”①。但在其骨子里，理雅各认为基督教远优于中国的儒学，他在评注《论语》中的“以德报怨”一章时，认为孔子“以直报怨、以德报德”的思想显然不如基督教的以德报怨。②

苏慧廉英译的《论语》，也经常将其基督教的宗教立场掺杂于其中，如将“女弗能救与”翻译为can you not save him from this sin。《论语》原文本来指的是季氏违礼犯上，译文却成为有待拯救的宗教原罪。古莱神父说：“翻译的目的不在于把中国智慧带给欧洲学者，而是用来当做工具，使中国人皈依基督。”③

由是可知，如果我们认为这些基督教传教士的翻译具有宗教性的误译的话，其实，这倒是由他们的翻译目的和他们的前见所导致的。哲学诠释学认为，应用是理解三要素不可或缺的重要一环。④ 我们对某一文本的理解，总是运用到我们身上。从这个角度来看，传教士对《论语》的理解，也是《论语》效果历史中的一种必然结果。这种理解也是《论语》在效果历史中的此在，是宗教意识中的一种存在方式。

导致《论语》误译的因素之中，除了前见外，还有哪些呢？

二 误译与概念史

伽达默尔《哲学诠释学》中说：“所谓理解就是在语言上取得相互一致（Sich in der Sprache Verständigen）。”他认为：“一切翻译就已经是解释（Auslegung），我们甚至可以说，翻译始终是解释的过程，是翻译者对

---

① James Legge, *The Religions of China*: *Confucianism and Taoism Described and Compared with Christianity*, London: Hodder and Stoughton, 1880, pp. 6－7.

② James Legge, *The Chinese Classics*, Vol. I, Hongkong: At the Author's, 1861, p. 152.

③ 马祖毅、任荣珍：《汉籍外译史》，湖北教育出版社1997年版，第35页。

④ 参见［德］伽达默尔《真理与方法》，洪汉鼎译，商务印书馆2007年版，第417—463页。

先给予他的语词所进行的解释过程。”[①] 然而，我们都知道，随着历史的发展，语词也总是无论在内涵还是外延上有所变化，这就必然影响人们对于古代著作准确而完整的理解。

对于《论语》本文的理解，即使是今天，专家学者也仍然有一些不可解或存在歧义和争议的地方。这些地方，对于翻译者来说，他们只能表达他们自己的理解，而这些理解未必就是完全符合《论语》文本本义的。

譬如，杨伯峻认为“仁”是孔子思想的核心，“仁”在《论语》中共有109个[②]，而樊迟曾三次问孔子何谓“仁”，孔子每一次的回答都不一样，其中一次说：“爱人。”于是，有人就断章取义地将孔子这一次因材施教的回答当作孔子仁学思想纲领性的界定。然而，孔子所谓的“爱人”，孔子的“仁爱”是爱有差等，是受“礼”制约之下的“爱人”：不是爱所有人，而是爱“士大夫以上各阶层的人”，即爱贵族，爱“大臣、群臣”，爱“地方长官”。孔子的仁学思想是等级人学的思想，其实质乃是为了“复礼”而“克己”。[③] 因为，在春秋时期，“人”与“民”是分开的，“人”指的是士大夫以上的阶层，是贵族，是地方长官，不包括平民百姓或奴隶，并不是今人所谓的所有的人或人类。因此，《论语》英译本将“仁”不加区分地翻译为benevolence显然是不准确的。

以上是字词古今义发生了变化而引起的理解的不同，还有一种情况就是对具体语境中某一个字词的理解有歧义。例如，杨伯峻《论语译注》将曾子的“吾日三省吾身”中的“三省”译为“多次自己反省”，并将“三”注释为“表示多次的意思。古代在有动作性的动词上加数字，这数字一般表示动作频率。而‘三’‘九’等字，又一般表示次数的多，不要著实地去看待。说详汪中述学释三九。这里所反省的是三件事，和‘三省’的‘三’只是巧合”[④]。然而，“三省”之“三”还有另外的理解，即将“三”理解为指的是三个方面或三件事：为人谋、

① 参见［德］伽达默尔《真理与方法》，洪汉鼎译，商务印书馆2007年版，第518页。

② 参见杨伯峻《论语译注·试论孔子》，中华书局1980年版，第16页。

③ 参见张同胜《论孔子仁学思想的实质》，《中国石油大学学报》2010年第1期。

④ 杨伯峻：《论语译注》，中华书局1980年版，第3页。

与朋友交和习传。

第三种情况是对具体字词理解有争议。例如在《论语·为政》中，“子曰：‘导之以政，齐之以德，民免而无耻。导之以德，齐之以礼，有耻且格。’”阿瑟·韦利将之翻译为：

The master said, govern the people by regulations, keep order among them by chastisements, and they will flee from you, and lose self-respect. Govern them by moral force, keep order among them by ritual, and they will keep their self-respect and come to you of their own accord.

张惠民认为阿瑟·韦利将“民免”翻译为 they will flee from you 是错误的。这一看法是正确的，因为正如朱熹所言，“免而无耻，谓苟免刑罚而无所羞愧，盖虽不敢为恶，而为恶之心未尝忘也”。张惠民于是将之翻译为 and they would escape from being punished, they still do not consider crimes as disgraceful①。

然而，至于原文中的“格”，其实也是有争议的。例如，庄荣贞认为“‘格’是‘格非’的‘格’”，而“‘格非’，是纠正错误”②。

再如，在《论语·尧曰》中，尧曰：“咨，尔舜，天之历数在尔躬，允执其中。四海困穷，天禄永终。”阿瑟·韦利翻译为：

Yao said, oh you, Shum!

Upon you in your own person now rests the heavenly succession;

Faithfully grasp it by the center.

The four seas may run dry;

But this heavenly gift lasts forever.

张惠民认为阿瑟·韦利的翻译是错误的，他认为“四海困穷，天禄永终”的意思是“如果天下百姓陷于贫困，那么上天踢给你的禄位就会永远中止了”，于是将之改译为 if the whole country is destitute, the salary and rank that heaven bestows will be called back③。

---

① 参见张惠民《Arthur Waley 英译〈论语〉的误译及其偏误分析》，《绵阳师范学院学报》2007 年第 4 期。

② 庄荣贞：《杨伯峻〈论语译注〉质疑》，《长春师范学院学报》2008 年第 3 期。

③ 参见张惠民《Arthur Waley 英译〈论语〉的误译及其偏误分析》，《绵阳师范学院学报》2007 年第 4 期。

然而，这里的关键在于对原文本义的理解，对于这句话，还有另外的理解。例如，张巍认为“‘终’在这里并非完结、终结，它与‘永’同义连文，意思是永久、长久”，而“困穷，也是同义平列，均有‘极、尽’之意”，因此“四海困穷”，谓君德充塞宇宙，与横被四海之义略同；而天禄永终，是勉励、嘉勉和祝福的吉语。[①]

辜鸿铭在《中国人的精神》（*The Spirit of the Chinese People*）中说：“Foreigners who are looked upon as authorities on the subject，do not understand the real Chinaman and the Chinese language.”[②] 然而，即使是博通中西的辜鸿铭先生，其《论语》的译作也存在一些明显的误译。例如，辜鸿铭将《论语》中的“明衣”翻译为“明亮干净的衣服”，这显然是望文生义导致的错误理解，因为“明衣”指的是“古人在斋戒期间沐浴后所穿的干净内衣”。

由此可知，由于语言的内涵外延在历史的变迁中总是不断变化，从而导致即使是同一个概念，也会由于历史语境的不同而产生古今义之差异。如果人们不是历史地理解具体历史语境中的文本，那么就很容易产生误读和误解。《论语》由于缺乏具体的历史语境和上下文暗示，又由于其中一些字词的含义古今差别甚大，所以《论语》中的不可解现象尤其为多，这就更增加了它翻译的难度。

遑论还存在这种现象，即有一些传统的概念，被作者根据语境赋予了不同以往的意义，如非深究或通透的理解，则往往造成误解或误译。这种现象不仅存在于如海德格尔、黑格尔等哲学家的著作之中，而且在《论语》看似简约实则深奥的撰述之中也是比比也。

至于搔到痒处的义理之译，更是可遇而不可求了。这正如德国学者汉·格拉赫所说，“海德格尔在他对古希腊残篇断简的随心所欲的注释中都强调说，事情不只是涉及文字上的准确翻译，因为准确的译文有时候可能对真正的义理搔不着痒处”[③]。由是观之，对原文之义理的真正理解

---

① 参见张巍《“天禄永终”辨正》，《学术研究》2004 年第 11 期。

② 参见辜鸿铭《中国人的精神》，外语教学与研究出版社 1998 年版，第 5 页。

③ 转引自熊伟《写在〈存在与时间〉中译本前面》，［德］马丁·海德格尔《存在与时间》，陈嘉映、王庆节合译，三联书店 2008 年版。

才是正确翻译的前提和保证，而似是而非的理解、望文生义或者以今义解古义等都会导致误解，从而造成误译。

三 视域融合中新意义的生成

伽达默尔认为："翻译都不可能纯粹是作者原始心理过程的重新唤起，而是对文本的再创造（Nachbildung），而这种再创造乃受到对文本内容的理解所指导。"[①] 从《论语》的英译本来看，无论是理雅各的翻译，还是辜鸿铭的，还是刘殿爵的……其实都是他们对《论语》的再创作，其中充满了他们各自对《论语》具体字句的理解和解释。这些英译本，其中的文化已经是一种第三态的文化，从而其中的意义也已经是一种"杂合"[②] 的意义。因此，它们往往被认为是对《论语》的误译。

如上文所引，翻译是理解和解释，而"理解其实总是这样一些被误以为是独自存在的视域的融合过程"[③]，从而翻译也就是翻译者前见所具有的视域与文本本文所具有的视域的一种融合。在这过程中，译者的前见总是"参与"其中。这种参与，指的是"在重新唤起文本意义的过程中解释者自己的思想总是已经参与了进去"[④]；指的是"当代对所讲述的内容的参与"[⑤]；指的是"把这一文本运用到我们身上"[⑥]；指的是译者的前见与文本本文的同在，因为"同在就是参与（Teihabe）"[⑦]。如果我们将这一点与基督教传教士翻译的《论语》英译本结合起来看，这是不言而喻的，即他们的基督教教义往往参与到《论语》的翻译之中，他们的翻译往往是宣传其基督教教义的一种运用，在他们的译本中，他们与原作是一种同在的关系。其实，不只是传教士的译本如此，其他译本也都无不带有译者民族文化及其前见、前理解的印痕，因为这是一种不以人

---

① ［德］伽达默尔：《真理与方法》，洪汉鼎译，商务印书馆 2007 年版，第 520 页。

② Homi Bhabha, *The Location of Culture*, London: Routledge, 1994.

③ ［德］伽达默尔：《真理与方法》，洪汉鼎译，商务印书馆 2007 年版，第 416 页。

④ 同上书，第 524 页。

⑤ 同上书，第 528 页。

⑥ 同上书，第 536—537 页。

⑦ 同上书，第 175 页。

们的意志为转移的存在或事实。

这正如伽达默尔所说的："真正的历史对象根本就不是对象，而是自己和他者的统一，是一种关系，在这种关系中同时存在着历史的实在以及历史理解的实在。一种名副其实的诠释学必须在理解本身中显示历史的实在性。因此我就把所需要的这样一种东西称之为'效果历史'(Wirkungsgeschichte)。理解按其本性乃是一种效果历史事件。"[①] 伽达默尔"效果历史"这一概念包括历史的实在和历史理解的实在。在这个视野下，人们对于历史对象的理解和解释，本质上成为一种参与、一种共同的活动、一种文本与当下理解的关系。这一关系就是伽达默尔在《历史客观主义或实证主义之批判》中说的："不管形式分析和其他的语文学方法对我们有多大的帮助，真正的诠释学基础却是我们自己同实际问题的关系。"[②]

"我们自己"在视域融合过程中主要指的是我们的前见、前有和前把握，而在前面我们谈到它们并不是我们要去除的东西，而是我们理解何所向的决定因素，但为了能够正确地理解，我们却需要对它们进行反思。这就是海德格尔说的解释的"首要的经常的和最终的任务始终是不让向来就有的前有（vorhabe)、前见（vorsicht）和前把握（vorgriff）以偶发奇想和流俗之见的方式出现，而是从事情本身出发处理这些前有、前见和前把握，从而确保论题的科学性"[③]。

《论语》英译本既然包括《论语》的实在与《论语》理解的实在，那么它们就必然与原著有着质的不同，但它们又是译者对原著的理解和解释，即是原著的存在方式。由于人们对《论语》的理解方式各不相同，因为"如果我们一般有所了解，那么我们总是以不同的方式在理解"[④]，因而视域融合过程中生成的新的意义也就会有所不同，于是《论语》的译作也就面目各异。

由此，我们就可以明了传教士何以总是以其宗教教义来阐释和翻译

① ［德］伽达默尔：《真理与方法》，洪汉鼎译，商务印书馆 2007 年版，第 407 页。

② ［德］伽达默尔：《哲学诠释学》，夏镇平、宋建平译，上海译文出版社 2004 年版，第 221 页。

③ ［德］伽达默尔：《真理与方法》，洪汉鼎译，商务印书馆 2007 年版，第 363 页。

④ 同上书，第 403 页。

《论语》，也可以清楚西方的汉学家何以以西方的意识形态、价值观念等来解读《论语》，又可以解释何以即使是中国人的英译《论语》也是歧义迭现、莫衷一是，从而更好地理解《论语》的误译这一现象。

结 语

综上所述，《论语》英译中的误译问题，实质上是一个理解的问题，即误译源自误读和误解，而误读和误解又源自译者的错误的前见或其前见与文本视域融合过程中新义的生成或对《论语》本文字句不正确的理解。

为了避免误译，我们应该从事情本身出发，反思前见的正误以及对文本本文的理解之有效性。同时我们也应该意识到，所有的译作，包括其中的误译，都是原作的此在，都是原作效果历史的一种存在方式，都是原作生命力之所在。

《论语》“寝不尸”新释

《论语·乡党篇》中的“寝不尸”，杨伯峻《论语译注》将其翻译为“孔子睡觉不像死屍一样［直躺着］”[①]。徐志刚《论语通译》译作“［孔子］睡觉时不是像死尸那样直挺的躺着”，并将“尸”注为“死尸”[②]。如此等等的译注，是对《论语》原文的误解，问题出在以“尸”字后出的引申义来解释春秋时期“尸”字的含义。杨伯峻为名家，其《论语译注》又被高校作为教材，而将“寝不尸”作如是解谬种流传以误人子弟，从而表明有进一步进行释解的必要性。

今人如杨伯峻等将“寝不尸”中的“尸”误读作“屍体”，来自战国之后古人的时代性解读。如三国时之魏国何晏《集解》引包咸注“尸”为“苞氏曰：不偃卧四体，布展手足，似死人也”；“疏”作“尸，谓死尸也。……《曲礼》云：‘寝无伏。’”[③]。宋代朱熹《论语集注》曰：“尸，谓偃卧似死人也”，并引范氏曰：“寝不尸，非恶其类于死也。惰慢之气不设于身体，虽舒布其四体，而亦未尝肆耳。”[④] 清代阮元《论语注疏校勘记》引段玉裁注“寝不尸，恶其生之同于死也”[⑤]。这些注释皆似是而非，强作解语。根本的问题就在于误将“尸”字为“屍”字，且以“尸”的引申义释解“寝不尸”。

对“寝不尸”的正确理解，关键在于如何正确地理解句中的“尸”

---

① 杨伯峻：《论语译注》，中华书局1980年版，第107页。

② 徐志刚：《论语通译》，人民文学出版社1997年版。

③ 何晏集解、皇侃义疏：《论语集解义疏》，载王云五主编《丛书集成初编》，商务印书馆1937年版，第141页。

④ 朱熹：《论语集注》，齐鲁书社1992年版，第103页。

⑤ 阮元：《论语注疏校勘记》，扬州阮氏文选楼刻本，清嘉庆十三年（1808）。

字，即“寝不尸”之“尸”，究竟是屍体之屍，还是祭祀之尸？而古人中固然有将“尸”正解为“坐尸”者，又因为古今之坐姿不同而生误解，从而需要明晰的论析。

一 “尸”字概念史略

在文字史上，任何一个字的意义，包括内涵和外延，都不是一成不变的，而是随着历史的发展在具体的语境（context）中生成其具体的含义。这个字的具体意义决定于其被使用的具体语境，即维特根斯坦所说的语词的“意义即被使用”①。“尸”这个字也是如此。

高亨《文字形义学概论》认为“尸”字字形“从人而曲其胫”②。康殷《文字源流浅说》称“尸”字“像弯腿的人形”③。周克庸《修身，进德中的自我磨砺：〈论语·乡党〉“寝不尸”训解》认为，“寝不尸”的“尸”字，“应训为‘曲胫’”④。从金文、小篆等字体来看，显然“尸”字乃曲胫而“坐”（春秋时期的坐姿，是“屈着两膝，膝盖着地，而足跟承着臀部”⑤）的象形，即“尸”的姿态乃是（代表死者）受祭者的坐姿。

“尸”字本义是指“古代祭祀时，代表死者受祭的人”⑥。在孔子所生活的春秋时期，“尸”作“受祭者”解，且采用春秋时期的“坐姿”。孔子的弟子自然是从这个意义上来记述孔子所谓“寝不尸，居不客（一说为容）”（《论语·乡党篇》）的。

“尸”字作屍体、死屍之意讲是战国时期人们由“如祭祀之尸，不言不为”（严粲语）引申出来的，其意义是在具体的历史情境中发展而成的。战国之后的文献资料中，“尸”字往往作“屍体”解，如司马迁《史

① L. Wittgenstein, “Philosophical Investigations”, in Maria Baghramian, *Modern Philosophy of Language*, Washington D. C.: Counterpoint, 1958, pp. 1 – 44.

② 高亨：《文字形义学概论》，山东人民出版社 1963 年版。

③ 康殷：《文字源流浅说》，荣宝斋 1979 年版。

④ 周克庸：《修身进德中的自我磨砺：〈论语·乡党〉“寝不尸”训解》，《学术界》2005 年第 6 期。

⑤ 杨伯峻：《论语译注》，中华书局 1980 年版，第 107 页。

⑥ 《新华字典》，商务印书馆 2004 年版，第 438 页。

记·周公世家》云："以其屍与之。"

《说文解字》云："尸，陈也，像卧之形。"① 东汉班固《白虎通义·崩薨》曰："尸之为言陈也，失气亡神，形体独陈。"这里对"尸"的理解，其实都是祭祀之"尸"的引申义。《说文解字》成书于东汉汉和帝永元十二年（100）到安帝建光元年（121）之间，作者许慎对之前文字的含义未必尽皆通解，而主要依据当时文字通行的意义（也参考以前的文献）进行编纂而成。因而《说文解字》对"尸"字的解释乃其后来义，即"尸，象形。小篆字形，像卧着的人形"。这是东汉时期人们对"尸"字的理解。

《说文解字》注解说："尸，神像也。像卧之形。"清代段玉裁《说文解字注》对"尸"之"像卧之形"的注是："卧下曰伏也。此字象首俯而背曲之形。"《礼记·曲礼》中的"坐毋箕，寝毋伏"②，《礼记正义》云："'寝毋伏'者：寝，卧也；伏，覆也。卧当或侧或仰而不覆也。"③ 以《礼记》所云"寝毋伏"来理解"寝不尸"也不确切，因为伏或覆之姿势与祭尸之坐姿还不完全一样。

二 "祭尸"及其姿与态

在夏、商、周三代，人们祭祀先人，总是有代死者受祭之"尸"，虽然尸或立或坐姿势不一。具体来说，夏是"立尸"，商、周是"坐尸"。

《左传》云："国之大事，在祀与戎。"祭祀也是周礼的重要组成部分，祭祀之礼繁杂且分等级。春秋时期，礼崩乐坏，因而祭祀时出现了不恪守成礼的现象。春秋时期，正因为祭祀先祖时出现了没有"尸"的社会现象，所以曾子产生了疑惑。曾子问曰："祭必有尸乎？若厌祭亦可乎？"孔子曰："祭成丧者必有尸。尸必以孙，孙幼则使人抱之；无孙，则取于同姓可也。祭殇必厌，盖弗成也。祭成丧而无尸，是殇之也。"④

---

① 许慎：《说文解字》，上海古籍出版社2007年版。

② 郑玄注、孔颖达疏：《礼记正义》，北京大学出版社2000年版，第56页。

③ 同上书，第57页。

④ 同上书，第1399页。

从曾子与乃师孔子的问答可知，在春秋时期，人们祭祀先祖的时候，有的人遵循传统，仍然用“活人”代表死者受祭；有的似乎已经不用“尸”了，即已经出现了不再按传统礼法“祭必有尸”的情况。而孔子“吾从周”和“克己复礼”，教导学生学礼、习礼时按照周礼的规定要求“祭必有尸”，从而导致了曾子的疑问，孔子也将它作为知识进行传授。否则，如果大家都是“祭必有尸”而习以为常，怎么会出现曾子这样的疑问呢？再如《论语·八佾篇》中子贡欲去告之饩羊。子曰：“赐也！尔爱其羊，我爱其礼。”从中可以推知，春秋时期，周礼在发生巨大的变化，很多礼仪已经从简、被改变甚至不再遵守了。

《礼记·曲礼》记载：“礼曰：‘君子抱孙不抱子。’此言孙可以为王父尸，子不可以为父尸。”[①]《仪礼·特牲礼》注：“尸，所祭者之孙也。祖之尸则主人乃宗子。祢之尸则主人乃父道。”除了孙可作尸，弟似乎亦可以为尸。如《孟子·告子上》云：“孟子曰：‘敬叔父乎？敬弟乎？’彼将曰：‘敬叔父。’曰：‘弟为尸，则谁敬？’彼将曰：‘敬弟。’子曰：‘恶在其敬叔父也？’彼将曰：‘在位故也。’”[②]《仪礼·士虞礼》：“祝延尸。”郑玄注：“尸，主也。孝子之祭不见亲之形，象心无所系，立尸而主意焉。又，男，男尸；女，女尸，必使异姓，不使贱者。”[③]

其实，孔子告诉曾子“祭必有尸”说的仅仅是一种情况，即“卿大夫以下”阶层的情况。而汉代何休在《春秋公羊传·宣公八年》的注释中则说得更为全面：“祭必有尸者，节神也。礼，天子以卿为尸，诸侯以大夫为尸，卿大夫以下以孙为尸。夏立尸，商坐尸，周旅酬六尸。”[④]“夫祭之道，孙为王父尸。所使为尸者，于祭者子行也。父北面而事之，所以明子事父之道也。此父子之伦也。”[⑤]

从何休的注中可知，夏代的“尸”是站立的姿态；商代的“尸”则是坐着的姿势；而周代“旅酬六尸”没有表明“尸”是站着的还是坐着的姿势，但《礼记·礼器》有明确的记载：“周坐尸，诏侑武方，其礼亦

① 郑玄注、孔颖达疏：《礼记正义》，北京大学出版社2000年版，第86页。
② 焦循：《孟子正义》，中华书局1987年版，第746页。
③ 郑玄注、孔颖达疏：《礼记正义》，北京大学出版社2000年版，第87页。
④ 阮元校刻：《十三经注疏》，中华书局1980年版，第2280页。
⑤ 郑玄注、孔颖达疏：《礼记正义》，北京大学出版社2000年版，第87页。

然，其道一也。夏立尸而卒祭；殷坐尸。”[①] 从而可知，周代的“尸”是坐姿。唐代杜佑《通典》亦曰：“自周以前，天地、宗庙、社稷，一切祭享，凡皆立尸。秦汉以降，中华则无矣。”[②] 杜佑又云：“周代大小神祀，皆有尸也。”[③] 周礼“因殷也”，也是“坐尸”。由此可知，商、周祭祀时的“尸”皆为坐姿。而当时的坐姿不是今日之“垂足坐”（现今“垂足坐”之坐姿源于古代埃及、印度等国，魏晋南北朝时期由丝绸之路传入中土，宋代才开始成为人们标准的坐姿），而是跪式坐。

宋代苏轼曰：“祭必有尸，无尸曰奠。”[④] 祭必有尸，由上引可知实乃战国之前的事。唐代李华《卜论》云：“夫祭有尸，自虞、夏、商、周不变，战国荡古法，祭无尸。”明末清初顾炎武云：“古之……于祭也，有尸以象神，而无所谓像也。《左传》言‘尝于大公之庙，麻婴为尸’；《孟子》亦曰‘弟为尸’；而春秋以往不闻有尸之事。宋玉《招魂》始有‘像设君室’之文。尸礼废而像事兴，盖在战国之时矣。”[⑤] 战国之后，“祭无尸”；人们主要向木主或神像祭奠。从此之后，正如清代秦蕙田《五礼通考》所考证的，“祭不立尸，强名曰祭，实为荐、为厌、为奠而已”。

曾永胜《“寝不尸”注辨》认为《论语》“寝不尸”用的是“引申义，即‘尸，陈也’”，从而将“寝不尸”翻译为“人寝时不可展布四肢”。[⑥] 显然，这一理解是不正确的。以常识而论，哪一个人睡觉的时候“不可展布四肢”？

以字的“今义”解释、论证“古义”，这一做法很容易出现错误。正确的做法应该是，在这个字所在的语境中即具体的时空和上下文中理解和解释它的含义。用它之前或之后的已经演变或变迁的词义来注解，只能导致误读或错解。

《礼记·曲礼》云：“坐如尸，寝不尸。”程树德《论语集释》认为

---

① 郑玄注、孔颖达疏：《礼记正义》，北京大学出版社 2000 年版，第 868 页。

② 杜佑：《通典》，中华书局 1988 年版，第 1354 页。

③ 同上书。

④ 苏轼：《东坡志林》，中华书局 2002 年版。

⑤ 顾炎武：《日知录》卷 14，商务印书馆 1933 年版。

⑥ 曾永胜：《“寝不尸”注辨》，《古汉语研究》2001 年第 1 期。

《论语》中“寝不尸”中的“尸，当如‘坐如尸’之尸，非死屍也……‘寝不尸’言寝则向晦入息之时，屈伸辗转尽可自如，不如此也。”[①] 程树德将“寝不尸”理解为“‘坐如尸’之尸”是正确的，但由于古今坐姿之差异却把“寝不尸”解释得不清晰、说得不明白，因而读者也往往不得其要领。

《论语训》云：“尸，祭尸也。尸必宿斋居内寝，故在寝不为斋敬容。”[②] 而“祭必有尸”中的“尸”在代死者受祭祀的时候，面容神色须矜持端庄。《礼记》郑玄注：“尸居神位，坐必矜庄。”[③] 这一点还可以从《论语》中的上下文得到确证：“寝不尸，居不客。”这两句话形成互文（类似的说法尚多，如“食不语，寝不言”），即亦可以说“寝不客，居不尸”。从而表明，孔子主张礼即人的行为规范要依据时空之不同而有着灵活的应用。在公共空间或神圣空间，务必恪守礼仪。而在私密空间，则以从容自在为生活准则。

三　结语

春秋时期，即孔子所生活的年代，“祭尸”是坐着的，当时人们的坐姿（跪式坐）与今人垂足坐不同，近乎今天的跪姿，即“两膝着地，首俯而背曲”。孔子所谓的“寝不尸”，指的是睡觉的时候，不要以“祭尸”之坐姿睡，也没有必要保持“矜庄”的姿容。

凭常识论，侧睡、仰睡或俯睡等睡姿因人因时而异，只要舒服即可；且一个人睡觉从未有一个姿势睡到天亮的。仰卧是最常见的睡卧姿势，中医学称这种睡眠姿势为尸卧。据调查，大约60%的人选择仰卧睡姿，这也是医生推荐的最佳睡姿。

由此看来，《论语》中孔子所主张的“寝不尸”是有其科学道理的。而杨伯峻等将“寝不尸”解释为“孔子睡觉不像死尸一样［直躺着］”和把其中的“尸”字作“死屍、屍体”来理解显然是错误的，这是由于

① 程树德：《论语集释》，程俊、蒋见元点校，中华书局1990年版，第724—725页。

② 同上书，第724页。

③ 郑玄注、孔颖达疏：《礼记正义》，北京大学出版社2000年版。

对"尸"字的误解所导致的：它无视"尸"这个字在春秋以及之前的具体含义，无视"尸"字在不同历史时期的具体姿势以及坐姿的发展演变，从而以其"引申义"解释"古义"，结果造成了误读误解。《论语》中的"寝不尸"应该以春秋时期"尸"字的具体所指来理解，而不应该用战国之后"尸"字的引申义来解释。它给我们的启示就是，无论考证还是阐释，应该有时空考证的意识，反思前理解的正当性。尤其是，对于某时代的一个字，既不能用它之前的含义来理解，也不能用它之后的界定来解释，而只能是用它所生成的具体年代语境中的意义来理解。

（原载《西部学刊》2016年第9期）

同源异流：古代中国小说和戏曲的印度受容

——以“楔子—正文”结构为个案的考察

从叙事结构来看，《水浒传》“引首”中的洪信放出妖魔，《三国志平话》开篇中的司马仲相判案，《红楼梦》开卷第一回中女娲补天遗弃的石头自述等，皆为其楔子。《儒林外史》第一回讲述了王冕学画的故事后说：“这不过是个‘楔子’，下面还有正文。”[①] 晚明“三言”“二拍”中的楔子，分别占到总篇目的33%和90%。[②] 诸如此类的例子足以表明“楔子—正文”叙事结构之于古代中国小说，是一不容忽视的文学现象。这一叙事结构，与唐人传奇以及之前的小说结构相比，并不是汉语言文学叙事模式的传统。

不仅古代中国小说，尤其是自宋元话本以来的白话小说大多具有“楔子—正文”结构，古代戏曲如辽宗教剧、金院本、南曲、元杂剧等，此结构亦颇为常见。只是楔子的称谓或有不同，如南曲谓之“艳段”或“引曲”。那么，古代戏曲与小说的这一叙事结构，它们之间的关系是如何的呢？它们各自的源流又是怎样的呢？这一结构的源流正变值得进一步探讨。

---

① 吴敬梓：《儒林外史》，中华书局2009年版，第11页。

② 参见万晴川《〈醒世姻缘传〉中的“得胜头回”及其他》，《西北师大学报》2000年第1期。

一 何谓"楔子"

(一) 小说之楔子

明清章回小说的叙事模式，来自宋元话本，而话本则是当时说唱艺术如“说话”、平话等之记录本或追忆本，其开篇大多有“楔子”。“楔子”，指的是话本小说的引子，通常放在小说故事开始之前，是一个与正文故事相似或相对的故事，起引出或补充正文的作用。引子，明人叫作“引首”“请客”或“摊头”①。

楔子，一般认为即头回。然而，亦有异议，如胡士莹将话本小说的基本结构分为六部分：一题目，二篇首，三入话，四头回，五正话，六结尾。② 其中篇首、入话、头回属于开头部分。胡士莹认为：“‘入话’是解释性的，和篇首的诗词有关系，或涉议论，或叙背景以引入正话；‘头回’则基本上是故事性的，正面或反面映衬正话，以甲事引出乙事，作为对照。它虽然在情节上和正话没有必然的逻辑联系，但它对正话却行启发和映带作用。”③ 头回即话本中的第一个故事，是“叙述和正话相类或相反的故事”；第二个故事才是小说的“正话，又叫正传，即正题”④。胡士莹似乎将话本的篇首划分得过于支离破碎，实际情况并非如此。因为，正如他自己所承认的：“‘头回’和‘入话’，在明人的概念中，可能是一种东西。”⑤ 实际上，它们连同篇首本来就是一体，即楔子。还有人将章回小说的开篇模式划分为引首类、缘起类和楔子类，其实也是不确切的，因为它们是异名同指，即所指为一，皆为楔子。如《水浒传》一百回本之“引首”，金圣叹将它转化为“楔子”，此乃一明证。

白话小说的头回，是“开头的一回（一部分），它原是伎艺人员的行业用语”，“宋元艺人把说话正文之前讲的一个故事称为‘头回’，有时前

---

① 胡士莹:《话本小说概论》(上)，中华书局 1980 年版，第 141 页。

② 同上书，第 134 页。

③ 同上书，第 140 页。

④ 同上书，第 142 页。

⑤ 同上书，第 140 页。

面加上‘德（得）胜利市’或‘笑要’字样”[①]。鲁迅认为之所以在吉语前冠以“得胜”二字，是由于说话的听众多是“军民”[②]。王古鲁则认为是由于说话艺人开场时用鼓板吹奏“得胜令”的曲子，故称“得胜头回”[③]。庄因却认为，“得胜头回，严格说来，最初是只指歌唱部分的卷首诗词而言的”[④]。笔者认为鲁迅的说法更接近事实真相，依据请详参拙文《宋代募兵制与瓦舍勾栏的兴盛》[⑤]，此处不赘。

（二）戏曲之楔子

如前所述，在中国文学中，并非只有白话小说有楔子，戏剧也有。如吴重翰《元曲的楔子》认为，在元杂剧中，“所叙述的故事，尚有其他余情，须穿插在剧中。而不便于在四折中叙述的，于是别为一小节，加插于剧前或四折之间的，称为楔子”[⑥]。

而元杂剧乃北曲，直接承续金院本而来。今所谓元杂剧《西厢记》，它有金院本剧本即《西厢记诸宫调》。诸宫调是由诸多不同宫调的曲子连缀而成的一种长篇说唱故事的体裁。廖奔认为，“诸宫调的音乐结构形式则直接受到佛教俗讲的影响”[⑦]。从中可见金院本与元杂剧之间的源流正变关系。《西厢记》第一折《楔子引曲》《赏花时》，王伯良注：“《赏花时》及第四折《端正好》二词，元人皆谓之‘楔儿’，又谓之‘楔子’。北之‘楔子’犹南之‘引曲’也。院本体止四折，其有情多用白，而不可唱者，以一二小令为之，非《赏花时》即《端正好》，如垫棹之木楔，其取义也。今人不知其解，妄去之而合于第一折，殊谬。”[⑧] 明人王骥德

---

① 竺青、李永祜：《〈水浒传〉祖本及“郭武定本”问题新议》，《文学遗产》1997 年第 5 期。

② 鲁迅：《中国小说史略》，人民文学出版社 2005 年版，第 121 页。

③ 王古鲁：《话本的性质和题材》，《二刻拍案惊奇》附录四，人民文学出版社 1957 年版，第 732 页。

④ 庄因：《话本楔子汇说》，台北：联经出版事业公司 1986 年版，第 165 页。

⑤ 参见张同胜《宋代募兵制与瓦舍勾栏的兴盛》，《菏泽学院学报》2008 年第 6 期。

⑥ 吴重翰：《元曲的楔子》，《岭南学报》1941 年第 4 期。

⑦ 廖奔：《从梵剧到俗讲：对一种文化转型现象的剖析》，《文学遗产》1995 年第 1 期。

⑧ 王利器：《水浒全传注序》，《成都大学学报》1996 年第 1 期。

《曲律》云："登场首曲，北曰楔子，南曰引子。"[①]

一般认为"楔子"是开场或过场，来源于宋、金杂剧的"致语""副末开场"和"入话"。据考证，"宋代教坊确有参军色，它在宫廷或官府大宴时诵念致语，进祝颂之辞，导引乐舞杂剧演出"[②]。"'致语'（又称'作语'、'致辞'），它和杂剧色所念'口号'常连在一起，其源出自祝颂之需。"[③] 然而，白话小说中也有"致语"，如一百二十回本《水浒传》发凡第六条云："古本有罗氏致语，相传有灯花婆婆等事，既不可复见。"

南曲始自金灭北宋之际，今之所见"引曲"或"艳段"，皆南宋时说唱艺术之说法。从而可推知南曲曾受到金院本之影响。故而南曲之"艳段"，自然与金院本之结构密切相关。

南宋人耐得翁《都城纪胜·瓦舍众伎》云："杂剧中，末泥为长，每四人或五人为一场，先做寻常熟事一段，名曰艳段；次做正杂剧，通名为两段。"[④] 南宋人吴自牧《梦粱录》卷二十《妓乐》中亦云："且谓杂剧中末泥为长，每一场四人或五人。先作寻常熟事一段，名曰'艳段'。次作正杂剧，通名两段。"[⑤] 明人天都外臣《水浒传序》云："故老传闻：洪武初，越人罗氏，诙谐多智，为此书，共一百回，各以妖异之语引于文首，以之为艳。"胡士莹认为，"'艳'即引首之音，与宋元杂剧，院本中的'艳段'相当。"[⑥] 艳段，指的是"搬演正剧前的一场"[⑦]。由此可见，宋金时期杂剧、院本中的艳段和引戏，与话本的楔子或头回在文本结构上毫无二致。从而可推知，说话之头回，与杂剧之艳段，有着内在的联系或关系。

由上可知，话本小说与自宋金以来的戏曲多有"楔子—正文"之结

---

① 王骥德：《曲律》，中国书店 1988 年版，第 2 页。

② 黄竹三：《"参军色"与"致语"考》，《文艺研究》2000 年第 2 期。

③ 同上。

④ 耐得翁：《都城纪胜》，《东京梦华录》（外四种），古典文学出版社 1957 年版，第 96 页。

⑤ 吴自牧：《梦粱录》，中国商业出版社 1982 年版，第 177 页。

⑥ 胡士莹：《话本小说概论》（上），中华书局 1980 年版，第 141 页。

⑦ 竺青、李永祜：《〈水浒传〉祖本及"郭武定本"问题新议》，《文学遗产》1997 年第 5 期。

撰结构，虽然楔子的称谓有所不同。在文言小说中，这一结构极为罕见。那么，这一结构是如何生成的呢？笔者认为，这种结构形式是受了印度文化的影响之后才形成的。

二　梵剧对中国戏曲结构的影响

许地山较早地发现了中印戏剧之间存在相似之处和影响关系，他说："我们知道自汉唐以来中国与近西诸国海陆交通底繁密，彼国文物底输入是绝对可能的，中国底乐舞显然是从西域传入，而戏剧又是一大部分从乐舞演进底。从这点说来，我们不能不注意到印度伊兰底文学上头。末后所说梵剧底体裁，我们古时虽没有专论戏剧底书籍，但将印度的理论来规度中国戏剧，也能找出许多相符之点。"① 这无疑是真知灼见。可惜，当今中国文学史，对于古代中印文学关系有所忽视，从而无从解释清楚其间的内在因果逻辑关系。

梵剧一般都有开场献诗和序幕②，它们犹如中国话本小说和戏曲的楔子。"梵剧的结构为引子、插曲、正剧。"③ 金克木认为："对于中国文学史来说，既然这样早（按：公元前后）就有印度戏剧的剧本（而且还是宣传佛教的）流入新疆，说明印度戏剧应是很早就为中国人所知。而且从形式上看，印度的戏剧离中国戏曲比离希腊戏剧更接近得多；有时简直非常象（像），几乎可以不费力就改编成中国戏曲。"④

新疆地区发现了三部戏，"一出戏恰好有附在卷末的题名（这是印度古代写本的习惯）"。元杂剧剧本的结构，每一本的题目、正名也都是在卷末。马鸣的剧本与11世纪克里希那弥湿罗《觉月初升》是一个类型，即其剧本结构形式"并无特色"，表明它具有梵剧结构的普遍性。既然如此，就可以以《觉月初升》的结构形式来反观之前的梵剧结构。《觉月初

---

① 许地山：《梵剧体例及其在汉剧上底点点滴滴》，《中国文学研究》（下），《小说月报》第17卷号外，商务印书馆1927年版，第28页。

② 参见季羡林《印度古代文学史》，北京大学出版社1998年版，第257页。

③ 金克木：《印度文化论集》，中国社会科学出版社1983年版，第162页。

④ 同上书，第158页。

升》“前有‘引’，后有‘结’，共分六章，有五个过渡性的幕间插曲”①。

第一幕，引子：说明剧作者、剧名、观剧人、提示剧情。然后是幕间插曲：“爱欲”夫妇登场，告知观众国王“心”有两个妻子，一个生了“大痴”，一个生了“明辨”。明辨将与奥义结婚，生出明智和觉月。他们出生后将吃掉父母以及全族。这个幕间插曲，“是为说明剧情而插入的过场戏”②，即楔子也。

梵剧具有“引子和插曲”。这一点，不仅将其与古代中国戏曲的“楔子”建立起了联系，而且亦可以从深受梵剧影响的藏戏加以佐证。“藏戏在历史发展中明显受到过梵剧和印度文化特别是佛教文化的影响。仅从剧目故事渊源上看，除开藏戏《云乘王子》是 19 世纪晚期班登西饶奉其师和八世班禅之命，从藏译梵剧《龙喜》改编而来之外，还有昌都藏戏《释迦十二行传》由藏译马鸣的长诗《佛所行赞》改编而成，蓝面具藏戏乃东戏班的自创剧目《若玛囊》、安多藏戏拉卜楞寺戏班和康巴藏戏木雅戏班的《冉玛拉王》和《冉玛拉》等，都是由藏译《罗摩衍那》史诗故事改编而成，昌都藏戏《拉莱佩琼》也是从藏译迦梨陀娑的抒情长诗《云使》故事改编而成的。”③

藏戏的结构形式，与梵剧完全相同：“梵剧和藏戏都有序幕和开场戏，由班主和一些开场人物登场，通过唱、舞、诵、白表等向观众交代所演出的剧本及其作者，同时也讲介剧本的全部剧情或主要情节，并且礼赞神灵，祝福观众。但藏戏杂技开场戏中，包括了更多的宗教仪式、歌舞技巧和口语道白的喜剧表演，演出可以是半个小时，也可以是二三个小时，甚至是一整天就演出开场戏《甲鲁温巴》。”④ 藏戏的序幕和开场戏，与梵剧的“引子和插曲”一般无二。

从上引例证可知，梵剧之“前有引”正是中国古代戏曲“楔子”结构的渊源。许地山指出，中国戏曲与梵剧在文心上都有一条“起首—努力—成功底可能—必然的成功—所收底效果”的脉络，与之相应，中国

---

① 金克木：《印度文化论集》，中国社会科学出版社 1983 年版，第 161 页。

② 同上。

③ 刘志群：《中国藏戏与印度梵剧的比较研究》，《西藏艺术研究》2007 年第 1 期。

④ 同上。

戏剧与梵剧在文体结构上分为“种子、点滴、陪衬、意外、团圆”五步。[①] 从而可见，中国戏曲的结撰方式，委实是来自梵剧。但是，梵剧影响中国戏曲的路径具体来说又是如何的呢?

梵剧产生于公元前 8 世纪（一说公元前 7 世纪，一说公元前 5 世纪）。在公元前后开始兴盛，大乘佛教也于此时兴起。印度早期佛教在“十戒”中虽然明确表示“不歌舞倡伎”，但大乘佛教却往往借助于梵剧来传播教义。故每逢大型供养会，佛教色彩浓重的戏剧如《龙喜记》等便经常上演。[②] 到 5 世纪，梵剧达到了鼎盛。

而梵剧从兴起到鼎盛时期，在中国两汉至南北朝之间。自张骞凿空西域以来，中土大力交通西域，丝绸之路不仅是经济之路，更是文化之路。由大月氏建立的贵霜王朝地处东西方交通要道，崇信大乘佛教，两汉三国时，番僧半数以上来自贵霜。

鲜卑族建立的北魏，在征伐过程中客观上促进了民族之间文化的融合。北魏“至太武帝平河西，得沮渠蒙逊之伎，宾嘉大礼，皆杂用焉。此声所兴，盖苻坚之末，吕光出平西域，得胡戎之乐，因又改变，杂以秦声，所谓秦汉乐也”[③]。

北齐实行胡化之国策，宗教、娱乐和文化等都带有浓郁的西域风。北齐“杂乐有西凉鼙舞、清乐、龟兹等。然吹笛、弹琵琶、五弦及歌舞之伎，自文襄以来，皆所爱好。至河清以后，传习尤盛。后主唯赏胡戎乐，耽爱无已”[④]。王国维认为：“古之俳优，但以歌舞及戏谑为事。自汉以后，则间演故事。而合鼓舞以演一事者，实始于北齐。”[⑤]

北周地处西陲，与西域接壤。西域文化的影响颇巨，（北周）“太祖辅魏之时，高昌款附，乃得其伎，教习以备飨宴之礼。及天和六年，武帝罢掖庭四夷乐。其后帝娉皇后于北狄，得其所获康国、龟兹等乐，更杂以高昌之旧，并于大司乐习焉。采用其声，被于钟石，取《周官》制

---

① 参见许地山《梵剧体例及其在汉剧上底点点滴滴》，《中国文学研究》（下），《小说月报》第 17 卷号外，商务印书馆 1927 年版，第 29 页。

② 参见义净《南海寄归内法传校注》，王邦维校注，中华书局 1995 年版，第 184 页。

③ 魏徵等：《隋书》，中华书局 1973 年版，第 313 页。

④ 同上书，第 331 页。

⑤ 王国维：《宋元戏曲史》，中国书籍出版社 2006 年版，第 9 页。

以陈之。”①

王国维《宋元戏曲史》云：“盖魏齐周三朝，皆以外族入主中国，其与西域诸国，交通频繁，龟兹、天竺、康国、安国等乐，皆于此时入中国。”②

杨隋统一之后，民族文化之间有冲突，更有融合。柳彧上书隋文帝批评举国上下“每以正月望夜，充街塞陌，聚戏朋游，鸣鼓聒天，燎炬照地，人戴兽面，男为女服，倡优杂技，鬼状异形”③ 的景象。隋炀帝曾西巡张掖，积极拓疆西域。大业五年（609），设置西海、河源、鄯善、且末四郡。

李唐王朝贞观十四年（640），灭高昌国，西域其他城邦也降服，设立安西都护府，下辖龟兹、于阗、碎叶、疏勒四镇。贞观二十一年（647），设立燕然都护府。隋唐时期，中原与西域文化交流频繁。其中，梵剧尤其是佛教借以弘法的天竺剧便传播到中原地区。

《咸宁县志》记载：“俗乐自唐以来，流行日炽，如散乐百戏、絙戏、排阔、天竺都卢、波罗门戏等……又有弄木椀传、大面拨头、踏摇娘、窟礧子等戏。”④ 从其中的名称来看，印度特色是何其浓郁！西域文化对中土俗乐的影响又是何其之大！

狭义之西域，即今新疆地区，是中西文明汇聚之地，也是中印文化交流之重镇。季羡林认为：“印度古代一些梵剧曾流传到新疆，马鸣菩萨的几种剧就发现在新疆，这一部吐火罗文 A 剧本残卷也发现在新疆。这样产于印度的剧本以及剧本结构及出场人物，也大有可能通过河西走廊进入内地。”⑤ 这一推测很有道理。廖奔在梳理了新疆地区留存的佛教剧本的情况之后指出：“从上述佛教剧本在新疆的流传，我们清晰地看到一条印度梵剧东渐的语言转换轨迹：梵文→吐火罗文→回鹘文→汉文。”⑥

---

① 魏徵等：《隋书》，中华书局 1973 年版，第 342 页。

② 王国维：《宋元戏曲史》，中国书籍出版社 2006 年版，第 3 页。

③ 魏徵等：《隋书》，中华书局 1973 年版，第 1483 页。

④ 陈树南、钱光奎：《咸宁县志》，成文出版社有限公司 1976 年版，第 384 页。

⑤ 季羡林：《中印文化交流史》，新华出版社 1993 年版，第 103—104 页。

⑥ 廖奔：《从梵剧到俗讲：对一种文化转型现象的剖析》，《文学遗产》1995 年第 1 期。

廖奔还认为，梵剧的东传到敦煌而被汉化，成为俗讲。[1] 孟昭毅也认为："真正使中印两国在形成戏剧艺术问题方面出现联系的是'变文'"。"变文这种文体对中国戏剧艺术的形成所做的最大贡献，主要是它以中介者的姿态，以传媒的手段，将印度古典戏剧那种传统的韵散结合、讲唱相间的文体传播给中国的戏剧艺术。"[2]

上述观点一方面指出了中印戏曲之间的联系和中介是俗讲变文，但是，另一方面似乎忽视了梵剧对游牧民族的影响。而契丹、女真、藏族和蒙古族等的戏曲则表征了梵剧的受容。"在西域戏剧东渐过程中，本来就存在着西域戏剧转变为说唱俗讲、西域歌舞戏直接传入中原相并行的传播现象。"[3] 梵剧对汉剧的影响，一方面固然有佛教之路径，另一方面，也是往往为人们所忽视的，则是汉剧的印度受容途经契丹辽剧、藏戏、女真金诸宫调等。

契丹建立的辽国，在历史上乃是赫赫有名的佛国，深受印度文化尤其是佛教文化的影响。女真金，承续契丹辽而来，因此从现存的金代院本，也可以逆推辽国宗教剧和俗讲之结构框架。胡士莹认为："金院本中也列有《冲撞引首》一类。'引首'在元人杂剧中也有，《新刊大字魁本全相参增奇妙注释西厢记》有'崔张引首'。 '引首'是引起开场之意。"[4]

佛教的宗教活动在辽代云蒸霞蔚，并对金院本产生了深远的影响。这一点历来为治文学史者所忽略，从而中国文学史的脉络，其主干就是"北宋—南宋—元"，而不是"辽—金—元"。具体到戏曲来说，这个被忽视的脉络就是梵剧—西域剧—辽代宗教剧—金代院本—元杂剧。

元杂剧为金院本之嫡系，它们皆为"北曲"，且一脉相承。元杂剧深受梵剧和佛教之影响的缘由是什么呢？一是继承金王朝之院本，金院本则承续了辽宗教说唱艺术，而辽宗教说唱艺术又曾受梵剧影响；二是蒙古铁骑西征，大量西域驱口东迁，其中不乏乐人；三是蒙古人信奉喇嘛

① 参见廖奔《从梵剧到俗讲：对一种文化转型现象的剖析》，《文学遗产》1995年第1期。
② 孟昭毅：《东方文学交流史》，天津人民出版社2001年版，第424—441页。
③ 李建栋：《西域歌舞戏东渐与北齐戏剧之蜕变》，《民族文学研究》2011年第1期。
④ 胡士莹：《话本小说概论》（上），中华书局1980年版，第141页。

教，喇嘛教是藏传佛教，具有更鲜明的印度特性，佛教的弘法与蒙古族的演唱传统相结合，促成了彼此间的文化融合。这三个主要原因直接促成了元杂剧之结构框架，包括“楔子—正文”结构，深深地带有西域尤其是印度说唱艺术的特点。

当然，梵剧影响中土戏曲的路径在今天看来不甚清晰，甚至不排除佛教俗讲变文亦曾影响游牧民族戏曲的可能性，但或许这正是历史的真相。因为一事物的生成，往往是诸多合力的结果。梵剧影响中土戏曲的路径也颇多：一是梵剧通过佛教的东传而影响中土的说唱艺术。二是梵剧途经游牧民族影响其说唱艺术。三是梵剧经印度洋、东南亚和南海之海路影响中土。四是其他路径。例如，汉代张骞出使西域后带回《摩诃》和《兜勒》二曲。20 世纪初天台山国清寺发现的梵文剧本《沙恭达罗》乃印度商人经由南海传入中国。① 如此等等，皆证明梵剧影响中土戏曲的路径既多且杂。但不管如何，梵剧对中国戏曲的影响，在结构上的体现则主要是“楔子—正文”结构的生成。

三　佛教讲经弘法对“说话”及其话本小说结构的影响

印度佛教东传，对古代中国文化影响深远。一般说来，佛教的俗讲变文既是中国白话通俗小说的源头，又是中国戏曲受容梵剧的中介，这一点似乎已成为学界的共识。“印度梵剧浸渗影响中国戏曲的文化中介是佛教的传播；印度宗教习用的‘沿门教化’同我国民间傩仪的‘沿街念唱’形式两相结合共同架构了我国的戏剧演艺形式；中国戏剧角色行当中之‘末’、‘旦’、‘净’皆源于梵语、梵文之转音，戏曲中的一些剧目如‘目连’戏系取材于佛经和变文。”②

吕超认为：“兴起于印度的讲唱、梵剧等表演艺术，随佛教东传而入华，促进了中国变文讲唱的发展和繁荣。从敦煌、新疆等地出土的梵文、

① 参见郑振铎《插图本中国文学史》第 3 册，人民文学出版社 1982 年版，第 569 页。

② 王燕：《试论中国戏剧形态对印度文化因素的兼容与吸收》，《苏州科技学院学报》2005 年第 1 期。

吐火罗文、回鹘文及汉文文献来看，西域所传梵剧在流传时逐渐蜕化，最终和敦煌变文讲唱融为一体。”[①] 这一考论，指出了梵剧在敦煌与俗讲变文合流的路径。

庄因认为，头回、入话、致语、开话、诸宫调的引辞、宝卷的引子、弹词的开篇等，都是楔子；它们共同的源头是佛教俗讲中的押座文。[②] 向达也认为：“所有押座文，大都隐括全经，引起下文……此当即后世‘入话’、‘引子’、‘楔子’之类耳。”[③] 康保成则发现了楔与契的会通：“元杂剧中的楔子，与佛教讲经说法时的契、契经，在性质、作用方面均相似，而且‘楔’、‘契’二字形近音同，可以通用。”也就是说，杂剧中的楔子，源自佛教弘法或诵经时的“契”；当然，“楔子不仅借用了佛经（契）的名和义，而且还借鉴了俗讲正式开讲前的某些形式”[④]。这些考论指出了楔子与佛教之间的联系。那么，具体而言，佛教影响中土说唱艺术的路径又是怎样的呢？

如前所述，西域至晚在公元前后就有梵剧流传。而佛教传入西域的时间非常早，于阗小乘佛教的兴盛便是明证。佛家也以梵剧、僧讲、俗讲、尼讲等各种形式在西域进行弘法。

东汉永平十年（67），官方记载佛教传入中原。而之前其实在民间层次上早就有中印文化彼此之间的交流。之后，百戏杂要、胡凳、胡床等成为中土向慕的新时尚。游牧民族接受了佛教，佛陀甚至被称为胡神。魏晋时期，尤其是西晋末年的五胡乱华，在客观上促进了民族之间的大融合，从而促进了佛教在中土的传播。

鲜卑北魏、契丹大辽，皆史称作“佛国”。从《洛阳伽蓝记》来看，北魏是当时世界性的大佛国，而洛阳就是国际性佛教大都市。《洛阳伽蓝记·龙华寺》记载：北魏时，“西夷来附者，处崦嵫馆，赐宅慕义里。自葱岭以西，至于大秦，百国千城，莫不欢附”[⑤]。《洛阳伽蓝记·景明寺》

---

① 吕超：《印度表演艺术与敦煌变文讲唱》，《南亚研究》2007 年第 2 期。

② 庄因：《话本楔子汇说》，台北：联经出版事业公司 1986 年版，第 165 页。

③ 向达：《唐代俗讲考》，《唐代长安与西域文明》，河北教育出版社 2001 年版，第 298 页。

④ 康保成：《重论“四折一楔子”》，《中华戏曲》2004 年第 1 期。

⑤ 杨衒之：《洛阳伽蓝记校释》，周祖谟校释，上海书店出版社 2000 年版，第 131 页。

则云每年四月八日，“梵乐法音，聒动天地。百戏腾骧，所在骈比”①。其间，自然少不了佛教的弘法，而无论是僧讲还是俗讲，其形式则有说有唱。

北齐文化胡风劲吹，而北周文化亦受西域宗教尤其是佛教的影响。周武帝之所以灭佛，不是佛教势力微弱，而是强大到了触及皇室利益的底线。

杨隋之宗教文化，直接承续北周而来。隋文帝杨坚生于冯翊般若寺，并被老尼养至13岁。长大之后，杨坚崇信佛教。称帝后，隋文帝重建僧宝，建寺、立塔、造像、写经。杨隋大兴佛教，隋炀帝杨广甚至被视作中国的阿育王。当时，受讲经影响讲故事似乎是一时尚，如杨玄感见到侯白，央求他“说一个好话”，侯白便说“有一个大虫”云云。

杨隋被李唐取而代之，身上流淌着鲜卑族血液的李唐皇室，虽然攀附老子李聃为始祖，然而自玄奘、武则天等以来，李唐时期的社会生活，无处不见佛教的魂灵。安史之乱爆发后，李唐朝廷借兵于回纥，从而促使大量西域商人、僧侣随着军队进入中原。从此之后，佛教俗讲在长安、洛阳等地勃兴。当时的长安人“可能会参加收入丰裕的佛寺中举办的各种大型的节日活动、舞会以及戏剧演出等。这样的佛寺遍布长安。佛寺举办的这些新奇的文娱活动最初可能起源于印度和突厥斯坦的佛教国家”②。

从形式上来看，佛教俗讲说唱结合，说话艺术最初也是说唱结合，后来发展到平话才开始以说为主。说话的场所最初是在寺庙，号称戏场。据《唐纪》：“（郑）颢弟颚，尝得危疾，上遣使视之，还，问‘公主何在？’曰：‘在慈恩寺观戏场。’”③从而可知，唐代戏场乃在佛寺之中，寺庙不惟是修行净土，而且也是娱乐场所。

上引文献中“戏场”这个概念是一个关键词。“戏场”这个词语最早见之于汉译佛经《修行本起经》。④隋代长安大兴善寺沙门僧琨曾说：

---

① 杨衒之：《洛阳伽蓝记校释》，周祖谟校释，上海书店出版社2000年版，第114页。

② 谢弗：《唐代的外来文明》，吴玉贵译，中国社会科学出版社1995年版，第36页。

③ 司马光：《资治通鉴》第4册，岳麓书社2001年版，第333页。

④ 康保成：《“戏场”：从印度到中国——兼说汉译佛经中的梵剧史料》，《沈阳师范学院学报》2002年第2期。

“‘戏场’则歌舞音声。”《隋书》记载：“每岁正月，万国来朝，留至十五日，于端门外，建国门内，绵亘八里，列为戏场。”① 钱易在《南部新书》中说：“长安戏场，多集于慈恩，小者在青龙，其次荐福、永寿。”任半塘在《唐戏弄》中说：“唐寺设戏场，乃沿北朝之旧。”②

五代十国期间，人们艰于生存。可是，这样的环境却容易激发世人的宗教皈依，从而促进宗教的大发展。佛教僧讲、俗讲在彼时的兴盛可以想见。

辽国佞佛的活动虽然留传下来的文字不多，俗讲、宝卷等文献虽然迄今大多无征，然而与佛教相关的弘法或通俗法事，举国上下，如痴如狂，自不待言。仅从《全辽文》的字里行间可以窥见，佛教渗透进辽人的日常生活之中。

说话之话，故事也。隋代“说个好话”、唐时白居易等人“光阴听话移”中的话，皆此意也。说话作为民间艺术的兴盛，却是在宋代的勾栏瓦舍中。宋代演艺场所“瓦舍”“勾栏”这两个词语最早也出现在汉译佛经中。绿天馆主人在《古今小说叙》中说：“史统散而小说兴。始乎周季，盛于唐，而浸淫于宋。……迨开元以降，而文人之笔横矣。若通俗演义，不知何昉？按南宋供奉局，有说话人，如今说书之流，其文必通俗，其作者莫可考。”③

金代文学，自可“树立唐宋之间”，它是女真、契丹、奚族和汉人等诸多民族文化融合的结晶。即以金院本来看，其结构如前所述深受梵剧和辽代佛剧的影响。从而可推出，此时的其他说唱艺术，自然亦具有楔子。

平话与诗话、词话不同，是只说不唱的话本。但它依然保留有说话的结构和特征，如据刘荫柏的考证，“《西游记平话》中的内容，与吴承恩《西游记》小说大体上相似”，“在文字上它没有脱讲唱文学的格调”④。

---

① 魏徵等：《隋书》，中华书局 1973 年版，第 381 页。

② 任半塘：《唐戏弄》，上海古籍出版社 2006 年版，第 965 页。

③ 冯梦龙：《喻世明言》，中华书局 2009 年版，第 1 页。

④ 刘荫柏：《西游记研究资料》，上海古籍出版社 1990 年版，第 23—24 页。

由唐宋之俗讲、说话，途经宋金之诸宫调、元之平话，发展至明代而成为演义、说书，其记录、追忆或编撰而成的文本相应地就是宋元话本、明代演义。在结构上，楔子之痕迹，一直如影随形。

馀 论

由以上可知，古代中国的戏曲和话本小说，它们的印度受容虽然同源，其流却是分中有合，汇合之处即佛教的弘法形式。大乘佛教曾借助于梵剧说法，梵剧流传到游牧民族，与后者的说唱习俗相契合，从而藏剧、辽剧、金院本、元杂剧皆受其浸染，其结构大多具有楔子；梵剧附身于佛教至汉地而为佛戏或俗讲，俗讲的“楔子—正文”结构、韵散结合叙事结构为道教、民间艺术所仿效，从而发展为道情、说话、平话和说书，其底本或追忆本便是话本。说话和戏曲的“楔子—正文”结构，可以追根溯源至古印度的说唱艺术。

古印度的说唱传统非常悠久，已有六七千年的历史。印度的四大吠陀和两大史诗，就是经过口耳相传的说唱方式流传下来的。印度史诗、梵剧、印度宗教（如婆罗门教、耆那教、佛教等）弘法的叙事结构，由于是同一思维方式的产物，因而具有相同的结构特征，如它们皆有“楔子”。《摩诃婆罗多》的开篇是“苏多应众仙人之请唱出大史诗的目录式的内容提要；随后又重新开篇，讲这次‘蛇祭’的由来，我们可以称之为‘蛇祭缘起’。这个‘蛇祭缘起’正是在内容提要之后和史诗正文之前插入的一个‘楔子’”[①]。印度文化中的“楔子—正文”结构具有鲜明的民族性。

（原载《中国比较文学》2016 年第 1 期）

① 金克木：《印度文化论集》，中国社会科学出版社 1983 年版，第 131 页。

元杂剧与科举制度关系考述

引 言

人们通常认为，元杂剧之兴盛是因为元代废停了科举制度；而其衰落，则是由于元仁宗延祐二年（1315）又恢复了科举考试。这一看法流于表面和想当然，其实元杂剧与元代科举制度的关系远非如此简单。

我们先从历史上对元前戏曲娱乐与科举制度的关系作简略之一瞥。隋代，最早实行科举制度，但那时盛大的百戏表演“振古无比”（《隋书》中语）。唐初以隋炀帝为鉴，废止百戏；但寺院中的俗讲、公共场所的说唱其实是非常发达的。唐代科举考试制度化，以诗赋为主，但参加科考的主要是贵族门阀世家子弟。宋代科举考试可谓举国事业，即使到了南宋末年，以江南一隅每次科考都录取“数百人”（赵孟頫如是说），然而，天水一朝勾栏瓦舍盛极一时，说唱杂耍到了登峰造极的程度。这与元恢复科考从而北曲杂剧衰败的说法形成了鲜明的对比。诸如此类的事例表明，元杂剧的兴衰与科举制度的废停和恢复之关系，绝非我们所想象的那样具有因果逻辑关系，因而有进一步深入探讨的必要性。

一 元杂剧的实质

元杂剧，确切地说，应该被称作“蒙元杂剧”。这倒不是由于大元国与大蒙古国两个国号自1271年忽必烈建元至1388年脱古思帖木儿被也速迭儿杀死之间这两重体系一直并用，“国人”即蒙古人一直用大蒙古国，而汉人、南人尤其是其中的文人则用大元、“我元”或“我皇元”，而是由于它兴盛于蒙古灭金与大元至元年间，仅仅以“元”命名就会无视其辉煌的时代即“蒙古时代”（王国维语），这显然是不妥当的。因此，本文所谓“元杂剧”皆指“蒙元杂剧”。

蔡美彪先生认为，元杂剧是“汉人的民间文化”①。这里的“汉人”有今日之汉民族统称与元称呼亡金统治下的汉人即会说汉语的契丹、女真和奚等民族（不会说汉语且居住在西北地区的契丹、女真等民族被蒙元认定为色目人）两种理解，我认为后者可能更符合事实。因为元时期南人固然也有演出或编创北曲杂剧的，但屈指可数，寥寥无几，没成气候；而元灭南宋之后，杭州、松江等地的北曲则大多由南迁的北人编剧、北人演出。

元杂剧即北曲，而南曲与它属于不同的音乐体系。虞集《中原音韵序》云：“凡所制作，皆足以名国家气化之盛，自北乐府出，一洗江南习俗之陋。”北乐府即北曲，它是北方民族的艺术结晶。据杨荫浏《中国音乐史》的统计，元代北曲曲牌 335 个，其中 75% 来自北方歌曲。王骥德《曲律》卷四云：“元时北虏达达所用乐器，如筝、琵琶、胡琴、浑不似类，其所弹之曲，亦与汉人不同。”② 从而表明南北所使用的乐器也有所区别。

北曲的风格与南戏也不相同。朱星《中国文学语言发展史略》说：“曲词与诗词风格不同处可用三个字来说明，即杂、俗、露。”③ 徐渭《南词叙录》称北曲为“浅俗可嗤”。北曲的主要风格就是通俗（王国维认为是“自然”，而吴梅则认为是“真”等）。杂剧艺人在歌舞场之实践中打磨，北曲与现实生活密切相连，因而语言通俗而鲜活，与儒生之书本气、雅正调和风化体等格格不入。从现存元杂剧剧本文字来看，元杂剧当不是儒生所为，而是艺人或文人所为。毕竟，儒生的理学著述与文人的艺术创作完全是两种风格的文体。

杨义先生认为，元代杂剧是合力的结果：“一个是晋唐时期，西域的

---

① 蔡美彪：《辽金元史十五讲》，中华书局 2011 年版，第 172 页。

② 中国戏曲研究院编：《中国古典戏曲论著集成》（四），中国戏剧出版社 1959 年版，第 158 页。

③ 朱星：《中国文学语言发展史略》，新华出版社 1988 年版，第 111 页。

佛教戏曲的影响；二是后来游牧民族马背上的杀伐之声，很高昂的调子；还有北方的俚调，中原文化的词调的影响。”① 从而可知，这里提及的三个因素，皆与“北方”有关，而南风不与焉。

简而言之，元杂剧在实质上是北方民族的说唱艺术，与宋杂剧、宋南戏等有着较大的差异，因而文学史或概论中所谓的元杂剧源自“宋金杂剧”，失之于想当然。

二　元杂剧的兴衰

（一）元杂剧之兴

1. 元杂剧是金院本之馀

中国古人云，小说是“史之馀”，词是“诗之馀”，曲是“词之馀”。按此逻辑，元杂剧实乃金院本之馀也。金院本，即金国“行院之本也”，而所谓行院者，乃娼妓所居；因而院本即娼妓所演唱之本。②

虽然赵宋王朝也有杂剧，但元杂剧主要是金院本的发展。祝允明《猥谈》云：“生、净、旦、末等名，有谓反其事而称，又或托之唐庄宗，皆谬云也。此本金元阛阓谈唾，所谓‘鹘伶声嗽’，今所谓市语也。”元人陶宗仪《南村辍耕录》云：“唐有传奇，宋有戏曲、唱诨、词说，金有院本、杂剧、诸宫调，院本、杂剧其实一也，国朝院本杂剧始釐而二之。”③ 从陶宗仪所言来看，南宋似乎没有杂剧，而元杂剧则直接来自金杂剧。其实，据宋人耐得翁《都城纪胜》可知，宋王朝亦有“杂剧”。④但在“蒙古时代”（蒙古灭金到元灭南宋之间的45年间），蒙元杂剧则主要是前承“金院本”而来。例如，《古杭新刊的本关目风月紫云亭》，天一阁本的题目“韩秀才诗礼青云路”，正名“诸宫调风月紫云寺”。从正名可知，元杂剧《紫云亭》来源于大金之诸宫调。再如“（王）实甫《丽春堂》杂剧，系谱金完颜某事。而剧末云：‘早先声把烟尘扫荡。从

① 安文军、杨义：《材料·视野·方法——杨义学术访谈录》，《西南民族大学学报》2007年第1期。

② 参见王国维《宋元戏曲考》，中国戏剧出版社1999年版，第26页。

③ 陶宗仪：《南村辍耕录》卷25，中华书局1959年版，第306页。

④ 参见耐得翁《都城纪胜》，中国商业出版社1982年版，第9页。

今后四方八荒，万邦齐仰，贺当今皇上。'以颂祷（金）章宗作结。则此剧之作尚在金世"[①]。后人对于文本的一再改窜是中国文学史上经常出现的现象，按照王国维的考证，流传下来的160余本元杂剧中至少有32本源自金院本。[②]

《金史·礼志》引《新定夏史仪注》记载了金国宫中宴乐的仪式："侯押宴等初盏毕，乐声尽，坐。至五盏后，食；六盏、七盏，杂剧；八盏，下，酒毕。……至九盏下，酒毕，教坊退。"南宋楼钥乾道六年（1170）出使金国的《北行日录》记载，燕都"乐人大率学本朝，惟杖鼓色皆幞头、红锦帕首、鹅黄衣、紫裳，装束甚异"，以此来说明金国乐人学南宋，这显然是卖弄之语，因为女真人乃游牧民族，本来就能歌善舞；但影响或许有之，民族之间的文化交流和影响是一直存在的。这则资料还具有如下史料的价值，即从中可知蒙元杂剧优伶之用红锦缠头，如《青衫泪》中的裴兴奴渴望"及时将缠头红锦，换一对插鬓荆钗"，原来是来自金杂剧，而不是宋杂剧。

金国的"幺末院本"是北曲杂剧的先声。[③] 金代的《董西厢》被尊为"北曲之祖"。从而可知，元杂剧实乃金院本（杂剧）和诸宫调之馀。

2. 元杂剧创制于大金遗民之手

大元至正甲辰（1364）六月，朱经为夏庭芝《青楼集》作序云："我皇元初并海宇，而金之遗民若杜散人、白兰谷、关己斋辈，皆不屑仕进……"这则史料的价值在于，它清楚地说明杜仁杰、白朴、关汉卿等剧作家，是大金国的遗民。也就是说，元杂剧创制于大金遗民之手。

王国维先生认为："元钟嗣成《录鬼簿》著录杂剧，以汉卿为首。明宁献王《太和正音谱》，以马致远为首，然于关汉卿下，云'初为杂剧之始'，均以杂剧为汉卿所创也。"[④] 也就是说，元杂剧始自关汉卿之创作，而关汉卿乃大金遗民。

---

① 吴梅：《顾曲尘谈》，《吴梅戏曲论文集》，中国戏剧出版社1983年版，第87页。

② 参见王国维《宋元戏曲考》，中国戏剧出版社1999年版，第33页。

③ 吕文丽：《诸宫调与中国戏曲形成》，博士学位论文，中国艺术研究院，2004年。

④ 王国维：《宋元戏曲考》，中国戏剧出版社1999年版，第34页。

3. 元杂剧为何兴起于山西平阳

自佛教东传以来，晋地受西域佛曲的影响，说唱艺术极为兴盛。到了金代，山西地区已成为文化重镇，而平阳路在旧金领地中人口最为密集。如前所述，元杂剧乃金“院本杂剧、诸宫调”之馀，而山西则是诸宫调的发源地。宋人王灼《碧鸡漫志》记载：山西“泽州（属平阳府）孔三传者，首创诸宫调古传”。元时期，山西的泽州、潞州等属于平阳路。平阳路属于中书省，即腹里地区。平阳路是元杂剧的发祥地之一，是元杂剧乃至于“中国戏曲的摇篮”[①]。

1234 年，蒙古灭金。之后，蒙古权贵对中原地区进行了三次大规模的分封民户。第一次是窝阔台丙申年（1236）分封，将“中原诸州民户分赐诸王、贵戚、斡鲁朵：拔都，平阳府；茶合带，太原府……”[②] 拔都即术赤之子，茶合带即察合台。第二次和第三次分封是壬子年（1252）、丁巳年（1257）蒙哥在汉地对诸王、贵戚和功臣的分封。其中拔都是钦察汗国之可汗，他们谙熟中亚、西亚、南亚等地的戏剧，这对于元杂剧首先兴盛于平阳路地区有没有影响？我们知道，梵剧的历史非常久远，也极为成熟，而汉民族的戏剧却是在元时期才蔚成大国，它们之间有没有内在的联系和影响呢？

元杂剧兴起于蒙古时代之晋地。山西省临汾市魏村牛王庙，由于保存了元代的戏台而广为人知。当地的牛王庙中供奉着牛王，由马王和药王配祀。这座牛王庙，最早兴建于大元元统元年（1333）。“牛王广禅侯的崇祀起于何时？其祭祀范围到底有多大？就现有的元代碑刻资料来看，大概起于元代初期，且于元代迅速流布开来，流布地域主要集中在山西中部、南部和东南部。”[③] 古代中国虽然是一个农耕文明的国家，但是对于牛的崇拜除了这座牛王庙之外似乎并不多见。牛王庙出现在山西，而不是其他地区，这不是没有缘由的。众所周知，世界上最崇拜牛的民族是印度人，尤其是印度教信徒。蒙古大军西征，带回来的不只是驱口和玉帛，而且还有文化习俗。

---

① 刘念兹：《戏曲文物丛考》，中国戏剧出版社 1986 年版，第 48 页。

② 宋濂等：《元史》第 1 册，中华书局 1976 年版，第 35 页。

③ 延保全：《广禅侯与元代山西之牛王崇拜》，《山西师大学报》2003 年第 4 期。

在山西省阳城县城关镇山头村（原名常半村）有一座“水草庙”，所供主神也是“广禅侯”，据碑词“元太宗七年（1235），修广禅侯大殿”可知，广禅侯与牛、马、水草等密切相关，也即与蒙古族等游牧民族关系密切。从牛王庙建立于元代、山西当时是拔都和察合台等诸王和公主的封地、蒙古族崇拜马、印度人崇拜牛等因素综合起来看，牛王庙的建立，显然是受了西域文化的影响。由此而推论，印度的牛崇拜与梵剧极有可能随着蒙古大军的西征东归而传入或影响中土。

除了西域的影响外，元杂剧之所以兴起于晋地，与当地娱乐的传统也相关。在大金王朝时期乃至于之前，晋地歌舞民习就颇已成风。另外，汉人世侯对杂剧的兴盛有没有影响呢？汉人世侯竞相投效、攀附蒙古宗亲，他们不仅“厚敛入谒”以“结主知”[①]，而且千方百计地投其所好，其中恐怕就少不了进献优伶娼妓，从而在客观上促进了杂剧的发展。况且，他们自己或制作散曲、杂剧，或厚养文人艺人，从而直接促进了杂剧、平话、杂技等娱乐业的繁荣。

4. 元杂剧繁荣于大金旧地

从创作家的地域来看，元杂剧不唯创制于大金遗民之手，而且其繁荣也出自大金遗民或其后裔之手。

从地域看元杂剧的编剧大家：关汉卿的籍贯，有元大都（《录鬼簿》）、解州（在今山西运城）（《元史类编》卷36）、祁州（在今河北）（《祁州志》卷8）等不同说法。郑光祖，平阳襄陵（今山西襄汾县）人。马致远，大都人。白朴，隩州（今山西河曲）人。从地域来看，这四大家都是北方人，且以晋地为主。元时期，杂剧的中心为平阳、真定、东平、大都、杭州，而杭州是元平南宋后才成为杂剧中心的，其他几处都在腹里地区，即大金旧地。

元实行行省制度，除了腹里地区直辖中央中书省外，全国划为11个行省，而腹里地区包括今河北、山西、山东和内蒙古，从元杂剧兴盛之空间来看，元杂剧尤其是蒙古时代杂剧主要活跃于这一带。而元杂剧四大家的籍贯，即使包括有争议的地域，也都属于大金旧地。

从地域来看，元杂剧兴盛之地就在腹里地区，而这些地区主要就是

① 姚燧：《袁公神道碑》，《牧庵集》卷17，四部丛刊本。

大金国旧土。只有在元灭南宋后，杭州、扬州才加入杂剧中心地带来。

5. 蒙古、色目等说唱风习成就了北曲的大气候

南宋孟珙《蒙鞑备录》记载了蒙鞑“国王出师，亦从女乐随行。率十七八美女，极慧黠，多以十四弦等弹大官乐，四拍子为节，甚低，其舞甚异”，从中可以看出蒙古人的歌舞习俗，即使是国王出征打仗也有女乐偕行。而《马可·波罗游记》中“大汗召见贵族的仪式以及和贵族们的大朝宴”记载：“宴罢散席后，各种各样人物步入大殿，其中有一队喜剧演员和各种乐器的演奏者。还有一班翻跟斗和变戏法的人，在陛下面前殷勤献技，使所有列席旁观的人，皆大欢喜。”这一条史料更是极有说服力地表明杂剧兴盛的根本保证，就是“宫廷习向”及其影响以及蒙古、色目等民族对音乐、歌舞的爱好成就了元代一时之尚。孙楷第先生认为北曲乃“宫廷习向”，并由“宫廷习向”进而“影响于臣民”①，这确实是卓识和洞见。

少数民族，大都长于歌舞。蒙古人是游牧民族，闲暇之际以歌舞为娱乐，因而说唱艺术极为发达。蒙古入主中原后，亡金举国上下的歌舞风习，与蒙古族的说唱娱乐风俗完全相契合，于是“民风机巧，虽郊野山林之人亦知谈笑，亦解弄舞娱嬉，而况膏腴阅阀市井丰富之子弟？”②说唱的民习与金院本、诸宫调等相契合，是杂剧兴盛的前提条件。蒙古族与女真、汉族等的民族文化融合，助推北曲杂剧实现了质的飞跃。

元大都娱乐业非常繁荣，编剧者中有许多少数民族作家，如女真族杂剧作家石君宝、李直夫、王景榆等，再如杨讷乃蒙古族人，王实甫有回族血统（详参孙楷第《元曲家考略·王实甫》），等等。贾仲明说：“编传奇，一时气候云集。”王骥德《曲律》认为：“胜国上下成风，皆以词为尚，于是业有专门”，“胜国诸贤，盖气数一时之盛”。元大都“歌棚舞榭，选九州之秾芬”（黄文仲《大都赋》中语）。燕国佳人顺时秀，是“贡入天家”的“仗中乐部五千人之一”③。歌舞娱乐是蒙古族特别是

---

① 孙楷第：《也是园古今杂剧考》，上杂出版社 1953 年版。

② 胡祗遹：《优伶赵文益诗序》，《紫山大全集》卷 8，台湾“商务印书馆”1986 年影印本。

③ 夏庭芝著，孙崇涛、徐宏图等笺注：《青楼集笺注》，中国戏曲出版社 1990 年版，第 101 页。

黄金家族、大根脚与色目人军事首领、豪富商人等的爱好，“上有所好，下必甚焉”。这些权贵宴饮之际或之后观看歌舞成了一时的社会风气，从而导致北曲勃兴。

6. 演唱者与观赏者

元代，歌舞娱乐的演出者主要是教坊司和仙音院（后改为玉宸院）的乐户。蒙古骑兵攻城略地或屠城，并不杀死工匠和妓乐（《元史·木华黎传》云“除工匠优伶外，悉屠之”可例证之），而是将其劫掠到大本营。《元典章·刑部十九·禁散乐词传》有云：“顺天路东鹿县头店，见人家内自搬词传，动乐饮酒。……本司看辞，除系籍正色乐人外，其余农民、市户、良家子弟，若有不务本业、习学散乐、搬说词话人等，并行禁约。”从中可知，元杂剧的演唱者主要是“系籍正色乐人”，其他人被“禁约”。

据《马可·波罗游记》，当时的大都“新都城和旧都近郊公开卖淫为生的娼妓达二万五千余人”，而杭州妓女“在城市的每个角落，都有她们的寄迹和行踪”。《青楼集序》云：“内而京师，外而郡邑，皆有所谓构栏者，辟优萃而录乐，观者挥金与之。……我朝混一区宇，殆将百年，天下歌舞之妓，何啻亿万。”元杂剧的兴盛，与当时优伶之多以及其本身的素质不无关系。《青楼集》就记载了当时117位色艺俱佳的名妓，这些女伶，大多“聪慧不凡，多才多艺，有较广泛、良好的文化艺术修养”①，如曹娥秀“色艺俱绝”、珠帘秀“悉造其妙”、周人爱“姿艺并佳”、王金带“色艺无双”，等等。这样看来，元杂剧似乎就是娼妓娱乐蒙古、色目和汉人权贵的产物？从金院本乃娼妓演唱所本来看，元杂剧为元代教坊司娼妓所演唱者不是没有道理。

夏庭芝《青楼集》中将杂剧分为“驾头杂剧、闺怨杂剧、花旦杂剧、绿林杂剧、软末泥”，其中妓女题材的杂剧占20种左右。《青楼集》中的名妓，大多有权贵作为捧角者且为所依傍，如鲜于伯机、史中丞、胡紫山宣慰、冯海粟待制、齐参议、张子友平章、东平严侯、李侯、英庙、周仲宏参议、贯只歌平章、金玉府总管张公、贵公子、爱林经历、江浙

---

① 夏庭芝著，孙崇涛、徐宏图等笺注：《青楼集笺注》，中国戏曲出版社1990年版，“前言”第11页。

驸马丞相、石万户、省宪大官、涅古伯经历、华亭县长哈剌不花、达天山检校浙省、杰里哥儿佥事、宪司老汉经历、沂州同知彭庭坚、山东佥宪贾伯坚、丁指挥会、赣州监郡全普庵拨里、名公巨卿，等等。至元二年（1265）二月诏："以蒙古人充各路达鲁花赤，汉人充总管，回回人充同知，永为定制。"[①] 从而可知，他们之中似乎没有南人，以蒙古人、色目人为主，也有极少数的汉人。据记载，《钧天乐》曾使"座上贵人未有不色变者"，从而可知观赏杂剧者为何人。简而言之，当时的观赏者主要是官僚、权贵和富商。风气所及，低档的山棚戏台可能也不少。

7. 元杂剧繁荣于"蒙古时代"

王国维《宋元戏曲史》将元杂剧划分为三个时期：第一个时期是"蒙古时代：此自元太宗取中原以后，至至元一统之初。《录鬼簿》卷上所录之作者五十七人，大都在此期中"，这一段时间为蒙古灭金1234年至元灭南宋1279年这45年间。王国维认为这一个时期"作者为最盛，其著作存者亦多，元剧之杰作大抵出于此期中"。第二个时期为"一统时代"，即公元1279年至1340年。王国维认为，这一时期的作者以"南人"居多，"否则北人而侨寓南方者也"。第三个时期为至正时代(1341—1370)。在王国维看来，第一个时期是元杂剧的鼎盛时期，而"第二期，则除宫天挺、郑光祖、乔吉三家外，殆无足观……第三期则存者更罕……其去蒙古时代之剧远矣"[②]。宫天挺是大名开州人，郑光祖是平阳襄陵人，乔吉是太原人，这三个人都是"北人"，后来虽流寓常州或杭州，但将其视为"南人"似不妥（南人，在蒙古人眼里仅指江浙湘湖一带原南宋统治区的人，四川人都属于汉人，而不是南人）。从这个角度来看，元杂剧就是蒙古灭金与元灭南宋之间的时代产物。

据钟嗣成《录鬼簿》的记载，元代戏曲家蒙古创业时期56人、世祖以来30人、元末25人；以地域分，腹里55人（内大都19人），河南7人，江浙25人（内杭州16人）[③]。从统计数字可以看出，元杂剧兴盛于

① 宋濂等：《元史》第1册，中华书局1976年版，第106页。

② 王国维：《宋元戏曲史》，中国书籍出版社2006年版，第35页。

③ 参见郑天挺《郑天挺元史讲义》，王晓欣、马晓林整理，中华书局2009年版，第161页。

蒙古时代的腹里地区，后南移到杭州。

郑骞说过，“杂剧在元代只是流行社会民间的一种通俗文艺”①。从历史上来看，它兴盛的时间和空间都与金、蒙相关，而与南戏联系不大，因为当时“‘南戏’也被当作‘亡国之音’而遭受歧视”②。从以上大致的梳理来看，元杂剧在蒙古时代的兴盛，与蒙古、色目等少数民族本来的说唱传统习俗、战争掠夺来的财富供其奢侈娱乐的生活、金国的院本演出等都有着密切的关系。

（二）元杂剧之衰

1. 杂剧中心的南移

有人说，元成宗大德（1297—1307）前后，元杂剧创作和演出的中心逐渐由大都向杭州南移。这一说法是否符合历史的实际情况呢？1279年元灭南宋，为何此时元杂剧的中心没有南移呢？其实，元灭南宋后，元杂剧便随着北人之官宦、驻兵、商人等开始南移了。

首先，从赏鉴者来看，当时在南方的北曲观赏者以北人为主。据元史学家萧启庆的考证，只要不嫌弃南方边远和湿热，元平江南后北人想在那儿做官吏还是不难的。但由于民族习俗，蒙古人一般说来不愿意去南方为官，因而平南后汉人、色目人大量南下。元人许有壬云“昔江南平，中土人南走若水趋下”③。蒙古、色目、汉人等大量官员接管江南政务，元人曾慨叹“江南官吏尽是北人”，结果导致“南音减少北语多”(邓剡语)④ 之局面。元平南宋后，北方的军旅、官宦和商贾等大量进入东南地区。他们闲暇之际需要娱乐，而品味区隔使其娱乐偏好更倾向于自己的审美习性，因而元杂剧的演出者和创作者有一些便随之南下，于是中心就从北而南移了。正是北人之官宦、驻军和富商南下才促使元杂剧的中心从北而南移，而杭州、扬州、松江等地的北曲从而得以繁荣。

北曲南移后主要以杭州为中心。杭州，作为南宋之都城，娱乐业本

---

① 郑骞：《臧懋循改订元杂剧评议》，《文史哲》1961年第2期。

② 韩儒林主编：《元朝史》，人民出版社2008年版，第685页。

③ 许有壬：《葛公墓碑》，《至正集》卷53。

④ 参见陶宗仪《南村辍耕录》，中华书局2008年版，第56页。

来就很繁荣昌盛。元代，“杭州，行省诸司府库所在”[①]。本来就是“销金锅儿”的杭州，在元代居住着北人之官吏、军队、商人等，又是经济中心，因而其娱乐中心的地位不仅不会衰落，而且可能有过之而无不及。只不过北人的娱乐趣味倾向可能促使北曲在杭州兴盛，但它毕竟是无根之木，甚至是水土不服，从而决定了它只能是昙花一现。

其次，从当时东南元杂剧的演出者以何人为主来看这个问题。富贵世家高会开宴，此乃优伶之舞台也。元平南宋，诸伶亦南下矣。土著优伶亦风起云涌。原因就在于这些官吏闲暇之时，置酒高会，而少不了优伶奉承。而其杂剧的演出，恐怕正是歌舞娱乐分内之事也。

据《青楼集》，诸多名姬女伶，“驰名淮浙”“名动江浙”“驰名江湘”“流落湘湖”等，从其中的地名来看，北曲杂剧的中心的确是南移至江南地区了。而技艺出众、名重一时的艺人如曹娥秀、武光头、刘色长等都不得不冲州撞府、浪迹江湖、“索赶科地沿村转疃走”（高安道《嗓演行院》），从而可得知其谋生之不易、北曲生存环境之恶劣也。

最后，从元杂剧的创作者来透视其何以衰落的缘由。按照王国维的分期来看，元杂剧从大统时期就已开始衰落。而大统时期的元杂剧编演者依然主要是北人，从而表明元杂剧的实质为“北曲”；但这一时期的翘楚如宫天挺、郑光祖、乔吉等，虽然长期侨居南方，但他们毕竟是北人。这些在南方的“诸公”一旦弃世，北曲的事业也随之萧寂。

而在北方，正如《中原音韵序》所说的“诸公已矣，后学莫及”，指出了杂剧大家去世之后，后继乏人的现实。于是，北杂剧便越来越衰落了。

2. “北曲不谐南耳”

徐渭《南词叙录》云：“北曲盖辽、金北鄙杂伐之音，壮伟狠戾，武夫马上之歌，流入中原，遂为民间之日用。”俗谓“北人不歌，南人不曲”，良有以也。南戏在元末最终取代了北曲，原因主要在于到了元顺帝至正十一年（1351），红巾军起义爆发后，寓居南方的北人官宦死的死、逃的逃，富商地主的财产大多又毁于兵燹，而南人又不喜欢“杂伐之音”“马上之歌”，或者用王世贞《曲藻》中的话来说就是“北曲不谐南耳”，从而重创了作为北人娱乐形式的北曲的艺术生命。

---

① 陈邦瞻：《元史纪事本末》，中华书局1975年版，第11页。

吴小如先生认为："元末明初，杂剧进入各藩王的府第，一批贵族统治者及其为他们豢养的封建文人几乎垄断了杂剧创作，使之完全变成宣传封建思想和娱乐统治阶级的工具。于是一度绚丽于元代剧坛的北杂剧也就日益衰落，为南戏所代替了。"①

由以上两个角度来看，元仁宗延祐（1314—1320）年间作为元杂剧繁荣与衰落的分界线是否科学？其实，它既不科学，又不符合历史的实际。而元时代的科举考试，本是为解决军事菁英子弟仕宦的出路问题而恢复的。

三　元代的科举制度

蒙古灭金，首次接触到金国的科举文化。亡金儒生，又多次建议蒙古权贵实行科举制度。因而我们谈元代的科举制度，首先看一看金王朝的科举制度。

《金史·选举志》记载："金设科皆因辽、宋制，有词赋、经义、策试、律科、经童之制。"② 具体来看，金太宗天会元年（1123），大金国始行科举，分词赋、经义两科，应试者主要为汉人文士。天会五年（1127），在河北、河东宋国故地行科举，由于辽国、宋国所传经学内容不同，因而分别举行考试，史称"南北选"。金熙宗天眷元年（1138），"诏南北选各以经义、辞赋两科取士"③。海陵王天德三年（1151），"并南北选为一，罢经义、策试两科，专以词赋取士"④。另有律科，考试律令。武举考试骑射和兵书。女真进士科在金世宗大定十三年（1173）最终得以确立，考试内容是策、论、诗三场，策用女真大字，诗用女真小字。大金国女真科举考试科目有其本民族的特色，即进行骑射考试。金世宗以后，科举成为入仕的主要途径。

但随着蒙古的入侵，国步艰难，金宣宗南渡，开始重用吏员，即史

---

① 吴小如：《中国戏曲发展讲话》，中国戏剧出版社 1981 年版，第 201 页。

② 脱脱等：《金史》卷 51《选举志》，中华书局 1975 年版，第 1130 页。

③ 同上书，第 1134 页。

④ 同上书，第 1135 页。

官所云“宣宗南渡，吏习日盛”[①]。王国维先生说：“盖自金末重吏，自椽史出身者，其任用反优于科目。至蒙古灭金（按：似应为宋），而科目之废，垂八十年，为自有科目来未有之事。”[②] 元百年间重吏的做法，看来是承续了金国末年重吏的习俗。元杂剧的作者，王国维先生认为除了李直夫外皆为“汉人”，且多为汉人中的椽史。

元的科举制度，滥觞于元太宗十年（1328）的“戊戌选试”，但蒙古上层当时将儒生看作宗教人士，即儒生应举乃“考试三教”之一，与汰选僧、道一同进行，“中试儒生除议事官、同署地方政事的规定，也基本上没有实行”[③]。而“戊戌选试”实质上是蒙古权贵选拔能够为其收取税赋的吏员。耶律楚材建议“守成者必用儒臣”，元太宗“乃命宣德州宣课使刘中随郡考试，以经义、辞赋、论分为三科，儒人被俘为奴者，亦令就试，其主匿弗遣者死。得士凡四千三十人，免为奴者四之一”[④]。这些儒生并不是被委任为“官员”，而是利用其能写会算的能力来征收赋税，如当时设置十路课税所，以儒者主其事。他们名为儒者，实则做“吏员”也。

长期以来，正式的科举考试一直议而不决，直到元仁宗延祐二年（1315）才第一次开科。从此到元惠帝至正二十六年（1366）最末一次取士，其间尚有6年（1336—1342）停考，这样一来，科举考试实行共45年，共开科16次，取士共计1135人[⑤]（其他有1303人、1200人、1139人等说法），其间至少有一半是蒙古人和色目人，因而半个世纪来汉人、南人总共不超过600人通过科考入仕。

元时期的科举考试，实行名额分配制度。以乡试来看，岭北行省蒙古人3名、色目人2名、汉人1名，辽阳行省蒙古人5名、色目人2名、汉人2名，征东行省蒙古人1名、色目人1名、汉人1名，云南行省蒙古人1名、色目人2名、汉人2名，甘肃行省蒙古人3名、色目人2名、汉

---

① 脱脱等：《金史》卷51《选举志》，中华书局1975年版，第1130页。

② 王国维：《宋元戏曲考》，中国戏剧出版社1999年版，第36页。

③ 韩儒林主编：《元朝史》，人民出版社1986年版，第341页。

④ 宋濂等：《元史》第11册，中华书局1976年版，第3461页。

⑤ 参见王圻《续文献通考》卷34《选举》，浙江古籍出版社2000年版。

人2名。[①] 乡试指标大都不过5名，会试、殿试的数目就更少了（“乡试”“会试”之名都始见于金王朝）。从这一角度来看，元朝虽然恢复了科举制度，但其影响力究竟有多大，值得探讨。

况且，民族歧视、贪墨腐败等还制约着人们对这一制度的信心。元朝政府规定：“蒙古、色目人，愿试汉人、南人科目，中选者加一等注授。”[②] 元人刘岳申说：“初，延祐科兴，西北之士学于江南者，皆由江南贡。天下西北为优，江西庐陵为盛。”[③] 大元王朝即使是恢复了科考，但“当是时，江右之士试于有司者无虑三千余人，而为有司所取者，仅二十二，而止是求十一于千百也”。录取率之低且不说，先看看考生的数量。或许有人认为，“三千余人”不是一个小数目，可是据国外学者统计，偏安东南一隅的南宋时参加乡试者每科多达40万人[④]，这两个数字一相比较，情况就不言而喻了。不仅如此，南人即使是参加科考并高中，也难以被授予高官。这种状况一直到了至正十二年（1352），科举考试已经举行了十一科了，朝廷才意识到“省院台不用南人，似有偏负”[⑤] 的问题。

元朝科举考试规定，乡试必须在原籍且通过学校参加。如此一来，寓居江南的中原考生就必须跋涉千里，回到家乡参加考试。而殿试在京都举行，这对江南儒士也是一个困难。色目人余阙说过：“况南方之地远，士多不能自至于京师，其抱才蕴者，又往往不屑为吏，故其见用者尤寡也。及其久也，则南北之士亦自町畦以相訾，其若晋之与秦，不可与同中国，故夫南方之士微矣。”[⑥]

在京都谋生者，则必须有“恒产”才能参加科考。元廷规定：“凡大都有恒产、住经年深者，听就试。”这一条规定对生活在大都底层的卑贱儒生来说，简直就是堵塞了他们的仕进之途。

元史学家萧启庆《元代蒙古色目进士背景的分析》认为，元代科举

① 参见宋濂等《元史》第7册，中华书局1976年版，第2021页。

② 同上书，第2019页。

③ 刘岳申：《申斋集》卷6《吉安路修学记》，汪如藻家藏本。

④ Patricia Ebery，“The Dynamics of Elite Domination in Sung China”，*Harvard Journal of Asiatic Studies* 48（1989），pp. 493 – 519.

⑤ 宋濂等：《元史》第8册，中华书局1976年版，第2345页。

⑥ 余阙：《青阳集》卷4《杨君显民诗集序》，励守谦家藏本。

考试所影响的是社会上的中上阶层，而中第者多有家世背景。父子登科、兄弟连科的家族不在少数，“自家族仕宦经历言之，多达八成的蒙古、色目进士出身于官宦家族，来自布衣之家者不过二成。可见科举制度的主要作用在于为官宦子弟增加一条入仕的途径”①。另外，从户计和任职来看，萧启庆《元代科举与菁英流动：以元统元年进士为中心》认为，汉人进士出身背景以担任下级官吏或教职者为多，南人进士则以南宋官宦、科第之士为多。从户计来看，蒙古进士大都出身于军户，色目进士相对较少，而汉人进士则更少，南人进士以儒户为多。②

元为何一度废止贡举法?

首先，这是由蒙古的铨选制度所决定的。“元朝之法，取士用人，惟论根脚。”③ 这一制度可能受到了亡金“近侍局”之影响。除此之外，元选官基本上是“与胥吏共天下”。元朝政府认为“吏之取效，捷于儒之致用”④。黄节山云：“官吏特不喜儒，差徭必首及之。”⑤ 从而导致了蒙元时期“天下习儒者少”。元代“仕途自木华黎等四怯薛大根脚出身分任省台外，其余多是吏员，至于科目取士，止是万分之一耳，殆不过粉饰太平之具”⑥。

其次，蒙古统治者认为，辽国以佞佛亡国，而金国、宋国则皆以儒亡国，即儒教不仅无用，而且有害。元世祖忽必烈就曾问过张德辉：“或云，辽以释废，金以儒亡，有诸?”⑦ 元灭南宋后，有儒生反思说：“以学术误天下者，皆科举程文之士，儒亦无辞以自解矣。”⑧ 执政以史为鉴，历朝历代皆然，蒙古也不例外，因而权贵上下皆以儒生浮华无所用，从而对科举制度具有很深的偏见。

最后，元废止贡举法的另一个缘由则是科举制度所导致的“虚文”。

---

① 萧启庆：《元代蒙古色目进士背景的分析》，《汉学研究》第18卷第1期。

② 参见萧启庆《元代科举与菁英流动：以元统元年进士为中心》，《元代的族群文化与科举》，台北：联经出版公司2008年版，第187—188页。

③ 权衡：《庚申外史》，商务印书馆1922年版。

④ 苏伯衡：《苏平仲集》卷6，中华书局1985年版。

⑤ 陆文圭：《墙东类稿》，文渊阁四库全书本，台湾“商务印书馆”1983年版。

⑥ 叶子奇：《草木子》，中华书局1997年版，第82页。

⑦ 宋濂等：《元史·张德辉传》，中华书局1976年版，第3823页。

⑧ 谢枋得：《叠山集》卷6，《程汉翁诗序》，迪志文化公司2003年版。

制艺文章大多“高而不切”，不能快捷有效地解决实际问题。元朝廷崇尚实学，“自国家混一以来，凡言科举者，闻者莫不笑其迂阔，以为不急之务”[①]。元仁宗皇庆二年（1313）十月，中书省臣奏：“……自隋唐以来，取人专尚词赋，故士习浮华。今臣等所拟将律赋省题诗小义皆不用，专立德行明经科，以此取士，庶可得人。”于是，元仁宗在诏令中说：“……举人宜以德行为首，试艺则以经术为先，词章次之。浮华过实，朕所不取。……”[②] 而明太祖朱元璋，也曾因为制艺“虚文”而10年间（1373—1382）未实行科举考试。早在大明立国之前的1367年，朱元璋就发布吴王令，要求设文武科取士“俱求实效，不尚虚文”[③]；明初连续三年科考取士后，他颇为失望：“朕以实心求才，而天下以虚文应朕，非朕责实求贤之意也。”[④] 于是在洪武六年至十五年间（1373—1382），又恢复了战时的荐举制。但实践证明，荐举制与科举制度两相比较，还是科举制度相对来说公平公正，即朱元璋所谓的“儒者知古今，识道理，非区区文法吏可比也”[⑤]，因而又恢复了科举考试。

元代科举制度的恢复，一方面帮大根脚世家子弟的出仕提供了新的路径，使得南宋科第簪缨世家子弟获得重返政坛的机会，另一方面也使得各民族生活在社会底层的子弟能够通过它进入官僚阶层，从而为统治阶级培养新的菁英。[⑥] 元代的科举制度虽然没有像宋王朝那样实现阶级之间的大流动，局限也很多，但它毕竟能够“减少门第、族群、地域的隔阂”（萧启庆语）。

四　元杂剧与科举制度之关系

治曲大家王国维先生说：“余则谓元初之废科目，却为杂剧发达之因。盖自唐宋以来，士之竞于科目者，已非一朝一夕之事，一旦废之，

---

① 李修生主编：《全元文》第11册，凤凰出版社2004年版，第267页。

② 宋濂等：《元史》第7册，中华书局1976年版，第2018页。

③ 《明太祖实录》卷22，上海书店出版社1990年版。

④ 《明太祖实录》卷79，上海书店出版社1990年版。

⑤ 《明太祖实录》卷64，上海书店出版社1990年版。

⑥ 参见萧启庆《内北国而外中国：蒙元史研究》，中华书局2007年版，第212页。

彼其才无所用，而一于词曲发之。且金时科目之学，最为浅陋，此种人士，一旦失所业，固不能为学术上之事，而高文典册，非所素习也。适杂剧之新体出，遂多从事于此；而又有一二天才出期间，充其才力，而元剧之作，遂为千古独绝文字。”①

王国维的上述论证存在诸多问题：一是科举并非废于“元初”，大金国被大蒙古国所灭，贡举法便已废停，到忽必烈建元时已有 37 年之久了；二是污蔑金代科举“最为浅陋”亦不符合历史实际，金国科举除了具有本民族骑射特色外，与大辽国、大宋国科考颇为类同，即“循辽旧”“循宋旧”②；三是科举制度自隋代以来，对汉民族士子而言固然是“非一朝一夕”，但具体到金国还有所不同，“金天会改元，始设科举”③，而女真进士科大定十三年（1173）才确立，距离金亡不过 61 年；四是元杂剧乃金院本之发展，是艺人之贡献，并非儒生适逢“新体出，遂多从事于此”，等等。

蒙古灭金后，科举制度废止，亡金儒生真的是“与倡优偶而不辞”（关汉卿语），或登台演出，或入书会以编创，于是最终促成了北曲杂剧的兴盛吗？

大金国末年，蒙古军攻取黄河、长江流域，许多儒生丧生于兵乱之中。“女真入中州，是为金国凡百年。国朝发迹大漠，取之，士大夫死以十百数。自古国亡，慷慨杀身之士，未有若此其多者。”④ 还有许多儒生沦为驱口，“有亡金之士大夫混于杂役，堕于屠沽，去为黄冠”⑤（这里的黄冠即全真教道士，由于蒙古人免其差发赋税，因而入全真教者不在少数，元遗山《全集》卷 35《清真观记》云“黄冠之人天下十分之二”），但令人奇怪的是并没有关于儒生去做书会才人的记载。

贡举法废之后，儒生何以谋生？《新元史·选举志》记载：“至世祖以来科举议而未行，士之进身皆由贡举法废，士无入仕阶，或习刀笔以

---

① 王国维《宋元戏曲史》，中国戏剧出版社 1999 年版，第 67 页。

② 王恽：《玉堂嘉话》，中华书局 2011 年版，第 129 页。

③ 同上。

④ 虞集：《田氏先友翰墨序》，见《道园学古录》卷 5，四部丛刊本。

⑤ 徐霆：《黑鞑事略》，转引自刘晓《耶律楚材评传》，南京大学出版社 2007 年版，第 13 页。

为吏胥，或执仆役以事官僚，或做技巧贩鬻以为工匠商贾。”[①] 据考证，“元初江南儒士已降至社会底层”，为了生存，“做学官成了大多数儒士最后的归宿”[②]。明初方孝孺曾感慨：“元之有天下，尚吏治而右文法。凡以吏仕者，捷出取大官，过儒生远甚，故儒多屈为吏。”[③] 至元十九年（1282），石国秀等人奏请将江南四道学田钱粮拘收，御史台指出：“兵火之后，科举已废，民知为儒之不见用也，去儒而为吏、为商，甚至为盗，儒风十去六七矣。”[④] 从主流来看，儒生或为胥吏、仆役、工匠商贾，或为学官，甚至为盗，但唯独没有提及去做书会才人。儒生和文人、艺人似乎不宜混为一谈。在汉文化传统中，儒生极其鄙视优伶，倡优与盗贼俱为其所不齿。当时，儒生“视天下无可为，思得毁裂冠冕，投窜山海，以高蹇自便”[⑤]。

当然，一般认为，从金代科举考试的内容来看，主要是“词赋”，而词赋进士试“诗、赋和策论”[⑥]，因而当金国被蒙古灭亡，大量儒生不能通过科举考试出仕之际，可以想见的是，不排除有儒生为了谋生从而混迹于勾栏瓦舍之中，或做书会才人，或直接上台演出，而他们的文辞修养一般说来比底层艺人的要高，因此从创作者这个角度提高了北曲的艺术水准。词科的设置始自唐代“博学宏词科”，宋代亦设“词科”与“博学宏词科”。“即使是在金章宗设宏词科时，也有着详细规定，考试项目也是诏、诰、章表、露布、檄书等，皆用四六文；诫、谕、箴、铭、序、记等，或依古今，或参用四六，与当时通俗文学之‘曲’则是绝无干系的。”[⑦]

且不说公文、应用文与戏曲曲词在文体上的不同，就以儒生习“词赋”而其文辞比艺人水平高来看，这不过是一种假想或可能性，而这种可能性迄今并没有直接的证据可以证明之。而在当时，究竟有多少儒生

---

① 柯劭忞：《新元史》，开明书店 1935 年版，第 206 页。

② 申万里：《元初江南儒士的处境及社会角色的转变》，《史学月刊》2003 年第 9 期。

③ 方孝孺：《逊志斋集》卷 22《林君墓表》。

④ 《庙学典礼》，文渊阁四库全书本，台湾“商务印书馆”1983 年版。

⑤ 元好问：《孙伯英墓铭》，《遗山集》卷 31，四部丛刊。

⑥ 脱脱等：《金史·选举志一》，中华书局 1975 年版，第 1134 页。

⑦ 庞飞：《元代“以曲取士”新解——兼谈元代科举制度与元代审美风尚》，《艺术百家》2006 年第 5 期。

投身到书会中去又是一个问题。相反，倒是有证据能够证明北曲杂剧之兴与儒生没有关系。金人刘祁《归潜志》记载："金朝取士，止以词赋为重，故世人往往不暇读书为他文。尝闻先进故老见子弟辈读苏、黄诗，辄怒斥，故学者（子）止工于律、赋，问之他文则懵然不知。"① 从而可知，此辈应举者当废停科考时，可能去书会做才人吗？即使去做才人，恐怕亦无作杂剧之才也！

据《青楼集》记载，全子仁即"全普庵拨里"，"每日公余即与士夫酣饮赋诗"，其口占《清江引》曲，而刘婆惜应声续对，"全大称赏"②。全子仁据《录鬼簿续编》是"高昌家秃兀儿氏"，刘婆惜是当时"名姬""佳人"。从而可知，乐人名姬求谒侍奉官宦；而色目人所"赋诗"中的诗指的是曲词，它与宋亡后文人、儒生和士夫结诗社、诗歌唱和大不相同也。南宋亡国后，"江南士人中兴起一股学诗、写诗的风气，诗社活动兴盛，诗歌唱和频繁"③。而当时的亡金文人或儒生，似未有此种情形，他们去做书会才人了吗？

孙楷第《也是园古今杂剧考》认为"元剧之发达，完全由于书会之力"④。创作元杂剧的固然是书会才人，当时著名的书会有玉京书会、元贞书会、武林书会和九山书会等；但将元杂剧的发达"完全"归之于书会，则显然与事实不相符合。当时创作元杂剧的并非仅限于书会才人，从《录鬼簿》看，有诸多作者身为官吏，也进行杂剧的编创。

据统计，"元代杂剧作家约有二百人左右（这是个病句，"约有"与"左右"存其一即可——引者注），剧目六百种左右"⑤。一说杂剧剧目530多种⑥，剧作家223人（《录鬼簿》152人，《录鬼簿续编》71人）。金王朝自明昌三年（1192）之后每次会试录取人数"常不下八九百

---

① 刘祁：《归潜志》，中华书局2007年版，第80页。

② 夏庭芝著，孙崇涛、徐宏图等笺注：《青楼集笺注》，中国戏剧出版社1990年版，第213页。

③ 余来明、王勤：《科举废而诗愈昌——科举废黜与元前期江南士人生存方式的转变》，《学术研究》2011年第12期。

④ 孙楷第：《也是园古今杂剧考》，上杂出版社1953年版。

⑤ 韩儒林主编：《元朝史》，人民出版社2008年版，第681页。

⑥ 参见庄一拂《古典戏曲存目汇考》，上海古籍出版社1982年版。

人”[①]，南宋每次参加科考则多达40万人，223位戏曲家与之相比，实在是微不足道的。

而书会中的才人，据王国维先生考证，“士大夫之作杂剧者，唯白兰谷耳。此外杂剧大家，如关、王、马、郑等，皆名位不著，在士人和倡优之间”[②]。故王国维先生认为，“盖元剧之作者，其人均非有名位学问也”[③]。叶德均先生也说过，“剧曲作者，多为书会中人，位于‘娼夫’、‘孤老’之间”[④]。从《录鬼簿》《录鬼簿续编》等来看，剧作家主要由民间艺人和文人所组成。这些文人，即使是贡举法实行的年代，也未必就能高中；而在娱乐业风行的时代，他们下海编纂杂剧，则是谋生的一条较好的路子。

从现存元杂剧所具有的“拙劣”“卑陋”和“矛盾”（王国维语）等特征来看，这些书会才人绝大多数恐怕水平高不到哪里去。白朴是“士大夫”，也是元杂剧四大家之一，其《吕蒙正风雪破窑记》且不说其中充斥着程式化的套数，就以10年间刘月娥既无田产家奴又被父母所驱逐、独自一人在破瓦窑里过活这一细节之不真实叙述以及“莱国公之职”说法之不通来看，北曲大家尚且如此文理不通，遑论其他了。

简而言之，书会才人人数不多、地位卑贱、才学主要是曲艺艺术而不是理学学术等，即他们的作为本来就与科举考试所要求的才能泾渭分明，可谓是两个系统，从这个角度来看，停废贡举法与恢复科举考试，对这些人及其杂剧创作来说，影响虽然不能说没有，但绝对不是问题的关键。

蒙古时代科举考试废停对元杂剧的兴起即使有一些影响，但其影响力究竟有多大还是一个问题。如前所述，元顺帝至元年间即伯颜执政时期科举考试停了6年、大明洪武年间停了10年，但对当时的杂剧之兴衰没有丝毫之影响，从而也旁证了元杂剧兴废仅仅是贡举法停废或实行之结果的说法值得商榷。

---

① 王恽：《玉堂嘉话》，中华书局2011年版，第130页。

② 王国维：《录曲余谈》，《王国维戏曲论文集》，中国戏剧出版社1984年版，第225页。

③ 王国维：《宋元戏曲考》，中国戏剧出版社1999年版，第85页。

④ 叶德均：《戏曲小说丛考》上册，中华书局1979年版，第325页。

金王朝科举考试初以词赋与经义兼考，自天德三年（1151）起，“专以词赋取士”[①]。宋王朝科考诗赋与经义之争颇为激烈，庆历改革之于科举，“变声律为议论，变墨义为大义”[②]。王安石主张废明经、诸科，罢诗赋、帖经和墨义，变法后就“以经义论策试进士”。后虽几经反复，但最终以经义取士成为主流。南宋时，以经义与诗赋两科取士。元仁宗恢复科考后，程钜夫建议：“经学当主程颐、朱熹传注，文章宜革唐、宋宿弊。”[③] 元代的儒生，以诗词为浮华之具，主要攻读程朱理学。其科考，也以经义为主。由此看来，儒生与演唱艺术如元杂剧之关系恐怕不是我们所想象的那样密切吧？

元恢复科举考试后，据元史专家萧启庆先生的考证可知考生绝大多数是官宦世家子弟。他们在贡举法废止时恐怕一般既不会也不用到勾栏瓦舍中去讨生活吧，而当时的剧作家大多“门第卑微、职位不振”。这些文人，与儒户、儒生其实还是很不同的，他们在元恢复科考后，一般也不会去参加科考。他们即使去参加科考，以“诗圣”杜甫参加科考而不能高中来看，恐怕也未必能够中举。同样的道理，关汉卿、白朴等北曲写得好，并不意味着经义或对策就能写得好，从而并不像有的学者说的他们如果应举就能够中状元云云。如前所述，元朝廷恢复科考，是为了解决大根脚子弟的仕宦问题的。民族歧视和录取额非常之少且不说，就以每年60、70或80多名（仅有一年满100名之定额）的进士名额来看，这根本就形成不了阶级流动的大气候，不能形成如赵宋王朝举国上下读书参加科考那样的社会风气，也没有形成明清时期科考作为文化符号那样的社会影响力。据清吴履震《五茸志逸随笔》卷7的记载，元恢复科考后，当时“名士遗民，都无心于仕进”，以致“终元之世，江南登进士者，止十九人而已”。既然如此，元恢复科考对元杂剧的衰落之影响究竟能有多大呢？

不可否认的是，元代废停科考与恢复科考，对元杂剧当然有着重要的影响，譬如据不完全统计，现存162个元杂剧剧本中，有科举考试内容

① 脱脱等：《金史》卷51《选举志》，中华书局1975年版，第1135页。

② 马端临：《文献通考》卷31《选举四》，浙江古籍出版社1988年版，第299页。

③ 宋濂等：《元史》第13册，中华书局1976年版，第4017页。

的就有31个，并且大多表现了剧作家对通过科举考试出仕的“艳羡心态”，以及创作者的感慨，如“儒人不是人”（《荐福碑》）等。金国自天德三年（1151）后“专以词赋取士”，恐怕从导向上也有助于元杂剧艺术水准的提高。但是，学人将元杂剧的兴废完全归之于科考之废停与恢复，则显然失之于片面和肤廓。

（原载陈平原主编《中国俗文学》，2015年）

《红楼梦》中贾探春的伦理身份论略

引 言

当下多数读者认为，《红楼梦》中的贾探春不认生母、不孝顺生母、不认亲舅、鄙夷胞弟等是其严重的缺点，令人不可宽恕，甚至有网民从现代道德标准出发过激地批判贾探春令人不齿的“不孝”行径。这种观点是从眼下而来的一种道德应然的评价，属于一种脱离历史语境的感性的肤浅的认知。德国哲学家狄慈根说过：“时代不同，道德也不同。”[①] 因此，我们不能以当代社会的道德价值观念来苛求清时期生活在府邸世家里的贵族小姐贾探春的伦理行为。

聂珍钊先生认为：“文学是特定历史阶段伦理观念和道德生活的独特表达形式，文学在本质上是伦理的艺术。”[②] 对贾探春这一伦理行为的分析，不能仅仅依据现代伦理道德的规范标准作价值评判，也不能以伦理道德的时代性来敷衍塞责，而是应该将其放在贾探春所生活的历史文化环境中去考察其何以如此。

“文学伦理学批评注重对人物伦理身份的分析”，因为“几乎所有伦理问题的产生往往都同伦理身份相关”[③]。本文以贾探春的伦理身份为个案，考察这位“才自精明志自高”的女子为何对其生母、亲舅和胞弟等

---

① 狄慈根：《哲学著作选读》，三联书店 1978 年版，第 76 页。

② 聂珍钊：《文学伦理学批评：基本理论与术语》，《外国文学研究》2010 年第 1 期。

③ 同上。

如此不近人情。结合小说的伦理叙事，本文切入的角度主要有嫡庶制度、满族习俗和伦理应对。

一 嫡庶制度的问题

“对文学的理解必须让文学回归属于它的伦理环境和伦理语境，这是理解文学的一个前提。”① 伦理环境和伦理语境并不仅仅提供一个叙事的背景，它还参与文学意义的创造和生产。那么，贾探春的伦理环境和伦理语境具体来说又是如何的呢？

文学伦理学批评强调“回到历史的伦理现场，站在当时的伦理现场上解读和阐释文学作品”②。今人脱离当时的伦理现场和文化语境，孤立地解读贾探春不认生母、不认亲舅和对胞弟冷淡此一伦理现象，便不能不生困惑，以至于痛恨、责骂和批判贾探春的“势利”和“无情无义”。对文学现象和问题的解读，社会制度的剖析角度是一大肯綮，因为社会制度构成了一个人所生活的伦理环境和伦理现场。而贾探春的伦理行为，也应该从当时的伦理制度即嫡庶制度来透视。

贾探春所生活的文化语境，以千百年而来的嫡庶制度为根柢。嫡庶制度是中国古代婚姻制度的核心内容。中国自西周以来实行一夫一妻多妾制度，但妻与妾之间的社会地位极其不平等，这种差别就是嫡庶之分。嫡指的是正妻及其所生子女，庶指的是姬妾及其所生子女。嫡长子是嫡妻（正妻）所生的长子，其余的诸子为庶子。中国封建宗法社会讲究嫡庶之别，因为宗法制度的基本原则是，按照血缘关系将弟兄分为嫡长子的继承制和余子的分封制。宗法制度的核心内容在于确保嫡长子继承的世袭特权，嫡长子继承权位和财产。

古人认为：“妻妾不分则宗室乱，嫡庶无别则宗族乱。”古代法律规定士庶不婚，良贱不婚。妻，指的是男子的正式配偶，是正室。《说文解字》云：“妻，妇与夫齐者也。”《礼记》记载：“聘则为妻，奔则为妾。”妾的本义为“女奴”，只能是“侧室”“偏房”，属于庶人、贱人。《说文

① 聂珍钊：《文学伦理学批评：基本理论与术语》，《外国文学研究》2010 年第 1 期。

② 同上。

解字》云："妾，有罪女子给事者。"《礼记》云："妾合买者，以其贱同公物也。"《唐律疏议》中也明确规定："妾乃贱流"，"妾通买卖"。妻为明媒正娶，妾则不然。妻妾地位，尊卑贵贱有天壤之别。由妻妾区分而来的嫡庶子女，其所享有的权利和责任也泾渭分明。如《大清律》规定："凡官员应袭荫者，令嫡长子孙袭荫。如无嫡长子孙或已故者，嫡次子孙袭荫；无嫡次子孙，方许庶长子袭荫。"

从嫡庶制度来看，贾政嫡妻为王夫人，身份是主子；而赵姨娘是贾政的妾，身份是奴婢。贾探春是贾政与赵姨娘的女儿，庶出。但是，侍妾所生的子女，由于是主子的血脉，能被家庭伦理所承认，依然是"主子"，是"小姐"，是"千金"。侍妾所生的子女，不能称生母为母亲，只能叫"姨娘"，因此，贾探春处处称她的生母为"赵姨娘"。

在嫡庶制度的文化环境中，按照伦理规定，贾探春称贾政的嫡妻王夫人为母亲、王夫人的弟弟王子腾为舅舅。在此制度之下，不唯贾探春的思想意识深深打上了该制度的烙印，其他妾生或庶出的子女也都是如此。如《儒林外史》中严监生的妾赵氏生的孩子叫正妻王氏为"娘"。

侍妾由于是奴婢，因而似乎甚至都没有教育自己亲生子女的权利。如有一次赵姨娘在房里骂儿子贾环，被路过的王熙凤听到，王熙凤立即隔着窗户训斥起赵姨娘："他怎么着，还有老爷、太太管他呢……他现是主子，不好，横竖有教导他的人，与你什么相干?"（第二十回）但是，当贾环故意用蜡烛油烫伤宝玉后，王熙凤又说："赵姨娘时常也该教导教导他。"从而提醒了王夫人，王夫人又责骂赵姨娘何以不教训这个"不知道理、黑心下流种子"？姨娘，生存处境颇为尴尬和艰难。

这种艰难，还体现在姨娘与亲生子女的关系上。贾探春与赵姨娘虽然身为子母，但如同寇仇。如何理解赵姨娘与贾探春的母女关系呢？要回到历史背景中去理解。封建社会中的嫡庶制是理解她们母女关系的关键：赵姨娘虽然是贾探春的生母，却是"奴婢"，没有主子地位；贾探春虽然是妾妇所生，却是"主子"。从嫡庶制解读赵姨娘与其生女贾探春的母女关系，她们都是嫡庶制度的悲剧人物。

如前所述，当代读者有的感到贾探春对待她亲生母亲的态度似乎是不可理解，其实，人总是社会制度中的人，人的悲剧性也必然是社会制度的悲剧性。贾探春就生活在嫡庶制度等级森严的礼法社会中，在她的思想意识中，区分主仆尊卑的封建等级观念特别深固。贾探春又心性高傲，她的亲生母亲赵姨娘的见识又“阴微鄙贱”，她们又如何能够和谐相处呢？

读者在理解贾探春对待其亲舅赵国基的态度时，也应该从嫡庶制度这个角度进行。在第五十五回中，贾探春的亲舅赵国基去世，她按照惯例支付20两白银。生母赵姨娘得知丫鬟袭人的母亲病逝时贾府给了40两，心生不平，于是前去找贾探春理论。结果，不想贾探春斥责赵姨娘说：“谁是我舅舅？我舅舅（按：王子腾）年下才升了九省检点，哪里又跑出一个舅舅来？”嫡庶制度构成的社会环境、社会意识使得在其中的每一个人都深刻地意识到，赵国基的确不是贾探春的“舅舅”。

从嫡庶制度解读文学作品，其实亦为前人如启功先生所关注。正是从制度这个意义而言，启功先生认为：“（贾）探春把王夫人的兄弟称为舅舅，这是一种不成文的习惯叫法，无论什么家庭，一律要求庶出子女视父亲的正式夫人为嫡母。只有嫡母的亲属，才能够成为父亲家庭的正式亲戚，拥有正式称谓，如姥爷、姥姥、舅舅、姨、表舅、表姨等。而姨娘的父母兄弟姐妹，则没有这样的名分，也就没有类似的待遇。因之，探春不承认生母赵姨娘的兄弟为自己的舅舅，一点也不过分，如果她认了，反让人奇怪，有悖于当时的家庭伦理文化的背景。”①

古代中国礼乐文明本质上是等级文明，其中的等级性依赖于礼乐之制度，而礼制的核心是名分。孔子说过：“名不正，则言不顺。”名分是维系等级性的社会结构，尊卑贵贱之等级就是靠名分来维持的。赵姨娘虽然系贾探春之生母，但在嫡庶制度中她的名分是“姨娘”，实质为奴婢，因此贾探春不认姨娘那一边的亲戚。在过来人如启功先生看来，这“一点也不过分”。

这是为什么呢？纳妾人与被纳妾人之间不存在法定的配偶关系，与纳妾人的家族不存在亲属关系。妾所生子女虽然有继嗣权，但妾的伦理身份依然是“奴婢”，其社会地位低下。而侍妾娘家的父母兄弟姐妹，从而不被“主子”所承认。

这一点从清朝皇室的回忆录亦可窥见一斑。末代皇帝溥仪的弟弟溥

---

① 启功：《启功给你讲红楼》，中华书局2006年版，第56页。

杰在《大清王府》一书中回忆道："至于我的父亲载沣和我的六叔载洵、七叔载涛，则是我的'庶'祖母刘佳氏所生。……我们虽是我祖母的亲孙子，却是我祖母娘家任何人的小主人，奴才是不配和'上边人'作平等来往的。"[①] 溥杰又说："我祖母的娘家却在'丹阐家'的差别待遇下，只能对我祖母个人悄悄地来府探望，而不能在年节寿庆的时候公然来往。……理由很简单，就是：我的祖母固然是我们的亲生祖母，不过，她的娘家的人，则仍然是王府的'奴才'，我们当'主人'的是不能和'奴才'分庭抗礼的。"[②] 这就是历史语境中嫡庶制度之下主奴伦理身份的真实展现，而贾探春的伦理行为，不过是《红楼梦》伦理叙事话语中的艺术表现罢了。

然而，贾探春的胞弟贾环为何就与生母赵姨娘亲密呢？这一问题表明，贾探春之伦理身份及其伦理行为，固然与嫡庶制度密切相关，但是嫡庶制度显然不是其不认生母、不认亲舅等的唯一原因，而是还与其他因素有关。

二　满族习俗的问题

《红楼梦》所叙述的贾府，并不是汉族士大夫文化的承载者，而是清代满洲府邸世家的侯府[③]，因此其字里行间所透露出来的习俗便带有满族文化的印痕，从而可以从民族风俗这个角度来观照贾探春伦理身份的问题。

汉民族是农耕民族，其文化生态是讲究尊卑贵贱的礼乐文明。《周易·系辞》云："天尊地卑，乾坤定矣。卑高以陈，贵贱位矣。"这种等级贵贱，是以血缘关系为基础构建起来的，因而家族主义成为农耕社会的主要结构框架。也就是说，农耕文明生态不仅客观上生成了等级性，而且还生成了以孝为核心的伦理道德文化。

---

① 溥杰：《醇亲王府的生活》，文安主编《大清王府》，中国文史出版社2004年版，第45—46页。

② 同上书，第146—147页。

③ 参见张同胜、白燕《从前八十回与后四十回教育叙事的不同看〈红楼梦〉的作者问题》，《明清小说研究》2013年第4期。

《孝经》云："夫孝，天之经，地之义，民之行也。"又云："夫孝，德之本也，教之所由生也。"从而可知，孝之于古代中国的社会结构是何其重要！正如有学者所言，以老为中心的社会才会"重视孝道"。汉民族以老为中心，因而极其重视孝道。

如果单从汉民族孝道来看，不考虑嫡庶制度，贾探春确实是理亏：既然贾探春恪守礼法，何以会严斥其生母？孝道内容之一，就是"谏亲以理"，以"勿陷不义"。嫡庶制度固然使贾探春意识到，其嫡母乃王夫人，而赵姨娘则是奴仆。但是，赵姨娘毕竟是贾探春的生母，即血缘关系无论如何也是无从否认的，因而地位卑贱的赵姨娘做事倘有不合礼法之处，贾探春自然是"谏亲以理"。况且，贾探春所恪守的是满洲贵族世家之礼法。

满族是中国东北地区的游牧民族，其文化为骑射文化，并形成了女主内、男主外的生活习俗。而满族文化，深受蒙古族文化的影响，或与游牧民族有相同类似的内容，如突厥"贵壮贱老"的习俗。《红楼梦》是满汉民族文化融合的结晶，从中既可以发现汉民族文化的踪影，又可以触目满族文化的痕迹，虽然作者有意识地"假语村言"。

正因为《红楼梦》体现了满汉民族的文化融合，所以就有学人认为贾探春之所以不认生母、亲舅、胞弟，是由于她是满族女性的缘故，即此乃满族习俗使然。这是从民族习俗的角度探讨伦理身份的问题。这一视角是否有其道理？

满族是游牧民族，传统上以幼为中心，因此满族在入关之前似也没有嫡庶制度。然而，满族自从明末入关定鼎中原之后，吸收汉民族文化，尤其是其中的礼文化，其礼节繁重可谓是比汉民族有过之而无不及。这一点，即使是从小说的叙事中也可以得到足够的证据。《红楼梦》体现了满洲贵族的繁文缛礼，而《正红旗下》则对底层满族人的礼文化有着细致的描写和叙述。"满族规矩大，礼节多。"文人笔记如《清稗类钞·风俗类》亦记载："旗俗，家庭之间，礼节最繁重。"如此等等，皆表明礼已经成为满族尤其是满洲贵族主要的生活内容之一。

旗俗的礼节之一，便是主仆之间的礼节。陈康祺《郎潜纪闻三笔》云："主仆之分，满洲尤严。"从这个角度来看，赵姨娘是奴仆，而她的子女贾环、贾探春却是主子，因此他们之间的等级界限森严分明，其程度甚至到了令后人难以理解的地步。

其中的缘由，部分应该归之于奴仆在主子那儿尚未获得“人”的资格，从而不能享有“人”的权利。礼之功效，在于上下之区分。古人云：“礼不下庶人。”在第五十四回中，贾母问袭人为何不在元宵节到宴席上伺候宝玉，王夫人回答说：“她妈前日没了，因有热孝，不便前头来。”贾母说：“跟主子，却讲不起这孝与不孝。……”[①] 也就是说，奴婢是没有资格讲孝的；当忠孝不能两全的时候，应以主子为重。

张冥飞《古今小说评林》云：“有谓（《红楼梦》中）探春对生母太无情无义者，是其人毫不知八旗世族中之习惯者也。”[②] 这句话似乎是说，贾探春对其生母和亲舅的伦理行为，与八旗世族的习俗大有关系。

那么，八旗世族的习俗具体来说又是如何的呢？大明正统五年（1440），朝鲜政府认为归化女真人“彼俗尚且不敬其亲者有之”[③]。而《满文老档》也记载，贵族、官员“不孝”“不友不悌”等尚且不少。由此说来，满族族群中尚有诸多未经礼仪文化所同化者。

满族入关定鼎中原之后，深受汉民族礼乐文化之影响，从而形成了一种满汉文化融合的文化。这一混合型的文化，其“最显著的特色之一便是用早已过时的汉族礼法来缘饰流行于满族间的那种等级森严的社会制度”[④]。

从《红楼梦》的文本叙事来看，贾府是诗礼簪缨之贵族世家，上下严格恪守八旗世家礼法，体现的是大家规范、大族规矩。小说借刘姥姥之口，赞叹“礼出大家”（第四十回）。如果不是拘囿于反礼教反封建的诠释框架，就会发现这部小说行文中所展现的是对世家礼法的一再礼赞。深谙创作思路和故事背景的脂砚斋，也对八旗世家礼法赞不绝口，例如第二十四回脂批云：“好层次，好礼法，谁家故事？”由此可见，无论是小说的作者，还是批者，都对贾府中的世家礼法极为赞赏。而贾探春恪

① 曹雪芹、高鹗：《红楼梦》，人民文学出版社 1980 年版，第 679 页。

② 张佳生：《满族文化史》，辽宁民族出版社 1999 年版，第 384 页。

③ 《朝鲜李朝实录·世宗》卷 90，世宗二十二年，引自《明代满蒙史料》（李朝实录抄）第 4 册。

④ 余英时：《曹雪芹的反传统思想》，《红楼梦的两个世界》，上海社会科学院出版社 2002 年版，第 202 页。

守世家礼法，因此她对生母的所作所为，其实倒是深受作者、批者甚至当时读者的赏识。

以前，中国文学史认为贾宝玉是反礼教反封建的典型，其实他最懂礼、最守礼。从《红楼梦》来看，贾探春也是严格恪守世家礼法的。她读过《四书》，不折不扣地遵守尊卑等级礼仪，也恪守嫡庶制度的规定。贾探春之所以不认生母、不尊亲舅等，正是因为她从心底里认同这些世家礼法。

除了嫡庶制度和民族习俗之外，对贾探春伦理身份的生成还有什么其他因素吗？众所周知，制度与民俗对于个体的伦理行为而言毋庸置疑自然是具有制约和规训的作用，但是，个人的伦理应对也是不可忽视的考察对象。

三　伦理应对的问题

社会制度与民族习俗固然构成一个人生活和工作的大生态环境，但是，伦理身份还与个人对制度和习俗等的应对不无关系。一个人在社会中的伦理行为，在实质上，其实就是他对社会制度、民族习俗的个体性应对。不同的个体，其应对方式迥异，从而构成了形形色色的伦理行为。在《红楼梦》中，贾探春的伦理行为，一方面有嫡庶制度和满族习俗的影响在，另一方面也与她的个体性伦理应对紧密相关。

第一，个体在制度层面上的应对。贾探春对她庶出身份又是如何应对的呢？如前所述，她是恪守嫡庶制度的。这个制度建构了她的伦理身份：一方面，她是“主子”；但另一方面，在封建宗法嫡庶制度下，侍妾所生子女与嫡妻所生子女，两者无论是在家庭还是在社会上，其身份和经济地位又是非常悬殊的，生活环境就时刻提醒着庶出的子女的伦理危机。但为什么说对社会制度的应对具有个体性呢？试看，贾迎春亦是庶出，她对“主子”的反应就远没有贾探春那么敏感或介意，从而可知对于同一社会制度，不同个体的应对则是大相径庭的。

作为庶出，贾探春之所以对自己的伦理身份敏感而看重，是因为这个问题决定着她在社会生态中的地位，并规约着庶出子女的社会身份和生存质量。例如，在第五十五回中，凤姐连夸探春三个“好”之后，也颇为惋惜地说："只可惜她命薄，没托生太太肚子里。"平儿对此颇为不解，凤姐对她解释说："虽然庶出（与正出）一样，女儿却比不得男人，将来攀亲时，如今有一种轻狂人，先要打听姑娘是正出庶出，多有为庶出不要的。"因此可见，庶出的伦理意识关联着庶出者的切身利益，从而为每一个庶出者所焦虑，贾探春也不例外，从而形成了她对嫡庶制度的伦理应对策略。

第二，伦理应对与性别意识和性别限度有着密切的关系。中国封建社会，是以男权为中心的。虽然游牧民族在男女平等方面，比汉民族做得好。但满族习俗，传统上也是"男主外、女主内"。因此，贾探春身为裙钗，自然深受性别意识之限制，不能到须眉世界中去建功立业。

当李纨、贾探春和薛宝钗替王熙凤代理家政的时候，赵姨娘因为乃弟丧葬费而大闹，贾探春说："依我说，太太不在家，姨娘安静些养神罢了，何苦只要操心。太太满心疼我，因姨娘每每生事，几次寒心。我但凡是个男人，可以出得去，我必早走了，立一番事业，那时自有我一番道理。偏我是女孩儿家，一句多话也没有我乱说的。太太满心里都知道。如今因看重我，才叫我照管家务，还没有做一件好事，姨娘倒先来作践我。倘或太太知道了，怕我为难、不叫我管，那才正经没脸，连姨娘也真没脸！"从这段回话可知，贾探春委实是"才自精明志自高"，可是由于自己是一个女性，所以不能到广阔的天地里去闯荡一番事业。这是贾探春对性别伦理所作出的个体性应对。

第三，一个人的伦理应对还与他在社会中的人际交往关系即圈子密切相关。贾探春的交往原则，按照她自己的说法，就是她只认得"老爷和太太（按：王夫人）"，其他人谁和她好，她就和谁好（第二十七回）。由此看来，贾探春之所以对待胞弟贾环冷淡，是由于贾环不和她好，因此她就不与贾环好；而贾宝玉和她好，她就和贾宝玉好。

在《红楼梦》第二十七回中，贾探春提议结诗社时，给贾宝玉的花笺，其中云："昨亲劳抚嘱已，复遣侍儿问切，兼以鲜荔并真卿墨迹见赐，抑何惠爱之深耶！"从而可知，当贾探春生病时，贾宝玉先是亲自去慰问，然后又派遣丫鬟问切，复次送去鲜荔枝、颜真卿法书等。这些生活细节，的确是体现了贾宝玉对贾探春的关爱和体贴。

然而，与之形成鲜明对比的，则是贾环的行径。贾环与贾探春虽然是同父同母所生，然而两人势如水火。一则贾环年幼，动辄还是“钻热炕头的”（第五十五回）。其次，则是他不招人喜欢。小说作者在文本中的叙述具有明显的倾向性，对赵姨娘和贾环都带有深深的偏见，贬斥之声音回响于叙事的空间。如在诸多宴会场合，皆不见贾环的身影；此又可例证庶出之不待见。

中国讲究礼尚往来，因此投之以桃、报之以李便是寻常事。贾探春对贾宝玉也有许多可圈可点的亲情表示。例如，在第二十七回中，贾探春给贾宝玉做了一双精美雅致的鞋子。此虽细事，然而贾探春是特讲究社会身份的人，用她自己的话来说就是：“怎么我是该作鞋的人么？”因此，她之所以主动给贾宝玉做鞋，是因为宝玉待她好。而她没有给贾环做鞋，是由于贾环待她不好。即使是她生母赵姨娘要求她给贾环做鞋，她也不做。这与贾探春的伦理意识相关，即自己是“主子”，不是奴婢，因而不是“该作鞋的人”。

第四，一个人的伦理应对还与他的个性、才情等密切相关。在第四十六回中，贾母因为贾赦要娶鸳鸯为妾的事情大发雷霆，从而责怪王夫人。因情况特殊，无人敢劝，唯有探春赔笑向贾母说：“这事与太太有什么相干？老太太想一想，也有大伯子要收屋里人，小婶子如何知道？”一句话，说得贾母笑了。从而可见，小说作者许贾探春一个“敏”字，确实是名副其实。

在第七十回中，因贾政将从外地回家，届时必将检查贾宝玉的功课。宝玉平时旁学杂收，对作业并未用功，不免须连夜赶写，王夫人和贾母都担心宝玉累出病来。这时贾探春出主意说：“老太太不用急，书虽替他不得，字却替得，我们每人每日临一篇给他，搪塞过这一步就完了。一则老爷到家不生气，二则他也急不出病来。”贾母、王夫人等人欢喜不尽。从而看得出，贾探春具有解决实际问题的才略和对策。

在第七十一回中，贾宝玉说贾探春“多心多事”[1]，从而可知贾探春心思细密，事事留心，是一个做事的人。还是在这同一回中，当南安太妃来贾府的时候，贾母单令贾探春出来待客。[2] 这是为何？不管怎样，这

---

① 曹雪芹、高鹗：《红楼梦》，人民文学出版社 1980 年版，第 928 页。

② 同上书，第 924 页。

都表明贾探春的才华获得了“老祖宗”的认可甚至是赏识。

在第七十三回中，贾探春在为贾迎春打抱不平时，曾说过“咱们是主子”①，表露出她时时在意其伦理身份。在第七十四回中，当王善保家的拉掀贾探春的衣襟时，挨了贾探春一巴掌。探春拉着熙凤搜身，并说：“省得叫你们奴才来翻我。”凤姐劝探春不要生气，贾探春说：“我但凡有气，早一头碰死了！不然，怎么许奴才来我身上搜贼赃呢！……”② 贾探春一口一个“奴才”，表明她对自己“主子”身份的在意、强调和看重。

在第七十六回中，贾府仲秋赏月至四更，王夫人告诉贾母众姊妹熬夜不过，都去睡了。“贾母听说，细看了一看，果然都散了，只有探春一人在此。”③ 从而可知，贾探春精力过人，且体恤老人，是一个王熙凤式的人物。上述诸多伦理叙事，无不表现出贾探春正是作者开篇所谓的“举止见识，皆出于我之上”的诸多女子之一。此一观点的论证，正得益于贾探春之伦理应对的铺排叙事，而这些叙事同时又塑造和凸显了她的伦理身份。

结 语

综上所述，《红楼梦》中贾探春的伦理身份，是嫡庶制度、满族习俗和伦理应对等多种因素综合而成，即此乃合力的结果。将某一伦理身份纯粹地归结为社会制度、民族习俗或个体应对等都是偏颇的，对于某一个人物伦理身份的把握应该在其伦理生态环境中作具体的分析，这是因为伦理文化的问题是一个系统工程。

（原载《红楼梦学刊》2015 年第 2 期）

① 曹雪芹、高鹗：《红楼梦》，人民文学出版社 1980 年版，第 952 页。

② 同上书，第 966 页。

③ 同上书，第 990 页。

《水浒传》的宗教记忆：白莲教的叙述与想象

引　言

诚如孙逊、周君文所言，“在宗教与文学关系的研究中，文学研究界总把目光锁定在儒释道三教，忽略了我国民间宗教与文学关系的研究”①；他们探讨了我国民间宗教与古代小说之间的关系，认为涉及白莲教的古代小说有12种，而通俗小说有9种，即“《醒世恒言》、《喻世明言》、《拍案惊奇》、《型世言》、《皇明通俗演义七曜平妖全传》、《梼杌闲评》、《樵史通俗演义》、《归莲梦》和《娱目醒心编》”②，而《水浒传》③不与焉。

其实，《水浒传》中的白莲教叙事虽然不如上述9种通俗小说那样显而易见，但它自始至终都充斥着关于白莲教的叙述、描写和想象。迄今为止，《水浒传》的宗教文化研究，主要集中在儒、释、道，尤其是佛教和道教的相关方面，或者笼统地概论为“三教合一”，然而大多不过是肤廓之论。从正统的佛教、道教角度对《水浒传》进行的探析，无从解释其中的一些文学现象和社会问题，其原因就在于忽略了《水浒传》的文本叙事是基于民间宗教，尤其是白莲教基础之上的。

纪德君认为《水浒传》中的宗教描写是“对封建时代民间武装与宗

---

① 孙逊、周君文：《古代小说中的民间宗教及其认识价值：以白莲教、八卦教为主要考察对象》，《文学遗产》2005年第5期。

② 同上。

③ 参见施耐庵、罗贯中《水浒传》（容与堂本），上海古籍出版社1995年版。

教结缘之状况的一次较完整的艺术表现”[①]，它指出了《水浒传》宗教叙述的民间性及其与民间武装的结缘，这是很有识见的，但可能由于民间宗教的混杂性而没有明确指出《水浒传》这部小说所叙述的民间宗教是白莲教，而对与之相关的红巾军叙述也仅仅是一笔带过。

拙作《〈水浒传〉与元末红巾军》已详细论证了《水浒传》文本叙事中元末红巾军起义的史实。[②] 而元末红巾军抗元的起义又是白莲教所领导和组织的，义军成员大多是白莲教教徒。从而可知，《水浒传》的宗教叙述与历史上的白莲教关系极为密切，但学者对此尚未予以关注。

白莲教是我国旧时伪托弥勒教，并混合摩尼教、道教、白莲宗等的一个秘密教会，它往往与民间暴动联系在一起，流行于元、明、清三代。其中，弥勒教崇奉弥勒佛，教徒一般在家修行。自隋唐之后，社会底层经常假借“弥勒转世”来号召起义。摩尼教在唐武后时传入中土，因唐武宗排佛，摩尼教亦在遭禁之列，从而不得不转入民间。摩尼教崇尚光明，所崇奉之神称为明王，以此也称为明教。弥勒教与摩尼教教义中都含有来世和救世思想，烧香、吃斋等仪规也多有相似之处，两教在接触后，趋于合一。每逢民不聊生之时，“弥勒、明王出世”的说法便涌现。道教为我国固有宗教，弥勒教与明教都曾受到道教的影响。元代兴起的白莲教，融合弥勒教、明教、道教三种信仰。除此之外，白莲教的另一个渊源是白莲社，后为白莲宗，它属于净土宗。[③]

赵宋以后，“在社会下层，暗地里活动着摩尼、白云和白莲三个教派，由于它们都受到朝廷镇压这一共同命运，所以便逐渐驱使它们互相接近，互相融合，以至最后汇归一体，演化成历史上有名的白莲教”[④]。白莲教“表面崇佛，实质却是在低水平上撷取并东拼西凑地杂糅了弥勒教、摩尼教、道教末流乃至民间方术等内容的大杂烩”[⑤]。“民间宗教与武术、气功团体的结合，在共同信仰的基础上，既有严密的组织体系，又

---

① 纪德君：《〈水浒传〉宗教描写新论》，《广州大学学报》2010 年第 1 期。

② 参见张同胜《〈水浒传〉与元末红巾军》，《内江师范学院学报》2014 年第 5 期。

③ 参见杨讷《元代白莲教研究》，上海古籍出版社 2004 年版。

④ 马西沙、韩秉方：《中国民间宗教史》，中国社会科学出版社 2004 年版，第 80 页。

⑤ 任宜敏：《白莲宗的兴衰及其与白莲教的区别》，《人文杂志》2005 年第 2 期。

培养锻炼出一批武装斗争的骨干力量，这是白莲教后期发展的特点之一。"[①] 白莲教的特性是"将虔诚与政治、反叛融为一体，成为中国民间佛教教派的典型例子"[②]。

一 时间

（一）起义时间

《水浒传》第一回叙述道："话说大宋仁宗天子在位，嘉祐三年三月三日五更三点，天子驾坐紫宸殿，受百官朝贺。"[③] 而元人权衡《庚申外史》记载，至元四年（1338）江西袁州和尚彭莹玉及其徒弟周子旺组织的白莲教起义，"以寅年寅月寅日寅时反。反者背心皆书'佛'字。以为有'佛'字，刀兵不能伤。人皆惑之，从者五千余人。郡兵讨平之，杀其子天生、地生，妻佛母，莹玉遂逃匿于淮西民家"[④]。

我们看一下"寅"与"三"之间的关系。中国古时将一天分为十二个时辰，以凌晨三点至五点为寅时。古人将一夜分为五更，第五更又称作五鼓、戊夜或平旦，指的是凌晨三点至五点之间这段时间。从而可知，小说中所谓的"三年三月三日五更三点"也就是彭莹玉和尚等白莲教教徒起义时间的"寅年寅月寅日寅时"。古人认为，"人生于寅"。彭莹玉等将起义的时间选在"寅"，莫非有"要做人"而不是"做奴隶"之寓意？

这种时间观，极具迷信色彩，与异姓结盟所谓"同年同月同日"生或死的时间观颇一致。它经常被民间宗教用来神道设教。再如，清代嘉庆年间川、楚、陕三省白莲教首领决定再次组织起义，时间选在"辰年辰月辰日辰时"[⑤]。这里值得注意的是，《水浒传》叙事伊始的时间为什么与元末彭莹玉和尚等人组织白莲教起义的时间完全一致呢？如果《水浒传》的宗教叙事与元末白莲教没有内在的逻辑关系，何以会如此惊人的一致？如果《水浒传》的宗教记忆与元末白莲教没有关系，就无法解

① 王兆祥：《白莲教探奥》，陕西人民出版社1993年版，第177页。

② 马西沙、韩秉方：《中国民间宗教教派研究》，上海古籍出版社1993年版，第92页。

③ 施耐庵、罗贯中：《水浒传》（容与堂本），上海古籍出版社1995年版，第3页。

④ 权衡：《庚申外史》，商务印书馆1922年版，第4页。

⑤ 杨先国：《川东北白莲教起义始末》，四川民族出版社1991年版，第6页。

释这一时间上的一致性。

《明实录·太祖实录》卷八记载："初，袁州慈化寺僧（彭）莹玉以妖术惑众，其徒周子旺因聚众欲作乱。事觉，元江西行省发兵捕诛（周）子旺等。（彭）莹玉走至淮西匿民间，捕不获。既而，麻城人邹普胜复以其术鼓妖言，谓'弥勒佛下生，当为世主'，遂起兵为乱。"①

大元至正十一年（1351），彭莹玉又领导了蕲、黄地区的起义。元人张桢说："颍上之寇，始结白莲，以佛法诱众，终饰威权，以兵抗拒……"② 蕲、黄红巾军的兴起得益于白莲教之宗教活动，而教主就是彭莹玉。他又名彭国玉、彭翼、彭祖、彭和尚，统治阶级称他为"妖彭"③。彭莹玉，这里的"彭"，怀疑是"彭祖家"之彭。因为洪武十九年（1386），"妖僧"彭玉琳曾"烧香聚众作白莲会"，建元"天定"，他"初名全无用"④。"全无用"这个姓名，很容易令人想起《水浒传》中的"吴用"来；而他本姓"全"，却改姓"彭"。彭莹玉本来也不姓"彭"，由于其出生后被一彭姓老僧抚养成人，从而随其姓彭（当然，历史上的这个彭姓老僧，也有可能本不姓彭，而是白莲教中人）。而"莹玉""国玉"等化名，更是证明了彭莹玉这个白莲教首领可能一直用其法名或化名，而从未暴露其真实的姓名。

彭莹玉神道设教，神化、鼓吹和宣传徐寿辉为其主后，不慕名利，一直战斗在最前线，后来战死在瑞州。《水浒传》中的鲁智深，疾恶如仇，心地阔达，以杀人放火成正果，他的艺术原型是否是彭莹玉和尚呢？

（二）叙事时间

众所周知，无论是历史上宋江等淮南盗，还是《水浒传》中的梁山好汉，他们皆活动于北宋末年宋徽宗时期，可是为什么这部小说第一回却从"宋仁宗"开始叙起呢？

这或许与话本小说兴起的时间有关，即明人郎瑛《七修类稿》卷22

① 胡广等：《明实录》，"中央研究院"历史语言研究所校印1962年影印本，第99—100页。

② 宋濂等：《元史》，中华书局1976年版，第4267页。

③ 韩儒林：《元朝史》，人民出版社2008年版，第490页。

④ 胡广等：《明实录》，"中央研究院"历史语言研究所校印1962年影印本，第2692页。

云："小说起宋仁宗时，盖时太平盛久，国家闲暇，日欲进一奇怪之事以娱之，故小说'得胜头回'之后，即云话说赵宋某年。"①

但问题似乎并非如此简单。《水浒传》的文本叙事表明，元末白莲教教徒似乎将宋仁宗看作他们的"明王"一样的人物。试看第一回诗曰之后，就是"话说大宋仁宗天子在位，嘉祐三年三月三日五更三点，天子驾坐紫宸殿，受百官朝贺"②。其缘由在于《引首》所谓的"仁宗天子，在位四十二年"，乃"三登之世，那时百姓受了些快乐"③。

小说中的这一叙事时间可能与民间宗教起义的记忆有关。历史上的王则起义发生在宋仁宗时期，而王则起义具有宗教背景。北宋"仁宗庆历七年十一月，贝州卒王则据城反……（王则）言：'释迦佛衰谢，弥勒佛当持世。'"④《水浒传》之所以从宋仁宗叙起，其背后的缘由与弥勒教教徒起义是否相关？或许，《水浒传》的底本本来就是为某一民间宗教如弥勒教、大乘教或白莲教弘法集撰而成的？依据王则起义编纂的小说《三遂平妖传》，据说也出自罗贯中之手，这又证明了罗贯中所编次的小说大都与民间宗教相关，或许罗贯中也是白莲教中人？"从历史渊源上说，北宋王则倡言弥勒出世、反抗当朝；元末韩山童、郭子兴、陈友谅、朱元璋都鼓吹弥勒降生、明王出世，二者具有先后承继的关系。"⑤宗教的记忆，在民间宗教教徒口耳相传的过程中，仍然保留了些许真实性，这或许是《水浒传》从宋仁宗叙起的缘故吧。

另一种可能与白莲教在元代的社会地位有关。《元史·列传第四十》载：至元十五年（宋祥兴元年，1278），贾居贞"迁江西行省参知政事，未至，民争千里迎诉"。至元十七年（1280），"杜万一乱都昌，（贾）居贞调兵擒之"⑥。至元十八年（1281），白莲会由此而被禁止。江西庐山东林寺之白莲宗僧优昙普度，撰《庐山莲宗宝鉴》十卷，阐明茅子元所倡

---

① 郎瑛：《七修类稿》，中华书局1959年版，第330页。

② 施耐庵、罗贯中：《水浒传》（容与堂本），上海古籍出版社1995年版，第3页。

③ 同上书，第2页。

④ 陈邦瞻：《宋史纪事本末》，中华书局1977年版，第279页。

⑤ 许军：《〈平妖传〉二十回本是对元末宗教起义的历史反思：兼评四十回本相关改动的不足之处》，《明清小说研究》2010年第1期。

⑥ 宋濂等：《元史》，中华书局1976年版，第3624页。

之白莲宗真义，并以之破斥当时白莲会之邪说邪行。[①] 元武宗至大元年（1308），因福建省建宁路后山白莲堂白莲道人之非行，白莲教复被禁止。然由于普度亲自上大都，为复教而奔波，于元仁宗即位之顷（1312），终于获得朝廷允许复教。至大四年（1312）六月二十九日，朝廷恢复白莲教。[②] 之后，元英宗至治二年（1322）复三度禁止白莲教活动。从这个角度来看，《水浒传》从"仁宗"叙起，可能与白莲教在元"仁宗"时恢复合法地位相关联。

二　空间

水浒好汉，依据小说的叙事，主要是山东、河北人。但是，小说前后却充斥着矛盾，因为小说文本所描述的文字以南方为主。例如，书中冬天梁山泊不结冰，当水军擒捉凌振时，当时正是"冬天"[③]，但士兵"跳下水里去了"[④]；梁山上种着"枇杷""苦竹"等喜温暖湿润气候的植物。故事的发生地水泊梁山虽然在山东，小说却从江西信州龙虎山叙起，且小说文本中北方的地理位置大都不确切，然而南方的地理描述却惊人的准确。这些细节表明，小说底本的作者及其编次者不是很熟悉北方，却极其谙熟南方，尤其是江南地区。[⑤]

从小说的原型即元末红巾军起义来看，河北实为民间宗教传教的中心。在中国历史上，冀州沙门法庆起事、贝州王怀古起义、贝州王则起义、赵州栾城韩山童起义等都发生在河北，冀州、贝州、栾城等皆河北之地。这或许就是小说叙述河北、山东豪杰的缘由之一。

《元史》卷42"顺帝纪五"记载："辛亥，颍州妖人刘福通为乱，以红巾为号，陷颍州。初，栾城人韩山童祖父，以白莲会烧香惑众，谪徙广平永年县。至（韩）山童，倡言'天下大乱，弥勒佛下生'，河南及江

① 参见《大正新修大藏经》第47册，日本大藏经刊行社1934年版。

② 参见马西沙、韩秉方《中国民间宗教史》，中国社会科学出版社2004年版，第119页。

③ 施耐庵、罗贯中：《水浒传》（容与堂本），上海古籍出版社1995年版，第817页。

④ 同上书，第823页。

⑤ 参见马成生《让〈水浒传〉自己来指认：关于〈水浒传〉的作者》，《济宁学院学报》2012年第1期。

淮愚民皆翕然信之。”①

权衡《庚申外史》卷上记载：“（至正十一年）五月，颍川、颍上红军起，号为香军，盖以烧香礼弥勒得名也。其始出赵州滦城韩学究家，已而河、淮、襄、陕之民翕然从之，故荆、汉、许、汝、山东、丰、沛及两淮红军皆起应之。”② 而早在后梁贞明六年（920），就爆发过摩尼教教徒策动的毋乙起义，据《旧五代史》卷10，“陈、颍、蔡三州，大被其毒”③。从而可知，这些地区有着浓厚的宗教基础。

《水浒传》开篇之摩尼教的叙事，或许就是地域文化之影响欤？《水浒传》下笔伊始，便写江西信州龙虎山，然后是陕西、山西、河北、山东等地。其实小说明写或暗写的则大多在江浙一带，如温州瑞安实有飞云渡④，而小说中则有飞云浦；湖北实有黄陵岗，而小说则有黄泥岗；睦州实有青溪县碣（土）村，而小说则有碣石村，等等。从历史上看，摩尼教主要活跃在两浙州县以及淮南、江东、江西、福建等地。一说，浙江的摩尼教传教中心为温州、台州一带。这些地区，与元末红巾军起义之地颇为吻合。

白莲教是民间宗教，其中混杂着其他诸如摩尼教、弥勒教和道教等成分。北宋方腊起义失败后，方腊在赴刑场时公开承认“吾本白莲”⑤。历史上一般都将方腊起义称为摩尼教起义，而方腊却自称“白莲”，从中可知白莲教与摩尼教在民间实则混而为一，而含混难辨也正是民间宗教的特点之一。

一般认为，摩尼教在武则天延载元年（694）正式传入中国，其传教借径于佛教，“末摩尼法，本是邪见，妄称佛法，诳惑黎元”⑥。大唐大历三年（768），朝廷允许回鹘摩尼师在长安设置寺院。大历六年（771），从回鹘之请，朝廷允许摩尼教在东南诸州建寺：“回纥请于荆、扬、洪、

---

① 宋濂等：《元史》，中华书局1976年版，第891页。

② 权衡：《庚申外史》，商务印书馆1922年版，第14页。

③ 薛居正等：《旧五代史》，中华书局1974年版，第144页。

④ 参见陶宗仪《南村辍耕录》，中华书局2008年版，第104页。

⑤ 杨先国：《川东北白莲教起义始末》，四川民族出版社1991年版，第2页。

⑥ 杜佑：《通典》，浙江古籍出版社1988年版。

越等州置大云光明寺，其徒白衣白冠。"[①] 这些区域，后来都成为宋元时期白莲教活跃的地方，甚至是元末红巾军的根据地。

南宋绍兴三十二年（1162），陆游在其条对状中写道：时"妖幻之人"，名目繁多，"淮南谓之二禬子，两浙谓之牟尼教，江东谓之四果，江西谓之金刚禅，福建谓之明教、揭谛斋之类。名号不一，明教尤盛。至有秀才、吏人、军兵亦相传习。其神号曰明使，又有肉佛、骨佛、血佛等号。白衣乌帽，所在成社"。[②] 从中可知，淮南、两浙、江东、江西、福建等地，在宋代是摩尼教盛行的区域。时至大清，江西地区，还被曾任江西按察使的凌燽称为"风俗尚邪"[③]。

摩尼教中兴于元代。[④] 其证据之一为闽、浙沿海地区的6座寺院，即泉州石刀山摩尼寺、泉州华表山草庵、平阳（温州）潜光寺、莆田涵江佚名摩尼寺、温州苍南选真寺和四明摩尼教崇寿宫。罗贯中隐居之浙江慈溪[⑤]，亦属于这一地带。浙江慈溪，宋时曾有摩尼教寺院。[⑥] 元代的白莲会先在建宁路即今福建的西北地区发展，后来传播到江西和浙江。江西的鄱阳湖沿岸和浙江的西南部，成为白莲会活动的中心。[⑦]

据元史专家韩儒林的研究，元末"在今江西地区，红巾军在这里的战斗是最激烈的，响应起义的也最多"[⑧]，难怪《水浒传》从江西信州叙起。

（一）信州

据《宋史·地理志》可知，信州在南宋为"江南东路信州"或"江东信州"；元初至中期，为"江浙行省信州路"或"江浙信州路"；蒙元至正十二年（1352），陈友谅"尽有江西、湖广地"，此时信州称"江西

---

① 释志磐：《佛祖统记》，上海古籍出版社2012年版。

② 陆游：《渭南文集》，《陆放翁全集》，中国书店1986年版，第27页。

③ 凌燽：《西江视臬纪事》，《清史资料》第3辑，中华书局1982年版。

④ 参见刘铭恕《有关摩尼教的两个问题》，《世界宗教研究》1994年第3期。

⑤ 参见周楞伽《关于罗贯中生平的新史料》，载谭洛非主编《三国演义与中国文化》，巴蜀书社1992年版，第119—130页。

⑥ 参见廉亚明《中国东南摩尼教的踪迹》，《海交史研究》2000年第2期。

⑦ 参见喻松青《明清时期的民间秘密宗教》，《历史研究》1987年第2期。

⑧ 韩儒林：《元朝史》，人民出版社2008年版，第504页。

信州”；至正二十年（1360），信州被朱元璋的大将胡大海率兵占领，改为“广信府”，因而如果《水浒传》第一回写于元至正二十年到明初期间，那么小说就会写成“江西布政使司广信府”或“江西广信府”①。从而可知只有在元末天完国（始自1351年徐寿辉于蕲水称帝建天完国，终于1360年陈友谅篡权建立“大汉”）统治时期，确切地说在至正十二年到至正二十年间，才有“江西信州”的称谓。而《水浒传》第一回行文中的地名就是“江西信州”，从而表明小说第一回写于天完国占领“江西信州”期间。

江西信州，向来被统治阶级看作“邪教”之地。宋宣和二年（1120），睦州青溪县方腊起义、建炎四年（1130）王念经衢州起义、绍兴二十年（1150）东阳县“魔贼”起义、绍兴二十年信州贵溪“魔贼”起义、绍定六年（1233）陈三枪和张魔王等在松梓山起义等，其中的“信州”就是《水浒传》龙虎山所在的江西信州。

（二）江州

宋代吴郡的沙门茅子元创立白莲宗后，自称白莲导师，其徒被称作白莲菜人，不必出家祝法，可家居火宅，娶妻生子，与常人无异，并可男女同修。白莲教问世不久，便被“论于有司”，终以“事魔之罪”，被当局取缔，茅子元也以妖妄惑众罪被流放江州。由是看来，白莲教伊始就与江州有着密切的联系。

江州除了与白莲宗的茅子元相关之外，与元末的红巾军战事也有关联。例如，至正十八年（1358），陈友谅在江州建都；至正二十一年（1361），朱元璋“大军克江州，（陈）友谅走武昌，其将守龙兴者，以江西降，时八月二十四日也”②，等等。

《水浒传》或许就是白莲教在民间的弘法工具。何以言之？在《水浒传》中，宋江被贬谪江州，他在浔阳楼写了一首词，下阕云：“不幸刺文双颊，那堪配在江州？他年若得报冤仇，血染浔阳江口。”③ 难道它没有

① 张颖、陈速：《〈水浒传〉成书元末明初新考》，《黑龙江社会科学》1999年第3期。

② 权衡：《庚申外史》，商务印书馆1922年版，第25页。

③ 施耐庵、罗贯中：《水浒传》（容与堂本），上海古籍出版社1995年版，第564页。

元末白莲教的影子？否则，又将何以解释宋江对江州的仇恨呢？他杀死了阎婆惜而被发配，宋太公打点后才得以来到江州，江州狱吏待他不薄，又有戴宗、李逵等极为相契，宋江历来与江州无冤无仇，为什么对它如此仇恨呢？因而宋江要"血染浔阳江口"便是"真事隐"而留下的痕迹。

至正十二年（1352）正月己未，天完国红巾军攻下武昌，逼近江西。时任江州路总管的李黼，扼守九江湓口城，阻挡义军前进。李黼的抵抗，使得红巾军在江州遭到重创，"尸横蔽路，杀获二万余"①。二月甲申，当红巾军攻占江州后，便展开了大规模的报复性杀戮。清初九江人文德翼所撰《太守江公蠲免两卫屯粮碑记》曰："九江之有三卫屯也，自洪武昉也。是郡，元季为徐寿辉、陈友谅所据，以为都会，杀其民殆尽，号以红巾土人，至今称红头军，一郡止留七户耳。"② 乾隆《德化县志》记载："元末，徐寿辉伪将攻破江州，屠戮殆尽。"③ 清道光三年（1823），两湖总督李鸿滨为德化县《胡氏宗谱》撰写的序言中提到，"明初伪汉之乱，江州兵燹，烟村寥落"④。后人的这些追忆与记载，道出了小说中宋江要"血染浔阳江口"的历史缘由。

而《水浒传》中除了上述宋江被发配到江州外，还有晁盖、吴用等八人智取生辰纲时所用的"江州车儿"⑤ 等。

三　称谓

称谓往往是身份的界定、识别和认同，因而可通过《水浒传》文本中的诸多称谓来探讨小说关于白莲教的宗教记忆。

（一）天王

据《宋会要辑稿》，北宋宣和二年（1120），臣僚向朝廷奏报："温

① 宋濂等：《元史》，中华书局 1976 年版，第 4394 页。

② 《康熙九江府志》，成文出版社有限公司 1989 年版，第 1821 页。

③ 《乾隆德化县志》，成文出版社有限公司 1989 年版，第 142 页。

④ 《九江县华林堂胡氏宗谱》，1989 年重修本。

⑤ 施耐庵、罗贯中：《水浒传》（容与堂本），上海古籍出版社 1995 年版，第 218 页。

州等处狂悖之人，自称明教，号为行者。……上僭天王太子之号。”[①] 从这则资料可推知，晁盖晁天王之“天王”，极有可能是其宗教身份，而不仅仅是其绰号。从而又知，“行者”乃明教教徒之称谓也。而《水浒传》中的武松后来做了“行者”，似乎不只是为了逃生，而亦有宗教身份在其中。

大元至元十七年（1280），“南康都昌县杜可用反，号杜圣人，伪改万乘元年，自称天王，民间皆事‘天差变现火轮天王国王皇帝’，以谭天麟为副天王，都昌西山寺僧为国师，朝廷命史弼讨败之，江西招讨方文禽（擒）（杜）可用”[②]。《通制条格》卷28云：“至元十八年三月，中书省御史台呈：江南行台咨，都昌县贼首杜万一等指白莲会为名作乱。照得江南见有白莲会等名目，五公符、推背图、血盆，及应合禁断天文图书，一切左道乱正之术，拟合禁断。”[③] 从而可知，杜万一借“白莲会”起事，而自称“天王”。

《万历野获编》卷30“叛贼·再僭龙凤年号”记载：“元末，韩林儿起，称小明王，改元龙凤，为史所载久矣。其时相去无几，又有袭其年号者。陕西妖贼王金刚奴，于洪武初聚众于沔县西黑山等处，以佛法惑众，后又与沔县邵福等作乱。其党田九成者，自号汉明皇帝，改元龙凤。高福兴称弥勒佛，金刚奴称四天王。后长兴侯耿炳文讨平之，惟金刚奴未获，仍聚西黑山。”[④] 这则文献与《水浒传》联系起来考察，就会发现托塔天王晁盖或晁天王不排除背后有白莲教宗教记忆的可能。

（二）菩萨

《水浒传》第六十四回中将关羽称为“关菩萨”[⑤]，此一称呼值得深思！历代朝廷曾封关羽为“忠惠公”“崇宁真君”“武安王”“义勇武安王”“壮缪义勇武安王”“显灵义勇武安英济王”“三界伏魔大帝神威远镇天尊关圣帝君”“真元显应昭明翼汉天尊”“忠义神武关圣大帝”“忠

---

① 徐松：《宋会要辑稿》，中华书局1957年版，第79页。

② 《招捕总录》，台湾“商务印书馆”1981年影印本。

③ 《通制条格》，浙江古籍出版社1986年版，第316页。

④ 沈德符：《万历野获编》，上海古籍出版社2012年版，第634页。

⑤ 施耐庵、罗贯中：《水浒传》（容与堂本），上海古籍出版社1995年版，第950页。

义神武灵佑仁勇威显关圣大帝”“忠义神武灵佑仁勇威显护国保民精诚绥靖翊赞宣德关圣大帝”等，但似乎从未封过“菩萨”。

《水浒传》将关羽称为“关菩萨”，笔者怀疑是来自白莲教内部的称呼。白莲教教徒称为“在家菩萨”。亦有教民以“菩萨”命名者，如泰定二年（1325）六月，“息州民赵丑斯、郭菩萨，妖言弥勒佛当有天下，有司以闻，命宗正府、刑部、枢密院、御史台及河南行省杂鞫之”。① 以此类推，“关菩萨”的称谓，或许就是民间宗教如白莲教或弥勒教教徒对关羽的具有自家面目的称呼。

日本学者吉冈义丰认为，吕祖吕洞宾是中国民间宗教的教主。② 而《水浒传》一开篇则引用了吕洞宾的一首诗歌。《古佛天真考证龙华宝经》中提及的“吕菩萨”，是否指的是吕洞宾？将吕洞宾称之为“菩萨”，可能也是民间宗教的记忆。

（三）道人

道士一般以“先生”称，公孙胜第一次出场时自称道号为“一清先生”③，先生的称谓，符合其道士的身份。他又自称“一清道人”④，后来改称“清道人”⑤。道人的称谓，就别有一种意义在。发生在清代的川东北白莲教起义，其中的铁板道人、洪道人等都是白莲教教徒，但都以“道人”称。⑥

元初，白莲菜人被改称为白莲道人。“道人”，并非道教之徒。无论是元末红巾军起义中的欧道人（欧普祥），还是《水浒传》中的一清道人，都不排除他们是白莲教教徒的可能。从《水浒传》《三遂平妖传》等行文中对方术的崇尚来看，甚至其编次者罗贯中都有可能是白莲教的教徒。白莲教男女同修、男女平等的思想似乎也可以解释《水浒传》中顾大嫂、孙二娘、扈三娘等在梁山泊相对平等的政治地位。

---

① 宋濂等：《元史》，中华书局 1976 年版，第 657 页。

② 参见［日］吉冈义丰《中国民间宗教概说》，华宇出版社 1985 年版，第 169—188 页。

③ 施耐庵、罗贯中：《水浒传》（容与堂本），上海古籍出版社 1995 年版，第 207 页。

④ 同上书，第 206 页。

⑤ 同上书，第 802 页。

⑥ 参见杨先国《川东北白莲教起义始末》，四川民族出版社 1991 年版，第 246 页。

白莲教教义中也掺杂了道教的某些因素，而《水浒传》中的道教也混合着白莲教的某些色彩。据一百二十回本《水浒传》，乔道清虽然是道士，但拜师时却“魔心正重”。当乔道清归顺了公孙胜之后，席间公孙胜对乔道清说：“足下这法，上等不比诸佛菩萨，累劫修来证入虚空三昧，自在神通；中等不比蓬莱三十六洞真仙，准几十年抽添水火，换髓移筋，方得超形度世，游戏造化。你不过凭着符咒，袭取一时，盗窃天地之精英，假借鬼神之运用，在佛家谓之‘金刚禅邪法’，在仙家谓之‘幻术’。若认此法便可超凡入圣，岂非毫厘千里之谬！”① 从中可知，《水浒传》中的道教，与白莲教、摩尼教等难以区分，或者说，此处的道教即白莲教。“魔星下凡”“诸佛菩萨”“杀运”云云，皆是白莲教龙华会上之宗教话语。

（四）星魔

据《水浒传》的叙述，水浒好汉本是龙虎山伏魔殿地穴中的“星魔”，他们被称为魔君、魔王或妖魔，如樊瑞的绰号就是“混世魔王”。但这些“魔头”，却都是星宿下凡。一百八好汉是由三十六天罡星和七十二地煞星组成的，其中宋江为星主。天罡地煞，就是道教的北斗丛星。据称北斗丛星为天地之秤：天罡维天之正，地煞镇地之平。因而水浒好汉打抱不平，“替天行道”。《水浒传》中的打劫生辰纲、北斗七星云云，似乎就是小说的“得胜头回”。关于水浒好汉与星魔之间关系的探讨，侯会从摩尼教的角度有所论析②，此处再补充几点。

水浒好汉皆魔星或“恶曜”或“杀曜”下凡。例如，晁盖告诉吴学究说：“……我昨夜梦见北斗七星直坠在我屋脊上，斗柄上另有一颗小星，化道白光去了。……”③ 元杂剧《争报恩三虎下山》中宋江云：“聚义的三十六个英雄汉，哪一个不应天上恶魔星？”④ 从而可旁证小说中关于水浒好汉乃天上的魔星下凡的说法。人与星的关系对应，在道教、摩

① 施耐庵：《水浒传》，上海古籍出版社 2010 年版，第 847 页。

② 参见侯会《疑水浒传与摩尼教信仰有关》，《中国古代小说研究》第 1 辑，人民文学出版社 2005 年版。

③ 施耐庵、罗贯中：《水浒传》（容与堂本），上海古籍出版社 1995 年版，第 193 页。

④ 王季思主编：《全元戏曲》第 6 卷，人民文学出版社 1999 年版，第 165 页。

尼教等中皆有相关的话语。

元人陶宗仪《南村辍耕录》卷27记载了一首广为流传的扶箕诗，诗云：“天遣魔军杀不平，不平人杀不平人。不平人杀不平者，杀尽不平方太平。”[①] 红巾军信奉摩尼教，因而又被人称为“魔军”；魔军原来是摩军，也就是“红军”[②]。

叶子奇《草木子》云：“昔至正六年，当天下正升平，司天监奏天狗星坠地，血食人间五千日，始于楚，遍及齐、赵，终于吴，其光不及两广。其后天下之乱，事事皆应。”[③] 这一谶语，颇有天命的色彩。而《草木子》所谓的天狗星，与《水浒传》中的天罡地煞，似乎所指相同。

民间宗教组织暴动造反时，往往设立“五方二十八宿旗号名色”[④]。《水浒传》中梁山泊也设立“四斗五方二十八宿等旗号”[⑤]。水浒好汉是天罡地煞之星宿，而他们所征大辽将佐，也大都是星宿，如兀颜统军本部下十一曜大将、二十八宿将军[⑥]，因而梁山好汉征辽无异于“星宿与星宿之间的大战”[⑦]，其中的意味也值得深究。

至于白莲教教徒是“魔”还是“佛”，主要看是谁在言说。封建社会统治阶级及其走狗文人将他们看作“魔”，而底层社会的弱势群体则将他们视为“佛”。“历代遭到官方禁绝乃至武力镇压的宗教社团中，有许多是摩尼教或其亚流，尽管他们所采用的名号五花八门：牟尼、摩尼、明教、吃菜事魔、白云、白莲等等。”[⑧]

中国摩尼教最大的特点是“藏头掩尾”[⑨]。摩尼教在其流传过程中借助于佛教、道教以传其法。摩尼教汉文典籍中，充斥着佛教的词汇，甚至将教主也称为“佛”，即摩尼光佛。“佛徒每斥异己者为魔，易摩（尼

---

① 陶宗仪：《南村辍耕录》，中华书局2008年版，第343页。

② 罗元贞：《关于魔军杀不平：元末农民起义的一个口号》，《暨南学报》1982年第1期。

③ 叶子奇：《草木子》，上海古籍出版社2012年版，第35页。

④ 马西沙、韩秉方：《中国民间宗教史》，中国社会科学出版社2004年版，第821页。

⑤ 施耐庵、罗贯中：《水浒传》（容与堂本），上海古籍出版社1995年版，第864页。

⑥ 参见施耐庵《水浒传》，上海古籍出版社2010年版，第778—779页。

⑦ 同上书，第742—798页。

⑧ 芮传明：《佛耶，魔耶：略说摩尼教在中国古代社会中的两种角色》，《寻根》2006年第1期。

⑨ 同上。

教）为魔，斥为魔王，为魔教，合其斋食而呼之，则为吃菜事魔。”① 摩尼教因为崇拜光明，因此在中国又有明教之称。② 白莲教利用摩尼教所谓反对黑暗、追求光明、光明最终必将战胜黑暗的教义，宣传“大劫在遇，天地皆暗，日月无光”，“黄天将死，苍天将生”，“世界必一大变”，“摩尼教既为白莲教提供了宗教戒律方面的样板，也为其注入了鲜明的叛逆性格”③。

四 标志

《水浒传》叙事细节中有诸多关于白莲教叙述与想象的宗教记忆，兹举几例略作说明。

（一）红光与香气

《水浒传》在“引首”中叙述宋太祖赵匡胤降生时“红光满天，异香经宿不散，乃是上界霹雳大仙下降”④。这一叙事，有诸多类似的故事传说。如元人权衡《庚申外史》云：“（彭）莹玉本南泉山慈化寺东村庄民家子。寺僧有姓彭者，年逾六十岁，善观气色。一夕夜雪，见寺东约二十丈红焰半天。翌日，召其庄老询之曰：‘昨夜二更时，汝村中得无失火乎？抑有他异事乎？’内有一老曰：‘村中无事，惟舍下媳妇生一儿。’僧喜曰：‘盍与我为徒弟，可乎？’老者遂舍为僧。”⑤ 也就是说，彭莹玉和尚降生时，红光满天。由此惊人的相似，不能不令人联想到彼时的白莲教教徒将彭莹玉看作“太祖武德皇帝”的可能。

野史以此来神道设教，正史竟然也如此。据《南史·宋武帝纪》，刘裕降生时，“神光照室尽明”⑥；《北史·齐文宣帝纪》记载“武明太后初

① 吴晗：《明教与大明帝国》，《读史札记》，三联书店1956年版，第243页。

② 参见林悟殊《宋代明教与唐代摩尼教》，《文史》第24辑，中国文史出版社1992年版，第115—126页。

③ 范立舟：《白莲教与佛教净土信仰及摩尼教之关系：以宋元为中心的考察》，《人文杂志》2008年第5期。

④ 施耐庵、罗贯中：《水浒传》（容与堂本），上海古籍出版社1995年版，第1页。

⑤ 权衡：《庚申外史》，商务印书馆1922年版，第4页。

⑥ 李延寿：《南史》，中华书局1975年版，第1页。

孕帝，每夜有赤色照室”[①]；《旧五代史·梁太祖纪》云朱温“夜生于砀山县午沟里，是夕，所居庐舍之上有赤气上腾，里人望之，皆惊奔而来，曰：‘朱家火发矣。’”[②]《旧五代史·周太祖纪》记载郭威“载诞之夕，赤光照室”[③]；《明史·太祖本纪》记载：“（朱元璋）母陈氏，方娠，梦神授药一丸，置掌中有光，吞之，寤，口余香气。及产，红光满室。自是夜数有光起，邻里望见，惊以为火，辄奔救，至则无有。”[④] 正史中朱元璋的出生，与野史中彭莹玉降生时的“红光满天”完全相同。其中的“香气”“红光”等都是白莲教、香会等的身份符号与宗教话语。

焚香似乎也是白莲教教徒的身份标志之一。例如，隋“大业六年（610）正月癸亥朔，旦，有盗数十人，皆素冠练衣，焚香持华，自称弥勒佛，入自建国门，监门者皆稽首。既而夺卫士仗，将为乱”[⑤]。元顺帝至元三年（1337）“二月壬申朔，日有食之。棒胡反于汝宁信阳州。棒胡本陈州人，名闰儿，以烧香惑众，妄造妖言作乱，破归德府鹿邑，焚陈州，屯营于杏冈，命河南行省左丞庆童领兵讨之。……己丑，汝宁献所获棒胡弥勒佛、小旗、伪宣敕并紫金印、量天尺”[⑥]。宋代摩尼教“平居暇日，公为集结，曰烧香，曰燃灯，曰设斋，曰诵经……”[⑦] 然而，马西沙认为，弥勒教和香会（“应是摩尼教的另一称谓”）与白莲教迥异，不可混淆，因而韩山童、刘福通、彭莹玉等人并非白莲教教徒，而是香会或弥勒教信徒。[⑧] 而彭莹玉则是香会教首之一：“先是，浏阳有彭和尚能为偈颂，劝人念弥勒佛号。遇夜，燃火炬名香，会偈拜礼。愚民信之，其徒遂众。”其实，烧香的民间宗教不只是摩尼教，焚香并非区分教派的标志。

《水浒传》中有诸多“烧香”或“焚香”的描述和叙事，如“泰安

---

① 李延寿：《北史》，中华书局1974年版，第243页。

② 薛居正等：《旧五代史》，中华书局1974年版，第2页。

③ 同上书，第1447页。

④ 张廷玉等：《明史》，中华书局1974年版，第1页。

⑤ 魏徵等：《隋书》，中华书局1982年版，第74页。

⑥ 宋濂等：《元史》，中华书局1976年版，第838页。

⑦ 宗鉴：《释门正统》，江苏古籍出版社2002年版。

⑧ 参见马西沙《民间宗教救世思想的演变》，《中国社会科学院研究生院学报》1995年第4期。

州烧香结识得这个兄弟”[①] 以及“烧香”[②]“庙里行香”[③]“降香”[④]“礼弥陀”[⑤] 等。白莲教内，他们以“社火中人故旧交友”相称，而初识则皆焚香拜盟。小说第七十一回写道：“宋江拣了吉日良时，焚一炉香，鸣鼓聚众，都到堂上。宋江对众道：‘今非昔比，我有片言：今日既是天罡地曜相会，必须对天盟誓，各无异心，死生相托，吉凶相救，患难相扶，一同保国安民。’众皆大喜。各人拈香已罢，一齐跪在堂上。宋江为首，誓曰：‘宋江鄙猥小吏，无学无能。荷天地之盖载，感日月之照临。聚弟兄于梁山，结英雄于水泊。共一百八人，上符天数，下合人心。自今已后，若是各人存心不仁，削绝大义，万望天地行诛，神人共戮。万世不得人身，亿载永沉末劫。但愿共存忠义于心，同著功勋于国。替天行道，保境安民。神天察鉴，报应昭彰。’誓毕，众皆同声共愿，但愿生生相会，世世相逢，永无断阻。当日歃血誓盟，尽醉方散。”[⑥] 这一段细细琢磨，可知是民间宗教结义的仪式记忆。

（二）互助与平等

“平等”是明教教徒十二美德之一。[⑦] 摩尼教中有一“平等王”，是该教的主神之一“夷数”，其原型来自基督教的“耶稣”[⑧]。《水浒传》中梁山好汉的“四海之内皆兄弟”与这一“平等”教义有无关系？庄季裕《鸡肋篇》云：摩尼教崇尚“是法平等，无有高下”，“又始投其党有甚贫者，众率出财以助，积微以至于小康。凡出入经过，虽不识，党人皆馆谷焉。人物用之无间，谓为一家，故有无碍被之说，以是诱惑其众”[⑨]。

---

① 施耐庵、罗贯中：《水浒传》（容与堂本），上海古籍出版社 1995 年版，第 837 页。

② 同上书，第 864 页。

③ 同上书，第 866 页。

④ 同上书，第 872 页。

⑤ 同上书，第 1310 页。

⑥ 同上书，第 1050 页。

⑦ 参见吴晗《明教与大明帝国》，《读史札记》，三联书店 1956 年版，第 238 页。

⑧ 芮传明：《佛耶，魔耶：略说摩尼教在中国古代社会中的两种角色》，《寻根》2006 年第 1 期。

⑨ 庄季裕：《鸡肋编》，转引自《陈垣史学论著选》，上海古籍出版社 1981 年版，第 170 页。

宋高宗绍兴四年（1134），王居正上奏朝廷云："伏见两浙州县，有吃菜事魔之俗。……一家有事，同党之人皆出力以相赈恤……"① 清代白莲教，宣传"穿衣吃饭不分你我，不持一文可行天下"，"是男是女本无二，都是无生老母血"等②，由此可类推元代的白莲教大致亦如此。

"摩尼教提供了一个由世俗教徒组成、有自己的经文、围绕着世袭领袖严密组织起来、实行互相帮助的独立教派的著名范例。"③ 小说中所崇尚的仗义疏财、救难济困也是"一会之人"（宋江语）所共享的道德准则。而"及时雨"宋江之所以能赢得江湖好汉的"纳头便拜"，也在于其道德领袖的精神魅力。白莲教还号召信徒以四海为家，把教友或义友关系看成同生父母的兄弟姊妹关系，号召同教互通财物，互相帮助，男女平等。《水浒传》异姓结盟为兄弟，有福同享、有难同当云云的叙事，与白莲教教义颇为相同或相似。《水浒传》中的吕师囊在历史上实有其人。吕师囊（1083—1121），仙居十四都（今白塔镇吕桥头村）吕高田村人。初为摩尼教首领，常"散金于人"，扶贫济困；"人有急，辄为排解"，有"信陵君再世"之称，不少人直接称呼他为"信陵君"。小说中的宋江，被誉为"及时雨"，在这方面与吕师襄何其相似！

清代白莲教有数额不菲的"根基钱"，根基钱即份子钱。从而可推知，宋江、柴进、晁盖等人之所以似乎拥有用之不尽的财富，以及他们仗义疏财、挥金如土的前提是不是由于"根基钱"为其提供了保障呢？在《水浒传》中，为了救卢俊义之命，梁山泊委派柴进送给节级蔡福和蔡庆"一千两金子"④。这笔费用，依据清中期四川白莲教起义军赎回监狱中的首领徐天德所用两千两银子出自"根基钱"来看⑤，恐怕也是出自梁山泊的根基钱。读者往往困惑于宋江不过是一押司，何以能够"尽力资助，端的是挥霍，视金似土。人问他求钱物，亦不推脱"⑥？如果从根基钱来看，答案就不言而喻。

---

① 李心传：《建炎以来系年要录》，中华书局1956年版，第1248—1249页。

② 参见杨先国《川东北白莲教起义始末》，四川民族出版社1991年版，第5页。

③ 马西沙、韩秉方：《中国民间宗教史》，中国社会科学出版社2004年版，第96页。

④ 施耐庵、罗贯中：《水浒传》（容与堂本），上海古籍出版社1995年版，第924页。

⑤ 参见杨先国《川东北白莲教起义始末》，四川民族出版社1991年版，第15页。

⑥ 施耐庵、罗贯中：《水浒传》（容与堂本），上海古籍出版社1995年版，第245页。

蕲、黄地区白莲教教徒所建立的天完国，其国号“天完”，一说根据字形上添“一宀”从而压倒“大元”的意思，即赵士喆《皇纲录》云“‘天完’非国，（徐）寿辉取以为号者，以字形压‘大元’也”①，这有可能，因为民间宗教有通过字形作谶语的惯习；但还有一种可能，那就是取“天完了”之意，从而由他们进行“替天行道”。而“替天行道”是水泊梁山的旗帜，由此可推知水浒好汉与白莲教教徒之间的关系。

另外，《永庆升平后传》亦可以补证“替天行道”的宗教性：如第四回叙述道：“我们是我家会总爷立的天地会八卦教，我们是替天行道，普救众生，只以剪恶为本。你们自知有君，岂不知天下者非一人之天下也，乃仁人之天下也……”② 而后半句中的“仁人”云云似又可以补证《水浒传》开篇就以“仁宗”叙起的某些缘由。

至正二十年（1360），陈友谅袭杀乃主徐寿辉于采石，以采石五通庙为行殿行皇帝仪，国号汉，改元“大义”。大义之崇奉，或许就是小说中“聚义厅”、“忠义堂”、早成“大义”、归顺“大义”、遵“大义”等的历史记忆吧？

（三）嗜杀

弥勒教即大乘教。梁武帝大通元年（527），佛教徒傅翕创立了弥勒教，以“弥勒下生，救度世人”为其基本教义。元代的白莲宗融合弥勒信仰及其他宗教因素，演变成为造反的白莲教。③

北魏宣武帝延昌四年（515），冀州沙门法庆自命“新佛”，即弥勒佛，创立“大乘教”，力倡杀人，谓“杀一人者为一住菩萨，杀十人者为十住菩萨”。历史记载：“魏冀州沙门法庆以妖幻惑众，与渤海人李归伯等作乱，推法庆为主。法庆以尼惠晖为妻，以归伯为十住菩萨、平魔军司、定汉王，自号‘大乘’。又合狂药，令人服之，父子兄弟不复相识，唯以杀害为事。……所在毁寺舍，斩僧尼，烧经像，云‘新佛出世，除

① 杨讷：《释“天完”》，《历史研究》1978年第1期。

② 贪梦道人：《永庆升平后传》，宝文堂书店1988年版，第24页。

③ 参见陈扬炯《中国净土宗通史》，江苏古籍出版社2000年版，第464—467页。

去众魔'。"[①] 大乘般若学以入理般若则为住，十住即佛典所云获得了般若的十个层次；十住又称十地，故十住菩萨又称十地菩萨。十地菩萨进一步修行则可以证成正果。弥勒教曾经宣传杀人，"杀一人者为一住菩萨，杀十人者为十住菩萨"；关羽被称为"关菩萨"，或许与此有关。

有元一代，利用弥勒教、白莲教等民间宗教举行起义的可谓是此起彼伏，如至元三年（1337）二月陈州人棒胡率众在信阳发难、戴甲与定光佛领导的起义、山东和燕南三百余处教民暴动等。

如前所述，白莲教混杂着弥勒教的教义，因此白莲教教徒，大多颇嗜杀。而水浒好汉，一直为读者所诟病的，则是其嗜血性。如在一百八将中，有"天杀星"李逵。李逵留给读者的印象之一就是挥动板斧排头砍去，鲁迅曾对此进行过批判。而当下读者更是认为李逵就是杀人恶魔，对其嗜血性深为不满。但若从弥勒教教义来看，李逵真可谓是"菩萨"了。

小说中的行者武松，在南宋人龚圣予《宋江三十六人画赞》中，是"汝优婆塞，五戒在身。酒色财气，更要杀人!"行者，佛教语，即头陀，行脚乞食的苦行僧人。优婆塞，指在家中奉佛的男子，即居士。《魏书·释老志》："俗人之信凭道法者，男曰优婆塞，女曰优婆夷。"[②] 无论是优婆塞还是行者，都表明武松的宗教身份。而《水浒传》中的好汉武松，其色欲被净化了，但嗜杀却得到了极致的渲染，如为了复仇共杀死 19 条性命，连李卓吾都以为真正该死的不过是张都监、张团练和蒋门神三人而已。水浒好汉大都快意恩仇，这一现象的背后或许与弥勒教的教义有关。

（四）异相与异能

"民间宗教的首领往往能自夸或被他人神化为具有某种'异相'和'异能'的人"[③]，这一特征的发现，意义颇大，它可以证明水浒好汉何

---

① 司马光：《资治通鉴》，岳麓书社 2001 年版，第 892 页。

② 魏收：《魏书》，中华书局 1974 年版，第 3026 页。

③ 孙逊、周君文：《古代小说中的民间宗教及其认识价值：以白莲教、八卦教为主要考察对象》，《文学遗产》2005 年第 5 期。

以大都天禀异相而又具有异能。而从水浒好汉的异相和异能反过来亦可以证明《水浒传》的叙事与民间宗教联系密切，甚至令人怀疑它本是民间宗教聚会时的谈资或弘法的工具。

水浒好汉亦以貌取人，如《水浒传》第三回写道，鲁达“见了史进长大魁伟，象条好汉，便来与他施礼”[1]。水浒世界特别看重异貌，这一点从水浒好汉的绰号上就可以得到明证，如豹子头、青面兽、赤发鬼、青眼虎、独角龙、玉幡竿、美髯公等。水浒好汉的异相，从历史学的角度来看，可详参拙文《水浒人物身体叙事的文化阐释》[2]，此处从略；从宗教学的角度来看，异相与异能一起可以成为神道设教的手段。元末天完国皇帝徐寿辉（又名徐真一或徐贞一）别无他能，仅以“姿状庞厚”而被立为主。[3]《明实录·明太祖实录》卷八亦云元末徐寿辉“体貌魁岸，木强无他能”[4]，而白莲教教徒“以（徐）寿辉相貌异众，乃推以为主”[5]。

水浒世界也非常崇拜异能，如小说所叙述的，“总驰飞报，太保神行戴宗。飞符走檄，萧让是圣手书生。定赏行刑，裴宣为铁面孔目。神算须还蒋敬，造船原有孟康。金大坚置印信兵符，通臂猿造衣袍铠甲。皇甫端专攻医兽，安道全惟务救人。打军器须是汤隆，造炮石全凭凌振。修缉房舍，李云善布碧瓦朱甍。屠宰猪羊，曹正惯习挑筋剔骨。宋清安排筵宴，朱富酝造香醪。陶宗旺筑补城垣，郁保四护持旌节”[6]。除此之外，其他好汉如神射花荣、神偷时迁、歌手乐和等，都是天禀异能之人。

简而言之，若非异貌、异能之辈，似乎并非江湖上的“一会之人”，从而印证了水浒故事的民间宗教文化之底蕴。

（五）崇尚与持戒

摩尼教，“其教大要在乎清净、光明、大力、智慧八字而已”[7]。鲁提

---

① 施耐庵、罗贯中:《水浒传》(容与堂本)，上海古籍出版社 1995 年版，第 40 页。

② 参见张同胜《水浒人物身体叙事的文化阐释》,《现代语文》2011 年第 9 期。

③ 参见叶子奇《草木子》，上海古籍出版社 2012 年版，第 41 页。

④ 胡广等:《明实录》，“中央研究院”历史语言研究所校印 1962 年影印本，第 99 页。

⑤ 同上书，第 100 页。

⑥ 施耐庵、罗贯中：《水浒传》（容与堂本），上海古籍出版社 1995 年版，第 1049—1050 页。

⑦《海琼白真人语录》卷 1,《道藏》第 33 册，上海书店出版社 1988 年版，第 115 页。

辖三拳打死镇关西、鲁智深只一膀子就把亭柱子打折了、鲁智深倒拔垂杨柳、景阳冈武松用拳头打死大老虎、武松醉打蒋门神、呼延灼力擒番将，等等，都是崇尚“大力”武勇的表现和书写。

晁盖、吴用等人智取生辰纲，宋江等智取无为军，石秀智杀裴如海，吴学究双用连环计大败祝家庄，吴用赚金铃吊挂以解救史进、鲁智深等，戴宗智取公孙胜，吴用智赚玉麒麟，吴用智取大名府，燕青智扑擎天柱，吴用智取文安县，宋江智取润州城，宋江智取宁海军，宋公明智取清源洞等，则都是崇尚“智慧”的体现。

鲁达在五台山出家时，首座众僧都觉得他相貌凶顽，智真长老却说：“只顾剃度他。此人上应天星，心地刚直。虽然时下凶顽，命中驳杂，久后却得清净……”[①] 这句话一则点出鲁智深乃天星下凡；二则指出其日后“证果非凡”，得“清净”，而清净则是摩尼教的教义之一。

摩尼教持戒甚严，有“四不”之律：不吃荤、不喝酒、不结婚、不积聚财富。忏悔十罪：虚伪、妄誓、为恶人做证、迫害善人、搬弄是非、行邪术、杀生、欺诈、不能信任、做了日月所不喜欢的事情。遵守十戒：不拜偶像、不说谎、不贪、不杀、不淫、不行邪道巫术、不二见、不懒惰、每日四时祈祷。[②] 然而，这些戒条或被遵守，或被遗弃。前者如水浒好汉大多不结婚，后者则如杀人放火。

（六）尚白

如前所述，白莲教是一杂糅的民间宗教，因而其教义除却受摩尼教影响之外，还受到弥勒教、明教等教义的影响。梁山泊与曾头市的战争，源起于一匹白马。段景住“到枪竿岭北边，盗得一匹好马，雪练也似价白，浑身并无一根杂毛”，这就是北方有名的照夜玉狮子马。[③] 小说中多有白马的描述，再如宋江“穿红袍骑白马”、鲁智深“骑一匹白马”[④]等。还有白范阳毡笠、白衣等描写，如武松穿了一领新衲红绣袄，戴着

① 施耐庵、罗贯中：《水浒传》（容与堂本），上海古籍出版社1995年版，第56页。

② 参见马西沙《民间宗教救世思想的演变》，《中国社会科学院研究生院学报》1995年第4期。

③ 参见施耐庵、罗贯中《水浒传》（容与堂本），上海古籍出版社1995年版，第888页。

④ 同上书，第851页。

个白范阳毡笠儿，背上包裹，提了哨棒，相辞了便行[①]；方腊令柯引（柴进）“白衣相见”[②]。诸如此类的“尚白”叙事，在白莲教“尚红”的冲击下，在小说文本中虽然不很明显，但其印痕依然宛在。

开元三年（715）十一月十七日，唐玄宗诏书云：“比者白衣长发，假托弥勒下生，因为妖讹，广集徒侣，称解禅观，妄说灾祥。或别作小经，诈云佛说，或辄畜弟子，号为和尚。多不婚娶，眩惑闾阎，触类实繁，蠹政为甚。”[③] 吴晗认为，隋唐之弥勒教“白衣长发”或“白冠练衣”，“与明教徒之白衣白冠同，亦焚香、亦说灾祥、亦有小经、亦集徒侣，与后起之明教盖无不相类”[④]。唐长孺指出：“一，白衣为弥勒教之服色，起源当在元魏之世。而白衣天子亦为弥勒教之谣谶。二，北朝沙门乱事多与弥勒教有关。” “明教或吃素事魔者所奉之白佛，当时依托弥勒。”[⑤]

（七）红衣与红巾

据宋人方勺《泊宅编》的记载，宣和二年（1120）十月，方腊率众起义，“自号圣公，改元永乐，置偏裨将，以巾饰为别，自红巾而上凡六等……”[⑥] 从中可知，红巾曾被摩尼教教徒用以作内部分层分级的标志之一。马西沙、韩秉方认为摩尼教的信徒本来崇尚白色，而方腊起义时却以红巾或赭服为标志，这表明摩尼教“接受了弥勒佛衣红着赭的传说”[⑦]。

吴晗认为，明教在宋朝廷南渡前后又有了尚赤、尚紫之风，这“或与袄教、佛教有关，以明教原系杂糅袄教、佛教而成，袄教之火神色尚红，而佛教净土宗之阿弥陀佛又属红色之故也。白莲社奉阿弥陀佛，明教与白莲社之混合或早在北宋已开其端，故明教徒党又以红色为其举事

---

① 参见施耐庵、罗贯中《水浒传》（容与堂本），上海古籍出版社 1995 年版，第 316 页。
② 施耐庵：《水浒传》，上海古籍出版社 2010 年版，第 991 页。
③ 王钦若等：《册府元龟》，中华书局 1960 年版。
④ 吴晗：《明教与大明帝国》，载《读史札记》，三联书店 1956 年版，第 256 页。
⑤ 柳存仁：《唐前火袄教和摩尼教在中国之遗痕》，《世界宗教研究》1981 年第 3 期。
⑥ 方勺：《泊宅编》，中华书局 1983 年版，第 109 页。
⑦ 马西沙、韩秉方：《中国民间宗教史》，中国社会科学出版社 2004 年版，第 94—95 页。

之标志也”[①]。

而元代，《通制条格》规定，汉僧不得着吐蕃僧之红衣，汉僧如果着“红衣”，“钦奉圣旨：那般着的拿者”[②]。这或许激起了当时汉僧普遍的逆反心理?

《水浒传》中的九天玄女“身穿七宝龙凤绛绡衣”，她的两个侍女也是“身穿金缕绛绡衣”[③]，从衣服的颜色似乎也可以推知此乃白莲教写实的遗留。关于红巾军之红巾红衣的叙述，拙文《〈水浒传〉与元末红巾军》[④] 已作详细论述，此处从略。

五　馀论

《水浒传》文本中诸多矛盾或难解的叙事，从白莲教宗教文化的角度对它进行解读，就会迎刃而解，如：宋江挥金如土，其钱财何以用之不竭？水浒好汉为何绝大多数不婚娶？水浒好汉彼此之间的消息何以极其灵通？水浒好汉为何嗜杀而被赞誉？水浒世界为何崇尚大力？等等。从而表明这部小说本是元末白莲教信徒借助于勾栏瓦舍中的好汉故事来再现其秘密底层组织的集体记忆，但当它成为民族的文化记忆时就变得颇为歧义，而我们还原小说生成的文化土壤和气候，庶几接近于一个民间宗教组织赋予水浒故事的“微言大义”。

综上可知，《水浒传》文本叙事中的宗教，实质是民间宗教白莲教。水浒好汉乃白莲教教徒的艺术镜像，小说中的江湖世界有白莲教组织的影子，水泊梁山即以长江中下游吴楚一带为原型，梁山泊的旗帜“替天行道”即红巾军所崇尚的“大义”，《水浒传》所叙述的水浒世界则是关于元末白莲教起义的宗教记忆。

（原载《兰州大学学报》2015 年第 1 期）

---

① 吴晗：《明教与大明帝国》，载《读史札记》，三联书店 1956 年版，第 251 页。

② 《通制条格》，浙江古籍出版社 1986 年版，第 333 页。

③ 施耐庵、罗贯中：《水浒传》（容与堂本），上海古籍出版社 1995 年版，第 1289 页。

④ 参见张同胜《〈水浒传〉与元末红巾军》，《内江师范学院学报》2014 年第 5 期。

从影子叙事看《红楼梦》的“自传说”

引言

胡适先生在《红楼梦考证》中认为，“《红楼梦》是一部隐去真事的自叙：里面的甄、贾两个宝玉，即是曹雪芹自己的化身；甄、贾两府即当日曹家的影子”，从而提出“《红楼梦》这部书是曹雪芹的自叙传”即“自传说”①。俞平伯先生也认为，“《红楼梦》是一部自传”②。周汝昌先生也以历史材料论证《红楼梦》的“写实自传说”③。

“自传说”构建了一个《红楼梦》的历史世界：自20世纪20年代至今，考证派将《红楼梦》作为历史或史料来进行研究，它主要是基于一种历史真实基础之上的史学探究。而《红楼梦》的真实性，究竟是艺术真实，还是历史真实？基于“自传说”之上的《红楼梦》的真实性问题迄今依然莫衷一是，尚未达成共识，因而还具有进一步探讨的空间。本文从《红楼梦》的影子叙事出发，探析其“自传说”的问题。

一 何谓影子叙事

影子叙事，指的是在同一部文学作品，或不同文学作品之间，人物

① 胡适：《红楼梦考证》，《中国章回小说考证》，上海书店出版社1942年版，第220、206页。

② 俞平伯：《红楼梦辨》，《俞平伯全集》第5卷，花山文艺出版社1997年版，第159页。

③ 周汝昌：《红楼梦新证》，棠棣出版社1953年版，第566页。

形象、故事情节、叙事结构或精神实质等方面具有相同或相似性，从而构建的一种叙事模式。古今中外的文学世界中，这一现象颇为常见。西方文学之于《圣经》或希腊罗马神话，其模拟、重复、反讽、解构等改写或创作，构成了影子叙事模式。中国小说的叙事中，如神话传说的再生叙事，关胜与关羽之间的形似、神似构成一种互文的关系，才子佳人故事情节的“重复”，编纂袭用的成书方式，以及分身叙事和分阶叙事等都构成了影子叙事。

《红楼梦》虽然正如作者所言，不蹈袭故辙，新鲜别致，其叙事只是取其“事体情理”而已。然而，其中的影子叙事亦是不少，且具有自家面目。通过影子叙事的展现，本文分析《红楼梦》究竟是虚构还是纪实，其真实性究竟是历史真实还是“情理真实”①，从而有助于深入探讨这部小说的“自传说”问题。

二 影子叙事的表征书写

《红楼梦》的影子叙事，其表征书写主要体现在人物形象的分身叙事、分阶叙事，故事情节的处境悬拟叙事等方面。

（一）人物形象的分身叙事、分阶叙事

分身叙事，指的是同一人物分处不同时空、情境、意象或性别之中的叙事。如水浒好汉据《水浒传》的说法是北斗星（“北斗注死”）下凡，由北斗七星又分身为三十六天罡和七十二地煞；再如《西游记》中玄奘分身为唐僧（如来佛二弟子转世、金蝉子转世）、孙悟空（心猿、金公）、猪悟能（木龙、木母）、沙僧（黄婆、刀圭）和白龙马（意马、火）等。

分阶叙事，指的是同一人物处于不同社会环境之中以不同伦理身份进行的叙事。分阶叙事，又称作“假设身份叙事”。它可以讲述同一个人物在不同遭遇中的经历，也可以在“现在时”同时叙述“将来时”的情境。它是“假语村言”叙事法之一，是曹雪芹打破以往写法的具体体现

① 张同胜：《论脂评的情理真实观》，《红楼梦学刊》2009 年第 2 辑。

之一，也是《红楼梦》叙事的民族性特色之一。

分阶叙事的理论依据，就是贾雨村所说的“气化宇宙论”，如清明灵秀之气“使男女偶秉此气而生者，在上则不能成仁人君子，下亦不能为大凶大恶：置之于千万人中，其聪俊灵秀之气，则在千万人之上；其乖僻邪谬不近人情之态，又在千万人之下。若生于公侯富贵之家，则为情痴情种；若生于诗书清贫之族，则为逸士高人；纵然生于薄祚寒门，断不能为走卒健仆，甘遭庸人驱制驾驭，必为奇优名倡。如前代之许由、陶潜、阮籍、嵇康、刘伶、王谢二族、顾虎头、陈后主、唐明皇、宋徽宗、刘庭芝、温飞卿、米南宫、石曼卿、柳耆卿、秦少游；近日之倪云林、唐伯虎、祝枝山；再如李龟年、黄幡绰、敬新磨、卓文君、红拂、薛涛、崔莺、朝云之流，此皆易地则同之人也”。(第二回)

1. 贾宝玉

在《红楼梦》中，贾宝玉的分身叙事、分阶叙事主要以甄宝玉、智通寺老僧、贾芸、宝官、玉官、神瑛侍者、石头、甄士隐（顾颉刚、俞平伯皆认为“甄士隐似即宝玉的影子”[①]，其论证不具引）等来展开。

贾宝玉，在小说文本中有甄宝玉为其分身，二者是一体叙事，从仆人口中可以得知，他们在形体相貌、性情倾向、为人处世等方面皆为一人，这只不过是由于作者将真事隐去，运用“假语村言”而作如是写。贾宝玉作为甄宝玉的镜像，在小说中浓彩重墨大加皴染，尤其是在前七十回之中。第二回甲戌脂评侧批云：“甄家之宝玉乃上半部不写者，故此处极力表明，以遥照贾家之宝玉。凡写贾家之宝玉者，则正为真宝玉传影。”它指出了贾宝玉与甄宝玉之间的影子叙事关系。从脂批可知，作者意欲在小说下半部主要以甄宝玉来叙述贾府败落后的悲惨境地和世态人情，可惜“《红楼梦》没有写完”。贾宝玉与甄宝玉的关系，“一而二，二而一者也，所谓假即真时真亦假也。……宝玉实作者自命，而乃有甄贾二人者，盖甄宝玉为作者之真境，贾宝玉乃作者幻想也”[②]。

而智通寺的老僧，便是宝玉、熙凤、黛玉等“既证之后”的写照。第二回写道，贾雨村信步走进一“门巷倾颓，墙垣朽败”之庙宇，发现

① 俞平伯：《红楼梦辨》，《俞平伯全集》第5卷，第198页。
② 冯其庸：《八家评批红楼梦》，文化艺术出版社1991年版，第79—81页。

一个龙钟老僧在那里煮粥，问他两句话，“那老僧既聋且昏，齿落舌钝，所答非所问”，贾雨村不耐烦，便仍出来。正如脂砚斋所评，这老僧的境况其实是宝玉、熙凤等人失势时的惨况写真，此可谓宝玉、熙凤等人的分阶叙事。脂砚斋批道：“毕竟雨村还是俗眼，只能识得阿凤、宝玉、黛玉等未觉之先，却不识得既证之后。”（第二回）

而曹雪芹对于宝玉的身世遭际进行处境刻画，还体现在贾芸这个人物形象上。贾芸之“芸”，据字书所释：“芸者，香草也。”《说文解字》：“淮南王说：‘芸草，可以死而复生。’”此义与“义子”似有关联。晋代王嘉《拾遗记》卷七《魏》云：“文帝所爱美人，姓薛名灵芸，常山人也。……灵芸闻别父母，歔欷累日，泪下沾衣。至升车就路之时，以玉唾壶承泪，壶则红色。既发常山，及至京师，壶中泪凝如血。”[①] 灵芸与“血泪”相关，而沈治钧先生认为，林红玉与此典故亦有密切联系。[②] 沈括《梦溪笔谈》云：“古人藏书辟蠹用芸。”而宝玉最厌恶“禄蠹”，二者亦有联系否？“芸为草，玉为石，芸红爱情也是一段‘木石因缘’，与宝黛爱情交相辉映”[③]。因而“芸”字之义，暗示贾芸与宝玉之间的影子关系，作者以贾芸写宝玉潦倒之后的人品行止。袭人将小丫鬟“芸香”改名为蕙香，此事大有蹊跷，即如不避讳，何必多此一举？曹雪芹喜欢且长于以汉字字音和字形进行叙事，因而从这个角度入手探讨人物之间的关系并不是牵强附会，更不是无中生有。

贾芸是宝玉的“义子”。在穷迫之时，他尚有骨气和才智，脂砚斋赞誉他“有志气，有果断”，“有知识”，“金盆虽破分量在”，“芸哥亦善谈，井井有理”等（第二十四回）。宝玉人称“宝二爷”，而贾芸被呼作“贾二爷”，诸如此类的相似之处有无内在的深意？第二十四回脂批预述《红楼梦》后半部分的叙事云：“伏芸哥仗义探庵。”再如，贾芸怕母亲生气，便不提及舅舅卜世仁的事。庚辰本脂批云：“孝子可敬，此人后来荣府事败，必有一番作为。”第二十五回，宝玉被马道婆、赵姨娘等人用魔法算计陷害以致发疯，贾芸“带着家下小厮坐更看守，昼夜在这里”。如

① 王嘉：《拾遗记》，上海古籍出版社2012年版，第47页。

② 参见沈治钧《林红玉索隐》，《红楼梦学刊》1993年第3辑。

③ 同上。

果说，宝玉是作者生活在“温柔富贵乡”中自己的影子；那么贾芸，其实就是假设作者在落魄境遇下自己的影子而已。

十二优伶，与十二金钗以及宝玉似乎也存在某种静水深流的关系。譬如，芳官、藕官、蕊官在家班解散后分别分给了宝玉、黛玉、宝钗，后来这三个女伶又都去做了尼姑，而宝玉的结局则是和尚。在从苏州买来的女伶中，小生宝官、正旦玉官，她们的名字中有“宝”有“玉”与贾“宝玉”在称呼上“相通”。她们是否也寄寓着贾雨村关于“气化宇宙论”所说的理念，即如宝玉者，即使势败途穷，也不会沦落为走卒健仆，而是倒有去做倡优的可能。在第三十回中，端阳节前，宝官、玉官到怡红院中和袭人玩，其他女伶此时为何不与袭人接触，而这两位却与袭人似乎关系亲密？除了宝官、玉官，贾府戏班解散后，分到怡红院的芳官，相貌与贾宝玉颇为相似。第六十三回“寿怡红群芳开夜宴”中，芳官“面如满月犹白，眼如秋水还清。引的众人笑说：‘他两个倒象是双生的弟兄两个’”。芳官色艺俱佳，在第五十四回“荣国府元宵开夜宴”中，贾母点名“叫芳官唱一出《寻梦》，只提琴至管萧合，笙笛一概不用”。这似乎是侧面预述宝玉家亡势败后的一种结局？

《脂砚斋重评石头记》第一回中，有两个神话故事，在程高本之前的版本中，这两个再生的神话故事是分别独立的，程高本将其合二为一。这版本的流变，本身就表明《红楼梦》是创作，历经几多增删修改，且不说再生神话叙事之荒诞不经。

第一个再生神话，说女娲补天，炼石三万六千五百零一块，结果只用了三万六千五百块，剩下一块没用，于是这块遗弃之石自怨自叹，“日夜悲号惭愧”。这一块“无材可去补苍天”（甲戌侧批：书之本旨。）的弃石，即宝玉的前身。

第二个神话是绛珠草还泪报恩：“只因西方灵河岸上三生石畔，有绛珠草一株，时有赤瑕宫神瑛侍者，日以甘露灌溉，这绛珠草始得久延岁月。……那绛珠仙子道：‘他是甘露之惠，我并无此水可还。他既下世为人，我也去下世为人，但把我一生所有的眼泪还他，也偿还得过他了。’”甲戌侧批针对“神瑛”云：“单点‘玉’字二。”脂批称呼贾宝玉不是“玉兄”就是“石兄”，从而可知在两则神话合流后批者、作者都把宝玉看作女娲补天时所遗弃的那一块石头，也就是赤瑕宫里的神瑛侍者，因而小说的题目之一便是《石头记》。

贾宝玉有清与浊的形象差异，清者是神瑛侍者的翻版，浊者是享受尘世之乐的石头的印记。[①] 石头—神瑛侍者—贾宝玉三者之间构成了幻形转世的关系。宝玉这个艺术形象，作者是用多个人物形象来完成的：石头、神瑛侍者、贾宝玉、甄宝玉等，因而有人将它称为“复合体艺术形象”[②]。也就是说，石头、神瑛侍者、甄宝玉、贾芸、智通寺老僧等都是贾宝玉在小说中的分身或影子。

2. 林黛玉

黛玉的分身叙事、分阶叙事关乎薛宝钗、晴雯、林红玉、龄官、小旦、妙玉等诸多小说人物形象，因而她也是一个复合体叙事形象。

黛玉与宝钗之间的影子关系是分身叙事。这一点从她们为同一“判词”可见一斑。而秦可卿“兼美”黛玉与宝钗，一为少女“情情”叙事，一为婚后本分之“情不情”叙事。1922 年，俞平伯《红楼梦辨·论秦可卿之死》云：“可卿之在十二钗，占重要之位置；故首以钗黛，而终之以可卿。第五回太虚幻境中之可卿，‘鲜艳妩媚有似乎宝钗，风流袅娜则又如黛玉’，则可卿直兼二人之长矣，故乳名‘兼美’。宝玉之意中人是黛，而其配为钗，至可卿则兼之，故曰‘许配与汝’，‘即可成姻’，‘未免有儿女之事’，‘柔情缱绻，软语温存，与可卿难解难分’。此等写法，明为钗黛作一合影。”[③] 俞平伯《红楼梦辨·作者底态度》认为：“书中钗黛每每并提，若两峰对峙双水分流，各极其妙莫能相下，必如此方极情场之盛，必如此方尽文章之妙。”[④] 1948 年，俞平伯《“寿怡红群芳开夜宴”图说》指出《红楼梦》第五回中所叙述的正册头一页乃“钗黛合为一图，合咏为一诗”，以及《终身误》为钗黛合写。[⑤] 1950 年，俞平伯《后三十回的红楼梦》引庚辰本第四十二回脂批“钗玉名虽二个，人却一身，此幻笔也。今书至三十八回时，已过三分之一有余，故写是

---

① 参见沈治钧《石头·神瑛侍者·贾宝玉》，《红楼梦学刊》2002 年第 3 辑。

② 姚莽：《复合体形象——〈红楼梦〉的一个天才创造》，《红楼梦学刊》1989 年第 1 辑。

③ 俞平伯：《红楼梦辨》，《俞平伯全集》第 5 卷，花山文艺出版社 1997 年版，第 232 页。

④ 同上书，第 158 页。

⑤ 参见俞平伯《红楼梦研究》，《俞平伯全集》第 5 卷，花山文艺出版社 1997 年版，第 495 页。

回使二人合二为一。请看黛玉逝后宝钗之文字，便知余言不谬矣”，认为这一条批语“特别重要”①。脂砚斋委实是慧眼独具，看到了黛玉与宝钗实为“一身”，只不过有婚前与婚后之分而已。《醒世姻缘传》薛素姐婚后被换心，婚前婚后判若两人；贾宝玉关于女性的“珍珠”与“死鱼眼睛”之论，是同一道理。在《红楼梦》中，不唯脂砚斋作如是观，畸笏叟亦云：“将薛、林作甄玉、贾玉看书，则不失执笔人本家。”（第二十二回庚辰眉批）

晴雯、小红、龄官等人对于黛玉形象的皴染，则是分阶叙事。按照上引贾雨村所说的理论，黛玉是“小姐”，即使沦落为丫鬟，那也是晴雯一流的一等；而即使是相貌平平，只有三分姿色，那也会像小红那样凭着自己的才智（尤其是口才，小红与黛玉皆“伶牙俐齿”）上位；而假设为“奇优名倡”，那也是龄官、为宝钗庆生的小旦这样的才华超众、个性特立的尤物。

黛玉与晴雯的影子关系，是分阶叙事。在第七十四回中，当王善保家的告晴雯的状时，王夫人想起晴雯的眉眼又有些像黛玉。第八回甲戌脂批云：“袭为钗副，晴有林风。”此言不虚。林黛玉为正册之冠，而晴雯则为又副册之首。晴雯、黛玉皆为“情痴情种”，皆“风流灵巧”，皆为“芙蓉”。怡红庆宴，黛玉掣的签是芙蓉，而晴雯无签可掣，“自来评书的人都说晴为黛影，从这回书看确乎不错。晴雯为芙蓉无疑，而黛玉又是芙蓉”，因而“晴黛为二而一者殆不成问题”②。宝玉《芙蓉女儿诔》名义上为晴雯而诔，实际上则是诔黛玉。脂砚斋批道：“虽诔晴雯而又实诔黛玉也。奇幻至此，若云必因晴雯诔，则呆之至矣。”又云，此文“明是为与阿颦作谶”。从诔文来看，晴雯、黛玉皆死于谣诼是可能的。小说写道，当黛玉听宝玉将“红绡帐里，公子多情；黄土垄中，女儿薄命”改为“茜纱窗下，我本无缘；黄土垄中，卿何薄命”后，忡然变色。庚辰双行夹批云：“慧心人可为一哭。观此句便知诔文实不为晴雯而作也。”从而指出了黛玉和晴雯的影子关系。

---

① 俞平伯：《红楼梦研究》，《俞平伯全集》第5卷，花山文艺出版社1997年版，第478页。

② 同上书，第500页。

小红即林红玉，她与黛玉之间的影子关系亦可以从字义上进行分析：黛玉本是“绛珠草”的化身，第一回甲戌侧批“绛”字云：“点‘红’字。”甲戌侧批“绛珠”二字云：“细思‘绛珠’二字，岂非血泪乎?!”黛乃青黑色。血凝固后呈现殷红色，即发黑的红色，红中带黑。泪流殆尽，继之以血，血色殷红，日久变成黛色。《释名》：“红，绛也。”《说文》：“红，帛赤白色也。”段注：“按，此今人所谓粉红、桃红也。”红乃间色，非正色。红之色，乃“色赤而白也”；而绛之色，则是含有血泪之殷红；黛色或紫色，则是血欲化碧之色矣。从“碧血”之典故也可略知一二。《庄子·外物》云：“苌弘死于蜀，藏其血，三年而化为碧。”林红玉“俏丽干净”，实乃红之色。《红楼梦》第二十四回叙述道：“原来这小红本姓林，[庚辰双行夹批：又是个林。] 小名红玉，[庚辰双行夹批：‘红’字切‘绛珠’，‘玉’字则直通矣。] 只因‘玉’字犯了林黛玉、宝玉，[庚辰双行夹批：妙文。] 便都把这个字隐起来，便都叫他‘小红’。”脂批云林红玉之“红”字，“切‘绛珠’”，即黛玉。解盦居士说：“小红亦姓林氏，原名红玉，明是‘绛珠’两字影子。”① 张新之认为：“小红，黛玉第三影身也。”② 第二十六回甲戌脂批云：“‘狱神庙’红玉、茜雪一大回文字，惜迷失无稿。”小红口才出众，才高志大，与黛玉、晴雯皆相同。戚序本第二十七回脂批云：“凡小红传皆为黛、晴而作。”沈治钧先生认为，“黛、红关系便可谓‘血泪相连’”，“作者将红玉比喻为崔莺莺，除了更进一步证实了上节关于她是黛玉影子的看法外，还说明她和宝玉的关系，确实非比等闲。”③ 从而可推知，作者笔下的小红，似乎是姿色平平之低等奴婢身份处境中的林黛玉的影子描摹。

龄官“眉蹙春山，眼颦秋水，面薄腰纤，袅袅婷婷，大有黛玉之态”(第三十回)。在第十七、十八回中，贾元春省亲时，龄官唱戏，贾妃很满意：“龄官最好，再作两出。”贾蔷要她做《游园》《惊梦》二出，她因不是本角的戏，不肯做，定要做《相约》《相骂》。贾蔷扭不过她，只好依了她。贾妃看了“甚喜”，说“不可为难了这女孩子，好生教习”，

---

① 解盦居士：《石头臆说》，人民文学出版社 1963 年版，第 189 页。

② 浦安迪：《红楼梦批语偏全》，北京大学出版社 2003 年版，第 141 页。

③ 沈治钧：《林红玉索隐》，《红楼梦学刊》1993 年第 3 辑。

又赏她东西。后来，贾蔷买来雀儿，替龄官解闷，哪知龄官感怀身世，说贾蔷拿雀儿打趣她，又指责贾蔷不关心她。但当贾蔷要去给她请大夫时，龄官却又说“站住，这会子大毒日头地下，你赌气请来了我也不瞧”。龄官有主见、任性；动辄生气，百不如意；体弱多病，咳嗽出血；心疼贾蔷，无所顾忌等，皆有“林风”。《红楼梦》中不唯龄官“大有黛玉之态”，第二十二回贾府为薛宝钗过生日，“定了一班新出小戏”，其中一个11岁的小旦和一个做小丑的深获贾母怜爱之心。凤姐笑道：“这个孩子（指的是小旦）扮上活像一个人，你们再看不出来。”宝钗、宝玉都不说，湘云接着笑道：“倒象林妹妹的模样儿。”莫非贾府被抄没后黛玉去做了小旦？以此印证贾雨村所谓此类人“奇优名倡”的命运宿定。

妙玉似乎也是黛玉的影子。妙玉也是大家闺秀，也是因为家败而寄人篱下。虽然遁入空门，可是尘缘不断。黛玉曾云“质本洁来还洁去”，而妙玉“欲洁何曾洁”，从而分身叙述黛玉在贾府势败后的真实结局，恐怕即使不夭殁，亦是“终陷淖泥中”。

黛玉的分身叙事、分阶叙事，表明了作者假想如黛玉者在不同的身份地位、生活环境中的可能情形。当然，此类皴染，似乎也是作者及其亲朋经历从富贵堕入贫贱后的日常生活记忆。作者不便于或不愿意直书，从而采用分身叙事或分阶叙事，以“追踪蹑迹”当日之“亲睹亲闻”。

其他如《红楼梦》“好了歌”中的注批，也点出了小说人物社会地位流动前后的分阶叙事：作者或许正因为经历过富贵贫贱，从而更深刻地认识了世间的人情物理，从而在叙事手法上多进行分身叙事、分阶叙事，同时还采用了勾勒同一人物在不同处境空间中的叙事。

（二）故事情节的处境悬拟叙事

作者喜欢玩弄笔墨游戏，或用批者的话来说就是“用画烟云模糊处”笔法。《红楼梦》的影子叙事，也体现在空间的显隐结构上、情节的处境区隔中。

1. 绛芸轩

作者创作的时候，采用了谐音法、拆字法和字谜预述等字音与字形的叙事手法[①]，因此我们也可以用此方法进行还原解读。《红楼梦》开篇，神瑛侍者生活在赤瑕宫里。贾宝玉的人间居处，《红楼梦》初作“紫云轩”，后改为“绛芸轩”（此等文字上的改动，也印证了《红楼梦》是创作，而非实录）。在大观园里，宝玉住在“怡红院”。而赤瑕宫、绛芸轩、怡红院这三处居所之命名，由“赤”“绛”“红”相勾连，其寓意皆可深思。红、绛、黛等浅深赤色种种，是否内含“千红一窟（隐‘哭’字）”之意？“绛芸轩”似与黛玉、贾芸皆有潜在的关系。宝玉绰号“绛洞花主”，也含有一个“绛”字。宝玉的义子为贾芸，而小红原名林红玉。小红与贾芸也有一段“木石因缘”，因而“绛芸轩”似可表明，宝玉和黛玉，与贾芸和小红之间有着某种意义上的影子关系，或者说曹雪芹通过区隔人物活动的空间进行分阶叙事。

不唯独此，试看小说中的手帕传情叙事，宝黛与芸红两对人物之间亦有着互相交错、互相比照的分阶叙事特征。宝玉让晴雯（酷似黛玉的丫鬟）代送给黛玉一旧手帕，黛玉感泣涟涟，在手帕上题诗三首。而小红对贾芸一见生情，又故意丢了一块手帕，恰巧被贾芸捡着了，手帕于是成为二人情感发展的道具。这是不是作者在假设宝黛二人在一为公子一为奴婢情境之中的情爱叙事？

的确，“在宝玉黛玉两人的爱情发展过程中，手帕发挥了十分重要的作用”，“充当了他们爱情发展的融合剂和催化剂”[②]。在小红和贾芸手帕传情的叙事中，贾芸将自己的手帕托坠儿送给了小红，而小红则将自己的手帕让坠儿转交给贾芸，他们交换了爱情信物，手帕于是就成为青年男女之间爱情的媒介。宝玉是富贵公子，而黛玉则是千金小姐。贾芸是贾府住在廊上的支庶，靠给熙凤送礼才谋得一营生事务。小红是管家林之孝家的女儿，原在怡红院里为下等丫鬟，后被王熙凤索去。贾芸与小红的手帕传情，似乎就是宝玉与黛玉手帕传情的翻版，只不过两对情人所处的地位身份有差异而已。这肯定是作者的有意为之，否则何以在姓

---

① 参见张同胜《明清小说中汉字字音与字形的叙事现象》，《明清小说研究》2012 年第 3 期。

② 刘相雨：《因枝振叶，沿波讨源——论〈红楼梦〉中的手帕》，《红楼梦学刊》2014 年第 3 期。

名、叙事、道具等上面下如许功夫？

2. 显隐空间

小说伊始，就用绛珠草还泪、三生石上、女娲补天等神话开篇。宝玉即女娲补天所遗弃的一块石头幻化成形，也是神瑛侍者凡心偶炽，下凡造历幻缘。黛玉即绛珠草，脂砚斋批云“血泪”，绛珠乃血泪之象征。绛珠草欲还泪于神瑛侍者，而神瑛侍者住在赤瑕宫，“赤瑕”二字，亦血泪之隐喻也。此乃《红楼梦》之楔子，隐括大义，点明主旨。

从天上转到人间，便是宝黛爱情。小说假借“大旨谈情”之显相，暗叙满洲贵族家族的血泪史。作者固有“传诗之意”，而如第二十七回黛玉《葬花吟》所谓“一年三百六十日，风刀霜剑严相逼，明媚鲜妍能几时？一朝飘泊难寻觅”，“未若锦囊收艳骨，一抔净土掩风流。质本洁来还洁去，强于污淖陷渠沟”云云。试想在外祖母家里，“黛玉乃贾母溺爱之人也”（第二十二回庚辰双行夹批），况且她到贾府后，“步步留心，时时在意，不肯轻易多说一句话、多行一步路”，无论是作者还是批者，皆认为宝玉、黛玉为天造地设之一对，在贾府中虽不似自己家中，但恐怕也不会“风刀霜剑严相逼”，何以致其出此“凄楚感慨”（脂批语），殊令人不可解。原因就在于作者将黛玉在贾府势败悲惨境地所写的诗歌移植到尚是繁花似锦之贾府，从而造成方枘圆凿、格格不入的状况。脂批甲戌云：“埋香冢葬花乃诸艳归源，《葬花吟》又系诸艳一偈也。”庚辰脂批云：“《葬花吟》是大观园诸艳之归源小引。”这些批语点出了《葬花吟》生成时的实际语境。石头最后的结局，大致也是“狱神庙”、“寒冬噎酸齑，雪夜围破毡”、寺庙老僧煮粥等潜叙事所勾勒的境遇。而此明处的小引，则暗示了大观园诸艳的悲惨结局。

由以上可知，《红楼梦》中无论是分身叙事、分阶叙事，还是处境悬拟叙事，皆为有意识地虚构创撰，从而证明了《红楼梦》并非作者的“自叙传”。

三　创作上的影子叙事

在小说创作上，《红楼梦》也具有分身叙事、分阶叙事的特征，即创作者曹雪芹与批评者脂砚斋，笔者认为他们似为一人。细读小说的文本，就会发现作与批乃“一隐一见”的叙事法。小说文本中多处点明这一点，如第二十一回批语云：“庚辰：有客题《红楼梦》一律，失其姓氏，惟见其诗意骇警，故录于斯：‘自执金矛又执戈，自相戕戮自张罗。茜纱公子情无限，脂砚先生恨几多？是幻是真空历遍，闲风闲月枉吟哦。情机转得情天破，情不情兮奈我何？’凡是书题者不少，此为绝调。诗句警拔，且深知拟书底里，惜乎失名矣！”这段批语，其实就是作者“夫子自道也”，指出作者与批者实为一人。否则，作者的创作心理、写作计划、家世生平、内心世界、叙事寓意等，外人何从得知？小说的叙述，将“真事隐去”；而批点，则将真相部分地还原。脂砚斋既是小说的批点者，又是小说的创作者。否则，脂砚斋边看边评，何以谙悉作者未写的内容？批点参与创作，脂砚斋不批点读者则不知内里；即使退一步说，假设作者与批者为两人，那么从作者采纳批者的意见而进行删改，如“秦可卿淫丧天香楼”一节，也能证明批者参与了这部小说的文学创作，从而表明此乃一种创作方式，也是《红楼梦》所独有的一种分身叙事、分阶叙事方式。

不唯如此，余英时先生认为不止脂砚斋一人参与了《红楼梦》的创作。庚辰本第二十五回有一条朱批说：“二玉之配偶，在贾府上下诸人，即观者、批者、作者皆为无疑，故常常有此等点题语。”据此，余英时《敦敏、敦诚与曹雪芹的文字因缘》认为：“这里明明指出有观者、批者、作者三种人；但观者并非泛指一般读者，而是指圈内观者而言。因《红楼梦》其时尚非‘传世’之书也。”① 余英时先生根据《四松堂集》和《懋斋诗钞》与《红楼梦》以及脂批存在着若干相互照应之处，推论认为“不但曹雪芹在撰写《红楼梦》时曾受到他和二敦的文学交游的影响，而且所谓脂批中还极可能杂有二敦的手笔”②。

《红楼梦》写人，如上所述，自然是分身叙事、分阶叙事，从而刻画了若干真真假假、实实虚虚的人物形象。而至于叙事，《红楼梦》也是如此，譬如说罢，第二回写林如海乃前科探花，现已升至兰台寺大夫。甲

---

① 余英时：《敦敏、敦诚与曹雪芹的文字因缘》，载《红楼梦的两个世界》，上海社会科学院出版社2002年版，第144页。

② 同上书，第120页。

戌眉批：“官制半遵古名亦好。余最喜此等半有半无，半古半今，事之所无，理之必有，极玄极幻，荒唐不经之处。”从而可知，《红楼梦》确实如张爱玲《红楼梦魇》所言，是虚构创作，而非自传写实也。[①]

张爱玲的上述结论是她对小说文本细读再三得出来的，经得起时间的检验。她认为作者的生活细节和亲身经验参与了《红楼梦》的创作，“但是绝大部分的故事内容都是虚构的”，因而《红楼梦》“不是自传性小说”[②]。张爱玲从小说文本经过再三修改，来论证《红楼梦》是创作，如第三回林黛玉进贾府时年已13岁，后改为今本“五岁”[③]；再如，“金钏儿这人物是从晴雯脱化出来的”[④]；以及“第七十一回甄家送寿礼，庚本句下批注：‘好，一提甄事情，盖真事欲显，假事将尽。’可见前七十回都是‘假事’，也就是虚构的情节。至于七十回后是否都是真事，晴雯之死就不是真的，我们眼看着它从金钏儿之死蜕变出来”，从而表明《红楼梦》的叙事也多有将一件真事破成几件，由不同的人物分开叙述。这也是分身叙事、分阶叙事的表现。

一种观点以为，一切文学作品皆为自传，如法国作家法朗士就说过“所有的小说，细想起来都是自传”。这一观点的偏颇之处在于，它过分夸大了个人经验的作用，从而以偏概全、以点带面。不是从经验和臆想，而是从学术和分析这个角度来看，参照自传学家的研究，可知《红楼梦》是创作，而不是自传。

作者创作《红楼梦》，将其身世、家世的血泪史，分作贾宝玉（又分身或分阶为老僧、贾芸、神瑛侍者等）、金陵十二钗（有的进行了性别转换，例如“以省亲写南巡”中贾元春代指康熙；再如第二回甲戌眉批所云：“盖作者实因鹡鸰之悲、棠棣之威，故撰此闺阁庭帷之传。”）、曹雪芹（小说开篇绝非元叙事，曹雪芹显然乃一笔名）、脂砚斋（写出多少“大有可考的”真相）等进行了影子叙事。这一碎片化的影子叙事，实质上是通过“假捏一人、幻造一事”以“借事明义”，或者说是“绛树两

---

① 参见张爱玲《红楼梦魇》，上海古籍出版社1996年版，第130—180页。

② 同上书，第180页。

③ 同上书，第148页。

④ 同上书，第153页。

歌”“注彼而写此”，因而《红楼梦》开篇就通过“小说契约”而非“自传契约”声明将“真事隐去”，用“假语村言”来敷演一段血泪史，从这个角度来说，《红楼梦》绝非自传，从而直接导致“自传说”的破产。

四 影子叙事的真实性

众所周知，小说是一种虚构叙事。而自传也同上书是一种叙事，它涉及对事件的选择，而这些取舍由记忆做出，而记忆是不可靠的；叙事是一种再创作，从而表明其真实性并非一种客观真实。况且，随着历史学的叙事转向，真实性问题似乎成为一个伪问题。

如果坚持谈真实性，那么《红楼梦》影子叙事的真实性是一种什么样的真实性呢？它是“情理真实”，即“事体情理之真实”①。在人文世界，没有客观真实的存在。人们的客观真实与主观真实的二分，其实是西方分析思维的产物，它并不符合精神世界的实际。因为在精神世界中，所有的真实都是一种“效果历史”的真实。

伽达默尔认为，“效果历史”包括两个方面：一是历史事件，二是人们对历史事件的理解。效果历史，就是一种自己与他者的关系，在这种关系中，同时存在着历史的实在和历史理解的实在。② 当人们在讲述或回忆过去的时候，总是包含着对过去的意义理解、价值判断和情感倾向，因而根本就不会存在所谓价值中立的客观事实。

毋庸置疑，《红楼梦》的叙事中包含作者对自己“亲闻亲睹”事件的追忆，但这些追忆都带有作者的理解和解释，并赋予了一种具有普遍性的“情理真实”的文学意义。至于事实真相，小说作者则唯恐他人知道，于是采用了神话传说、性别转换、隐显互见、正闰兼济，暗度陈仓、张冠李戴、移花接木等叙事手法，以梦写空，以虚写实，以幻写真，此等影子叙事，与自传相去自然不可以道里计。《红楼梦》的影子叙事，既不是记忆现象学，也不是记忆考古学，而是记忆阐释学。《红楼梦》的影子叙事，其真实性并非历史真实，而是一种效果

① 张同胜：《论脂评的情理真实观》，《红楼梦学刊》2009 年第 2 期。

② 参见［德］伽达默尔《真理与方法》，洪汉鼎译，商务印书馆 2010 年版，第 424 页。

历史真实。

结 论

综上，《红楼梦》文本的影子叙事，主要包括人物形象的分身叙事、分阶叙事与故事情节的悬拟处境叙事等。《红楼梦》在创作上亦具有影子叙事之特征。《红楼梦》影子叙事的真实性，实质上是效果历史真实。这一叙事模式，体现了文学本位的特质。《红楼梦》的影子叙事表明，它不是一部自传，而是一部小说，从而宣告了“自传说”的破产。它的破产，具有重要的价值和意义。只有在“自传说”破产的前提之下，人们对《红楼梦》的研究，才能走出史学考证的附庸，走向一片广阔的天地。

（原载《曹雪芹研究》2015 年第 3 期）

从勒热纳的自传契约
看《红楼梦》的“自传说”

1921 年，胡适《红楼梦考证》认为“《红楼梦》是一部隐去真事的自叙：里面的甄、贾两个宝玉，即是曹雪芹自己的化身；甄、贾两府即当日曹家的影子”，从而提出了“《红楼梦》这部书是曹雪芹的自叙传”的观点即“自传说”①。这一观点得到了红学家俞平伯、顾颉刚、周汝昌等人的赞同，于是自 20 世纪 20 年代以来《红楼梦》一直被认为是“写实自传”。《红楼梦》的史学研究，其前提、出发点和根基就是这部小说为一部自传，具有史料的性质。否则，曹学、探佚学，以及“京华何处大观园”等的考实就是空中楼阁、无根之木、无源之水。

且不说胡适论证“自传说”内部存在的逻辑问题，就以自传的定义来看，胡适似乎也不清楚它的界定范畴，因而不断有学者质疑《红楼梦》的“自传说”。于是，为了准确起见，有学者认为，从文类上进行区分，《红楼梦》是自传体小说。那么，自传体小说与自传有何不同呢？《红楼梦》具有自传性吗？《红楼梦》究竟是一部自传、自传体小说，还是一部根本不具有自传性的小说？等等。这些问题涉及红学的基础，值得深入探讨。

何谓自传？自传诗学家和自传研究“教皇”菲力浦·勒热纳对它的定义是：“一个实有之人以自己的生活为素材用散文体写成的后视性叙事，它强调作者的个人生活，尤其是其人格的历史。”②

---

① 胡适：《红楼梦考证》，《中国章回小说考证》，上海书店出版社 1942 年版，第 220、206 页。

② ［法］勒热纳：《自传契约》，杨国政译，北京大学出版社 2013 年版，第 101 页。

在勒热纳自传定义中，“作者”是一个关键词，也是一个界定的重要角度。而探讨《红楼梦》的“自传说”，作者问题又是关键，因此先探讨《红楼梦》的作者问题，这个问题解决了，其他问题皆可迎刃而解。

《红楼梦》的作者究竟是谁的问题，自小说问世以来，迄今尚无定论。自清朝迄今，就有曹寅之子（袁枚《随园诗话》）、曹寅之孙（《雪桥诗话续集》）、曹寅父子（李公白）、“康熙间京师某府西宾常州某孝廉”（陈镛《樗散轩丛谈》）、曹雪芹（胡适等人）、吴梅村（傅波和钟长山）、曹一士（《四焉斋集》、寿鹏飞等）、曹頫（黄且《红楼梦新考》、赵国栋《〈红楼梦〉作者新考》等）、石头或“石兄”（潘重规《红楼梦新解》）、曹竹村（戴不凡《揭开红楼梦作者之谜》《石兄与曹雪芹》）、曹渊（刘润为《曹渊：〈红楼〉的原始作者》）、曹颜（徐乃为《红楼三论》）、曹硕（鲁歌《〈红楼梦〉原始作者是曹硕》）、曹頔（张晓琦《自相戕戮自张罗——〈红楼梦〉作者新论之一》）、纳兰性德（赵烈文《能静居笔记》）、不知何人（张寿平《〈红楼梦〉脂评平议》等）、家族累积（赵建忠《“家族累积说”：〈红楼梦〉作者的新命题》）等多种说法。

曹雪芹是不是一个实有之人的真实姓名呢？这其实还是一个需要解决的问题，因为除了小说中的“假语村言”外，几无确凿的文献可征，目前所知所谓的相关文献不是改窜伪造就是“关公战秦琼”。“曹雪芹”这三个字是小说开篇或者说楔子中提到的，除此之外还有空空道人即情僧者、吴玉峰、孔梅溪等姓名，它们可能俱是作者的笔名；按照作者的写人叙事理路，不排除吴玉峰乃“无语锋”之谐音，孔梅溪乃“恐没戏”或“孔没希”之谐音；清人周春曾说过，孔梅溪“乃乌有先生也，其曰东鲁孔梅溪者，不过言山东孔圣人之后，北省人口语如此”①。空空道人、无语锋、恐没戏等既然皆为杜撰之子虚乌有先生，那么其中与之并列的曹雪芹偏偏就是一个历史上的“实有之人”吗？杜世杰《红楼梦原理》认为，曹雪芹是一个化名，意思是“抄写存”或“抄写勤”，这是有其道理的。

退一步说，即使曹雪芹是历史上的实有之人，迄今为止关于他的可

① 一粟编：《红楼梦卷》第1册，中华书局1963年版，第68页。

信的文献资料却无从觅见。“所谓可信资料是指，研究对象最亲近、直接的记载，至于曹雪芹研究主要指敦诚、敦敏、张宜泉、明义等友人诗文对曹雪芹相关信息的记载。”① 经过历代红学家的考证，与曹雪芹相关或相近的文献资料主要有：一是敦敏《懋斋诗钞》、敦诚《四松堂集》；二是明义《绿烟琐窗集诗选》、袁枚《随园诗话》；三是兴廉《春柳堂诗稿》；四是裕瑞《枣窗闲笔》。考证的前提首先是辨伪，因此需要对这些文献资料进行辨伪。

敦敏有《懋斋诗钞》（抄本），敦诚有《四松堂集》（有抄本、刊本和《四松堂诗钞》三种）。在敦敏、敦诚两个人的集子中，寄赠、悼念曹雪芹的诗歌共有六首。其中敦诚《寄怀曹雪芹霑》，这首诗歌的题目本身就有问题，在古代中国，朋友之间并不直呼其名，彼此之间称字或号。然而，这首诗歌将曹雪芹的名“霑”加上，只能表明此为伪作或者已经过了篡改。而其中“扬州旧梦久已觉”诗句下，还有一条小注：“雪芹曾随其先祖寅织造之任。”这条小注，更是“此地无银三百两，隔壁阿二不曾偷”：造假水平之低，令人无语，连最基本的常识都没有：谁曾直呼朋友的祖父名（“寅”）？在礼仪森严的清朝，如此唐突无礼是否可能？这样的做法，殊令人不可解！曹家任织造，一在苏州，而从曹寅起，两代三人在江宁，何曾去扬州来？这条小注，出自《四松堂集》抄本（抄本易于加注），而《四松堂诗钞》有这首诗歌，但是没有这条小注。显而易见，这条小注是后人伪造。

据红学史可知，胡适在《雪桥诗话续集》中查到一条关于敦诚记载曹雪芹的资料：“敬亭……尝为《琵琶亭传奇》一折，曹雪芹霑题句有云：‘白傅诗灵应喜甚，定教蛮素鬼排场。’”然而，《四松堂集》卷五《鹪鹩庵笔麈八十一则》其第五十则云：“余昔为白香山《琵琶行传奇》一折，诸君题跋不下数十家，曹雪芹诗末云：‘白傅诗灵应喜甚，定教蛮素鬼排场。’”从而又可印证“霑”乃杨锺义所添加。

与此相关的还有一则红学轶事，亦可看出曹雪芹相关文献的造伪之风。1971 年冬，吴恩裕收到周汝昌发自北京的信函，信中说他收到别人转送的曹雪芹题敦诚《琵琶行》传奇诗全文，诗云：“唾壶崩剥慨当慷，

① 樊志斌：《曹雪芹家世生平研究述评》，《红楼梦学刊》2013 年第 6 期。

月荻江枫画满堂。红粉真堪传栩栩，渌樽那靳感茫茫。西轩鼓板心犹壮，北浦琵琶韵未荒。白傅诗灵应喜甚，定教蛮素鬼排场。”该诗发表后引起了学界的轰动。吴世昌、王伯祥、顾颉刚、徐恭时等人都认为“这是曹雪芹的原诗”，“此诗可信是雪芹原作”。

1979 年 5 月，周汝昌在镇江师范专科学校主办的刊物《教学与进修》第 2 期上发表了《曹雪芹的手笔能假托吗》一文，称曹雪芹题敦诚《琵琶行》传奇诗系其于 1970 年秋从湖北干校调回北京无聊中拟作，时共作三首，并在文中展示了他所作的其余两首。于是，学界绝大多数人又纷纷改旗易帜，认定此诗为周汝昌所补。

明义《绿烟琐窗集诗选》，据吴恩裕《曹雪芹丛考》，是一“旧抄本”，“不但其中某些诗有改易之处，各诗的次序也有变动”，“还有一部分诗是旁人所抄，不是作者的手迹”，如“五言律诗显然是另一人所写”，七言律诗及《题红楼梦》二十首等，“则又是另外一个人所写”。全书至少有五个人的笔迹，有的人“字写得很坏”[①]。由此可知，其中的二十首《题红楼梦》是否是明义的作品值得进一步辨伪，而《绿烟琐窗集诗选》的史料价值也极为有限，甚至根本不具备可信性。

在《题红楼梦》诗题后面，有一引言云：“曹子雪芹出所撰《红楼梦》一部，备记风月繁华之盛。盖其先人为江宁织府；其所谓大观园者，即今随园故址。惜其书未传。世鲜知者。余见其抄本焉。”对于这一小引的可靠性，傅治同先生进行过分析，认为其中有四不合情理之处：一是袁枚与明义同时且长后者 20 多岁，当时就住在随园，因而明义不可能将袁枚的寓所称之为“故址”；二是“出”与“撰”同义复沓，不符行文规范；三是注中“惜其书未传。世鲜知者”与给袁枚的祝寿诗小注“新出《红楼梦》一书”前后抵牾；四是“见过”与“阅读”《红楼梦》对其人物情节的熟悉程度不一，仅一“见”何以能撰诗二十首？因而这条小引“是后人伪造的”[②]。

袁枚在《随园诗话》卷二云：“康熙间，曹练（楝）亭（曹寅）……之子雪芹撰《红楼梦》一部，备记风月繁华之盛。明我斋（明

---

① 吴恩裕：《曹雪芹丛考》，上海古籍出版社 1980 年版，第 208—209 页。

② 傅治同：《红学史上的三个曹雪芹》，《邵阳学院学报》2010 年第 5 期。

义）读而羡之。当时红楼中有某校书尤艳，我斋题云：‘病容憔悴胜桃花，午汗潮回热转加。犹恐意中人看出，强言今日较差些。’‘威仪棣棣若山河，应把风流夺绮罗。不似小家拘束态。笑时偏少默时多。’”这则诗话其间的问题颇多：《红楼梦》并非成书于康熙年间；曹寅的号“楝亭”竟然写成“练亭”；曹寅没有一个叫作“雪芹”的儿子；《红楼梦》的主要内容并非叙述“风月繁华之盛”；《红楼梦》亦没有明义诗所吟咏的校书（妓女）。如此种种，足以证明此则叙述乃袁枚道听途说而来的不实浮言，从而实不可信，更不可征。

至于兴廉《春柳堂诗稿》，其中的问题就更多了。据王利器自述，其四川大学同学石晓晖女士准备将家藏《八旗艺文编目》所著录的那一批书出让。王利器认为那批书有两大特点：“一，旗人集子最多；二，手稿也不少。”后来这批书被王利器劝文化艺术局全部买下，交与北京图书馆收藏。①

王利器根据他同学家藏的兴廉《春柳堂诗稿》对曹雪芹的身世作了重新考订，写成《重新考虑曹雪芹的生平》一文。在这篇论文中，王利器写道：“北京图书馆藏清汉军镶黄旗兴廉《春柳堂诗稿》刻本一卷……”在这里，《春柳堂诗稿》由“家藏”而“北京图书馆馆藏”，从而具有了更高的可信性。《春柳堂诗稿》约刊于光绪己丑（1889）。蒙古族人巴鲁特恩华《八旗艺文编目》别集五：“《春柳堂诗稿》，汉军兴廉著。兴廉原名兴义，字宜泉，隶镶黄旗，嘉庆己卯（1819）举人，官侯官知县，鹿港同知。”杨锺义《白山词介》卷三云：“兴廉原名兴义，字宜泉，汉军镶黄旗人，嘉庆二十四年举人，官侯官令，升鹿港同知，工画。”据王利器所考，“由一七六三年曹雪芹之卒至一八一九年兴廉中举，相隔为五十六年，则兴廉当是年十五六岁左右便已作曹雪芹的忘年之交了”②。假设曹雪芹死的这一年兴廉15岁，56年之后，兴廉71岁了，以古稀之年中举，且官侯官知县，鹿港同知？如将兴廉与曹雪芹为忘年交的年月从1763年往前推，那么，兴廉则不止古来稀的年龄中举了。这种

① 王利器：《楼外寻梦记》，《耐雪堂集》，中国社会科学出版社1986年版，第295页。

② 王利器：《重新考虑曹雪芹的生平》，《耐雪堂集》，中国社会科学出版社1986年版，第302页。

可能有多大？况且，从《春柳堂诗稿》中与芹溪或雪芹相关的四首诗歌来看，其感怀悲歌当亦不会出自15岁少年之手。因此，十之八九，至少这四首诗歌本来为手稿，甚至根本就是后人伪作。后读到刘广定《〈春柳堂诗稿〉的作者问题试探》《再谈〈春柳堂诗稿〉的作者问题》和周郢《关于“兴廉”的一条资料》，确定兴廉乃咸丰、同治年间人，从而直接证明了这四首诗歌或是造假，或是所谈芹溪、雪芹者实乃他人，与小说作者无关；而造假的可能性极大。

对这四首诗歌与曹雪芹关系的质疑，始自欧阳健，后有魏子云、刘广定等更加详细地论证了其荒谬之处。如：“全诗稿一百七十余首，其他所有的诗题之下，都没有‘附注’，独独怀伤这四位姓曹的诗之下，有两首在题下加了‘附注’，何以呢？”① 再如：“另一疑问是中国古时人的号字，他人是否可以添加‘居士’二字？”②

从诗歌文本来看，《春柳堂诗稿》关于“芹溪”或“雪芹”的诗歌四首，其中一首为《题芹溪居士》，原注云：“姓曹，名霑，字梦阮，号芹溪居士，其人工诗善画。”且不说此乃孤证，就退一步来看，这个原注也大有问题：古人名与字，存在一种内在的逻辑关系，或相辅相成，或相反相成。那么，试看“霑”与“梦阮”有何关系？周汝昌先生认为“‘梦阮’与‘霑’，毫无联系，绝非表字”③，这是完全正确的。从而表明，兴廉《题芹溪居士》的这条小注乃后人添加伪造，而伪造者竟然连古人名、字、号最基本的常识都不知道。此其一。第二，所引《春柳堂诗稿》诗四首中，三首为“芹溪”，一首为“雪芹”，请问他们是一人还是两个人？如果是一人，“忘年交”之间何以会出现两个不同的称谓？又，既然是“忘年交”，原注中其人云云之行文何以如此生冷疏离？况且，朋友彼此间何曾见过赋诗加注的？如此等等，表明这几首诗歌皆为伪造，“附注”似乎更是欲盖弥彰。

再退一步，假设王利器先生所考皆真，顺着其理路往下看。王利器

---

① 魏子云：《治学考证根脚起——从〈春柳堂诗稿〉的曹雪芹说起》，《明清小说研究》1993年第2期。

② 刘广定：《〈春柳堂诗稿〉的作者问题试探》，《红楼梦学刊》2000年第2期。

③ 周汝昌：《红楼梦新证》，华艺出版社1998年版，第14页。

《马氏遗腹子·曹天祐·曹霑》又认为曹霑即曹天祐（五庆堂《重修辽东曹氏宗谱》为“天佑”）。重修家谱其中的改窜且不说，“由于《五庆堂重修辽东曹氏宗谱》中关于曹雪芹家族一支的记载与《八旗满洲氏族通谱》中关于曹振彦家族的记载太过相似，且曹世选以上数代缺载，故而从此谱问世那天起，学界就有不少人对其中曹雪芹家族一支记载的可靠性存有怀疑”①；《八旗满洲氏族通谱》为“天祐”，而“霑”这个名是曹府被抄家后改的。② 而作为名之“天祐”与作为字之“梦阮”之间亦没有表德关系。敦诚《四松堂集》卷上“赠曹芹圃”，原注：“即雪芹。”“芹圃”是曹雪芹的另一个号吗？芹圃既然已经是一个号了，为何又对它加注？朋友诗酒唱和，以及赋诗，还需要特别加注？梳理一下王利器先生的看法，作一小结：《红楼梦》的作者，姓曹，名天祐，后改为霑，字梦阮，号芹溪居士。那么，请问，“雪芹”是另一个名、另一个字还是另一个号呢？以及“芹圃”呢？

裕瑞《枣窗闲笔》指出：“旧有《风月宝鉴》一书，又名《石头记》，不知为何人之笔。曹雪芹得之，以是书所传述者与其家之事迹略同，因借题发挥，将此部删改至五次……曾见抄本，卷额本本有其叔脂砚斋之批语，引其当年事甚确，易其名曰《红楼梦》。”裕瑞云：“闻其所谓宝玉者尚系指其叔辈某人，非自己写照也。”在这则笔记中，裕瑞亦不知作者“为何人”，曹雪芹只是修改者而已。温庆新先生经过考证后认为，“在裕瑞的《枣窗闲笔》中，有关曹雪芹及《红楼梦》的记载亦颇显突兀：现存《枣窗闲笔》的笔迹并非裕瑞的亲笔，《闲笔》所说之语实是欲推崇‘脂评本’以误导读者牟取他利之造假意图作祟的结果”③。

在曹氏族谱中，从未曾找到“曹雪芹”这三个字，乃至备受“红学家”推崇的曹雪芹墓石碑刻上所记载的信息与现存诸多文献记载也有许多矛盾之处④，表明此乃处心积虑之下的伪造，只可惜不学无术，造假水平太低，以至于漏洞百出。没有确凿可信的文献资料，对曹雪芹的所谓

---

① 樊志斌：《曹雪芹家世生平研究述评》，《红楼梦学刊》2013 年第 6 辑。

② 参见王利器《马氏遗腹子·曹天祐·曹霑》，《耐雪堂集》，中国社会科学出版社 1986 年版，第 310—319 页。

③ 温庆新：《〈枣窗闲笔〉辨伪论》，《贵州大学学报》2010 年第 2 期。

④ 参见温庆新《对若干“曹雪芹评传”的评判》，《中国图书评论》2010 年第 9 期。

考证，其实是“巧妇难为无米之炊”，或纯系捕风捉影。

由以上可知，现有已知文献中根本就没有曹雪芹为《红楼梦》作者的直接证据。所有的不过是四五条提及芹溪、芹溪居士、雪芹、芹圃或曹雪芹等称谓的诗句或附注，而附注则是后人伪造的试图证明诗句中的芹溪居士、芹圃、曹雪芹等即《红楼梦》作者的“证据”。而这些证据，要么文理不通，要么欲盖弥彰，要么前后抵牾。至于曹雪芹与《红楼梦》的作者之间的真正的逻辑关系，则“上穷碧落下黄泉，两处茫茫皆不见”。

依据勒热纳关于“自传”的上引界定，结合《红楼梦》的文本叙事和作者考论，可知《红楼梦》的作者，“相传不一，究不知出自何人”（乾隆五十六年程伟元印刷《红楼梦》时所作《红楼梦序》中语），今姑且以学界“基本共识”暂为曹雪芹（小说楔子中的假语村言为始作俑者，小说行文中的姓名，岂可与现实中人等量齐观），作者与叙事者“石头”并非同一人物，而小说人物贾宝玉又不是“一个实有之人”；叙事对象或文本中的人物也并非作者曹雪芹自己，而是闺阁中的“彼一干裙钗”，即金陵十二钗（《红楼梦》又名《金陵十二钗》），其编撰之目的是“使闺阁昭传”；所谈的主题并不是作者的“个人生活”，尤其是“其人格的历史”，而是满洲贵族贾、王、史、薛四大家族没落衰败的血泪史等，从而可推知《红楼梦》不是自传。

所说贾宝玉不是“一个实有之人”，指的是小说人物贾宝玉的虚构性，可从小说文本的脂评批语进行印证：第十九回贾宝玉与茗烟有一对话，其庚辰双行夹批云：“按此书中写一宝玉，其宝玉之为人是我辈于书中见而知有此人，实未目曾亲睹者。又写宝玉之发言每每令人不解，宝玉之生性件件令人可笑，不独不曾于世上亲见这样的人，即阅今古所有之小说奇传中亦未见这样的文字。于颦儿处更为甚。其囫囵不解之中实可解，可解之中又说不出理路，合目思之，却如真见一宝玉真闻此言者，移至第二人万不可，亦不成文字矣。余阅《石头记》中至奇至妙之文，全在宝玉颦儿至痴至呆囫囵不解之语中，其誓词雅迷酒令奇衣奇食奇玩等类固他书中未能，然在此书中评之，犹为二着。”此一脂批，表明贾宝玉这个人物实乃虚构的艺术形象，现实生活中并无此人，从而又证明了小说所虚构的这一个人物，绝非自传中的“实有人物”。

勒热纳认为，自传皆有自传契约。那么，何谓自传契约？“自传家首先要做的便是反问其写作行为的意义、手段和影响，所以自传开篇通常不是作者的出生证明（我生于……），而是天窗亮话，这就是‘自传契约’。”[①] 作者在自传开头，首先声明其“意图”是言说真相，在叙事之前再三强调所述之真实性，“作者欲与读者订立的一种真实性承诺或约定，或者说作者有一种法律责任，明确而郑重地承诺他所讲述的是真实的”[②]。

饶有趣味的是，《红楼梦》开篇伊始，也有一个契约，用勒热纳的术语来说就是“小说契约”[③]。然而，这个具有元叙事性质的小说契约与自传契约反道而行：作者不是强调其叙述的真实性，而是强调其虚构性，即“真事隐去”而“假语村言”。

然而，胡适先生却认为，《红楼梦》第一回“甄士隐梦幻识通灵，贾雨村风尘怀闺秀”中有“作者自云：‘曾历过一番梦幻之后……’”一段文字，说明“《红楼梦》明明是一部将真事隐去的自叙的书……曹雪芹即是《红楼梦》开端那个深自忏悔的‘我’，即是书里的甄贾（真假）两个宝玉的底本！懂得了这个道理，便知书中的贾府与甄府都只是曹雪芹家的影子。”李辰冬《红楼梦研究》认为：“以前考证《红楼梦》的影射法固属可笑，即胡先生也不免有太拘泥事实之嫌。”其实，胡适先生的《红楼梦》考证并非拘泥于事实，而是与索隐派的映射法大致是五十步笑百步的关系。因此，《红楼梦》开篇的作者自云，表明这个楔子是小说契约，而不是自传契约。

自传契约要求自传、叙述者和人物具有同一性：“在自传中，作者一方和叙述者兼主人公的一方同为一体”[④]，或者说“作者、叙述者和人物必须同一”[⑤]，这是自传的同一性要求，同时也是自传之所以能够成立的不折不扣的必要条件。

然而，显而易见的是，《红楼梦》的作者曹雪芹与叙述者石头以及人

---

① ［法］勒热纳：《自传契约》，杨国政译，北京大学出版社2013年版，第65页。

② 同上书，“代译序：走在文学边上”第11页。

③ 同上书，第118页。

④ 同上书，第14页。

⑤ 同上书，第103页。

物贾宝玉、金陵十二钗并非一体。这一点从脂批也可以得到证实。小说第五回中，警幻仙姑说《红楼梦》十二支此曲“若非个中人不知其中之妙”，脂批针对“个中人”道：“三字要紧。不知谁是个中人？宝玉即个中人乎？然则石头亦个中人乎？作者亦系个中人乎？观者亦个中人乎？”从而表明，《红楼梦》中的作者、叙述者和人物并不具有同一性，同时也证明了《红楼梦》并不是一部自传。

那么，《红楼梦》是自传体小说吗？论证的前提是精严地进行概念划界，因此需要区分与自传相关的几个概念：回忆录与自传的区分是前者重心在事件，而自传的重心在个人；传记与自传的“根本不同在于相似性和同一关系的孰轻孰重。在传记中，相似性为本，同一性为次；在自传中，同一性为本，相似性为次”①；自传体小说具有作者与人物的相似性，而自传则必须有作者、叙述者和人物同一性的契约声明。②

由是观之，从严格意义上来说，《红楼梦》也不是自传体小说，而是小说。何以言之？自传与小说的区分，按照勒热纳的观点，关键不在于真实与否或精确度高下，“而仅仅在于是否有重新领会和理解自己一生的真诚的设想。关键在于是否存在这一设想，而不是追求一种无法达到的真诚性”③。

而自传与自传体小说的区分，关键在于，自传一是具有自传契约即作者声称其叙述是真实的（其中谬误、歪曲、夸张、避讳等都难免，因为“自传只是一种特定条件下的虚构”④），二具有指涉性，即作者、叙述者和人物三位一体，具有同一性（这也是自传契约的显著标志）；而小说则具有小说契约即虚构声明，自传体小说叙述者和人物是相同的，但是人物与作者不具有同一性，仅具有相似性。⑤

以此来观照《红楼梦》就会发现，石头（或第三人称叙事者）与贾宝玉并非一致：脂批虽然有时也将贾宝玉称为“石兄”或“玉兄”，但有时又有“凤姐点戏，脂砚执笔”等语，以及贾宝玉在小说文本中的分身

① ［法］勒热纳：《自传契约》，杨国政译，北京大学出版社 2013 年版，第 134 页。

② 同上书，第 116—117 页。

③ 同上书，第 18 页。

④ 同上书，第 20 页。

⑤ 同上书，第 14 页。

或影子，更是远离了作者的质的规定性；而曹雪芹（假设这就是作者的专名）与贾宝玉是否具有相似性又无从得知，因为正如以上所论，关于曹雪芹的文献，实不足征！而曹雪芹可能是曹频、曹颙的遗腹子或者是谁，也不过是“可能”而已。新红学之红学家们，其实与索隐派一样也是在猜谜或臆想，虽然打着在故纸堆里进行严谨考证的科学旗号。

综上所述，从勒热纳的自传契约来看，《红楼梦》不是自传，而是小说，因而胡适首倡的“自传说”根本不能成立。

（原载《山东理工大学学报》2015 年第 2 期）

移动的边塞诗

——以唐王朝的边塞与边塞诗为中心

引　言

边塞诗尤其是唐代边塞诗的研究，迄今为止可谓是蔚为大观、卓然成国。方方面面的研究似乎皆已穷尽，很难再有新的突破。粗略数来，边塞诗的论文迄今已有11000多篇，但大多仅停留在具体的就诗论诗层面上，主要是探讨边塞诗的思想内容、艺术特色或诗人风格之比较等，重复或雷同的论述动辄以十数篇甚至数十篇计。其实，新的透视或许能够提供新的观照视域，如从宏观上扫描一个王朝边塞的位移及其与边塞诗之间的关系这个问题就尚未引起学人的注意，因而有对此进行探讨的必要。

历朝历代边塞诗，大都存在一个因朝廷边塞位移变动而变的问题，直接或间接地影响了诗人的“志”与“情”，从而形成了一个朝代边塞诗情志的演变史。兹不揣浅陋，试以唐代的边塞位移与边塞诗为例简要谈一谈这个问题。

一　何谓边塞诗

1924年，徐嘉瑞在《中古文学概论》中提出“边塞派”诗歌概念，但孟二冬质疑“盛唐边塞诗派”这一称谓，认为它“不是一个科学的定义”[①]。那么，何谓边塞诗？学者对“边塞诗”的理解和界定至今依然莫衷一是。例如，边塞诗是否仅限于唐代？有一些诗人从未到过边塞，但假借着边塞的名义虚构想象以大发其牢骚的诗篇究竟是不是边塞诗？边塞诗就是“征战文学”[②]或“战争文学”[③]吗？胡大浚认为从内容上来看，全部近2000首边塞诗虽然围绕边战而发，但是绝非战争所能涵盖。[④]即这个界定显然过于偏颇，因为还有描述边塞风光而与战争无关的诗篇。

目前，边塞诗有狭义和广义之分。狭义的边塞诗“主要指沿长城一线及河西陇右的边塞之地（秦长城西起临洮、经兰州，其实也可包括河、陇）。以作者而言，要有边塞生活的亲身经验”[⑤]。广义的“边塞诗产生于隋季唐初，极盛于开、天年间，流响于唐之中晚叶，因此边塞要有‘史的规定性’；但这只是一种约定俗成，而不排斥其他朝代有性质相类的诗歌。边塞诗有题材内容的规定性，即与边塞生活相关，又有大量不直接写战争的抒情诗、咏物诗、山水诗、朋友赠答、夫妇情爱之类的作品”[⑥]。还有一种更为广义的说法，即阎福玲认为，“边塞诗是一种以历代的边塞防卫为前提和背景，集中表现边塞各类题材内容的诗歌”[⑦]。

本文基本认同上引广义的边塞诗，即它指的是与一个王朝边塞相关的抒情或叙事的诗篇。民族国家是一个近代晚出的概念，因此我们以大一统的王朝作为透视点，即四分五裂的诸侯国之间的边塞及其诗歌似乎不应称之为边塞诗，边塞诗指的是大一统王朝边疆设防之处的歌咏吟唱。因而边塞之于边塞诗是一个首要的条件，即如果没有边塞，何谈边塞诗？但边塞不是边疆。由于历朝历代的边疆并不相同，甚至同一王朝的边疆

---

① 孟二冬：《“盛唐边塞诗派”质疑》，《烟台大学学报》1988年第3期。

② 罗根泽：《乐府文学史》，东方出版社1996年版。

③ 胡云翼：《唐代的战争文学》，上海商务印书馆1927年版，第35页。

④ 参见胡大浚《边塞诗之涵义与唐代边塞诗的繁荣》，载《唐代边塞诗研究论文选粹》，甘肃教育出版社1988年版。

⑤ 谭优学：《边塞诗泛论》，载《唐代边塞诗研究论文选粹》，甘肃教育出版社1988年版，第2页。

⑥ 胡大浚：《边塞诗之涵义与唐代边塞诗的繁荣》，载《唐代边塞诗研究论文选粹》，甘肃教育出版社1988年版，第36—39页。

⑦ 阎福玲：《边塞诗及其特质新论》，《河北师范大学学报》1999年第1期。

也处于变动、变迁或变更之中，因而边塞诗的心灵史之于这个王朝也是一直在演变之中。

唐代边塞诗是《全唐诗》中的重镇，一说有1000多首，还有的统计为2000多首。[①] 对唐代边塞诗的解读，诚有精深之作，但大多数则流于表面的泛泛而谈，或是不区分时间前后的主观臆断，或是没有具体地理意识的想当然。如此种种，都是隔靴搔痒。即以宏观来看，大唐王朝边疆线变动不居，因而相关的边塞也多有位移，并直接影响到诗人或昂扬或低沉的情绪，从而唐代边塞诗289年的历程中有一个演变的线索和何以如此演变的缘由。

二　大唐王朝边塞的位移问题

诚如史学家严耕望先生所言："唐代疆域前后盛衰变动极剧，大体言之，可分四期：（一）极盛期，唐初太宗高宗时代。（二）定型期，玄宗开元天宝时代。（三）渐衰期，安史之乱后之中唐时代。（四）武微期，晚唐时代。"[②] 从严耕望先生绘制的"唐代疆域政区交通都市图"来看，唐代疆域线变迁之大，超乎想象。初唐指的是从李渊武德至李隆基开元初这段时间，除了武德时期，就是大唐疆域的"极盛期"。到了盛唐，疆域缩小了一半左右；到了中唐，疆域又缩小了一半左右。粗略一观，大唐边塞位移变动之巨，实在惊人。

（一）极盛期

隋末，李渊父子为了入关曾向突厥称臣。经过和群雄的争霸与兼并，终于取杨隋而代之。此时的疆域似乎尚不如隋大业年间。武德六年（623），颉利可汗率领15万大军自雁门攻入并州，又分兵进扰汾州、潞州等，掳走中原百姓5000多人，从而可推知当时的边塞之大致位置。武德九年（626），颉利可汗率兵至武功，兵临渭水。李白《塞上曲》诗云：

---

① 参见胡大浚、马兰州《边塞诗研究七十年》，《中国文学研究》2000年第3期。

② 严耕望：《唐代人文地理》，《严耕望史学论文集》下册，上海古籍出版社2009年版，第1405页。

“大汉无中策，匈奴犯渭桥。……”这首诗以汉喻唐，记述了唐初朝廷的屈辱史。

李世民登基后，以雪辱为志，派大军攻打突厥。贞观三年（629），李靖、李世勣等率兵十万出击东突厥。贞观四年（630）初，生俘颉利可汗，东突厥灭亡。贞观九年（635），征服吐谷浑。贞观十四年（640），灭高昌国，西域其他城邦也降服，设立安西都护府，下辖龟兹、于阗、碎叶、疏勒四镇。贞观二十一年（647），设立燕然都护府。

唐高宗永徽六年（655），唐遣程知节率领大军西击沙钵罗可汗。显庆二年（657），苏定方带兵大破西突厥，沙钵罗奔石国，被擒，西突厥亡国。高宗以其地分置昆陵、蒙池二都护府。次年，徙安西都护府于龟兹。龙朔二年（662），破铁勒。龙朔三年（663），刘仁轨带兵大败倭国军于白江口，破百济。麟德二年（665），撤回葱岭。乾封元年（666），李世勣率领大军东征高句丽。总章元年（668），攻克平壤，灭高句丽。唐代的版图，以高宗时为最大，东起朝鲜半岛，西临咸海（一说里海），北越贝加尔湖，南至越南横山，维持了32年。

唐总章三年（咸亨元年，670），唐高宗命薛仁贵率十万大军攻击吐蕃，在大非川全军覆没。咸亨元年（670），吐蕃攻陷西域十八州，迫使唐王朝撤销安西四镇。咸亨三年（672），从百济撤军。仪凤四年（679），突厥再起。

长寿元年（692），王孝杰率军大破吐蕃，又恢复了安西四镇。之后，狄仁杰与崔融就是否放弃镇守四镇展开过针锋相对的辩论，最后武则天接受了崔融的建议，恢复了安西四镇。

万岁通天元年（696），契丹族李尽忠率众造反，攻占了营州。武则天派兵镇压，结果失败。此后，长安三年（703），安西地区的碎叶镇也被突厥攻占，致使丝绸之路断绝。唐太宗、唐高宗时，在北方设置了单于、安北都护府，分别管辖长城到贝加尔湖的广阔地区。到了武则天主政以及做皇帝时，突厥人经常骚扰边境，还攻占了蔚州（河北蔚县）和定州（河北定县），迫使唐王朝将安北都护府南迁。

（二）定型期

唐玄宗开元、天宝时期（713—756）是唐王朝疆域定型的时期。这一时期与极盛期相比，疆域已经大为缩小。《旧唐书》所谓“唐土东至安东府，西至安西府，南至日南郡，北至单于府”①，应该有一个具体的时间规定，因为大唐疆域变动实在是太大，即使是我们将其划分为初、盛、中、晚唐四段，在具体的某一段历史时期边境领土的划定也都有反复。譬如，安东都护府治所从平壤北移至新城，后又内移至平州、营州，以至于青州而废止。

即使是在定型期，大唐的边塞有的也发生了明显的位移。如开元二十九年（741），吐蕃攻破石堡城；天宝八载（749），哥舒翰带兵攻破石堡城；安史之乱起，石堡城又陷入吐蕃。再如开元初，九曲地作为金城公主的嫁妆送给了吐蕃；天宝十二载（753），收复九曲地。

《旧唐书·地理志》记载：“范阳节度临制奚、契丹，统经略、威武、清夷、静塞、恒阳、北平、高阳、唐兴、横海九军，屯幽、蓟、妫、檀、易、恒、定、漠、沧九州之境，治幽州，兵九万一千四百人。平卢节度镇抚室韦、靺鞨，统平卢、卢龙二军，榆关守捉，安东都护府，屯营、平二州之境，治营州，兵三万七千五百人。”② 这是东北边境及其要塞。

沈文凡、彭飞《隋唐东北边塞诗创作述论》将隋唐时期东北疆域范围认定为“今天的东三省与河北省的东北部以及京津地区”③，因而大唐东北边界就很清楚了。以边塞“营州”治所即今辽宁朝阳、唐末被契丹占领，后置营州于广宁（河北昌黎），五代后唐时又被契丹攻占的史实来看就清楚唐王朝东北边界的变化情况。

（三）渐衰期

渐衰期即中唐，大致指唐肃宗至德元载至唐穆宗长庆四年之间（756—824）。天宝十四载（755），安史之乱爆发。朝廷将驻防西域的军队内调平叛，吐蕃乘机攻取了威戎、神威、定戎、宣威、制胜、天成等军，攻占了石堡城和百谷城等。宝应元年（762），吐蕃再陷秦州、渭州

---

① 刘昫等：《旧唐书·地理志》，中华书局1975年版，第1393页。

② 同上书，第1387页。

③ 沈文凡、彭飞：《隋唐东北边塞诗创作述论》，《吉林大学社会科学学报》2011年第4期。

等。次年秋七月，“吐蕃大寇河、陇，陷我秦、成、渭三州，入大震关，陷兰、廓、河、鄯、洮、岷等州，盗有陇右之地”[1]，整个西北边陲尽失。十月陷长安。建中二年（781），沙州（今敦煌）失陷。贞元三年（787），北庭、安西相继陷于吐蕃。

于是，大唐边界线大幅度内移，边防线收缩到长城一线，边塞主要有凤翔、泾州、原州、灵州、丰州、胜州以及黄河北岸地区。中晚唐，吐蕃、回鹘、南诏等外侵，朱希彩、朱泚、李怀光、李希烈等内乱，十五道藩镇割据，朝廷实际统辖的疆域越来越狭小，权势越来越衰微。

（四）式微期

式微期即晚唐，大致指唐敬宗宝历元年至唐昭宣帝天祐四年之间（825—907）。

据严耕望《唐代人文地理》，大唐式微期南诏“尽取大渡河与戎泸以南之地，于是今贵州全省与广西西半部皆失。及黄巢之乱，安南亦失，河西亦为回鹘所据，迄于唐亡”[2]。由此看来，如果再除去人事权、财政权等皆独立的藩镇（据《新唐书·藩镇传序》可知，割据的藩镇“擅署吏，以赋税自私，不朝献于廷。效战国，肱髀相依，以土地传子孙”），大唐疆域是何等促狭，而其边塞变化又是何等之大！

三 边塞位移与边塞诗创作是否同时

诗分初唐、盛唐、中唐和晚唐，其具体时间与历史上的“四唐”划分时间又不完全一致。这种划分，从某个角度来看或许有其道理。但具体到边塞诗，情况就不一样了。边塞诗的创作与边塞的变动有相符合的，也有不相一致的。

边塞的变更，第一是军事战争的事情。唐代中国与印度等口述传统的民族国家不同，并没有随军的歌吟艺人，因而战争的事迹不能近乎即

---

① 刘昫等：《旧唐书》卷11，中华书局1975年版，第273页。

② 严耕望：《唐代人文地理》，《严耕望史学论文集》下册，上海古籍出版社2009年版，第1410页。

时的传播开来。第二，边塞似乎不宜与边界混同。初唐时，疆域最为广袤，然而由于当时对新开拓的疆域大多实行的是羁縻州府制度，即委任土著酋长进行独立性的管理，并不派遣官吏，因而边功没有反映在边塞诗中。第三，唐高宗时，开始委派官吏前去西域进行管理或“治理”，但大多不过是“点”与“线”的治理：点即都护府，线即驿道或域内的丝绸之路。第四，到了唐玄宗时期，武将拓边，文人入幕乃至于参与边政，因而文官甚至武将多有边塞的吟咏；风气所尚，使得即使没有去过边塞的诗人也时有撰述，于是在玄宗朝边塞诗蔚为大观。

由此可知，初唐的羁縻州府制度与境内的文人士大夫关系不大，在军事征伐过程中，文人参与的又不多，因而唐太宗、唐高宗时期是大唐军事力量最为鼎盛的时期，也是疆域最为辽阔的时期，但边塞诗却兴盛于唐玄宗时期。

正是由于大唐王朝边疆的变化巨大、边塞的位移明显，因而我们在解读具体某一首边塞诗的时候，应该具有明确的时间意识和空间意识。

盛唐时，疆域北抵黄河北之三受降城，但诗人李颀、李白笔下的边塞却依然是雁门、太原等地。李白的《太原早秋》写于开元二十三年(735)，李颀生活于开元、天宝年间，从而可知唐代边塞诗中除了借代之虚写外，边疆上的真正边塞与唐人当时的边塞感知也存在相当的距离。

据王永莉的考察，“唐人心目中的‘塞’，实际上是一条东西绵长、南北界线相对模糊的过渡地带，它东起辽水，西至玉门关、阳关，其间农耕民族与游牧民族交错杂居，是典型的多民族文化交汇区”①。由此看来，唐人意识中的边塞与唐王朝实际的边塞也并不完全是一回事。当然，王永莉的说法恐怕也未必完全符合当时的情况，因为近300年间人们对边塞的意识并非一成不变。

另外，还有一个问题，就是程千帆先生《论唐人边塞诗中地名的方位、距离及其类似问题》认为不宜将边塞诗中的历史方位、距离等过于坐实。② 这是很有卓见的，因为边塞诗毕竟是文学，不是历史，因而其真

① 王永莉：《基于边塞诗的唐人边塞感知研究》，《宁夏社会科学》2009年第3期。

② 参见程千帆《论唐人边塞诗中地名的方位、距离及其类似问题》，《南京大学学报》1979年第3期。

实性只能是心灵史的真实，而不可能完全是纪实。

四 移动的边塞诗

有唐一代，边塞诗特点主要有三：一是“边塞诗的数量空前剧增”；二是“创作群体庞大，中下层知识分子成为主体”；三是“雄视千古的高度成就”[①]。学者注意到了初唐边塞诗的“郁愤”，盛唐时期边塞诗空前繁荣，以“豪雄”著称，中晚唐边塞诗一片“衰飒”或“萧飒”，甚至到了晚唐边塞诗为“反战哀歌”[②]，但对于其风格的演变与边塞位移之间的关系，似乎留意不多。

（一）初唐时期的边塞诗

初唐边塞诗的主要创作者有李世民、虞世南、魏徵、李峤、崔融、崔湜、苏珽、张说、张九龄等，一般说来具有台阁气，犹“存六季之遗音”[③]。如前所述，唐太宗贞观四年（630），李靖、李世勣率兵在定襄、铁山大败东突厥，擒获颉利可汗。“夏四月丁酉，御顺天门，军吏执颉利以献捷。”[④] 就在此时，唐太宗撰写《饮马长城窟行》，但其中的交河、瀚海、阴山、长城、龙堆、马邑等是否就是发生战事的地方，还是泛指边塞？贞观十九年（645），唐太宗征辽，作边塞诗《执契静三边》以记之。历史现象或文学现象，一旦概括就容易抹杀其丰富性和复杂性，初唐边塞诗特征的概述也是如此，因为初唐四杰和陈子昂为代表的中下层文人知识分子的边塞诗与前述说法迥异，即他们的边塞诗“由宫廷走到了市井”，“从台阁移至江山塞漠”[⑤]。窦威、孔绍安、王宏、宋之问、辛常伯、张敬忠、徐彦伯、刘希夷、张柬之、郑愔、徐坚、张嘉贞等都有或多或少的边塞诗，也各具特色，难以“台阁气”概而论之。

---

① 余正松：《中国边塞诗史论——从先秦到隋唐》，博士学位论文，四川大学，2005 年。

② 胡大浚：《贯休的边塞诗作与晚唐边塞诗》，《河西学院学报》2007 年第 6 期。

③ 叶燮：《唐诗百名家全集序》，席启寓辑《唐诗百名家全集》，琴川书屋初刻本，1702 年。

④ 刘昫等：《旧唐书》卷 67，中华书局 1975 年版，第 39 页。

⑤ 闻一多：《唐诗杂论》，上海古籍出版社 1998 年版。

下面我们从初唐诗人边塞诗中的地名大略看一下当时的边塞情况：在骆宾王的诗篇中出现了皋兰、兰山、积石、陇坂、天山、崆峒、阳关、玉门关、贺延碛、流沙、轮台、疏勒、蒲类津、交河、弱水、龙鳞水、马首山、密须、温城、碎叶等地名。卢照邻诗歌中的汾川曲、乔知之笔下的雁关、李峤诗中的西蕃、崔融诗句中的安西、幽、蓟等地都表明他们心目中的边塞与大唐新开拓的边疆上的边塞还没有完全吻合起来，或许这是由于军事战争仅仅主要是君主和将领关注的事情，而文人士大夫没有亲身经历之个人经验，从而无从将那一段辉煌的历史以及豪迈的精神浓墨重彩一番?

（二）盛唐时期的边塞诗

“开元中，天子有吞四夷之志”[①]，边帅可以入相，文人亦可以建功立业，“布衣流落才士，更多因缘幕府，蹑级进身”[②]，甚至有如封常清以傔人、判官身份而出任节度使的，因而此时边塞诗大兴盛。

盛唐边塞诗之特点，正如胡应麟所言，以风神、气骨胜：“盛唐继起，孟浩然、王维、储光羲、常建、韦应物，本曲江之清淡，而益以风神者也。高适、岑参、王昌龄、李颀、孟云卿，本子昂之古雅，而加以气骨者也。”[③]

王昌龄诗篇中的井陉、榆关、洮河等，高适笔下的蓟北、营州、河洲、临洮、燕支、青海等，崔颢诗句中的燕代、西河、辽水、渔阳等，李颀所谓的幽燕、白山、交河等，王维边塞诗中的贺兰山、凉州、居延、燕然、阳关等，大多体现的还是唐人传统意识中的边塞观。

而岑参《轮台歌奉送封大夫出师西征》中的“剑河”，即今俄罗斯叶尼塞河；常建《塞下曲》中的“北海”指的是俄罗斯贝加尔湖；王维《使至塞上》中的“燕然山”和郭震《塞上》中的“金微”今皆在蒙古境内：史诗互证在这里可以得到较好的体现，边塞诗展现了大唐疆域的新气象。随着盛唐疆域的开拓，大唐的边塞有了陌生的面孔，边塞诗从

---

① 《资治通鉴》卷216。

② 胡震亨：《唐音癸签》卷27。

③ 胡应麟：《诗薮》内编卷2。

而也具有了新的精神。边塞诗的图景有助于我们想象盛唐疆域的辽阔和变动，勾勒出所谓的盛唐气象，但从中也能体味若干盛衰沉浮的苍凉。

荣新江、文欣《“西域”概念的变化与唐朝“边境”的西移——兼谈安西都护府在唐政治体系中的地位》认为，在李唐时期，“西域”具体所指发生了巨大的变化：初唐西域指的是敦煌以西的地区；贞观十四年（640）侯君集攻占高昌后，西域指的是西州即今吐鲁番以西的地区；从长寿元年（692）王孝杰收复四镇直至晚唐，西域特指帕米尔以西的地区。[①] 该文给人启发颇多，我们从“西域”一地之位移，可以想见大唐疆域的变迁；但文中主要论述的是初盛唐时期西域概念的西移，问题是中晚唐时期，西域依然是“帕米尔以西的地区”吗？

中晚唐的“西域”观且不谈，我们先结合上述“西域”概念观谈谈盛唐时期的边塞诗。对于岑参《轮台歌奉送封大夫出师西征》《走马川行奉送出师西征》这两首诗歌中的“西征”读者颇有争议，根据“西域”概念的具体所指位移的事实，就能较好地解决盛唐时期岑参西域军旅诗中“西征”的本事问题。

盛唐边塞诗，自成诗国，城邦林立，各具特点。而其中最具有史诗纪实边疆史特点的，则是岑参的边塞诗。岑参边塞诗中出现的地名主要有北庭、苜蓿峰、胡芦河、陇山、临洮、铁关、玉关、渭水、碛西头、热海、轮台、走马川、酒泉、凉州、玉门关、交河、碎叶河、银山、焉耆、铁门关、安西、火山（火焰山）、海西头、金山西等，这些地方大体勾勒出了盛唐时期西北边塞的位移。岑参《碛西头送李判官入京》诗云“一身从远使，万里赴安西”、《送费子归武昌》诗云“曾随上将过祁连，离家十年恒在边”、《过碛》“行到安西更向西”等，都反映了这一时期朝廷开边拓疆的作为。

（三）中晚唐的边塞诗

《新唐书》云，与大唐王朝抗衡的有“突厥、吐蕃、回鹘、云南”，因此边塞诗便主要集中在边境冲突的要塞之地。但问题又颇为复杂，如

---

① 参见荣新江、文欣《“西域”概念的变化与唐朝“边境”的西移——兼谈安西都护府在唐政治体系中的地位》，《北京大学学报》2012 年第 4 期。

"边塞诗产生的地域，虽以西北为重心，但在西南边疆，也有数量可观的诗篇。边塞诗产生的时代虽以盛唐为著，但唐代中后期仍在继续发展，且不乏精彩之作"①，这是诚然不错的，但不很全面，因为只要有边事的地方，就有边塞诗，如东北边界，战事此起彼伏，从而边塞诗也不能忽视东北边疆。

中晚唐边塞诗人主要有刘长卿、耿湋、戎昱、卢纶、戴叔伦、李益、王建、张籍、姚合、薛逢、项斯、马戴、李频、曹邺、高骈、雍陶、许棠、曹松、李涉、朱庆馀等。他们当中固然有诸如李益、卢纶等尚带有盛唐遗音的诗人，但绝大多数"抒写边塞战争的负面影响和戍边者的负面情绪"②。

显而易见的是，从如李益边塞诗中的地名渭北，戎昱诗句中的黄河、襄阳、泾州、并州等很明显地感到中晚唐边塞的变易是何其之大，而内中的情绪又是与盛唐何等迥异！再如，顾非熊《出塞即事二首（其二)》诗云："贺兰山便是戎疆，此去萧关路几荒。无限城池非汉界，几多人物在胡乡！诸侯持节望吾土，男子生身负我唐。回望风光成异域，谁能献计复河湟?"贞元七年（791)，河湟之地尽陷于吐蕃。贞元九年（793)，筑盐州城，李益《盐州过胡儿饮马泉》诗中有所反映。唐代宗广德元年(763)，吐蕃攻入长安，代宗只得仓皇出逃，后吐蕃退出长安。但凤翔以西、汾州以北均为吐蕃所侵占。李绛《陈时务疏》云："近以泾、陇、灵、宁等州为界。"白居易《西凉伎》诗云："平时安西万里疆，今日边防在凤翔。"贯休《边上作》诗云"山无绿兮水无清，风既毒兮沙亦腥"、张籍《陇头》"陇头已断人不行"、崔国辅《从军行》诗云"塞北胡霜下，营州索兵救"等，都体现了中晚唐时大唐边界的内缩和边塞的位移及其变化，但是，由于文学作品的虚构性和情感性，这一历史时期中的边塞诗，充其量反映的是当时人们的心灵史，而不能完全将它们作为史实来看待。

陈陶《陇西行》诗云："誓扫匈奴不顾身，五千貂锦丧胡尘。可怜无

---

① 余嘉华:《试论唐代有关南诏的诗歌——兼谈边塞诗评价的几个问题》,《云南社会科学》1984年第6期。

② 佘正松:《中国边塞诗史论——从先秦到隋唐》，博士学位论文，四川大学，2005年。

定河边骨，犹是春闺梦里人。”一般说来，我们只是分析此类边塞诗的闺怨、忠国或惨烈，如果没有史实作支撑，难以深入诗歌的精髓之处，但事实上文学的特性、借代的运用和心灵史的写意等都难以使我们作纯粹历史的考索和解读。

无论如何，历史还是在边塞位移上留下了自己的踪迹。吐蕃攻占沙州（今敦煌）时，陷落吐蕃的唐人的边塞诗记载了时空的沧桑。据“敦煌唐人诗集残卷”伯2555号文献，载有至德三年至建中二年两位唐人的边塞诗共72首，其中佚名作者59首，马云奇13首。[①] 这些诗歌记录了落蕃人的边疆的风物、人生遭遇和思想情感。

一般说来，盛唐边塞诗的特点人们归纳为境界阔大、气势雄浑和格调昂扬，而中晚唐边塞诗则境界狭小、格局卑弱、衰瑟冷寂，这显然与军力不振、国势衰微、边塞内移等密切相关。

五 体验还是想象?

李唐近300年，后人动辄就是大唐如何如何的强盛，其实除去藩镇割据的152年、初唐恢复国力的武德时期，李唐真正强大兴盛的时间并不是很长。在这近300年中，李唐王朝的边塞几经变迁，因而唐代边塞诗的解读就不能不把握边塞诗形成的时空问题。

这个问题细致说来，还涉及诗人是否到过边塞。据统计，李唐共有2200多位诗人写过边塞诗，但这些诗人中大部分并没有去过边塞，因而他们的边塞诗便是想象力的产物。而到过边塞的诗人，他们所写的边塞诗是亲身经验的产物。从这个角度来说，边塞诗可分为想象的边塞诗和体验的边塞诗。

这个角度便可以解释王之涣《凉州词（其一）》“黄河远上白云间”还是“黄沙直上白云间”的问题了。王之涣即使出过塞，也不过是去了东北边境，可以肯定他没有去过西北边塞，因而这首诗便是他想象的产物。既然它纯粹是想象的产物，落实地理、气候的问题也就是另一回事了。李唐一朝，没有到过边塞而撰写边塞诗的诗人不在少数，再如据

① 参见柴剑虹《〈敦煌唐人诗集残卷〉（伯2555）补录》，《文学遗产》1983年第4期。

《旧唐书·文苑传》可知贺朝一生未曾出过关，但其《从军行》却写了边地的艰苦和激战，这是边塞诗中的一类，即想象之作。他如白居易、李贺等都没有到过边塞，但都写过边塞诗。中唐时期，边塞诗的作者大多生活在藩镇幕府之中，而到边地入幕府的则极少，因此他们的边塞诗大多是抒发情志的想象篇什而已。

谈边塞诗，不能忽视虚写与写实的问题。在唐代边塞诗中，有借代、夸张和意象等文学笔法，也有依据耳闻的符号或事件进行概念化创作的，如以汉喻唐、以匈奴代指突厥等。以汉喻唐的现象，在唐代边塞诗中颇为突出。这种借代，似乎有助于汉民族意识的形成及加强，从而使得民族融合之后生成一种共同体的认同感。当然，它仅仅是历史长河中的一小段，或者说是链条中的一链，但其作用和贡献却不容忽视。此类诗句，如“匈奴屡不平，汉将欲纵横”“胡笳折杨柳，汉使采燕支”“汉地草应绿，胡庭沙正飞”“莫作兰山下，空令汉国羞”“每愤胡兵入，常为汉国羞”“胡兵屡攻战，汉使绝和亲”“天子旌旗过细柳，匈奴运数尽枯杨”“汉兵开郡国，胡马窥亭障”“汉郡接胡庭，幽并对烽垒”“汉掖通沙塞，边兵护草腓”“辛苦皋兰北，胡霜损汉兵”“征蓬出汉塞，归雁入胡天”，比比皆是。

读唐代边塞诗，有一个很明显的感觉，那就是作者大多是写意而非纪实，假借汉事以寄寓自己当下的情志。因而诗篇中的边塞地名，不过是当时边塞的符号而已，诗人似乎不求，也许不知边塞的具体精确的地理位置。“诗言志”，此一传统，源远流长。

六　从边塞诗看民族性

从一个民族的文学可以看出它的国民性。将中国边塞诗中的寒苦、哀怨、愁绝之情绪与《伊利亚特》对外征服将士的心情进行对比，不同的民族性昭然若揭。

大唐疆域几经变更，边塞也几经变迁，但对于中国人来说，不管远近，只要是离开家乡，就哭哭啼啼、凄凄惨惨戚戚，如“行者愁怨，父母妻子送之，所在哭声振野"[①]。在中国的边塞诗中，"泪""哭""啼""泣""伤心""悲号""惆怅""愁""恨""怨""哀""断肠"等词语触目皆是，使用频率极高。从积极的方面来说，它反映或体现了人民厌战、反战、爱好和平的情绪；但对照其他民族对于战争的态度来看，则完全是另一回事。

这些哀怨之诗，由于其情真意切从而被视作"好诗"。严羽《沧浪诗话》云："唐人好诗，多是征戍、迁谪、行旅、离别之作，往往能感动激发人意。"古代中国人，将背井离乡看作大不幸，因而乡梓似乎就是天堂。但又不尽然，从诗篇来看，如果有名酒美女相伴，便不再害乡愁。那么，这就是说，中国人特别看重的是现世的安逸和享乐。对于中国古人来说，离乡便已悲戚；如果远征戍守，就更是肠断欲绝了。

杜甫《兵车行》诗云"信知生男恶，反是生女好"，诸如此类的边塞诗，真实地体现了我们这个民族的民族性。还有读者注意到了边塞诗中的"无助、无能和无奈"的"三无"心态。[②] 中国的边塞诗似乎根本就不是什么"青春之歌""黄钟大吕"，而是大多充满了哀怨、怅恨和哭泣。更有甚者，许多文人喜欢代闺妇怨望、以怨妇或弃妇自比等，这一点在边塞诗中也有所反映。

以唐代边塞诗而言，初盛唐边塞诗中也能听到哭声，而中晚唐边塞诗对于边政、边战的反感指责、厌战思归乃至于咒骂，其实倒是更真实地反映了汉民族的民族性格。

七　结语

有唐一代，边塞诗的风格流变与大唐王朝开疆拓土、边患战争以及边塞位移等有着密不可分的联系和关系。大唐边塞的位移，直接或间接地影响了诗人的情志，从而形成了唐代边塞诗演变的心灵史。

学人探析唐代边塞诗何以兴盛的原因，大多着眼于政治、经济、社会、历史等方面，其实，大唐边疆的开拓与边塞的位移恐怕才是最

① 司马光：《资治通鉴》，中华书局 1982 年版，第 6709 页。

② 参见刘世明《边塞诗中的"三无"心态》，《北方文学》2012 年第 3 期。

根本的原因。唐代边塞诗之兴盛，显然与大唐帝国的开边和边塞的外移密切相关；而其衰飒，也与唐王朝疆域的内缩和边塞的内移联系紧密。

（原载《浙江工商大学学报》2014年第1期）

家庭伦理生态的悲剧

引　言

卡夫卡的小说，由于其“过于丰富的寓意性和歧义性”，从而其主题具有不确定性或者是后现代主义特征。[①]《变形记》的主题也是如此，迄今主要有异化说、时代危机说、自传说、父子冲突说和存在主义说等多种解读。国外读者侧重于这部小说的宗教神学意义的阐释，而国内则认为它主要“揭露资本主义社会中人在重重压迫下掌握不了自己的命运以致‘异化’的现象”[②]。其实，如以文学伦理学批评的视角来细读《变形记》的文本，便可以发现，它不是在批判资本主义社会中人的异化，而是叙述了家庭伦理生态的悲剧，而这种悲剧性具有跨越时空的价值，从而拥有了经典性和不朽性。

一　“甲虫”的意义所指

在《变形记》中，中文译本一般将原文德语单词 Ungeziefer 翻译为“甲虫”，即格列高尔一夜醒来发现自己变成了一只“甲虫”。其实，“在德语里，‘肮脏的甲虫’即指一个懒散而不整洁的人”[③]。此第一。第二，“卡夫卡用的是个模糊得多的词 Ungeziefer，意思是‘害虫’，其中包含有

---

① 参见曾艳兵《论卡夫卡创作中的后现代特征》，《天津师范大学学报》2004 年第 2 期。

② 朱维之、赵澧主编：《外国文学史》，南开大学出版社 2000 年版，第 574 页。

③ 胡顺琼：《卡夫卡小说的动物意象》，硕士学位论文，华东师范大学，2006 年，第 8 页。

害、让人厌恶的意思，而不是指某种实际的虫子"①。第三，Ungeziefer 又可以被翻译为"寄生虫"②。因而，有读者怀疑格列高尔是否真的变成了一只虫子，这一怀疑不无道理。因为"卡夫卡曾对他的出版商强调，这只'昆虫'（他在一封信中用的就是这个词）画不出来，也不要画出来。结果，《变形记》的封面插图画的是一个年轻人，他从通向一间黑屋子的门口步履蹒跚地走开，这个意象与书中哪一件事都对不上号"③。从而可见，卡夫卡的创作意图，似乎也并不在于格列高尔是否真正变形成为一只昆虫，或成为一只讨人嫌弃的害虫；而是描摹了现实生活中的这一类人（只不过是以人拟物罢了）以及这一类人的生存状态。古今中外，皆有从动物或植物的角度来叙述或比拟某一类人的写法。而将某一类人的动物化，在卡夫卡的笔下，也并非仅有一只甲虫，例如还有《新律师》中的律师本来是亚历山大大帝的一匹骏马，《一条狗的研究》中的"空中狗"，《女歌手约瑟芬或鼠族》中的老鼠等。从这个意义上来说，变形后的格列高尔，不过是一个像"害虫"那样讨人嫌弃的一类人而已。

二　Ungeziefer 与妹妹的伦理关系

当格列高尔变形为 Ungeziefer 而不能工作赚钱养家糊口的时候，家庭中的父母、妹妹无不厌弃他，虽然这种嫌弃有一个时间上长短的不同。亲人之间的冷漠、鄙夷和无情等家庭冷暴力完全可以成为一个人死亡的理由。

格列高尔变形之前，睡前他都是将其房间的门上锁的（为什么锁上呢？难道在自己的家中也没有安全感吗?）。但是自从他变形为甲虫之后，有一段时间他房间的门是开着的，后来就被关上了。这段时间，格列特进入格列高尔的房间特别厌恶里面的气味，总是一阵风似的冲进去又冲出来，并且总是冲到窗前打开窗户，呼吸两口窗外新鲜的空气。

格列高尔的死亡，是由于家中的经济原因吗？表面上看是这样的。

① ［英］里奇·罗伯逊：《卡夫卡是谁》，胡宝平译，译林出版社 2013 年版，第 36 页。

② ［美］吉尔曼·桑德尔：《卡夫卡》，陈永国译，北京大学出版社 2010 年版，第 46 页。

③ ［英］里奇·罗伯逊：《卡夫卡是谁》，胡宝平译，译林出版社 2013 年版，第 36—37 页。

有读者误以为三位房客发现格列高尔后就要求退房且不缴纳房租，这是格列高尔该死的主要原因，即他的存在威胁着这个家庭维持生计的收入。可是，当格列高尔死后，桑沙先生立即勒令那三位房客退房，且也没有索取任何房租。更为重要的是，自从格列高尔变形为 Ungeziefer 不能工作之后，父母和妹妹“现在有三份相当不错的工作，而且以后很有发展前途”[①]。正如罗伯逊所言：“至于格列高尔·萨姆莎，他是个忠诚的儿子，从父亲破产以来一直单枪匹马奋力养家。等他变形以后，终于知道父母私藏了些钱，他们其实不需要他那样自我牺牲……”[②] 从而可知，家庭经济固然窘迫，但这并非格列高尔这只“害虫”该死的主要原因。

那么，这只“害虫”被自杀的主要原因是什么呢？是家庭成员之间的冷暴力，尤其是一向作为情感寄托的妹妹，一旦嫌弃他，他就不想再活下去了。况且，格列特意识到只要格列高尔活着，他就会威胁着她的婚嫁。而之所以会威胁着其婚嫁，是由于格列高尔有与乃妹乱伦的意图甚至是行径。为了遏制兄妹乱伦，实现社会中的伦理禁忌，格列特的回应就是让“害虫”死去。

那么，何以知晓格列特由于意识到格列高尔的存在威胁着她的婚嫁，从而借着租客事件提出“设法除掉它”呢？格列高尔死了，父母与妹妹的心情都轻松了，他们坐电车到郊外去度假，他们愉快地谈着未来。“桑沙先生和太太意识到他们的女儿变得越来越活泼了，他们几乎同时猛然发现，虽然近段发生的悲伤使女儿脸颊苍白，但是她已经成长为一个身材姣好的美丽大姑娘了”，于是他们“一致得出结论，很快就到了给她找个好对象的时候了”。电车到站了，格列特“首先跳起来，舒展着她那年轻的身姿”[③]。上述关于格列特青春活力的叙述，足以证明作为“害虫”的格列高尔早就应该消失了。

如前所述，格列高尔的存在，之所以威胁着格列特的婚姻，从小说文本的叙述来看，格列高尔似乎还曾有过非分的企图，即他曾有过与格列特乱伦的妄想：他听着妹妹拉小提琴的乐音，“他觉得自己一直渴望的

---

① ［奥］弗兰兹·卡夫卡：《变形记》，徐向英译，中国书籍出版社 2008 年版，第 130 页。
② ［英］里奇·罗伯逊：《卡夫卡是谁》，胡宝平译，译林出版社 2013 年版，第 76 页。
③ ［奥］弗兰兹·卡夫卡：《变形记》，徐向英译，中国书籍出版社 2008 年版，第 131 页。

却又说不出的某种营养现在就在他眼前出现了”。格列高尔从他变形为昆虫的时候起就有“饥饿感”①。这是一种什么样的饥饿感呢？是不是性饥渴的感觉？似乎不能排除这种可能。小说所谓音乐之于作为害虫的格列高尔来说是“他觉得自己一直渴望的却又说不出的某种营养”，是不是因为小提琴的乐音令格列高尔产生性幻想？乐音为何能够使格里高尔产生性欲望呢？Musical sound means “a desire that straightens up or moves forward, and opens up to new connections, childhood block or animal block, deterritorialization”。于是，他决心爬到妹妹的身边，“拉拉她的裙子让她知道，她应该带着小提琴到他房间里去”（为什么“拉拉她的裙子”？为什么到他房间里去），幻想着将妹妹囚禁在自己的房间里，不再让她出去，“他那令人害怕的外形将第一次对他有用；他会守望着房间里的各道门，像恶龙一样将任何闯入者都吼走”②。

不仅如此，他还幻想着告诉妹妹送她去音乐学院，“妹妹一定会热泪盈眶，格列高尔会爬上她的肩膀吻她的脖子，她现在是名年轻的女工人，她脖子上没戴任何饰带也没穿高领衣服”③。这显然是格列高尔内心的性欲望，或许这正是格列特说“我们必须设法除掉它”的真正原因。

格列高尔想与乃妹乱伦的企图，从小说文本伊始，就暗伏着这条线索。在第一章中，格列高尔房间的墙壁上有一幅穿着皮毛衣服的妇女的画，罗伯逊认为这幅画隐喻着性事，即格列高尔至少可以用来意淫，“那一滩他无法解释的白色污点”可能是梦遗而来。④ 皮毛，一方面表征着动物性或兽性，另一方面则隐喻着格列高尔变形为昆虫，皮毛类生物与其是同类，于是二者相匹配，从而有性交媾的可能。而当格列特与母亲将格列高尔房间里的家具搬出去的时候，格列高尔最关心最想留下的就是墙上那一幅穿着皮毛衣服的妇女的画：他“急忙爬上去，肚皮紧紧地贴在很容易黏贴的玻璃表面上；这让火热的肚子舒服多了。至少，完全藏

---

① ［奥］弗兰兹·卡夫卡：《变形记》，徐向英译，中国书籍出版社 2008 年版，第 47 页。

② Gilles Deleuze and Felix Guattari, *Kafka: Toward a Minor Literature*, Minneapolis: University of Minnesota Press, 2003, p. 5.

③ ［奥］弗兰兹·卡夫卡：《变形记》，徐向英译，中国书籍出版社 2008 年版，第 109 页。

④ 参见［英］里奇·罗伯逊《卡夫卡是谁》，胡宝平译，译林出版社 2013 年版，第 58 页。

在他身后的这张画是谁也不能把它搬走的”[1]。这种“火热”，即 in heat，发情或发春，显然是一种欲火。只有作为昆虫的格列高尔紧紧地贴在上面，这种欲火多少有所减缓，从而肚子舒服多了。如果格列特将他从墙上赶下来，“他紧紧地贴着他的画像，不想放弃。他会向格列特的脸飞扑过去呢”[2]。

格列高尔的死，罗伯逊认为“结论缺乏逻辑”[3]。其实，格列高尔死亡的逻辑，是人与动物的伦理逻辑：格列高尔是一只昆虫，尤其是一只讨人厌恶的害虫，甚至是一只想乱伦的害虫，它从而就不再是格列特的哥哥；如果是她哥哥，那么这只害虫就会如同格列特所说的应该早就消失了。既然它不是乃兄格列高尔，既然它是一只该死的害虫，那么它就必须死去。“人同兽相比最为本质的特征是具有伦理意识，只有当人的伦理意识出现之后才能成为真正的人。”[4] 而这只害虫是没有伦理意识的，只有兽性和兽欲，从而必须“设法除掉它”。这是格里高尔必须死去的伦理逻辑。

格列高尔变形为一只甲虫，有一个越来越讨人厌的过程。而格列特对待格列高尔的态度，从提供饮食这个角度来看，也有一个情感上逐渐变化的过程：从昆虫不喜欢的牛奶[5]到喜欢吃的几乎腐烂的蔬菜、剩饭、葡萄干、杏仁、变味的乳酪、陈面包等，黄油面包和加了盐的黄油面包等[6]，再到“在上班以前匆匆忙忙地用脚把任何现成的食物推进他房间，到了晚上用扫帚再把东西清理出去”[7]，最后到了食物皆被尘封的地步，表征格列特在情感上的变迁：从关爱、细心体贴，到冷漠、听之任之，再到仇恨甚至想谋害致死。从伦理关系来看，从格列特走进房间的样子

---

① ［捷克］弗兰兹·卡夫卡：《变形记》，徐向英译，中国书籍出版社 2008 年版，第 76—77 页。

② 同上书，第 78 页。

③ ［英］里奇·罗伯逊：《卡夫卡是谁》，胡宝平译，译林出版社 2013 年版，第 76 页。

④ 聂珍钊：《文学伦理学批评：伦理选择与斯芬克斯因子》，《外国文学研究》2011 年第 6 期。

⑤ 参见［奥］弗兰兹·卡夫卡《变形记》，徐向英译，中国书籍出版社 2008 年版，第 43 页。

⑥ 同上书，第 49—50 页。

⑦ 同上书，第 95 页。

让格列高尔痛苦[1]，到格列特看到这只害虫恶心[2]，再到格列特挥着拳头瞪着他[3]，嚷叫着"必须设法除掉它"。其间的变化，与天长日久谁也无法承受作为昆虫的格列高尔这一负担或累赘有关。

三 Ungeziefer与母亲的伦理关系

罗伯逊认为："卡夫卡有两个故事与他的家庭生活明显有关：《审判》和《变形记》。其中，《审判》里的母亲死了；而《变形记》里的母亲虽然很关爱那个'不幸的儿子'，但是却无能为力，关键时刻自己先昏倒了。"[4] 这段话，多多少少表明了现实生活中卡夫卡的母子伦理关系在文学艺术上的体现。

卡夫卡与他小说中的主人公难以区分，因为后者总是虚构的自我投射（fictional self-projections）。在现实生活中，卡夫卡的母亲是一位富裕的酿酒商的女儿，秉性善良愚弱，面对强势的丈夫只能服从，从而在家庭父子的冲突中似乎只能站在父亲一边，不能为孩子们提供保护。当然，她也很无奈，因为作为中间调解人，两头不讨好。

从日记和书信中可知，卡夫卡的记忆中没有多少母爱，母亲的一次偶然的亲吻甚至都被留在了心底；母亲为儿子的怪异而啜泣，儿子为母亲的不理解而心烦。[5] 母亲希望儿子像正常人那样结婚、建立家庭。然而，卡夫卡却说："我的全部本质都是建立在文学上的，一直到三十岁我都始终如一地坚持着这个方向；如果哪一天我离开这个方向，就等于我不再活着了。不管我是什么或不是什么，全部导源于此。"[6] 他还说："我整个身心都是由文学构成的"[7]，"文学是我惟一的天职，除此以外我一概

---

① 参见［奥］弗兰兹·卡夫卡《变形记》，徐向英译，中国书籍出版社2008年版，第63页。

② 同上书，第64—65页。

③ 同上书，第78页。

④ 同上书，第12页。

⑤ 参见［英］里奇·罗伯逊《卡夫卡是谁》，胡宝平译，译林出版社2013年版，第12页。

⑥ 叶廷芳主编：《卡夫卡全集》第7卷，河北教育出版社1996年版，第228页。

⑦ 叶廷芳主编：《卡夫卡全集》第9卷，河北教育出版社1996年版，第425页。

毫无兴趣"[①]，"我恨一切与文学无关的东西"[②]。于是，就产生了母子之间的隔阂。

生活中的母子伦理关系也反映在卡夫卡的小说中。在《变形记》中，格列高尔变形后的两周内，母亲从未进入其房间。之后，唯有一次，当格列特让妈妈帮着将格列高尔房间里的家具搬出去时，桑沙太太才第一次进入了格列高尔的房间。母亲在格列高尔的房间里总是显得局促不安。[③] 正是在格列高尔的房间里，妈妈看到 Ungeziefer 后就昏厥了过去。之后，格列特帮她解开了衣服（为什么解开衣服）。当桑沙太太清醒后，她匆忙奔向丈夫桑沙先生，被解开的衣服一件一件地脱落在地上。格列高尔的眼泪出来了，他的眼睛模糊了。这是一种含蓄的书写，即不应该看到父母之间的交媾。诸如此类的隐晦叙述，所暗示的是格列高尔的俄狄浦斯情结。从而可知，格列高尔这只 Ungeziefer，不仅威胁着兄妹伦理关系，而且也有"弑父娶母"的俄狄浦斯情结。

格列特"宣称自己是格列高尔房间惟一的管理者"[④]，也不允许母亲桑沙太太进入格列高尔的房间。这是为什么呢？有一次格列特不在家的时候，桑沙太太把格列高尔的房间打扫、洗刷之后，格列特知道后跟妈妈吵了一架。这又是为什么呢？从此以后，她们都不再打扫格列高尔的房间，清扫和整理格列高尔的房间成为一位老女佣的工作。如此等等的叙事，是静水潜流，隐喻着格列高尔与其家人之间难以沟通交流的伦理关系。

在小说中，母子乱伦意识的叙述和描写是次要的，而兄妹乱伦意识的隐性叙事则是主要的。昆德拉认为，卡夫卡不是把性当作放荡者圈中人（18 世纪的做法）所设的游戏场地，而是作为每个人的平常和基本的生活现实。卡夫卡揭开了性与存在相关的诸面貌："性与爱情相对立；爱情作为性的条件，性要求的奇特性；性的模棱两可；它使人亢奋，同时

---

① 叶廷芳主编：《卡夫卡全集》第 6 卷，河北教育出版社 1996 年版，第 424 页。

② ［奥］马克斯·布罗德：《卡夫卡传》，叶廷芳等译，河北教育出版社 1997 年版，第 143 页。

③ 参见［奥］弗兰兹·卡夫卡《变形记》，徐向英译，中国书籍出版社 2008 年版，第 74 页。

④ 同上书，第 96 页。

使人反感的方面；它的可怕的无意义，尽管丝毫不减其异常威力”[①]。在《变形记》中，母亲面对 Ungeziefer 一样生存状态的儿子，漠然、局促、恐惧，最后奔向父亲，以性缓解父子之间的紧张关系。卡夫卡与乃母之间的伦理关系，通过上述的叙述，真实地描摹了一幅家庭伦理生态中彼此难以理解的悲剧。

四 Ungeziefer 与父亲的伦理关系

卡夫卡在《致父亲》的信中说：“我所有的作品都是关于您的；只有在您的怀里无法感伤的东西，我才到写作里感伤一番。”在这封信中，他曾模拟父亲的口吻，描述了他和儿子之间的斗争：“世上有两种斗争，一种是骑士式斗争，这是两个自立的对手间的相互较量，各自为阵，胜败都是自己的事。另一种是甲虫的斗争，这甲虫不仅蜇人，而且还吸血以维持生命。这是真正的职业战士，这就是你。你在生活上是不能干的；但为了把这一点解释得舒服、无须忧虑、无须自责，你证明是我夺去了你的所有生活本事，并塞进了你的口袋里。”[②]

弗洛伊德曾经说过：“童年的琐碎记忆之所以存在，应归功于‘转移作用’。精神分析法指出，某些着实重要的印象，由于遭受‘阻抗作用’的干扰，不能现身，故只好以替身的形态出现。”[③] 所以，当卡夫卡的父亲把他叫作“小虫”时，他非但没有反驳，反而刻画了一个主人公格列高尔·萨姆沙，其一生就是由人变成“小虫”的过程。在现实生活中，卡夫卡早就被他父亲从人变成了“小虫”。

变形是死亡之一种，是昨日之我的逝去和死亡。1911 年底，卡夫卡的妹夫开办了一家公司即布拉格赫尔曼石棉有限公司。“我父亲中午指责我，因为我不关心工厂的事……父亲继续地骂，我站在靠窗处一声不吭。”[④] 父亲责骂，母亲也抱怨，甚至连最小的妹妹也不再理解和支持他

---

① ［奥］弗兰兹·卡夫卡：《变形记》，徐向英译，中国书籍出版社 2008 年版，第 39 页。

② 叶廷芳主编：《卡夫卡全集》第 8 卷，河北教育出版社 1996 年版，第 281 页。

③ ［奥］西格蒙德·弗洛伊德：《日常生活的心理分析》，林克明译，浙江文艺出版社 1986 年版，第 36 页。

④ 叶廷芳主编：《卡夫卡全集》第 5 卷，河北教育出版社 1996 年版，第 155 页。

了："今天晚上母亲又开始了她那老一套的抱怨，除了指责我应对父亲的痛苦和疾病负责外，又把妹夫离开和工厂无人看管这一新理由端了出来，而我最小的妹妹通常总是站在我一边，这次也离我而去……"[①] 父亲的一贯的指责，早已司空见惯，多少有点麻木了；而母亲总是站在父亲一边，更多的时候，则是形同若无，也无所谓了；卡夫卡最为痛心的是最小的妹妹竟然也批评他不上心料理工厂：这让他萌生了生不如死的感觉，甚至是自杀的冲动。1912 年 3 月 8 日，卡夫卡在日记里写道："前天因为工厂的事受到指责。一个小时后躺在长沙发上想着从——窗户——跳出去。"[②] 这是卡夫卡创作《变形记》之际的生活背景，这一背景参与了小说意义的生成。由于受到家人一致的指责，卡夫卡甚至想到了死亡，因而希望通过变形来逃避责任或借助于文学来纾解心中郁闷便是《变形记》的创作意图了，因为"变形……乃个体化和自我实现的方式"[③]。

由石棉厂引发的危机一个月后给卡夫卡提供了创作《变形记》的"动机和灵感"。罗纳德·海曼认为，"卡夫卡的小说是在解说他亲身的经历"，"《变形记》的基本思想是父亲的一份'赠礼'：要求把自己当作小虫看待"[④]。卡夫卡自比作虫子，他也在其文学作品中用虫子来表达某一种精神状态。从这个意义上来说，《变形记》是"卡夫卡的精神自传"[⑤]。

1913 年，卡夫卡在《致父亲》的信中就将自己比作"一条虫"："你对我的写作和与之有关的、你不知道的各种因素所持的反感倒是比较正确的。在这方面，我确实独立地离开你的身边走了一段路，尽管这有点让人联想到一条虫，尾部被一只脚踩着，前半部挣脱出来，向一边蠕动。"[⑥]

卡夫卡的心理压力，在《变形记》中通过艺术的形式得到了部分的

---

① 叶廷芳主编：《卡夫卡全集》第 7 卷，河北教育出版社 1996 年版，第 133 页。

② 叶廷芳主编：《卡夫卡全集》第 5 卷，河北教育出版社 1996 年版，第 216 页。

③ ［美］默里·斯坦因：《变形：自性的显现》，喻阳译，中国社会科学出版社 2003 年版，第 1 页。

④ ［奥］弗兰兹·卡夫卡：《变形记》，徐向英译，中国书籍出版社 2008 年版，第 210—211 页。

⑤ Frederik R. Karl, *Franz Kafka*, *Representative Man*, New York: Tichnor& Fields, 1991, p. 106.

⑥ 叶廷芳主编：《卡夫卡全集》第 8 卷，河北教育出版社 1996 年版，第 266—267 页。

纾解。作为人的主体已经死去，人变形为虫之后，便可以将作为人的欲望从社会限制中解放出来，用德勒兹和加塔利的话来说就是“解辖域化”。譬如，甲虫在天花板上爬来爬去，可以俯视父亲。这是现实生活中的卡夫卡在父亲一贯的俯视之下所受到的压抑的潜意识在小说中的转换：他终于有一天也可以俯视高大雄壮的父亲了，只不过是通过一种变形之后以甲虫身份爬上天花板来实现罢了。再如，卡夫卡瘦弱，肩膀不宽，面对宽厚肩膀的父亲总是不自信，自卑的压抑在小说中也得到了缓解：他变成一只硕大的甲虫，背面宽大，以至于从客厅回到寝室时都需要斜着身子。他父亲没有等待的耐心，从背后一脚，将其踢进了寝室。甲虫的小腿虽然受伤，可是肩膀毕竟也“宽”了一次。

格列高尔变形为害虫之后，娶母的乱伦企图可能也是桑沙先生想杀死他的原因之一。在格列高尔跟随着格列特去隔壁房间给他们昏厥的妈妈找药时，格列特突然发现了格列高尔，吓了一跳。恰巧桑沙先生回到家，于是自夸他早就预料到了。此一预料，表明他从格列高尔变形后就有杀死他的意图和打算。正是在此时，桑沙先生用苹果轰炸格列高尔。一个苹果砸进了格列高尔的背部，格列高尔带着背部的苹果爬进了他的房间，最后又带着背部的创伤死去。当时，桑沙先生之所以没有砸死格列高尔，正如罗伯逊所说的，在某种意义上来说，是格列高尔的母亲通过性事使得格列高尔获得重生：“格列高尔的眼睛模糊了，因此看不到他不该看的东西，即父母的性交。这次性交让格列高尔免于一死，因此无异于重演了当初赋予他生命的那次性交。”①

结　语

《变形记》是一则死亡寓言，字面上写的是格列高尔变形为一只讨人厌的害虫被家庭冷暴力逼迫而死亡的故事，实质上不过是卡夫卡书写了自己在家庭中的某一生存状态罢了。1913 年 8 月 21 日，卡夫卡在日记中写道：“现在，我在自己的家庭里，在那些最亲近、最充满爱抚的人们中

---

① ［英］里奇・罗伯逊：《卡夫卡是谁》，胡宝平译，译林出版社 2013 年版，第 61 页。

间，比一个陌生人还要陌生。”① 《变形记》中甲虫的生存状态，便是彼时彼地卡夫卡的一种生活状态。

变形的死亡，本质上是一种主体性的涅槃，是一种生存状态的逃离。卡夫卡在《致父亲》的信中就一再强调他要逃离父亲、父亲的家、父亲的商店等。在《变形记》中，妹妹的话语是格列高尔最后一根稻草，压死了带有亲情暖意的骆驼。这篇寓言小说，打上了现实生活深深的烙印：父母指责卡夫卡不照料、不管理工厂，连平常站在他一边的妹妹也批评他，从而促成了当时的“我”即 Ungeziefer 的死去。

卡夫卡曾自言他即文学本身，如果他不能全身心投入到里面，他就不能得以解脱。他说：“如果我不写作，那么，我就会倒在地上并被扫地出门”②。这种死亡的状态，与 Ungeziefer 的生存状态何其相似！卡夫卡说：“写作是我唯一精神生存的可能”③，“我的生活方式仅仅是为写作设置的”④。不写作，毋宁死。从而，作为孤独灵魂写作者的主体，作为获得解辖域化的主体，在家庭伦理生态中，只有一个结局，那就是死亡，这可谓家庭伦理生态的悲剧。

（原载《济宁学院学报》2017 年第 6 期）

① 叶廷芳主编：《卡夫卡全集》第 5 卷，河北教育出版社 1996 年版，第 263 页。

② 叶廷芳主编：《卡夫卡全集》第 9 卷，河北教育出版社 1996 年版，第 27 页。

③ 同上书，第 338 页。

④ 叶廷芳主编：《卡夫卡全集》第 7 卷，河北教育出版社 1996 年版，第 119 页。

“金莲”审美的印度渊源

引　言

中国古人对于女子“三寸金莲”的病态审美，今人包括外国学者多有所研究。其中关于三寸金莲的起源时间问题，从目前诸如“战国”“南朝”“五代”等十多种的说法来看，也探讨得较为深入了。然而，三寸金莲或莲足之审美与佛教尤其是印度人的莲花观之间的关系，似乎迄今尚未有人予以关注，因此本文不揣浅陋，试作一探析。

一　汉地莲足审美史略

中土汉人的莲足审美观始自何时？佛教据官方的说法是在后汉永平十年（67）传入中土的，那么佛教的莲花观是否就随着佛教的到来而风行一时呢？其实不然。在汉代，社会上固然有恋足癖，但是印度莲花观的影响却不是一蹴而成的，因而莲足在汉代并没有进入女子对美的追求视野之中。

南北朝时，佛教发展迅猛，这与战争期间民生艰难相关，更与北方游牧民族关系密切。当时，汉人将佛祖称为“戎神”“胡神”。在统治阶级和比丘、比丘尼的努力之下，佛教在汉地得到了长足的发展。到北魏时，异域人称中土为“佛国”。中国四大佛教石窟，山西大同云冈石窟位居其一。大同，古称平城，是北魏拓跋氏入主中原的第一都。398 年北魏太武帝迁都平城，从此大同成为北魏的都城，历经七帝 96 年。鲜卑、女真、蒙古、满族等都是游牧民族，马上民族由于生活和生产的需要，不去缠足自我束缚，为其行走不便也。然而，令人想不到的是，每年农历六月初六日，大同这个地方却举行一年一度的“赛脚会”。作为游牧民族与农耕民族交融的地方，大同为何盛行缠足？大同女子的金莲及其比美竞赛在中国历史上全国范围内何以如此著名？与佛教有无关系？这些问题值得深究。

唐代诗人李商隐《齐宫词》云：“永寿兵来夜不扃，金莲无复印中庭。梁台歌管三更罢，犹自风摇九子铃。”这首诗对“金莲”的本事进行了讽刺。但是，据其可知，所谓“步步生莲花”者并不是女子缠足也。又，白居易诗云“小头鞋履窄衣裳”，温庭筠诗云“织女之束足”，杜牧诗云“钿尺裁量减四分，纤纤玉笋裹轻云”等，皆表明李唐王朝女子审美观，但似乎难以确证其为缠足之事实。李虎在北周恢复原氏为“大野氏”。李唐皇室，“大野氏”本有鲜卑族之嫌疑。而其后族之独孤氏、长孙氏、窦氏等无疑皆为鲜卑大氏，为马上民族，从而不可能有缠足之恶习。况且，唐代女子往往穿男性“衣靴”。初唐“宫人骑马者”“全身障蔽，不欲途路窥之”；开元之后，“从驾宫人骑马者，皆胡帽，靓装露面，无复障蔽”：表明唐代女子尚没有缠足，否则她们何以骑马？正如胡应麟所言，“李白至以素足咏女子，则唐时尚未裹足明矣”。[①] 有唐一代，日本遣唐使颇多，然而，中土之太监、缠足，都为日本所不取，从而亦可见民族性之差异。

陶宗仪在《南村辍耕录》中考证道：“惟《道山新闻》云：李后主宫嫔窅娘，纤丽善舞。后主作金莲，高六尺。饰以宝物细带缨络，莲中作品色瑞莲。令窅娘以帛绕脚，令纤小，屈上作新月状，素袜舞云中，回旋有凌云之态。唐镐诗曰：‘莲中花更好，云里月长新’，因窅娘而作也。由是人皆效之，以纤弓为妙。”[②] 依据这里的说法，南唐窅娘似乎是女子缠足的始作俑者，然而，“以帛绕脚”毕竟与后世三寸金莲不是一回事，似乎有类于芭蕾舞蹈。

莲花固然在中国出现甚早，然而它成为文人普遍的审美对象似乎是在北宋，这有周敦颐的《爱莲说》可为证。汉家妇女缠足始自北宋晚期

① 赵翼：《陔馀丛考》，中华书局1963年版，第656页。

② 陶宗仪：《南村辍耕录》，中华书局2008年版，第127页。

之皇宫内。苏轼《菩萨蛮·咏足》称女子小脚为"宫样"，词曰："偷穿宫样稳，并立双趺困。"据《鹤林玉露》，建炎四年（1130）"柔福帝姬至，以足大疑之。颦蹙曰：'金人驱迫，跣行万里，岂复故态？'上为恻然。"南宋高宗赵构质疑南归的柔福帝姬，问其足何其大，此事似可为北宋皇宫内裹足之一例证。

北宋、南宋间张邦基《墨庄漫录》云："妇人之缠足，起于近世，前世书传，皆无所自。"陶宗仪《南村辍耕录》云："熙宁、元丰以前人犹为者少，近年则人人相效，以不为者为耻也。"[①] 北宋徐积《咏蔡家妇》诗句"但知勒四支，不知裹两足"可以为证。古代是上流社会乃至于皇宫引领时尚的潮流，如楚王好细腰、齐桓公好紫色等皆是。《宋史·五行志》曰："理宗朝，宫妃……束脚纤直，名'快上马'。"[②] 在南宋，女子缠足者渐伙，以都城杭州为最，号称"杭州脚"。"杭州脚者，行都妓女皆穿窄袜弓鞋如良人。"妓女效仿良家女子穿着窄袜弓鞋。但是，"南宋末年至元初，缠足的妇女，其功夫未臻'三寸'地步。她们只是将天足约束，使之尽量趋于削瘦溜尖而已"。[③]

金元时期汉人为何以及如何生成三寸金莲之审美观？元人伊世珍《瑯环记》云："本寿问于母曰：'富贵家女子必缠足，何也？'其母曰：'吾闻圣人立女而使之不轻举也，是以裹其足。故所居不过闺阁之内，欲出则有帏车之载，是以无事于足也。"元代王实甫《西厢记》云："绣鞋儿刚半折……动人处弓鞋凤头窄。"杨维桢"耽好声色，每于宴间见歌儿舞女有缠足纤小者，则脱其鞋载盏以行酒，谓之金莲盃"[④]。曾瑞有《［南吕］四块玉·美足小》，贯云石有《［中吕］阳春曲·金莲》，仇州判有《［中吕］阳春曲·和酸斋金莲》，作品专门以纤足为题。金莲之吟咏，已成常态："小小鞋儿连根绣，缠得帮儿瘦，腰似柳，款撒金莲懒抬头。"[⑤]"盈盈娇步小金莲，潋潋春波暖玉船。"[⑥]"三月三日曲水边，一步

---

① 陶宗仪：《南村辍耕录》，中华书局 2008 年版，第 127 页。

② 脱脱等：《宋史》，中华书局 1977 年版，第 1430 页。

③ 邱瑞中：《中国妇女缠足考》，《内蒙古师大学报》1993 年第 3 期。

④ 陶宗仪：《南村辍耕录》，中华书局 2008 年版，第 279 页。

⑤ 隋树森：《全元散曲》，中华书局 1964 年版，第 62 页。

⑥ 同上书，第 289 页。

一朵小金莲。"① 从而推知，当时富贵人家与妓女缠足。但是，《南村辍耕录》云："西浙之人，以草为履而无跟，名曰靸鞋，妇女非缠足者通曳之。"从而表明，即使是在元代，缠足仍不流行。

到了明初，缠足竟然成为一种权利。沈德符《万历野获编》记载，明初朱元璋责令张士诚旧部编为丐户，下令"浙东丐户，男不许读书，女不许裹足"。男不得读书，即不能"学而优则仕"；不能做官，即世俗所谓没有政治前途。女不得缠足，即不能嫁入富家或豪门，只能做底层农妇。于是，缠足成为社会地位、贵贱等级的身体表征，从而导致有明一代始，缠足成为社会身份之表征。胡应麟说："宋初妇人尚多不缠足者，盖至胜国而诗、词、曲、剧亡不以此为言，于今而极。"游客见到苏州天平山女轿夫"上山落山，健步如飞"，从而证明朱元璋的圣旨实有其事。而至于平民，裹足则事关女子能嫁到何等人家。正如河南安阳的歌谣所云："裹小脚，嫁秀才，吃馍馍，就肉菜；裹大脚，嫁瞎子，吃糠菜，就辣子。"

明清两代，裹小脚成为女子审美的时尚。汉族女子用布帛裹足，以压缩脚骨，使之变形，成为弓状，这就是裹小脚。所缠之纤足，何以被称作金莲？金莲即金色的莲花，莲花又名荷花、藕花、芙蓉、芙蕖、菡萏等。金莲即女子缠足后之隐喻。女子所缠之畸形小脚，美其名曰金莲、香莲、纤莲、莲趾、莲翘、新月、竹萌等。这是文人意淫的产物。莲花作为性符号的表征，在文人笔下常见，如《玉禅师翠乡一梦》小说中有诗句云："可怜数点菩提水，倾入红莲两瓣中。"

大清顺治二年（1645）、康熙三年（1664），朝廷两次诏令禁止缠足，然而草莽民间依然故我不改。无奈何，康熙七年（1668），朝廷只好收回成命。此等变态审美，竟然被无良男子看作汉族"男降女不降"的证据：汉族男子一条长辫子与清朝267年历史相始终，而汉家女子的缠足却薪火相传而未灭。更有甚者，清代翰林竟然在《医药典·闺媛典》将缠足视为"妇德妇容"。时至清朝，女子缠足到达登峰造极之地步。其狂热程度由此可见一斑：三寸金莲成为女子美丑的标准；要求越来越高，缠法越来越讲究；缠足与否直接关系着其婚姻大事；地不分南北，人不分贵贱，

① 隋树森：《全元散曲》，中华书局1964年版，第763页。

女子纷纷缠足等。[①] 清代金莲的七字诀："瘦、小、尖、弯、香、软、正。"

二 印度人莲花观对中土审美的影响路径

印度人是一个宗教民族，虽然号称"宗教博物馆"，但是83%的印度人主要信奉印度教。而印度教的前身婆罗门教崇尚莲花（印度的国花是"莲花"），四大吠陀文献有献给莲花女神的诗歌。"印度古代有莲花的信仰，梵文中对于红、白、青、黄莲花各有它的专用的名词。"[②] 印度人的审美观主要体现为一种宗教的审美观。而"一切宗教的基础是性"[③]。从而，"印度先民以莲花象征女阴"[④]。古代印度神话传说，大梵天诞生于一枝金色莲花上，而这莲花则是从毗湿奴的肚脐上长出来的。

古人出于相似律的思考，其生殖崇拜往往与生殖器类似的大地、植物花蕾等建立联系。诺依曼认为，"大女神常常与一种植物象征联系在一起：在印度和埃及是莲花"[⑤]。卡莫迪写道："作为地母神，她生育了一切创造物。作为莲花女神、室利和拉克希米，她拥有美丽、力量和财富并可以将这些东西恩赐于人。"[⑥] 于是，莲花成为女性生殖器的象征。

在公元前800年的梵书里，莲花被用来象征子宫。后来，在神话世界里它演化为荷花女神、宇宙莲，是母性生殖崇拜的符指。公元前7世纪早期，印度象岛石窟湿婆的三面像中，"左为女相，眼帘低垂，唇边含笑，手持象征女阴的莲花"[⑦]。莲蓬是莲花的子房，在印度梵语中，"莲蓬"与"子宫"是同一个词语garbha。

印度本土的莲花，有青、红、白、黄等多种。一说，印度的莲花随

---

① 参见高洪兴《缠足史》，上海文艺出版社1995年版，第24—25页。

② 傅天正：《佛教对中国幻术的影响初探》，载张曼涛主编《佛教与中国文化》，上海书店出版社1987年版，第242页。

③ ［美］魏勒：《性崇拜》，史频译，中国文联出版公司1988年版，第2页。

④ 赵国华：《生殖崇拜文化论》，中国社会科学出版社1990年版，第153页。

⑤ ［德］埃利希·诺依曼：《大母神：原型分析》，李以洪译，东方出版社1998年版，第270页。

⑥ ［美］卡莫迪：《妇女与世界宗教》，徐均尧译，四川人民出版社1989年版，第37—38页。

⑦ 赵国华：《生殖崇拜文化论》，中国社会科学出版社1990年版，第154页。

着丝绸之路陆续传入中土。印度人最珍爱的是青莲花。在《罗摩衍那》中，形容婆罗多的眼睛漂亮就以“像莲花”来表达[①]；说罗摩“黑得像蓝荷花，样子长得像那爱神”[②]；形容悉多的美丽就说“她的眼睛像荷花瓣”[③]。

佛教虽然是作为婆罗门教的外道而兴起，由于印度文化的土壤和气候，它也吸纳了印度人的莲花观。《佛本行集经》卷10云：佛祖“童子初生，无人扶持，住立于地，各行七步，凡所履处，皆生莲花，顾视四方，目不曾瞬，不畏不惊”。佛经又写道：“如来行所至处，于足迹下地自然生千叶金色莲花。”《指月录》卷1云：佛祖“生时方大智光明，照十方世界。地涌金莲花，自然捧双足”。印度的佛教主要是大乘佛教传入中土，佛祖由人而神。佛祖的脚印生金莲的说法自然对信男信女们产生切身的影响。

佛教亦以莲花来弘法。如《中阿含经》卷23叙述佛祖语曰：“以此人心不生恶欲、恶见而住，犹如青莲花，红、赤、白莲花，水生木长，出水上，不著水。”佛教称佛国为“莲界”、寺庙为“莲舍”、袈裟为“莲服”、法座为“莲花座”、灯为“莲灯”等。

佛教兴盛后，莲花被视作佛法的人间象征物。《妙法莲华经》僧睿的后序曾言及莲花的四德：“其一香，其二净，其三柔软，其四可爱。法界真如，比此四德。”而在《瑞应本起经》中，又有释迦牟尼前世向燃灯古佛献青莲花，被燃灯古佛“授记”的说法。文殊菩萨手持青莲花，青莲是智慧的象征。佛法以“火中升莲花”比喻凡人可在欲界中得道。密宗有莲花胎藏界、金刚界之分。

唐代玄奘《大唐西域记》记载一位鹿女莲足的传说：“告涅槃期侧不远有窣堵波，千子见父母处也。昔有仙人隐居岩谷，仲春之月，鼓濯清流，麀鹿随饮，感生女子，姿貌过人，唯脚似鹿。仙人见已，收而养焉。其后命令求火，至余仙庐，足所履地，迹有莲华。彼仙见已，深以奇之，令其绕庐，方乃得火。鹿女依命，得火而还。时梵豫王畋游见花，寻迹

① 参见［印度］蚁蛭《罗摩衍那》，季羡林译，译林出版社2002年版，第97页。

② 同上书，第101页。

③ 同上书，第255页。

以求，悦其奇怪，同载而返。相师占言，当生千子。余妇闻之，莫不图计。日月既满，生一莲花，花有千叶，叶坐一子。余妇诬罔，咸称不祥，投殑伽河，随波泛滥。乌耆延王下流游观，见黄云盖乘波而来，取以开视，乃有千子，乳养成立，有大力焉。恃有千子，拓境四方，兵威乘胜，将次此国。时梵豫王闻之，甚怀震惧，兵力不敌，计无所出矣。是时鹿女心知其子，乃谓王曰：‘今寇戎临境，上下离心，贱妾愚忠，能败强敌。’王未之信也，忧惧良深。鹿女乃升城楼，以待寇至。千子将兵，围城已匝。鹿女告曰：‘莫为逆事！我是汝母，汝是我子。’千子谓曰：‘何言之谬?’鹿女手按两乳，流注千岐，天性所感，咸入其口。于是解甲归宗，释兵返族，两国交欢，百姓安乐。”① 其中，鹿女“足所履地，迹有莲花”，此岂非莲足而何？我怀疑，汉族女子之莲足审美，实与此相关。1982 年敦煌文物研究所编的《敦煌研究文集》中提到敦煌壁画中有关于“鹿女”故事的组画。而这组变相由于叙述中的“足迹”即“莲花”，也将被流传为莲足矣，从而成为印度莲花观影响中土的路径之一。

中国盛唐时期，阿富汗丰都斯坦地区有佛寺变相《持青莲花的弥勒》。佛陀弟子有一名为青莲花的比丘尼，有一天她与其他师兄弟斗法，在迎佛仪式上争谁先见到佛，就不顾“女身不可以成转轮王”的定论，“即以神足，化作转轮圣王，最前礼佛”。

《罗摩衍那》是印度两大史诗之一，被美誉为“最初的诗”。藏族学者降边嘉措认为，“在敦煌文献中，还发现了两种《罗摩衍那》的藏文译本。……最早把它（按指《罗摩衍那》）译成外文的还是我国藏族的学者。”② 现存的敦煌古藏文《罗摩衍那》手卷共六卷，分别藏于英国印度事务部图书馆（编号 I. O. 737A，I. O. 737B，I. O. 737C，I. O. 737D）与法国巴黎图书馆（编号为 E 和 F）。

王尧、陈践将编号 A 与 D 翻译为汉文，并作了《敦煌古藏文〈罗摩衍那〉译本介绍》。其中，农夫向国王罗摩描述悉达（又译作“悉多”，是罗摩之妻）的美，说“这位姑娘乌黑之发朝右盘，眼如睡莲，声如梵音，肤色白皙，高贵齐腰之项链无论怎样佩戴也是优雅动人的。她生于

① 玄奘原著，季羡林等校注：《大唐西域记校注》，中华书局 1985 年版，第 594—595 页。

② 降边嘉措：《〈格萨尔〉与藏族文化》，内蒙古大学出版社 1994 年版，第 70 页。

吉祥无垢之莲花丛中，四肢健美，全身上下同刚擦过的宝石一样，向四面闪闪发光。身上散发着最佳美甜馨檀香，走路时留下仙女莲花之足迹，口里总散发着睡莲的幽香。……”[①] 且不说以上引文中多次出现的“睡莲”“莲花”，以及以此来形容女子悉达的美，就其中的悉达“走路时留下仙女莲花之足迹”来看，“莲足”之审美与玄奘《大唐西域记》所叙述鹿女足迹为莲花是完全一致的。

中国藏族由于地缘关系，与印度文化交流极为频繁，深受印度文化的影响。即使是今天，藏族仍然深深地留有印度莲花审美观的痕迹。譬如，且不说佛教变相中的莲花触目可见，也不说唐卡上莲花之图案比比皆是，就是康巴汉子的“头发多用黑色的丝缨盘成四瓣、六瓣和八瓣的莲花状”。

既然尾题“太平兴国八年”（983）的敦煌壁画“地藏六道十五图”下帧所绘引路菩萨及其供养贵夫人像都是脚蹬朱履，并没有缠足，北宋、南宋之交的王居正所绘敦煌壁画《纺车图》，其中的两个女子穿着平底大鞋，从而表明她们也是天足，那么，《敦煌古藏文〈罗摩衍那〉》究竟成文于何时，以及通过何种途径影响至中原、江南就应该予以梳理。

洛珠加措认为《罗摩衍那》是在热巴巾（815—838）时代被介绍到西藏的[②]，而降边嘉措则认为它是在赤松德赞（755—797）至热巴巾时代被介绍到藏区来的。[③] 也就是说，在公元8世纪至9世纪之间，就已经出现了《罗摩衍那》的藏文译本。后来，它在唐代安史之乱至唐末随着吐蕃占据了西域而传播到了敦煌地区，包括其中的莲足审美观。

其实，印度像埃及一样自远古时就崇奉荷花，它在印度大地上广有种植。而“克什米尔到处盛开着荷花”[④]。新疆柴达木盆地曾发掘出1000万年前的荷花化石，表明西域很早就有荷花。在佛教沿着西域东传的过程中，荷花的符号意义得以强化和本土化，从而深入到汉地女子的身体

---

① 王尧、陈践：《敦煌古藏文〈罗摩衍那〉译本介绍》，《西藏研究》1983年第1期。

② 参见洛珠加措《〈罗摩衍那〉传记在藏族地区的流行和发展》，《青海社会科学》1982年第1期。

③ 参见降边嘉措《〈罗摩衍那〉在我国藏族地区的流传及其对藏族文化的影响》，《中央民族大学学报》1985年第3期。

④ 王树英：《印度民间故事》，北京大学出版社1984年版，第308页。

审美意识。此是陆路的传播，其实，还有海路的传播。印度人将男根称为“林伽”，将女阴称为“由尼”。他们将石头雕刻成“林伽”与“由尼”结合的图案，进行生殖崇拜。在我国福建泉州东海围村有一方印度婆罗门教石刻，“四方形，整体雕成龛状屋宇。龛内正中竖立塔状‘林伽’，与磨盘状‘由尼’结合在一起，下有盛开的莲花承托”①。从而表明，印度的莲花崇拜不只是随着佛教东传，亦曾与婆罗门教一起传入我国。

由于唐时藏传佛教已成为吐蕃的国教，因而敦煌地区的佛教在吐蕃统治时期得到了较大的发展。而女性莲足之审美观，与佛教有着密切的关联。虽然如此，敦煌地区的女子迄今似乎并没有发现有艳羡悉达“仙女莲花之足迹”而裹脚的。缠足之实践，始自南宋皇宫内部之女子。《罗摩衍那》藏文版中的莲足审美，是途经佛教之流传至中土为汉家女子所接受的。

显而易见，中土的莲足审美不是从来就有的，而是受到了印度莲花审美观的影响而成的，其影响路径是佛教东传的路径，即概括地说是途经西域，具体的证据便是敦煌变相和变文。但是，印度自古至今，并没有三寸金莲这个事实。从而表明，汉地莲足实乃印度莲花观中土化的产物。在这个视域之下，关于中土莲足审美观的形成、流衍及其讹传就较为分明了。

固然，莲花的吟咏，在《诗经》《离骚》等先秦文献中就已出现。日本学者林巳奈夫认为，从殷到西周前期，青铜器上的饕餮纹是上帝的表征，而从西周后期到战国上帝的象征是莲花。② 中土大地上多白莲花和红莲花，但是，陈藏器《本草拾遗》记载：“红莲花、白莲花生外国，胡人将来也。”白莲花是吉祥天女、观世音的法座。唐代敦煌绢画中就有观世音坐在白莲花上的画幅。莲花成为普遍的审美对象，却与印度有关，似乎是晚至宋代。莲花之审美，随着印度佛教和婆罗门教的东传，肯定很早就影响到中土。但是，成为文人士大夫的审美对象则是在宋代。佛教“步步莲花”的说法，促成了中土莲足的审美，最初局限在皇族、贵族之

① 赵国华：《生殖崇拜文化论》，中国社会科学出版社1990年版，第323—324页。

② 参见［日］林巳奈夫《中国古代莲花的象征（一）》，《文物季刊》1999年第3期。

女子。而明代女子的缠足与家庭经济、社会身份、节烈名誉、性等结合在一起，从而陋习成为社会阶层区隔的媒介，历经明清500多年而不止。

三 莲足审美渊源之馀论

明清学人，对缠足始于何时多所考证，然而一直未有定论。关于缠足的起源，主要有三种说法：一是说起源于战国。司马迁《史记·货殖列传》记载："今夫赵女、郑姬，设形容，揳鸣琴，揄长袂，蹑利屣，目挑心招，出不远千里，不择老少者，奔富厚也。"① 清代学者赵翼在《陔馀丛考》卷三十一释"利屣"说，其首尖锐，为缠足之证。其实，鞋头之尖利，并不能证明女子已缠足。今天中外女鞋，亦有"利屣"者在。第二种说法认为缠足起源于南朝萧齐末年。《南史·齐东昏侯纪》记载，东昏侯萧宝卷"凿金为莲华以帖地，令潘妃行其上"。这段叙述，不过是证明东昏侯之奢侈罢了，它与女子缠足没有直接的联系。第三种说法是，缠足起源于五代。如前所述，据陶宗仪《南村辍耕录》，五代时南唐皇帝后主李煜有一个宫嫔叫窅娘，能歌善舞"后主作金莲，高六尺"。这三种说法，皆为强作解词，其实不得要领也。其他诸如缠足始于夏代、商代、春秋、战国、秦、两晋、六朝等②皆荒唐不足论也。

佛祖乔达摩·悉达多又被称作释迦牟尼，牟尼即苦行者，并非通常所翻译的圣人。释迦牟尼苦行六年后，认为苦行并不能通达觉悟，从而走向"中道"，即不走极端，不禁欲，也不纵欲。然而，在佛教的流传过程中，佛教故事中却多有苦行的讲述。像敦煌变文、变相中就有"舍身饲虎""抉目施舍""割肉饲鹰"等，这些故事有意识或无意识地渗透着某种身体观念。这种让身体苦行修炼求法的意识改变了一部分人尤其是信徒的身体观，儒家"身体发肤，受之父母，不敢毁伤，孝之始也"的意识遭到了颠覆，从而对中土产生了一系列影响：剃发入教、燃指求法、断臂守礼、缠足为美等。

推而论之，汉家女子缠足，始自经佛教而来的印度莲花审美观，而

---

① 司马迁：《史记》，中华书局1999年版，第2473页。

② 参见贾伸《中华妇女缠足考》，《史地学报》1924年第3期。

佛教故事中的苦行修炼传说则促成了女子缠足使之畸形的事实，而社会风尚形成的具体审美语境则使之流衍近千年，从而可见佛教对汉文化的影响是何其深远！

汉族女子缠足，起初是上流贵族变态而病态的审美，竟然在长达近千年的漫长历史中得以大众化、平民化和普及化。这是不可思议的。心理学家从性的角度认为这是虐待狂心理使然，是受虐狂和被虐狂的游戏共享。其实，历史真相恐怕没有这么简单。从汉民族的这个畸形审美观和审美实践来看，民族性问题应该予以深思。汉民族身体审美为何如此畸形变态？从中可见什么样的民族性？

莲花何以成为性审美的表征符号？正如宋人所言，“莲出淤泥而不染”而有其洁净美。而处女身被看作是最洁净的，从而有“吾爱童子身，莲花不染尘”之谓也。汉民族之土生土长的宗教为道教，而道教是鲁迅所说的“中国文化的根柢”。何以如此？粗略说来，似乎与长生久视不无关系。而长生不老的修炼术之一便是房中术，如《玉房秘诀》讲求“当御童女”。如此一来，莲足就成了保证处女的手段和方式。[①]

综上可知，汉家女子缠足始自北宋晚期宫廷，三寸金莲成于明代，而此“莲足”之审美观源自印度人的莲花观，其影响路径为佛教的足迹莲花诸说法。自南宋至晚清，莲足作为身体表征成为女子的社会身份符号，也是男子变态而病态的性审美实践，又是汉民族畸形民族性的性别展现。从而表明，文化审美的跨民族流传，总是伴随着在地化的生成。

（原载《西部学刊》2017 年第 6 期）

---

① 参见潘洪钢《汉族妇女缠足习俗的起因新解》，《江汉论坛》2003 年第 10 期。

超越自传性与虚构性：艾丽丝·门罗小说的艺术真实

引　言

加拿大短篇小说家艾丽丝·门罗（Alice Munro，1931—　），其小说主要关注日常生活，尤其是日常生活中的女性，其间的叙事和描述与她的个人经历有相似之处，从而往往被研究者认为她的小说里充满了自传性，甚至有刊物或学人直接将她小说集中的某些篇什称为“自传”或“回忆录”。当然，也有学人认为，小说毕竟是文学作品，门罗小说里的真实，本质上是艺术的真实，是源自生活又高于生活的艺术真实，不是历史真实，即那些看似是自传的小说，也是艺术虚构的结果。那么，门罗小说的艺术实在，与自传性和虚构性究竟是一种什么样的关系呢？这个问题，迄今尚众说纷纭，因而值得进一步深入探讨。本文主要从作者创作意图的角度、文本意义解读的角度和读者接受的角度等来分析这个问题。

一　作者如是说

据门罗的自述，她母亲和她自己的日常生活，尤其是她母亲的生活经历，是其故事创作的主要来源。生活中的所见所闻，也是门罗创作的素材。据访谈可知，门罗小说的叙事对象，以她在日常生活中所熟悉的题材为主。[①] 譬如，她从未用过电子邮件，因而她“故事里的人从来不收电子邮件”[②]。门罗小说的叙事时间，主要集中在20世纪60年代，这正是门罗年轻的时候。但是，“来源”和“素材”与一篇文学作品并非一回事，彼此的差异如同木根不等同于木雕、璞石不是美玉一样。

从创作方式来看，门罗也不是实录自己的生活和经历，而是探讨如何换一个方式看世界。门罗说：“小说不像是一条道路，更像是一幢房子。你走进去，这边走走，那边转转，看看房间和走廊的衔接，然后看看窗外，看看从这个角度看，外面的世界有什么变化。而我想让读者感受到的惊人之处，不是‘发生了什么’，而是‘发生的方式’。”[③] 她回顾童年、少年、青年甚至是老年的往事，并不是为了解读自己的人生，也不是进行文学治疗，而是“单纯的探索，将事物一层层地剥开，用心去看”[④]。

门罗迄今共发表了14部短篇小说集，其中的《女孩和女人们的生活》（*Lives of Girls and Women*）由8篇组成，因其内容连贯、主人公一致而曾被误认作门罗唯一的“长篇小说”。故事的背景为20世纪40年代安大略省的一个乡间小镇，主人公是一个名叫德尔·乔丹的青涩少女，小说叙述了她从心理上和生理上开始踏入社会的过程。文学评论家认为《女孩和女人们的生活》有很强的自传意义，可是，门罗在这部书的“序言”中却说，这部作品“在形式上是自传，但事实上并非如此”[⑤]。

美国学者栗野访谈门罗，说她非常喜欢门罗的小说《某些女人》（“Some Women”）。这篇小说讲述了第二次世界大战期间老兵布鲁斯·克罗泽得了白血病，他的继母老克罗泽太太雇了两个女人照料家务。一个是十几岁的女孩，每当小克罗泽太太外出教书的时候，她就坐在那儿照顾布鲁斯。门罗对栗野说：“这也是我最喜欢的故事之一，因为我就是那

---

① 参见［加］艾丽丝·门罗、莉莎·栗野《点燃创作的火焰》，张小意编译，《上海文学》2014年第1期。

② 同上。

③ ［加］芭芭拉·伦戴尔：《艾丽丝·门罗：“用心去看”》，林源译，《东吴学术》2014年第1期。

④ 同上。

⑤ 丁冬：《意料之外的实至名归——记门罗荣获2013年诺贝尔文学奖》，《当代外国文学》2013年第4期。

个年轻的小姑娘。这个事件完全不是自传，只是存在于年轻女孩心里的故事，就是那个没有名字的女主人公。”[①] 这番对话，指出了门罗小说艺术真实的实质，虽然貌似有点悖论。

《幸福过了头》（*Too Much Happiness*）写的是苏菲娅·卡巴列夫斯基的“真实”故事。据门罗自述，那是她读了苏菲娅的生平之后，“再往戏剧性里推敲”，“有部分改编了，也有的没怎么改”，门罗认为这一篇短篇小说是“虚构写作”，而“我努力做的是，让素材听起来更像结实的虚构作品”[②]。从而可见，门罗小说中的即使是所谓“真实故事”，也在本质上是“虚构写作”，而非纪实。

《巴黎评论》采访门罗时问道：“对你来说，虚构一个故事和混合真实事件哪一样更容易？”门罗回答说：“目前来说，我个人经验的写作比以前减少了，原因很简单，也很明显，你用尽了童年的素材。……在你的后半生，你能拥有的深刻而又私人的素材就是关于你的孩子们。在你的父母去世之后，你可以描述他们。但是，你的孩子们还在那里，你还希望他们将来到养老院来探望你。也许转而去描述更多依赖观察得到的故事是明智的。”[③] 那些将门罗小说解读为自传的读者，无视了其小说“混合真实事件”的事实。实质上，门罗小说仅仅是利用了她的“个人经验”，而这些“个人经验”主要是作为她创作小说的素材，因而看上去像自传，其实是文学创作。

门罗小说一方面是艺术创作，另一方面则有生活经验作依据，因此作者自己有时候也说一些模棱两可的话。例如，门罗说：“在《亲爱的生活》（*Dear Life*）中，有四个短篇并非故事……而是带有自传色彩的感觉，但事实上也不完全是这样。”[④]《亲爱的生活》最初发表在《纽约客》上时，就写明为回忆录（memoir），而非短篇小说。[⑤] 这几个短篇都是日常生活的片段，追忆和反思了“我的”童年生活。众所周知，《亲爱的生

---

① ［加］艾丽丝·门罗、莉莎·栗野：《点燃创作的火焰》，张小意编译，《上海文学》2014 年第 1 期。

② 同上。

③ 《艾丽丝·门罗访谈》，《巴黎评论》文，梁彦译，《书城》2013 年第 12 期。

④ 天行：《艾丽丝·门罗及其创作简谈》，《博览群书》2014 年第 2 期。

⑤ 同上。

活》是门罗晚年的短篇小说集，也就是说，依据《巴黎评论》采访门罗时她自己的说法，即“用尽了童年的素材……转而去描述更多依赖观察得到的故事是明智的”来看，大多数故事取材于“观察得来的”，而其中的四篇，是关于作者的童年生活的，因而作者认为“带有自传色彩的感觉”，但马上又予以否认，即“事实上也不完全是这样”。然而，从概念范畴上来看，“带有自传色彩的感觉”与“自传”是有质的区别的。

小说的叙事，由作者对发生过的事件的描述及理解和解释所构成。而后者，就不可避免地带有主观性、倾向性和个人性。英国传记家斯特拉奇说过：“没有解释的事实正如埋藏着的黄金一样毫无用处；而艺术就是一位伟大的解释者。”① 然而，“解释”意味着解释者的理解在其中。解释者都是以其前有结构、前理解和前视域中的问题作为其进行理解的前提条件与独特方式，从而表明作者在叙述事件的发生和事件如何发生的时候，所建构的艺术实在既包括事件的真实，同时又包括作者对事件理解的真实，它们是一个整体，共同构成艺术的实在。② 任何文学作品的艺术实在，不是认识论所谓与历史真实相对立的客体，而是本体论视域下的自我与他者的一种关系。从这个角度来说，门罗小说的艺术实在，也是超越了自传性与虚构性的一种艺术真实。

当然，门罗小说是否超越了自传性与虚构性的问题，作者本人的说法仅仅是一种值得参考的说法。1968 年，罗兰·巴特提出“作者死了”的观点，从此复原作者意图作为解读文本的唯一标准走向终结。从这个角度来看，门罗之于其小说的解读，也未必可信，因为她也不过是其文学作品的一个读者而已，且不一定是最好的读者。因此，关于门罗小说艺术实在的问题，需要到她的小说文本中去解读。

二 文本的内证

从文本来说，门罗有一些看上去貌似“自传性”的小说，但其实质

---

① 杨正润：《现代传记学》，南京大学出版社 2009 年版，第 120 页。

② 参见［德］汉斯—格奥尔格·伽达默尔《真理与方法》，洪汉鼎译，商务印书馆 2010 年版，第 424 页。

不过是作者以第一人称讲述基于个人经验之上的故事罢了。这些故事大都具有作者或家人日常生活的底蕴，因而往往被误认为是“自传”或“回忆录”。而学人解读小说的一个路径，就是考索小说叙事中的原型。譬如，门罗的父亲罗伯特·埃里克·莱德劳曾饲养过狐狸、貂，出口过动物皮毛。她的母亲安妮·克拉克·莱德劳是当地学校的一名教师。婚后，她与丈夫詹姆斯·门罗搬去了温哥华居住。在门罗的小说叙事中，委实可见其生活的轨迹和影子：一个小说人物婚后从安大略西南部搬到了温哥华，一个女作家的母亲是学校的教师，《沼泽路》中黛儿的父亲是狐狸养殖场场主，等等。

但是，正如门罗自述，她的小说中没有一个角色是她自己，书中的角色乃复合型人物角色；门罗对阿特伍德说她“不会把现实人物直接写进书中”，因为“那样会有点无聊，我想让角色更有趣一些，角色应该背叛实际的生活”[①]。由是可知，门罗小说的真实性，是作者生活经验基础之上的精神真实，是具有现实生活色彩的诗性真实，是艺术作品所塑造的心理真实，而不是历史实录的所谓的客观真实；它是人们日常生活中的某一类现象的概括真实，而不是具体细节上的精确真实。门罗之所以如此叙述，其创作目的是让读者换一种方式看生活。

门罗小说的取材，主要来自她自己和家人的生活经历；门罗小说的主题，主要是通过日常生活的艺术表现来探讨爱恨、友谊、求爱、性、婚姻等；门罗又多以第一人称“我”作为叙事者进行叙述或描述……这些都是人们误将其作品以为自传或回忆录的缘由。

门罗经常使用第一人称进行叙事，“门罗的叙事者们通常听起来与她十分相像，这给读者造成了一种观念，即描述的内容真实而可信”。[②] 然而，第一人称的叙述，仅仅是一种叙事方式，而“我”也是一种不可靠的叙述者。例如，《幸福过了头》(*Too Much Happiness*) 中的《脸》(“Face”)，虽然也以第一人称叙事，但是叙事者“我”却是一名“男性”，这显然不能将“他”等同于门罗。

---

① 《门罗：不会把现实人物直接写进书中》，《新京报》2014 年 1 月 24 日。

② 周怡：《艾丽丝·门罗与加拿大文学：访谈罗伯特·撒克教授》，《外国文学研究》2013 年第 4 期。

在有的小说文本如《男孩与女孩》（"Boys and Girls"）中，主人公固然与作者一样是女性，她是爸爸在农场上的得力助手，在这一点上，她是门罗现实生活经验在小说文本中的投影，但是，小说中的"她"仅仅是探讨社会为女孩和男孩所设定的传统性别角色所产生的困惑问题中的一个典型，并不是作者所要探析的"自我"或个人记忆。

在《我是如何遇到我丈夫的》（"How I Met My Husband"）中，主人公伊迪15岁时，在皮布尔斯夫妇家做保姆。一天，她偶然遇到了一位来到小镇的飞行员克里斯，并与其有过一段浪漫的亲吻。克里斯告诉她以后要经常给她写信，于是伊迪在克里斯走后，每天在邮箱旁痴心地等待来信。但是，两年过去了，却一直杳无音信。她在日复一日的等待中与邮差每天相见，后来竟然成为他的妻子。婚后，邮差总是炫耀当年伊迪如何倾心于他，每天都在邮箱旁等着他的到来。听到这里，伊迪总是一笑而过。门罗创作这篇小说，其意图不过是让读者领悟生活总是这样：里面充满了偶然性，歪打正着的事情经常发生，因果背后有着出人意料的因果。这篇小说的文眼是"如何"，作者的创作意图也是希望通过这个"如何"来改变读者看世界的方式。

门罗讲述了她的第二部短篇小说集《女孩和女人们的生活》开始创作时的情形："我走进店里的办公室，开始写《依达公主》，是关于我母亲的。和她相关的，就是我的中心素材，总是最自然而然地出现。"[①] 伊达公主，是以作者的母亲为原型进行创作的。然而，正如作者所言，是"关于"母亲的，而不是母亲的自传或实录。

门罗笔下的那个休伦小镇（Huron County），像契诃夫文学作品中的"村庄"、福克纳小说里的"约克纳帕塔法县"或者说莫言小说中的"高密乡"。但每一位读者都清楚，它们不存在于现实生活中，它们是小说家杜撰出来的叙事空间。当然，这些叙事空间，也带有作者生活地域的影子。

或曰，门罗小说的自传性说法不确切，应该从回忆录的角度来分析。法国传记学家勒热讷在其《自传契约》中对自传与回忆录作了界定：自

① 赵庆庆：《像海狸一样勤奋和坚守——门罗漫记》，《西部》2014年第1期。

传侧重于人，尤其是“个人本身”；而回忆录则侧重于事，且是时代之事。[①] 从这个角度来看，门罗小说也不具有回忆录的特征。

从广义上来看，一切文学作品都具有自传的性质。例如，法国作家兼批评家法朗士认为“一切小说，精密地说起来，都是一种自传”[②]。但是，这里所谓的“自传的性质”，主要意谓作者的个人经验寓于艺术的创作之中，文学作品的创作基于作者的人生经历；这与以实录“个人本身”并非一回事。而艺术实在，不仅是“个人本身”人与事之真实，而且还包含对“个人本身”人与事的理解的真实。包括小说在内的文学作品，本质上是艺术创作，因而其真实便是艺术的真实、诗性的真实、概括的真实。因为记忆不等同于事件，而作家对事件的叙述，即使是对他亲身经历过的事件的描述，依然涉及作者对事件的理解和评判，涉及艺术的剪裁和组织，涉及避讳、秘密和误解等诸多因素。从这个意义上来说，门罗小说中的自传性，已经超越认识论主客二分视域中的客观真实；而其中的虚构性，又不是凭空想象或无源之水。

从上述小说文本来看，门罗小说的艺术真实，一方面以其亲身经历或道听途说为根基，有自传性的色彩；另一方面，它又是作者精心编织的艺术品，从而带有鲜明的虚构性。也就是说，其艺术真实，是一种混合真实，更是一种具有超越性的真实。因而，门罗小说的艺术真实走向了一种本体论的艺术实在。

三　读者的解读

“是读者而不是作者成为文本统一性的生成之地”[③]，接受美学确立了读者中心论的范式，它如同作者中心论、文本中心论一样也是一种偏至。但既然文学的意义是在文本和读者的系统中完成的，那么也就应该将读者的接受纳入对门罗小说艺术真实这个问题的考察视野之中。

---

① 参见［法］菲利普·勒热讷《自传契约》，杨国政译，三联书店 2001 年版，第 4—5 页。

② 朱光潜：《朱光潜全集》第 2 卷，安徽教育出版社 1987 年版，第 40 页。

③ ［法］安托万·孔帕尼翁：《理论的幽灵——文学与常识》，吴泓缈、汪捷宇译，南京大学出版社 2011 年版，第 43 页。

在读者对文本的意义进行解读的过程中，既有正读，也有误读。门罗的小说，从内容上来看，其关键词为“女性人生”与“小镇风情”[①]。从而有读者认为门罗的小说是新写实主义，具有鲜明的自传性特征，其实不然。这是因为正如伊娃—玛丽·克奥勒（Eva-Marie Kröller）所言，“门罗的小说有着双重视野，她能将现实主义与奇幻、罗曼司结合起来，这是她作品的特质”[②]。

上述引文中所谓的门罗小说的“现实主义”，被乔治·伍德考克看作采用仿若蛋清画般的纪实手法来呈现故事的场景和人物。[③] 这一现实主义，体现在门罗小说大多带有“自传色彩”的性质，即其小说通过对休伦湖小镇居民日常生活尤其是女性生活的叙述，展现了20世纪早中期加拿大偏远小镇普通市民尤其是平凡女性的现实生活。

但是，门罗小说中的“现实主义”，不是批判现实主义，也不是自然主义，而是心理现实主义。那么，何谓心理现实主义？“门罗短篇中，在有意无意之间，神秘的事件人物或意象会出现在很写实的故事中，这就是被批评家们赞誉的门罗的‘心理现实主义’，在写实主义的外壳下揭示着记忆、心理和动机的复杂性。”[④] 从这一界定可知，门罗小说的心理现实主义，足以证明其小说之现实主义并不能简单地概括为自传性，而是充满了“神秘的事件或意象”。

作品一经问世，作者便成为此作品的读者群中的一员，因此作者的看法也属于读者的意义解读。作为读者的作者，他的观点与其他读者的意见不尽相同。例如，中国读者认为：“总体而言，门罗的创作可以说是一种历史性与纪实性的写作。其作品既可以从其个人生活中找到发展脉络，也可以看到其生活中的人和事的影子。”[⑤] 再如，在2012年刊行的门罗小说集《亲爱的生活》中，末尾四篇小说被中国读者看作“自传体回

① 王化学：《艾丽丝·门罗的小说人生与小说世界》，《山东文学》2013年第12期。

② 丁冬：《意料之外的实至名归——记门罗荣获2013年诺贝尔文学奖》，《当代外国文学》2013年第4期。

③ 参见张芳《近三十年来国内外艾丽丝·门罗研究述评》，《桂林航天工业学院学报》2013年第2期。

④ 书玉：《艾丽丝·门罗：短篇中的人生》，《书城》2013年第12期。

⑤ 天行：《艾丽丝·门罗及其创作简谈》，《博览群书》2014年第2期。

忆录”，但是门罗自己却并不认为末尾四篇就是自传。孰是孰非？任何理解，都限制于读者的前理解。中国读者惯于从历史真实的角度解读文学作品，因此从门罗小说中读出纪实性或回忆录来并不令人奇怪。门罗小说是否具有自传性这个问题，从西方读者的接受来看究竟又是如何的呢？

美国当代文学评论家罗伯特·撒克，是一名研究门罗小说的学者，他曾在与周怡的访谈中也谈到了门罗诸多小说叙事中的“自传性维度”[①]，兹不具引，但值得注意的是，撒克教授一再指出，门罗不过是“利用”了其文化遗产和家谱历史罢了。撒克教授认为，门罗是一位具有自传性强烈色彩的作家，她固然将自己的个人经历作为创作小说的基础和来源，但她的小说的根底更多的是想象和再创作她所描写的生活与生活的多种可能性；她虽然植根于自己的或家人的生活经历进行创作，但并不仅仅局限于写实，而是通过小说展现人类的生活本来就是这样的，以及这就是生活的存在方式。[②] 从而得知，门罗的小说，既有自传性，又有虚构性；其艺术真实并非局限于一端，而是具有超越性。

门罗小说的超越性，是如何在其小说文本中得以体现的呢？门罗在小说叙事中所创造的日常生活的世界，所探索的不是“个人性”，而是普遍性，是人性的普遍性。撒克指出，门罗更关注“生存”“人的生存”，而不是意识形态。[③] 相比较而言，国内有的女性作家总是过多关注自己，只是言说自己的个人性问题，缺少一种非个人性的东西。这种“非个人性的东西”，就是超越了自传性的东西，就是具有普遍性的表现人与人之间关系的人性，其间既有自传性的真实性，还有想象力世界中的虚构性，且是一种亦真亦幻的“混合”实在或艺术真实。

门罗小说的超越性，还体现在作者的人间情怀之上。“门罗面对她的女性人物，甚至可能是以她自己为原型的女性人物，没有一般女作家的滥情和感伤。她诚实、冷静、尖锐，写出情感的多种成分，道德的相对性和不确定性，也让我们看到人物的自我羁绊和自我欺骗。这种与人物

---

① 周怡：《艾丽丝·门罗与加拿大文学：访谈罗伯特·撒克教授》，《外国文学研究》2013年第4期。

② 同上。

③ 同上。

的距离，就是成熟的小说家的特质，用韦恩·布斯（Wayne Booth）的话说，就是现代小说应有的伦理价值——‘反讽’。”[①] 门罗小说并非仅仅停留在“反讽”的层次上，她还富有人间情怀，关注着日常生活中的女性以及女性的日常生活，关注着芸芸众生中的生存问题和生活困境，关注着人类心底的潜流涌动和变幻莫测。这种人间情怀，是从自我经验和社会观察出发得出的深度思考，从而使得其小说的叙事不再仅仅停留在就事论事的表层上。例如，门罗对婚姻暴力与女性意识成长关系这一具有普遍性的问题的关注和思考就展现在诸如《逃离》（“Runaway”）、《父亲们》（“Fathers”）和《一个善良女人的爱》（“The Love of a Good Woman”）等短篇小说的叙述之中。[②]

门罗小说的超越性，还体现在作者对性别意识、政治意识和自传性等方面的超越上。门罗说过，“我不是一个女权主义者，我确实认为做个男人也挺不容易的”（Treisman），可是总有读者从女性身份、女性意识和女性主义角度解读其小说；门罗说她的小说无关政治，“不做评论”，可是总有读者从意识形态的视角解读其小说；门罗说她的小说不是自传或回忆录，但总有读者聚焦于其小说的现实主义特征……文学文本具有开放性，其意义是视域融合的产物，任何解读皆有其合理性，即一种“此在”的合理性。

门罗的小说被翻译成了多种文字，这也是读者对其小说的接受方式之一。翻译本身就是理解和解释，是一种新创。门罗小说译本在不同语言中的自我表现，既是原著的一种存在方式，又是翻译者的一种创作，因为语言表达中含有翻译者前有结构导致意义何所向的理解。在这个过程中，门罗小说的艺术真实又得以重构。

阅读的过程是读者的一种“参与活动”，是“自我与他者之间的关系”，是一种“共同的活动”[③]，因而读者对门罗小说艺术真实问题的理解，也就见仁见智。读者阅读门罗小说的过程，是视域融合的过程，是

---

① 书玉：《艾丽丝·门罗：短篇中的人生》，《书城》2013 年第 12 期。

② 参见黄芙蓉《艾丽丝·门罗小说中的婚姻暴力与女性成长意识》，《当代外国文学》2013 年第 4 期。

③ ［德］汉斯—格奥尔格·伽达默尔：《真理与方法》，洪汉鼎译，商务印书馆 2010 年版，第 551 页。

读者前理解作为意义解读何所向的诠释，是意义生产的参与，是读者与文本的一种关系，从而构成门罗小说自我表现的一个意义世界。对这个世界的种种意义解读的无底棋盘，既有正读，又有误读；既有过度诠释，又有诠释不足……不管怎样，它们都是门罗小说的存在方式。它们同时也超越了文学艺术的虚构性与自传性，在时间距离中构成了意义的长河。

结 论

从以上作者的角度、文本的角度和读者的角度等所进行的探讨可知，门罗在素材和经验上利用了自己的生活经历，但她的小说创作在理解的前提下超越了生活原生态；小说文本具有开放性，其文学意义具有不确定性和生成性，从而在意义层面上也超越了自传性与虚构性；文学意义在文本与读者的视域融合中生成，而读者的前视域各不相同，前理解也各迥异，从而其意义的理解便呈现出接受合成的复杂性：门罗小说的艺术实在，是一种本体论的艺术真实，它超越了自传性与虚构性。

（原载傅利、杨金才主编《写尽女性的爱与哀愁：艾丽丝·门罗研究论集》，2015 年）

考古文献重构的丝绸之路

在世界历史里，丝绸之路是一个著名的文化符号。在人们的想象中，丝绸之路就是驼队、丝绸和胡商组成的图景：在广袤的大漠之中，一线驼队，驼铃声声，胡商牵着骆驼，常年频繁地往返于中国与罗马之间的路上……这是我们对丝绸之路的常识。然而，美国学者芮乐伟·韩森新著《丝绸之路新史》通过考古所得的文书、钱币等文献重构了丝绸之路。它与我们往常想当然以为的丝绸之路不仅大为迥异，而且是另一番新天地。

一　商贸之路

数百年以来，塔克拉玛干沙漠已经出土了许多文物：官员刻意埋藏的文书，当地居民利用官方文书做的寿衣、鞋垫，艺术品，宗教文献，钙化了的食物等。然而，这些考古文书、出土的钱币等文献表明，丝绸之路上的商贸大多是小规模的、由小贩在短距离进行的本土贸易。[①] 从中国的长安到罗马，也并不存在所说的“丝绸之路”这么一条“笔直而通畅”的商路。丝绸路上的商人，主要是粟特人，从这条路向西最远至伊朗特别是撒马尔罕附近的东伊朗世界，而不是罗马。[②] 丝绸之路上的人们，也从未听说过“丝绸之路”，这个称谓是 1877 年地理学家李希霍芬男爵生造的命名。

---

① 参见［美］芮乐伟·韩森《丝绸之路新史》，张湛译，北京联合出版公司 2015 年版，第 177 页。

② 同上书，第 121 页。

笔者怀疑考古所出土的文书等文献是否具有言说的普遍性和可靠性，或许大宗的东、西方商贸没有在文书等文献中留下遗迹？譬如说，史书记载使团人数在50—1000人。而其中的大多数使者兼带可贸易的货物，这难道不是丝绸之路上大规模的中外贸易吗？可是，真相似乎站在考古文书那一边。从悬泉汉简可以看到，汉王朝与西方国家定期互派使臣。可是，使团一般一年只允许在年前有一次朝拜。且所携带的货物不多，如公元前52年，从粟特地区来的一个使团，有2名使臣、10名贵族及其随从，他们带着9匹马、31头驴、25头骆驼和1头牛[①]，这便是他们全部的家当。使团必须按照汉政府指定的路线且须持有“过所”，方可通行。如此一来，即使是他们都携带礼物和商品，那也与我们所认为的丝绸之路繁忙的商贸情形相去甚远。

遑论日常的商队，即以赫定在20世纪初所遇到的商队而言，他们只有四个人，货物有“一袋玉米、一袋面粉、茶、罐子、碗和一双靴子”等[②]，从而表明丝路贸易以本地所需要的必需品为主。丝路贸易最详细的记载是遗弃在敦煌附近的一个邮包，里面保存有公元313年或314年八封粟特古信札，它提到“羊毛、亚麻、麝香、铅粉、胡椒、银等具体商品，可能还有丝绸。商品量都不大，从1.5公斤到40公斤不等”[③]，可见丝绸之路的商贸确实是小额贸易。近千件三四世纪的尼雅佉卢文书中，只有一件提到了“商人”，可见丝路上往来的商贩人数也不多。楼兰国王曾签发过一则文书，上面写着“目前没有汉商，因此绢债没法计算”[④]，由此可见，一年中汉商也不经常来西域经商；如果汉商频繁往来于西域与中原，何至于楼兰“绢债没法计算”？一方面，中土的丝绸为西域人们所喜爱的商品；另一方面，中土的丝绸在唐王朝的西域之地，还作为通货被使用。

韩森认为，中土的丝绸制品主要是在中亚如撒马尔罕地区商贸。因为，据有人（Muthesius）考察，7—13世纪欧洲发现的丝绸制品1000件

---

① 参见［美］芮乐伟·韩森《丝绸之路新史》，张湛译，北京联合出版公司2015年版，第19页。

② Hedin，*My Life as an Explorer*，New York：Garden City Publishing Co.，1925，p. 177.

③ ［美］芮乐伟·韩森：《丝绸之路新史》，张湛译，北京联合出版公司2015年版，第301页。

④ 同上书，第62页。

样品中只有一件来自中土，而其他 999 件则是“织造于拜占庭帝国（476—1453）”①。然而，笔者认为，丝绸制品“织造于拜占庭帝国”并不表明中土的原丝没有贸易到西方，因为众所周知，中土外贸出口的主要是蚕丝天然丝，而丝绸之路的贵霜帝国、拜占庭帝国等则擅长将天然丝加工、织成美丽的丝绸制品。从而表明，韩森关于丝绸之路的翻案思考，似乎有进一步探讨的必要性。

丝绸之路附近的市镇地域，商贸主要是物物交换。例如，唐王朝的驻军曾以铁、布等物品交换游牧民族的马匹。市场主要是集市，其中本地货物远远多于外国舶来品。而粟特人虽然以经商闻名，但是他们也从事其他多种职业，如务农、当兵、绘画、做皮匠、开客栈等。

韩森依据考古文书等文献所重构的这一条“丝绸之路”，挑战了我们的常识。可是，笔者总难以相信，丝绸之路会是徒有虚名的商贸之路？当玄奘路过凉州的时候，这里“襟带西蕃、葱右诸国，商旅往来，无有停绝”，此等记述当作何解？况且，丝绸之路上流通的商品，除却丝绸之外，还有纸张、香料、玻璃、金属、硇砂、糖、鍮石、药、蔬菜、日用品、牲口等。难道丝绸之路，仅仅是路上的少数重镇和大都市如长安以集市的形式为胡汉商贸之地？其他地域，大多不过是本地贸易？如此说来，作为商贸的丝绸之路，不是一条线，而是线串珠子之点，即东、西方之间的“一连串市场”。然而，点与点并非孤立地存在，而是彼此之间相互往来，于是就生成了贯通欧亚大陆的商贸之路。

二 驻军之路

先秦时期，东、西方就存在一条彩陶之路、青铜器之路、小麦之路、玉石之路等。即以玉石之路而言，东、西方文化之间的交流和认同绝非虚言，殷商墓葬中出土了一些和田玉就是明证。公元前 2 世纪，张骞凿空西域。汉王朝随即派兵出征西北，打通河西走廊，击破楼兰、车师，并在西域驻兵屯田。驻军采取屯田的方式，因此驻军与土著接触有限，

① ［美］芮乐伟·韩森：《丝绸之路新史》，张湛译，北京联合出版公司 2015 年版，第 23 页。

从而商贸活动也就颇少。

杨隋王朝重新将西域纳入版图。到了李唐王朝，唐政府承认三种通货：铜钱、谷物和丝绸。铜钱沉重，谷物容易腐烂，绢帛于是作为货币在西域广为流通。西北地区的军饷是绢帛，军士用绢帛购买当地的日用必需品，从而丝绸之路的商贸大半应该归功于中原王朝的驻军。军队是消费群体，驻兵购物，促进当地商贸的兴盛，这便是韩森所谓的丝绸之路主要是本土商贸欤？

唐贞观十四年（640），侯君集率兵击灭高昌国。唐在其旧地设置西州，在可汗浮图城置庭州，在交河城置安西都护府，下辖龟兹、于阗、碎叶、疏勒四镇。贞观二十一年（647），设立燕然都护府。唐高宗永徽六年（655），唐遣程知节率领大军西击沙钵罗可汗。显庆二年（657），苏定方带兵大破西突厥，沙钵罗奔石国，被擒，西突厥亡国。高宗以其地分置昆陵、蒙池二都护府。都护府皆留兵镇守。当时，给中国驻军提供给养供应的是粟特人。斯坦因和赫定在楼兰考古时发现："楼兰的贸易无一例外是整体的驻军或个体的士兵用粮、钱、绢从当地人手中买粮、马、衣服和鞋。"① 伊藤敏雄认为，考古文书"从未提及旨在牟利的活动"②。从而可知，丝绸之路的商贸，主要是驻军及其与驻地民众的贸易。而中西方的大宗丝绸贸易看来似乎仅仅是一个想象罢了？笔者认为，考古出土的文书等文献仅仅是历史遗存的一点两点，作为证据，似乎只能表明丝绸之路的部分事实，难以重构当时丝绸之路的历史全景，从而不能抹杀丝绸之路上物质与文化上的交流。

中亚经济的动力主要源自李唐王朝的驻军。杜佑《通典》记载，713年朝廷边防支出为200万贯，741年为1000万贯，755年为1400万—1500万贯。军饷的形式多种，不过绢帛是最主要的。黄宗羲说过："唐时，民间用布帛处多，用钱处少。"加藤繁指出，唐代的绢帛常被用作赏格、贿赂、赠遗、请托、布施、谢礼、旅费、物价表示、物价支给、赁费、蓄藏、纳税、放债、上供、进献、和籴、营缮、俸料、军费、赏赐

---

① ［美］芮乐伟·韩森：《丝绸之路新史》，张湛译，北京联合出版公司2015年版，第54页。

② ［日］伊藤敏雄：《魏晋期楼兰屯戍的基础整理》，《东洋史论》1983年第5期。

等，是当时的一种货币。《通典》记载，730年至750年，唐朝政府每年向西域投入90万匹绢帛。唐政府的军费开支，与所谓的丝绸之路的商贸数额，简直就是霄壤之别。军饷向丝路绿洲注入了海量的资本金，从而丝绸之路的贸易繁荣，在某种意义上可以说，是唐王朝驻军成就的。因此，韩森认为："丝路贸易在很大程度上是唐朝政府支出的副产品，并非如人们通常以为的那样，是民间商人长途贸易的结果。"[①]

唐太宗、唐高宗时，北方设置单于、安北都护府，分别管辖长城到贝加尔湖的广阔地区。唐代的版图，以高宗时为最大，西临咸海（一说里海），北越贝加尔湖。开元十年（722），唐玄宗在边地设十个兵镇。安西节度使"管戍兵二万四千人"、北庭节度使"管兵二万人"、河西节度使"管兵七万三千人"[②]，仅这三个地方驻兵就有117000人，可以想见其消费力及其对当地商贸的促进作用。韩森从朝廷驻军透视丝绸之路，别开蹊径；然而，她过于局限于考古文书，只见其小未见其大，从而容易得出偏执的结论。如在其著述中，她仅关注到在742年以前，约有5000名唐朝士兵驻守在西州，军事开销的91%都是来自李唐王朝的朝廷。

安史之乱爆发后，唐王朝被迫从西域撤兵勤王，西域的商贸顿时萧条，丝路经济随之崩溃。从此之后，丝绸之路只是偶尔有各国使节的马跑过。这足以说明，丝绸之路商贸的繁荣，与唐王朝的驻军是有着密切的关系的。军队一方面维持了相对的和平与安全，另一方面它自身又是消费群体，从而驻军于西域，直接影响到了当地的商业贸易和经济繁荣。

其实，不唯唐王朝的军队对丝绸之路具有生死存亡的重要性，穆斯林军队的影响亦然。当穆斯林军队占领了撒马尔罕，伊斯兰教取代了袄教，波斯语替代了粟特语，大批难民东迁，而生活在唐王朝的粟特人从此定居在中国。

考古文献所重构的丝绸之路表明，正是唐王朝的驻军给丝绸之路带来了经济上的繁荣，丝路贸易的高峰与唐王朝的驻军时期相一致就更证明了这一事实。而唐王朝一旦因为安史之乱撤军，当地的贸易便变成了本土商贸，当地经济基本上是自然经济模式为主。从这个角度来看，历

---

① ［美］芮乐伟·韩森：《丝绸之路新史》，张湛译，北京联合出版公司2015年版，第141页。

② 刘昫等：《旧唐书》，中华书局1975年版，第1385—1386页。

史上的丝绸之路，其实也是驻军之路。

三 文化之路

丝绸之路是商贸之路，是驻军之路，更是文化之路。西域曾是中国文明、印度文明、阿拉伯—伊斯兰文明和埃及文明四大文明交汇之地，从而丝绸之路便是这四大文明、文化交流的通途和大道。楼兰国王写给cozbo的楔形木板命令文书，印的图案是希腊众神，有赫拉克勒斯、雅典娜、厄洛斯等。① 这就表明，希腊文化进入西域之地。在古希腊艺术世界中，赫拉克勒斯造型里有三大元素：狮头盔、狮子皮和橄榄棒。赫拉克勒斯随着其英雄事迹向东传播至印度被雕塑为护法金刚，而其武器橄榄棒也随之转变为金刚杵。而西域石窟变相中的狮子皮与橄榄棒图，其实就是赫拉克勒斯的影响。

世界上的主要宗教，诸如佛教、袄教、摩尼教、犹太教、景教等都在西域留下了自己的踪迹，这是丝绸之路的功绩。而西域的宗教，无不打上了文化融合的烙印。即以佛教而言，于阗土著曾向玄奘讲过于阗建国的传说：阿育王流放了一位王子，王子在于阗建国。汉王朝时期中原的佛教，来自西域、贵霜帝国和天竺。从而，中土的佛教便带有中亚、南亚的地域文化和民族特色。

从语言来看，丝绸之路的民族语言可谓是世界性的。葡萄沟遗址发现的基督教手稿，包括希腊语、叙利亚语、粟特语、波斯语和回鹘语等②，就是一个力证。不同民族语言的相互借用和影响，是人类文化、文明交融的表征之一。商人、使节能够说数种语言，而丝绸之路上的普通人也能用几种语言交流。粟特语中“旅店”一词为tym，借自汉语言的“店”。敦煌藏经洞文书的语言，有梵语、粟特语、藏语、汉语言、回鹘语、突厥—粟特语、于阗语等。于阗文书使用印度—伊朗语，与波斯语和印度语都有联系。由此一斑丝绸之路的语言文化，实具国际化和世界

① 参见［美］芮乐伟·韩森《丝绸之路新史》，张湛译，北京联合出版公司2015年版，第57页。

② 同上书，第137页。

性的特征。

丝绸之路的绘画艺术也是东西方艺术的结晶。米兰五号遗址的壁画，所用的有翼天使和波浪形的花环，借自罗马艺术。石窟艺术及其技术，从古印度传来。而古印度神祇也出现在西域的壁画变相中，如克孜尔38窟就保存有古印度的日神、月神、风神、两尊带火的立佛、两个头的金翅鸟等，画作带有明显的印度风格。尼雅出土的棉织物，图案印有中国龙、手握丰饶角的女神堤喀、赫拉克勒斯的狮子等。[①] 粟特人家里的壁画，有伊朗史诗英雄鲁斯塔姆的故事，也有希腊《伊索寓言》和印度《五卷书》里的故事。[②] 如此种种，皆表明，丝绸之路的文化具有世界性。

如前所述，西域乃四大文明交汇之地。高昌国的汉人，无论男女老少，都能和着伊朗音乐跳胡旋舞。伊朗人首次把佛教引入焉耆和吐鲁番地区。敦煌文献中的“胡”，常常表示“伊朗的”或“伊朗风格的”[③]，如胡锦、胡粉、胡锁等。仅从伊朗文化来看，西域获益于丝绸之路可谓大矣！由此引申开来，丝绸虽然并非丝绸之路最重要的商品，但是丝绸之路所传播的思想、宗教、语言、技术和艺术更具有价值和意义。

丝绸之路，亦可以称为“纸张之路”。原因就在于，丝绸并不是丝绸之路最重要的商品，中国人发明的纸张对欧洲产生过更大的影响。就是通过丝绸之路，中国发明的纸张传到了西方，并对西方文明作出了巨大的贡献。东汉元兴元年（105），蔡伦发明了造纸术。但是，确切地说，直到公元751年唐王朝与阿拉伯军队在怛罗斯的战争，才促成了造纸技术的西传。据考古，8世纪、9世纪，中国纸张最远到达了高加索的摩谢瓦亚·巴尔卡。[④] 11世纪末12世纪初，纸张从西班牙和西西里传入欧洲。阿尔卑斯山以北的人在14世纪晚期才独立造出了纸。[⑤] 从而在世界范围内，中国的纸张促成了教育水平的提高和民族文明成果的交流。

---

① 参见［美］芮乐伟·韩森《丝绸之路新史》，张湛译，北京联合出版公司2015年版，第49页。

② 同上书，第159页。

③ 同上书，第247页。

④ 同上书，第176页。

⑤ Bloom, *Paper before Print: The History and Impact of Paper in the Islamic World*, New Haven: Yale University Press, 2001, p. 1.

丝绸之路，使得不同民族的习俗也发生了变化。长安的李诞，看名字是汉人，但据其墓志铭，他是印度的婆罗门种。粟特人本天葬，即将尸体暴露于外，让野禽食尽腐肉，再将骸骨放入纳骨器。可是，受汉文化影响，粟特人如安伽、史君等皆葬于石墓，即6世纪末7世纪初生活在长安的粟特人选择了汉族葬仪。

走在丝绸之路的人们，不唯有商人、使节、军队，还有画师、工匠、传教士、劫匪、难民（如印度难民、撒马尔罕难民等，令人难以置信的是，韩森认为“往来于丝路上最重要也是最有影响的人群是难民”）等。这些人，对于东、西方文化诸如宗教、艺术、技术、语言等的交流，都作出了或多或少的贡献，从而使得这条丝绸之路成为人类文化乃至于人类文明彼此之间交流、融合的大动脉。它的历史存在，也证明了人类的文化和文明，只有在不同民族之间进行交流和融合才会获得勃勃生机，才会真正促进人类的进步和发展。

四　结语

韩森《丝绸之路新史》，是综合利用了中、英、法、德、日、俄六国语言的最前沿的研究成果，尤其是采用大量惊人的考古发现重构了东西方文明交流和融通的丝绸之路，颠覆了人们关于丝绸之路的传统印象，发现了当地居民主要以物易物而非从事大规模长途贩运，发现了作为中国军队军饷的丝绸对丝绸之路的商贸及其经济繁荣起着重要的作用。

当然，虽然《丝绸之路新史》具有学术思想的敏锐和反思，但亦有多处值得商榷，如将支谦说成“印度裔僧人”，可是从其姓“支”可知，支谦应该是“大月氏人”即贵霜帝国的和尚。诸如此类的不确切处，毕竟是美玉微瑕。总的来看，韩森教授的考论，创见迭出，富有启迪。它颠覆了我们关于丝绸之路的常识，它挖掘了伊朗文化在丝绸之路文化中的重要地位，它指出了中原王朝在西域的驻军促进了当地的商贸活动，如此等等，皆发前人所未发，见他人所未见，从而是一部值得细读的杰作，是一部研究丝路文化的必备之书。

（原载《甘肃广播电视大学学报》2017年第4期）

文学史的新方向

文学史不是从来就有的，以后也不会永远存在。19 世纪以来，在“民族—国家”（nation-state）意识蓬勃兴起的社会背景中，西方产生文学史的研究模式，因而民族精神的塑造与国家意识形态的建构便成为文学史编写不得不肩负的重任。[①] 20 世纪初，西学东渐，中国成立大学堂，效仿和移植西方大学的学科体系，建立新的教育体制。

文学史虽然是西方的一种研究模式，但是西方文学教育中却没有“文学史”这一门课程，学者也少有人研究文学史[②]。文学史，一般理解为文学的历史。文学，有一个概念史。在 18 世纪之前的欧洲，文学指的是文献。（“It was not until the late 19th century that the concept of literature was introduced into China.”[③]）而直到 19 世纪晚期，文学的概念才传入中国）至于历史，孟而康（Earl Miner）《历史、文学和文学史》认为它并不是事件的历史，而是言说事件的历史。既然是言说，那么就必然带有述说者的局限和偏见，也就是说，言说的历史都不可免地包含着叙述者的主观性和虚构性。波普尔认为关于历史的知识，只是猜测的产物，是

---

① 参见戴燕《文学史的权力》，北京大学出版社 2002 年版，第 2 页。

② 王风在《反文学史的“文学史”》中说：“西方大学文学专业并不学文学史。”王德威在回答苗绿访谈时，说“哈佛大学也没有文学史”这一门课程，详见苗绿《文学史写作及其它——王德威访谈录》。其实，海外不仅学生不学习文学史，学者也几乎不研究文学史。例如韦勒克《文学史的衰落》质疑“文学史是否能够解释文学作品的审美性”。张英进在《历史整体性的消失与重构——中西方文学史的编撰与现当代中国文学》中说“北美学界的这个领域却几乎无人问津大型文学史著述”。类似的论述颇多，不再罗列。

③ 王敏：《〈剑桥中国文学史〉探究与思考——宇文所安教授访谈》（英文），《文艺理论研究》2012 年第 1 期。

“一个多少有点冒险的历史性猜想”①。他认为人们不可能有一部真正如实表现过去的历史，只能对历史作出各种不同的假定和解释，历史只是关于个别事件和过程的单称命题，根本不存在什么历史规律。因为社会事件不可能照原样重复发生，所以，在这个领域里所谓规律、模式、节奏之类的理论无法被检验或被反驳，由此历史就不应上升到普遍的理论。②史学家阿诺德·汤因比说：“历史的本质正在于不断地增添自身。”从而，西方许多学者都质疑文学史的正当性、合法性和科学性。

然而，文学史在中国的大学课程里，是必修的“主干基础课”，它是文学院或中文系教学和科研的支柱。当然，实事求是地说，文学史仅仅是文学研究尤其是文学知识普及中之一种。现在的文学史，无论是中国文学史还是外国文学史，绝大多数都是这样编写的：文学作品的社会背景、作家传记以及对个别作品的鉴赏。文学史的目的，在于文学教育，而非知识系统的建立。如果说真有一个知识系统的话，那么这个系统也是权力话语建构的系统。而所谓的文学教育和知识学习，实质上是统治阶级的权力利用教育体制对学生进行主流意识形态的灌输。文学史最主要的价值和意义在于主流意识形态的灌输，其所谓的知识实质上不过是权力话语罢了，遑论个人的主观看法掺杂其间。

迄今为止的2000多部中国文学史③，绝大多数是彼此互相变相的抄袭或间或表达了几个人的“主观看法”而已。王晓明明确地把1985年在北京万寿寺中国现代文学馆召开的“中国现代文学研究创新座谈会”和在会上提出的“20世纪中国文学”视为“重写文学史”的“序幕”④。1988年7月《上海文论》第4期上陈思和、王晓明主持的“重写文学史”专栏明确提出“重写文学史”，从此“重写文学史”的呼声和讨论此起彼伏，这是为什么呢？在21世纪，文学史将如何转型？文学史的发展方向在哪里呢？

---

① ［英］波普尔：《无穷的探索——思想自传》，福建人民出版社1984年版，第141页。

② 参见［英］波普尔《历史决定论的贫困》，华夏出版社1987年版。

③ 一说1600余部，一说2000多部，一说3000多部，因为皆非科学的统计，因此取其中，为2000多部。

④ 王晓明：《主持人的话》，《上海文论》1988年第6期。

一 文学史观

作为现代文体意义的“文学”生成于18世纪的欧洲。文学史是19世纪西方民族主义意识的产物。最早的一部中国文学史，是1880年俄国汉学家瓦西里耶夫编纂的《中国文学史纲要》。[①] 较早的中国文学史还有1882年日本的末松谦澄出版的一本先秦的断代文学史《支那古文学略史》，日本古城贞吉1897年出版的《中国文学史》，日本笹川种郎1898年出版的《支那历朝文学史》，英国翟理斯1901年出版的《中国文学史》，德国葛鲁贝1902年出版的《中国文学史》等。中国人自己最早的中国文学史是黄人编纂的《中国文学史》，始撰于1904年，1907年初稿成书，出版于1910年左右。其编纂的目的，一方面固然是作教学讲义用，另一方面则是“为了宣传资产阶级自由民主思想”[②]。

周作人模仿西方的著述，编纂了一部《欧洲文学史》，于1918年10月由商务印书馆出版，这是中国最早的外国文学史。周作人说：“这是一种杂凑而成的书，材料全由英文本各国文学史，文人传记，作品批评，杂和做成，完全不成东西，不过在那时候也凑合着用了。”[③]

由于中国文学史最先成于国外的汉学家之手，而起初的中国文学史是出于授课的需要而模仿甚至抄袭海外汉学家的成书，因而中华人民共和国成立之前的文学史，其所体现的史观且不细论，就以中华人民共和国成立以来的中国文学史来看，其史观就几经变化。史观的变化，表明了阶层意识的变迁。

毛泽东时代，中国文学史无论是中国科学院文学研究所编撰的《中国文学史》，还是游国恩等编撰的《中国文学史》四卷本，还是北京大学55级编纂的《中国文学史》，其指导思想都是马克思主义的“阶级论”，从而人民性、阶级性、民主性等成为选择文学作品的依据和标准。

---

① 参见李明滨《中国文学在俄苏》，花城出版社1990年版，第92—95页。

② 黄霖：《中国文学史学史上的里程碑——略论黄人的〈中国文学史〉》，《复旦学报》1990年第6期。

③ 周作人：《知堂回想录》第3卷，群众出版社1999年版，第333页。

新时期以来，章培恒、骆玉明主编的《中国文学史》（1996 年版）成为这一时期文学史的典范之一，其史观为“人性论”。章培恒、骆玉明在《人性的发展与历史》中认为这部文学史的理论支点是人性的发展，文学的发展取决于人性的发展，同时也反映着人性的状况。骆玉明说明了他们主编的文学史的不同之处在于：“过去强调作家的‘人民性’或‘阶级性’，往往举些彼此相似的作品，而‘新史’则特别强调每个作家在题材的艺术表现等各方面的特殊性。”①

从中国现当代文学史上的著名作家排名来看，毛泽东时代的“鲁郭茅巴老曹”排名顺序在新时期发生了变化，茅盾的排名被后置，而沈从文、张爱玲、钱钟书等作家被加入②，与其说是艺术审美观的变换，不如说是意识形态的变动。章培恒、骆玉明以人性论作为其指导思想编写的《中国文学史》问世以来，有学人以为中国文学史的编写从政治决定论转向了艺术审美论。其实，艺术审美也是具有阶级性的。马克思曾说过，“忧心忡忡的穷人甚至对最美的景色都没有感觉”。鲁迅也说过，“饥区的灾民，大约总不去种兰花，像阔人的老太爷一样；贾府上的焦大，也不爱林妹妹的”③。布迪厄所谓的趣味区隔固然有其道理，但是毕竟阶级习性之于社会区分更为根本。相应的，文学作品也从之前的“三红一创青山保林”改变为“百花齐放”，甚至之前的“毒草”也成为“鲜花”。人们审美标准的改变，其实是其意识形态发生变化后的反映。

文学史的任务是判断一部文学作品的优劣吗？不是的。为什么呢？因为文学史的根本是主流价值观的构建，凡是符合统治阶级价值观标准的就是优秀的，凡是不符合其价值观标准的就不是优秀的。而一旦时代价值观变了，那么是否是优秀的文学作品的评判也会随之发生改变。文学史中的对象选择，决定于当时的主流意识形态、价值观和审美观。而后者具有鲜明的时代性，如果时代变了，那么它们也会跟着变，从而文学史所选择的叙述对象也跟着变。

---

① 章培恒、骆玉明：《人性的发展与历史》，《文学报》1996 年 1 月 4 日。

② 夏志清首次在《中国现代小说史》中发掘了张爱玲、沈从文和钱钟书等作家，并给予了高度的评价。其后大陆学者跟风而进。

③ 鲁迅：《“硬译”与“文学的阶级性”》，《鲁迅全集》第 4 卷，人民文学出版社 2005 年版，第 208 页。

王富仁曾经指出："从中国现代文学研究的历史上来看，凡是社会思想和文学思想发生重大变化的时候，便会产生一种'重写文学史'的冲动或要求。"他认为，从1928年"革命文学"的倡导开始直到"文化大革命"，中国现代文学史便在不断地"重写"。尤其是20世纪50年代以来，每一次政治意识形态的变动，都导致一次文学史的重写。[①] 刘大杰《中国文学发展史》的编写、修改过程就是一个绝好的例子。他为什么一改再改？这主要是他的史观发生了变化的缘故：从朗松的文学进化论，再到马克思恩格斯的阶级论。20世纪80年代末"重写文学史"的倡导，其本质上也是意识形态的。《上海文论》编辑毛时安在专栏结束时说："它出台的基本背景是十一届三中全会以来党的拨乱反正、改革开放的一系列方针政策。"[②] 这就表明，"重写"的呼吁实质上是社会不同阶层意识的体现。

一百年来的文学史编撰，其史观经历了"进化的文学史观""革命的文学史观""现代性的文学史观"，从表面上来看，似乎仅仅是思想的变迁或学术的演变，其实，无论是思想还是学术，无论是知识还是什么，本质上它们都是主流意识形态。

从以上叙述可知，文学史的主要差异在于其史观。不同的史观，决定了哪些作家、哪些作品入选，也决定了相应的阐释模式和审美范式。文学史的未来，从史观来说，由于社会阶层的流动或变动，史观的变迁是不以人的主观意志为转移的，从而可以想见，文学史的"重写"，决定于谁掌握着话语权；哪一个阶级是统治阶级，它的史观就成为彼时"重写文学史"的指导思想。

二　多民族共同体的文学史

中华民族是由56个民族共同组成的大家族，然而，今天所谓的中国文学史，基本上却是汉语言的文学史，几乎没有蒙古族、藏族、回族等少数民族文学参与其中。如此一来，其他55个民族的文学史就没有展现

---

① 参见王富仁《关于"重写文学史"的几点感想》，《上海文论》1989年第6期。

② 毛时安：《不断深化对文学史的认识》，《上海文论》1989年第6期。

在中国文学史的地图之上，这样的中国文学地图是不完整的。如何理解少数民族文学在整体中国文学史上的地位和关联，是编纂者不应忽视或忽略的一个议题。否则，就不能完整地描述中国作为多民族国家的基本面貌及其文学地图的构成。

以汉族文学史或汉语言文学史取代中国文学史，就会出现诸多问题。国际汉学家独断地认为中国文学史上没有史诗。诚然，汉语言文学史中的确是没有史诗。有人将《诗经》中的《生民》《公刘》《绵》等看作周民族的史诗，这是自欺欺人。然而，中华民族中的藏族、蒙古族和柯尔克孜族却都有英雄史诗：《格萨尔王传》《江格尔》和《玛纳斯》等。创世史诗则有：纳西族的《创世纪》、彝族的《梅葛》、彝族阿细人的《阿细的先基》等。这样看来，中国文学史中不是没有史诗，而是视野所及尚没有看见少数民族文学。这种汉语言文学中心主义无视其他 55 个民族的文学实绩，造成了人们对中国文学认识的残缺。幸而这个问题已经引起了关注，从而在以后的中国文学史编纂中，少数民族文学将会出场。但这也涉及诸多问题：语言的问题、文化问题、表述问题等。

多民族文学中还有一个大家忽视的问题，那就是即使是汉语言文学史中，有许多少数民族作者及其文学作品，在描述、评价他们的时候，作者的民族问题也往往有所忽视，从而对他们的文学作品的解读就存在一些似是而非或肤廓空泛的问题。如果注意到这个问题，就会将研究引向深入。例如，《离骚》与楚民族文化有无关联？汉宫审美与皇室的楚民族性格有没有关系？曹氏父子的文学作品受没受到鲜卑文化的影响？隋唐文学与鲜卑民族文化是何种关系？唐代为何出现女着男装现象？元曲的作者为何有如此多的女真族、色目人？元杂剧与女真金、蒙古族文化具有什么关系？《灰栏记》为何没有嫡庶制意识？如此等等，其实都值得文学史的编纂者关注、深思和书写。

众所周知，刘禹锡是匈奴人的后裔，元稹是鲜卑人的后裔，白居易是昭武九姓的后裔，他们的民族性与其诗歌作品有无关系？如果说没有一点关系，恐怕不符合实际情况。《莺莺传》为何不是《崔莺莺传》？《红楼梦》中的贾宝玉为何被称作“宝二爷”而不是“贾二爷”？骆驼祥子姓什么？这些问题，如果从民族性的维度进行解读，会有意想不到的豁然开朗。从而就说明，目前的诸多文学史研究，尚有新的领域、新的空间和新的方向有待于开拓。

少数民族文学，包括古代歌谣、神话、史诗、传说、故事、民歌等都具有自己独特的民族风格和精神气质，应该进入中华民族文学的大花园里，而不是独自在幽谷里花开花落。到那时，中国文学史将是真正的百花齐放、争奇斗艳，而不是当下中国文学史仅仅是汉语言文学在一花独放。当然，由于有一些少数民族还没有文字，因此其文学便主要是口述文学，如果是印刷文化时代，那的确是一个难题。然而，在电子数字时代，这不仅不是一个问题，而且由于声音、图像、超链接等新媒介技术，会使得中华民族的文学库更加丰富多彩、绚丽多姿。

编纂文学史是建构民族认同的一种方式，它的社会功能体现在整合民族认同、凝聚国家意志和提升国民精神。如果以当下的现状来看，少数民族文学不在场，仅仅有汉语言文学史一枝独秀，那么就会影响中华民族国族意识的建构、凝聚和加强，那将会产生极为严重的后果。反之，如果意识到这个问题的严峻性，着手“重绘中国文学地图”，建构56个民族共同体的文学史，那无疑将大有裨益于国族意识的认同感。

三 文学文化史

梅维恒（Victor H. Mair）主编的《哥伦比亚中国文学史》（*The Columbia History of Chinese Literature*，2001）按照文体史的体例，请相关领域的专家写的一部介绍性质的文学史，由文学基础，诗歌，散文，小说，戏剧，评论、批评和阐释，通俗文学及边缘文学七大部分组成。这是一部按照文体体例编纂的文学史。

孙康宜、宇文所安主编的《剑桥中国文学史》（*The Cambridge History of Chinese Literature*，2010）是一部文学文化一史，引起了国内学者的热议。这部文学史的指导思想是文化史，孙康宜明确指出：“（《剑桥中国文学史》）尽量脱离那种将该领域机械地分割为文类（Genres）的做法，而采取更具整体性的文化史方法，即一种文学文化史（History of literary culture)。"[1] 至于这部文学史的叙述原则，依据孙康宜的说法，就是以“讲故事”的方式来编纂中国文学的历史，侧重的是文化的展现。由于文学的文化转向，中国文学史的文化书写，也不是什么意外的事情。这部文学史，其特色还在于书史的角度、读者接受的维度、手抄本文化和印刷文化的关注等。

但是，文学文化—史不是文学—文化史。一方面，我们无从否认，文学史的文化转向是历史的大潮流；另一方面，文学本位的问题也是一个重要的问题。韦勒克说：“应当承认，大多数的文学史著作，要么是社会史，要么是文学作品中所阐述的思想史，要么只是写下对那些多少按编年顺序加以排列的具体文学作品的印象和评价。”[2] 韦勒克对文学史的反思，应引起我们的警醒和反思。文学史不是文学的历史，而是社会史、思想史和文学批评史的大杂烩。而文化，似乎是无所不包的系统。从而文学史的文化转向，恐怕将会加强而不是削弱这一弊端：文学史不是“文学本位”的历史，而是“文学相关”的历史，文学史变成了文化史。

“文学史”与“文学批评”是两个不同的概念，然而，在中国文学史中夹杂着大量有关经典作家、作品的文学批评，甚至出现本末倒置的情况。真正的文学史写作应该关注“文本间性”，正如韦勒克与沃伦所说的：“只有把文学作品放在文学发展系统中的适当地位上来加以考察，两个或更多文学作品之间的关系的讨论才会有所收益。”[3]

“大文学史”这个概念的提出，是对文学史文化转向之后所出现的问题的回应。然而，无论是大文学—史还是大—文学史，往往会解构“文学”的文学性。文学，固然有其概念的历史，如章太炎所谓的“凡著之纸帛皆为文学”中的文学指的是文献或书写之物，而不是形成于 18 世纪欧洲的作为“诗歌、小说、散文和戏剧”四类文体的语言艺术，然而，“大文学史”往往变成了文学的文化史，以相关的形式而不是本体面貌出

---

① 孙康宜、宇文所安主编：《剑桥中国文学史》，刘倩等译，三联书店 2013 年版，“前言”。

② ［美］韦勒克、沃伦：《文学理论》，刘象愚等译，江苏教育出版社 2005 年版，第 302 页。

③ 同上书，第 310 页。

现。这似乎将成为一个事实，即文学将不再是18世纪以来的文学了，它将转型为一种文化的文本，从而如果文学史不终止，那么未来的文学史就是文学文化史。

四 文学媒介史

从媒介文化来看，人类历史已经经历以下阶段：口述文化、抄写文字文化、印刷文化、电子文化和网络文化。① 与之相应的便形成了口述文学，如史诗、歌谣等听觉艺术；文字文学，它弱化了口述文化的具象性，发展了艺术的抽象性；印刷文学，它增强了视觉性，形成了视觉偏向的艺术；电子文学、网络文学，重新部落化、立体化，重返口语文学，但与口述文化中的口头文学亦有差异，被称为次生口语文化。电子文学、数码文学、网络文学与印刷文学迥异，它有超链接、音像兼具、表演、视频、读者参与创作等新特征。不同的媒介建构不同的感知，不同的感知建构异样的文学形式。

也是从这个意义上来说，西方理论家如希利斯·米勒等人宣告"文学终结了"。他们所谓的终结，不是死亡，而是转向。而从媒介文化来看，当今的电子网络媒介重构了一个新的时空结构，这就意味着18世纪以来的文学的确面临着转向、转型或新生，从而米勒等人认为文学终结了。国内有些人将"终结"解读为文学的死亡，并义愤填膺地与之争辩、为文学辩护，其实双方所说的并不是一回事。

在电子、数字、网络等媒介所建构的新的时空结构中，人们的情感感知、思想意识等都发生了巨大的变化，文学也随之有了新的演变。例如，古人由于离乡的"日暮乡关何处是？烟波江上使人愁！"之情愫，在今日时空凝缩的"地球村"里，在飞机、高铁等现代交通工具使得朝发夕至业已成为事实的条件下，在视频技术可以让异地的人们即时"面对面"交流的语境中，恐怕已经变得随风远逝而极为陌生。从而在新的媒介生态中，会出现这个环境所生成的新文学形态。网络文学、手机文学、

① 参见林文刚编《媒介环境学：思想沿革与多维视野》，何道宽译，北京大学出版社2007年版，第32—36页。

影视文学等在印刷文化语境是不可想象的。而上述这些文学形式，也具有与印刷文学迥异的自身的感知方式和审美结构等。

新的媒介结构时空，改变和塑造着语言以及人之感觉的延伸。麦克卢汉认为："媒介作用于人类感官的比率，渗透其中并对其塑形和改造。"[①] 语言本身即媒介，在口语文化、印刷文化和电子文化的环境中，作为语言艺术的文学都有着不同的身影。网络媒介产生了网络语言，网络语言建构着网络文学。"一切媒介作为人的延伸，都能提供转换事物的新视野和新知觉。"[②] 从而，电子、数字、网络等媒介诸如互联网、智能手机、平板、电子书、自媒体等也提供了以往媒介所不能提供的新感觉模式，从而生成新的文学形态，解构着传统的文学形式和审美范式。

电子时空结构中的文学作品既然发生了变换，那么文学史自然也随之有新的发展方向。这个方向，就是文学媒介史的生成。譬如说，鉴于中国网络文学用户多达2.48亿的事实，以及网络文学丰饶的史料、史实和实绩，欧阳友权就提议"应该构建'网络文学史'"[③]。那么，文学媒介史的构成，显而易见，将与之前的印刷文化语境中的文学史有较为显著的差异，从而在人类历史上不同媒介生态中所形成的文学艺术形式将被纳入其中，生成新的文学媒介史，以一种崭新的面孔强立于世界文学史之林。

五　文学翻译史

我们已经进入全球化时代，在这个时代，借助于电子和数字媒介，世界变成地球村，具有文化交流的即时性和"趋零距离"（金惠敏语）的特征。不同民族国家之间的对话和交流，将越来越频繁，将越来越成为日常生活的常态。而对话和交流，首先要解决的问题就是翻译。它包括语言的翻译和文化的翻译。语际之间的翻译也影响到文学史的编纂和

① Marshall McLuhan, *Essential McLuhan*, London: Routledge, 1997, p. 227.

② ［加］麦克卢汉：《理解媒介——论人的延伸》，何道宽译，译林出版社2011年版，第80页。

③ 欧阳友权：《重写文学史与网络文学"入史"问题》，《河北学刊》2013年第5期。

重写。

固然，当下已经出版了中国翻译文学史。例如，孟昭毅、李载道主编的《中国翻译文学史》内容起于1896年，迄于2003年，是目前中国横跨时间最长、最全面的翻译文学通史著作。然而，文学翻译和翻译文学一直被看作第二位的、派生的、模仿性的文学形式，处于文学史的边缘地位，尚未受到应有的重视。谢天振认为，现代翻译文学，是中国文学不可分割的一部分，属于国别文学。从而中国文学史也就应该考虑将文学翻译史纳入自己的麾下。

“中国文学翻译史”与“中国翻译文学史”是两个不同的概念。前者侧重于中国文学的翻译以及海外传播、接受和阐释。这是全球化的客观要求，也是中国文学走向世界的必然途径，又是中华民族为世界作出更多贡献的渠道之一。而后者则强调外国文学作品翻译为中文，成为中国文学的一部分。那么，中国翻译文学史的实质是什么呢？王向远认为：“‘中国翻译文学史’既是中国文学史，也是站在中国翻译文学立场上所看到的外国文学史；‘中国翻译文学史’既是与世界文学密切相关的中国文学史，也是站在中国文学立场上所观察到的世界文学史；‘中国翻译文学史’既是中国文学与外国文学的关系史，也是一种以中国文学为中心的比较文学史。”①

中国文学史的发展趋势之一，将是中国文学翻译史。着眼于全球化和当今的新媒介结构时空，文学翻译史必将成为文学史的主要趋向。为什么呢？文学史，一方面囿于国别文学的历史书写，而国族文学的海外传播和接受，目前仅仅存在于个别学者的梳理和研究之中，尚未进入中国文学史的编纂视域。另一方面当前的文学翻译史，正如王向远所言，“译文学”不在文学翻译史的场域中，仅仅是文学翻译相关的历史，而不是翻译文学的历史。②

在今天这个电子文化和网络文化的时代，中外文学与文化的交流毋

---

① 王向远：《从“外国文学史”到“中国翻译文学史”——一门课程面临的挑战及其出路》，《中国比较文学》2005年第2期。

② 参见王向远《一般翻译学的建构缺失与“译文学”之补益》，《中国政法大学学报》2016年第3期。

庸置疑地将成为当今世界的潮流。从而，中国文学史也不再仅仅拘囿于中国古代文学史和中国现当代文学史。而外国文学史也不再仅仅局限于介绍社会背景和作者、评价外国文学作品。外国文学原著作品，翻译成中文之后，是为国别文学，本质上是翻译文学。在某种意义上可以说，翻译文学就是世界文学。民族文学要想走向全球化，只能通过翻译这条途径。全球化的一个维度是跨民族、跨语言、跨文化的对话，而翻译则是对话的平台和渠道，译文就是对话的结晶，其文学即世界文学。从而，在不远的将来，中国文学史与外国文学史极有可能合流，成为中国文学翻译史。毕竟，未来的世界文学只能是广义上的译文文学。

结 语

18 世纪生成的“文学”走向终结，这已经开始成为一个事实，如 2016 年的诺贝尔文学奖颁给美国著名音乐人兼词曲创作人鲍勃·迪伦便是明证。瑞典文学院的理由是，迪伦“在美国歌曲的伟大传统里，创造了新的诗意表现手法”。苏格兰小说家韦尔什说：“我是迪伦的粉丝，但音乐与文学截然不同，我感到愤怒。”愤怒归愤怒，传统的文学已不再，从而文学史也必然随之发生转型，近时段文学史的新方向将是新文学史观指导之下的多民族共同体的、文化间性的、媒介偏向的文学翻译史。

既然文学史是民族主义意识的产物，而民族则正如安德森所言是“想象的共同体”，这个“想象的共同体”在新的意识形态结构、媒介时空和文化生态中必然发生变异，从而可以预见，在遥远的或不遥远的未来，便是文学史的终止，而不仅仅是终结。自然，中国文学史也不例外。

（原载《百家评论》2017 年第 4 期）